KB143625

형설기문

螢雪記聞

형설기문

한밤에 깨어 옛일을 쓰다

이극성 지음

장유승 · 부유섭 · 백승호 함께 옮김

성균관대학교
출판부

목차

원문

서설

1. 머리말

『형설기문(螢雪記聞)』은 이극성(李克誠, 1721~1779)이 편찬한 시화잡기(詩話雜記)이다. 형설(螢雪)은 널리 알려진 고사성어 형설지공(螢雪之功)에서 나온 말로, 부지런한 공부를 말한다. 이 책의 내용은 저자가 공부하는 과정에서 견문한 조선시대 문인들의 시화와 일화이며, 그중에서도 저자가 속한 조선 후기 근기(近畿) 남인(南人) 계열 문인들에 대한 이야기가 주를 차지한다.

남인은 1694년 갑술환국 이후 정국에서 배제되어 소수집단으로 전락하였으며, 1801년 신유박해 이후 계속된 정치적 탄압으로 몰락의 길을 걸었다. 이 때문에 남인 문인들의 문집은 전하지 않는 것이 많고, 그나마 전하는 것도 소략한 필사본(筆寫本)이 대부분이다. 남인계 문인들이 조선 후기 문화사에서 차지하는 비중은 부정하기 어려우나, 이러한 자료적 한계로 인해 이들의 성취와 그 위상을 조명하기에는 부족한 실정이다. 따라서 이들과 관계된 자료를 발굴, 소개하고 그 가치를 부각시켜 정당한 평가를 내림으로써 좀 더 균형 잡힌 시각에서

『형설기문』표제와 첫 페이지

하버드대학 옌칭도서관 소장. 저자가 이존성(李存性)으로 잘못 표기되어 있으나 원형에 가장 가까운 것으로 판단된다.

문화사를 바라볼 필요가 있다.

　『형설기문』의 저자 이극성은 『지봉유설(芝峯類說)』의 저자 지봉(芝峯) 이수광(李睟光)의 6대손이며, 『성호사설(星湖僿說)』의 저자 성호(星湖) 이익(李瀷)의 사위이다. 이러한 저자의 가문 배경으로 인해 『형설기문』에는 조선 후기 실학파 문인들을 대거 배출한 지봉가와 성호가 문인들을 비롯한 근기 남인 계열의 문인들에 대한 수많은 기록이 남아 있다. 『형설기문』은 조선 후기 남인계 문인들의 문화적 지형도를 파악할 수 있는 자료로서 중요한 가치를 지닌다.

2. 이극성의 생애와 저술

이극성의 초명(初名)은 존성(存誠), 자는 유일(幼一) 또는 덕중(德中), 호는 고재(皐齋)이다. 전주 이씨(全州李氏) 지봉가(芝峰家)의 종통(宗統)은 분사(分沙) 이성구(李聖求, 1584~1644)에게서 혼천(混泉) 이동규(李同揆, 1623~1677)를 거쳐 회헌(悔軒) 이현기(李玄紀, 1647~1714), 이한종(李漢宗, 1664~1693)에게 이어졌다. 이한종이 일찍 세상을 떠나고, 그의 아들 이홍주(李興冑, 1684~1705) 역시 요절하였기에 이한종의 아우 이한조(李漢朝)의 아들 온재(溫齋) 이계주(李啓冑, 1698~1752)가 이한종의 후사로 입계하여 가문의 종통을 이었다. 이계주와 창녕 성씨(昌寧成氏) 사이에서 장남으로 태어난 이극성은 집안의 종손으로서 성호 이익의 사위가 되었다.

　이극성은 1741년(영조 17) 생원시에 합격하고 음직(蔭職)으로 관직에 진출하여 광릉참봉(光陵參奉) · 연기현감(燕岐縣監) 등을 역임하였다. 1760년(영조 36) 사재감봉사(司宰監奉事)에 임명되어 12조목의 상소를 올려 영조에게 '경륜지사(經綸之土)'라는 칭찬을 받기도 하였다. 이후 한성부 판관을 역임하고 옥과현감(玉果縣監) · 익위사 위솔(衛率) 등에 임명되었다.

이극성은 1755년 여주 이씨와의 사이에서 딸 하나를 낳았으나 1767년 13세의 나이로 요절하였다. 채제공이 지은 이현조(李玄祚)의 묘갈명에 따르면, 이극성은 10촌 이추(李硾)의 아들 이윤하(李潤夏)를 후사로 삼았다. 그러나 족보에는 8촌 이화성(李和誠)의 아들 이부하(李溥夏)를 후사로 삼았다고 되어 있다. 이윤하가 천주교에 관련되었기 때문이다. 권철신(權哲臣)의 누이와 혼인한 이윤하는 진산사건에 연루되어 처벌을 받은 것으로 보이며, 이윤하의 아들 이경도(李景陶)와 딸 순이(順伊)는 신유박해 때 순교하였다. 지봉가의 학맥은 결국 근기 남인의 몰락과 함께 끊어진 것으로 보인다.

이러한 이유로 이수광에서 이극성으로 이어지는 지봉가 문인들의 저작은 일실된 것이 많다. 때문에 이수광으로부터 이어지는 가학적 전통과 그것이 조선 후기 문화사에서 차지하는 위상을 검토하는 작업이 이루어지기 어려운 실정이다. 이극성의 저술은 이들에 대한 정보를 전해주고 있다는 점에서도 의미가 있다.

이극성은 선조들의 저술을 정리하는 작업에 힘을 기울였다. 1762년 5대조 이성구의 『분사집(分沙集)』을 편찬하고 이익과 목만중에게 서문을 받았으며, 조부 이한종의 『회헌잡저(悔軒雜著)』, 숙부 이영주(李永冑)의 『탄은고(誕隱稿)』를 정리하여 이익에게 서문을 받고, 부친 이계주의『온재서법(溫齋書法)』을 간행하고 정범조에게 서문을 받았다.

이극성의 저술로는『형설기문』외에도『사과록(四科錄)』,『경원록(景遠錄)』,『오절순난록(五節殉難錄)』,『명사총강(明史總綱)』등이 있다. 이 가운데『사과록』은 현재 일본 동양문고에『고암신편사과록(皐庵新編四科錄)』이라는 서명으로 소장되어 있다. 9권 6책의 필사본으로, 조선 초기부터 이극성 당대까지 널리 알려진 인물들의 언행을 덕행(德行)·언어(言語)·정사(政事)·문학(文學)의 네 항목으로 분류한 책이다. 네 항목은 선행(善行)·격어(格語)·명언(名言)·위정(爲政)·처사(處事)·논사(論事)·학술(學術)·문사(文辭) 등으로 다시 나누어져 있으며, 총 1천여 화가 넘는 기사가 수록되어 있다. 이 책은 각종 사서와 문집 등 수십 종의 문헌에서 채록한 기사로 이루어졌으며, 각 기사의 말미에는 그 출처가 부기되어 있다. 이 책에는『형설기문』은 물론, 현전하지 않는『경원록』,『분서집』,『혼천집』,『탄은집』등이 인용되어 있으며,『성호사설』또한 적지 않은 분량이 채록되어 있어 이극성이 이익에게 받은 영향을 짐작케 한다.

『경원록』은 시조 이하 11대 선조 및 방계 선조의 일화를 엮은 책으로, 가문사를 종합적으로 서술한 책이다.『오절순난록』은 병자호란 때 순절한 이성구의 부인 권씨, 아들 이상규와 며느리 구씨, 그리고 두 딸의 순절 경위와 관련 문헌을 정리한 책이다.『명사총강』은 8권으로 구성된 강목체 사서이다. 이 책은 이민구(李敏求)의『독사수필(讀史隨筆)』, 이현석(李玄錫)의『명사강목(明史綱目)』등 가학으로 이어지는 역사학에 대한 관심에서 비롯된 저술이다. 그러나 이상 3종의 책은 현재 전하지 않는다.

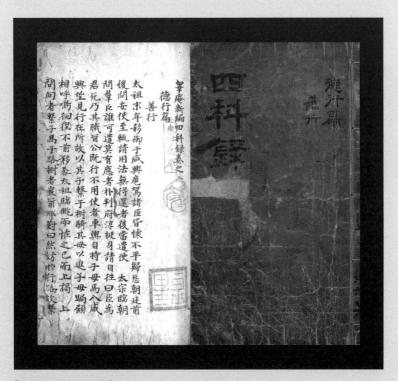

『사과록』 표제와 첫 장 '선행'

일본 동양문고 소장. 이극성의 또 다른 저술이다. 사과(四科)는 공자의 제자들을 덕행(德行), 언어(言語), 정사(政事), 문학(文學)으로 분류한『논어』에서 유래한 말이다.

3.『형설기문』의 이본과 그 특징

『형설기문』의 편찬 시기는 정확하지 않다. 다만 등장하는 인물들 가운데 현직(現職)을 밝힌 사례를 통해 추정해보면 1773년(영조 49) 무렵 편찬된 것으로 보인다. 이극성의 몰년이 1777년이니『형설기문』은 이극성의 말년 저작이라고 하겠다.『형설기문』은 이극성의 저술 가운데 가장 많은 이본이 남아 있는 저술이기도 하다. 현재까지 발견된 『형설기문』의 이본은 총 6종이다.

> ①『閑中記聞』, 上下 2책, 250화, 서울대학교 규장각한국학연구원 소장
>
> ②『螢雪記聞』, 1책, 127화, 서울대학교 규장각한국학연구원 소장
>
> ③『螢雪記聞』, 1책, 124화, 국립중앙도서관 승계문고 소장
>
> ④『螢雪記抄』, 1책, 115화, 일본 천리대학교 도서관 소장(舊 今西龍 藏本)
>
> ⑤『螢雪記聞』, 2권 2책, 259화, 안대회 교수 소장본
>
> ⑥『螢雪記聞』, 2권 1책, 223화, 미국 하버드대학 연경도서관 소장

①은 상하 2책의 필사본으로 상책에 137화, 하책에 113화, 총 250화가 실려 있다. 화수(話數)는 많으나 역대 문인들의 별호(別號)를 열거한 기사에 화서(華西) 이항로(李恒老)가 보이므로, 근세에 필사된 것으로 보인다. 여타 이본에 보이지 않는 기사가 다수 수록되어 있으나 후대에 추가되었을 가능성을 배제할 수 없다. 무엇보다 저자의 정체가 드러나는 발언들, 예컨대 저자가 선조에 대해 언급한 부분이나 존칭을 사용한 부분, 그리고 자신을 지칭하는 내용을 수정, 삭제하였다는

점이 눈에 띈다. 이 점에서 원본과는 거리가 있다고 하겠다.

②는 1책 41장의 필사본으로, 총 127화가 실려 있다. ①과 마찬가지로 역시 저자의 정체를 감추려고 애쓴 흔적이 보인다. 이 책에 실린 일화는 대부분 규장각본『한중기문』에 실려 있으며, 글자의 출입 역시 유사하여 같은 계통의 이본으로 보인다.

③의 표제는 '螢雪記聞', 내제(內題)는 '螢雪記聞卷之一'이다. 필사본 1책으로 총 124화가 실려 있다. 내제로 보건대 원래는 2권으로 구성되었을 가능성이 높다. 이 책은 ①, ②와 달리 저자의 정체를 드러내는 발언을 수정, 삭제하지 않았다.

④의 표제는 '螢雪記(全)', 내제는 '螢雪記抄'이다. 필사본 1책으로 총 115화가 실려 있다. ③과 마찬가지로 저자의 정체를 드러내는 발언이 그대로 실려 있다. 권말에 "癸亥十二月初八日書于愛吾廬"라는 필사기가 있으나, 애오려(愛吾廬)라는 당호는 비교적 흔한 편이므로 이것으로 필사자를 추정하기는 어렵다.

⑤의 표제는 '閒中漫錄', 내제는 '螢雪記聞'이다. 1책에 131화, 2책에 128화, 총 259화가 수록되어 이본 가운데 화소 수가 가장 많다. 저자의 정체를 드러내는 발언은 부분적으로 수정되어 있다. 예컨대 ③과 ④에서 '나[余]'라고 표현된 부분이 '공(公)'으로 되어 있다.

⑥은 2권 1책의 필사본이다. 권1에 103화, 권2에 120화, 총 223화가 수록되어 있다. '乙未臘月二十八日聾啞筆'이라는 필사기가 있다. '어명건(魚命健)'이라는 이름도 필사되어 있는데, 농아(聾啞)는 어명건의 호로 추정된다. 내제 아래 저자를 '完山李存性'으로 잘못 표기하였으며, 본문에도 오류가 많다. 그러나 저자의 정체를 드러내는 발언은

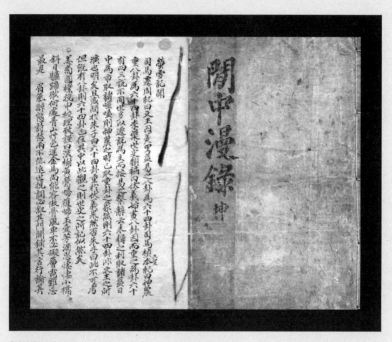

『형설기문』의 이본

안대회 교수 소장. 가장 많은 화소가 실려 있는 이본으로 최근에 발견되었다. 표제는 『한중만록(閒中漫錄)』이다 전혀 손대지 않은 채 그대로 남겨두었으므로 원형에 가까운 저본을 바탕으로 필사한 것으로 추정된다. 다만 필사자의 가필이 없다고 보기는 어렵다. 노론계 중요 인물들에 대해 '공(公)'이라는 호칭을 붙였다는 점에서 필사자는 노론계로 추정된다.

이상 6종의 이본은 모두 후대에 필사된 것으로 이극성의 수고본은 아니다. 화수가 비교적 많고, 저자의 정체를 드러내는 발언을 손대지 않은 ⑥이 현전하는 이본 가운데 원본에 가장 가깝다고 판단되어 이를 번역의 저본으로 삼고, 여러 이본과 교감하였다.

4. 『형설기문』의 당파성

조선 후기에 편찬된 문헌은 대부분 당색으로부터 자유롭지 못하다. 문학비평서에 가까운 시화 역시 예외가 아니다. 저자의 당색에 따라 거론하는 문인이 상이하며, 문학적 성취에 대한 평가도 달라진다. 당파에 따라 학맥과 혼맥이 형성되는 당시의 상황에서 이는 자연스러운 현상이다. 남인계 문인이 문학사에서 정당한 평가를 받지 못하고 있는 것도 이 때문이다. 현전하는 시화의 상당수는 노론 및 소론 계열의 문인에 의해 편찬된 것이다. 조선 후기에 편찬된 거질의 야담총서(野談叢書)에도 남인계 문인의 시화는 드문 편이다.

남인계 문인에 의해 편찬된 시화로 성섭(成涉, 1718~1788)의 『필원산어(筆苑散語)』, 이경유(李敬儒, 1750~1821)의 『창해시안(滄海詩眼)』, 강준흠(姜浚欽, 1768~1833)의 『삼명시화(三溟詩話)』 등을 거론할 수 있다. 이 가운데 성섭과 이경유는 영남인이며, 시화의 내용 역시 영남 남인에 관한 것이 많다. 강준흠은 근기 남인이라는 점에서 이극성과 배경이 비슷한데,『삼명시화』에는『형설기문』에서 채록한 것으로 보이는 내용도 존재한다.『형설기문』의 이본이 다수 남아 있는 점으로 미루어, 이책이 후대의 남인계 문인들에게 널리 읽힌 것은 분명해 보인다.

『형설기문』에서 당파적 입장이 비교적 뚜렷이 드러나는 부분은 병자호란 관련 언급이다. 이극성은 소론계 인물인 정시성의 입을 빌어 서인의 영수 윤두수(尹斗壽)의 아들 윤방(尹昉)이 종묘의 신주를 잃어버린 일과, 인조반정의 주도자 김자점(金自點)이 군사를 묶어두고 구원하지 않은 일을 거론하여 병자호란의 패전 책임을 서인들에게 돌리고 있다. 정묘호란 때 패주한 죄로 효수당한 윤훤(尹暄)의 만시도 소개하였는데, 윤훤은 윤두수의 아들이자 심의겸(沈義謙)의 사위로 대표적인 서인계 인물이다.

이극성의 선조 이민구가 강화도 함락의 책임자로 지목되어 후대까지 거센 비난을 받았다는 점을 고려하면, 이러한 기사에 내포된 의도는 명확하다. 이극성은 가문의 절의를 강조하는 한편 병자호란의 패전에 서인들에게도 일정한 책임이 있다는 점을 시사하여 실추된 가문의 위상을 제고하고자 하였던 것으로 보인다. 병자호란 때 순절한 이민구의 아내 권씨의 만시를 소개하며 당시 자기 가문의 다섯 사람이 함께 순절하였다는 점을 강조한 것도 같은 의도로 보인다.

시화잡록에 당론이 개입되는 것은 보편적인 현상이라 할 수 있으며,『형설기문』또한 예외가 아니다. 남인계 인물들과 소론계 인물에 관한 일화는 대체로 우호적인 입장에서 서술되고 있으며, 남인에 속하는 김덕원과 소론에 속하는 윤지완의 당색을 초월한 친교도 긍정적으로 평가하였다. 반면 노론계 인물들에 대한 시각은 대체로 부정적이다.

『형설기문』에 등장하는 노론계 인물로 주목되는 이들은 김창협(金昌協)과 김창흡(金昌翕)이다. 『형설기문』에는 김창협이 등장하는 일화가 2화, 김창흡이 등장하는 일화가 6화 수록되어 있는데, 당대까지 이들의 명성과 영향력이 그만큼 강하였기 때문인 것으로 보인다. 김창흡과 채팽윤(蔡彭胤)을 문학적 라이벌로 묘사하고 있는 일화도 남인 문단에서 김창흡의 시명(詩名)을 의식하고 있었다는 증거로 삼을 만하다. 이들에 대한 기록은 표면적으로는 중립적인 입장에서 서술한 듯하지만, 면밀히 검토해보면 남인 측으로 다소 경사된 시선이 감지된다. 특히 채팽윤과 김창흡이 서로의 시를 평가한 일화에서 이러한 시선을 엿볼 수 있다. 이 밖에도 『형설기문』에 수록된 김창흡의 시는 미적으로 뛰어나다기보다는 희작적 성격이 두드러지는 작품들이다.

반면 채팽윤의 경우 강박으로부터 후대에 전할 만하다는 평을 받은 「장난삼아 대사성 이인로에게 드리다〔戲投李大司成仁老〕」, 숙종에게 칭상을 받은 「12월 11일 독서당에서 음악을 하사받고 길에서 읊다〔臘月十一日賜樂湖堂途中口號〕」, 인구에 널리 회자되었다는 「지평 오상우 만사〔吳持平輓〕」, 「영의정 권대운 만사〔權領相輓〕」 등 대표작 또는 득의작이라 할 수 있는 작품이 인용되고 있다. 당대 김창흡의 시명이 결코 채팽윤보다 못하였다고 볼 수 없다는 점을 고려한다면, 이는 당파적 시선에 입각한 공정하지 못한 태도로 여겨진다. 그 밖의 노론계 인물에 관한 일화 역시 표면적으로는 덕행과 문장을 높이 평가한 듯하지만, 면밀히 검토해보면 그 기저에는 당론에 입각한 부정적 인식이 숨어 있다.

같은 남인이라도 탁남(濁南) 인사에 대한 기록은 부정적이다. 김시진이 민암(閔黯)을 사위로 맞는 날 관상을 보고서 제명에 죽지 못할 것을 알았다는 일화, 허적(許積)이 한양에서 살인을 저지르고 밤새 충주로 달려가 알리바이를 만들었다는 일화, 그리고 권대재(權大載)가 청렴을 남에게 자랑하고자 하였다는 일화 등에서 탁남 인사들에 대한 곱지 않은 시선이 감지된다. 그리고 권이진(權以鎭)이 무신란이 일어났다는 소식을 듣고 미리 군중에서 사용할 술을 빚었다는 일화 등이 실려 있는데, 무신란 진압에 참여한 남인계 인물들의 일화를 수록한 점은 무신란에 동조한 남인들과 차별화를 시도한 흔적으로 여겨진다. 사실상 이극성도 탁남 계열의 인사나 무신란 주도 세력과 혼맥 등으로 얽혀 있지만, 가문의 정치적 입지를 확보하고자 이들을 배척하였던 것으로 보인다.

『형설기문』의 기사는 이처럼 당파적 관점에 입각하여 서술된 것이 적지 않다. 그러나 이 때문에 오히려 다른 문헌에서 발견할 수 없는 남인 문인들에 대한 기록이 다수 발견된다는 점은 『형설기문』의 가치를 높이는 데 일조하고 있다.

5. 『형설기문』의 문학비평

『형설기문』의 기사 가운데 본격적인 한시 비평으로 분류할 수 있는 기사는 약 50여 화이다. 여기에 산문 비평에 해당하는 기사까지 합하면 전체의 1/4 정도가 문학 비평에 해당하는 기사라 할 수 있다. 이러한 문학 비평 기사는 남인 문인들과 관련된 것이 주류를 차지하고 있어, 다른 문헌에서 찾아볼 수 없는 남인 문단의 실상을 생생하게 전해 주고 있다.

『형설기문』에는 남인 문인으로서 높은 문학사적 위상을 점하는 허목(許穆)·이민구(李敏求)·채팽윤(蔡彭胤)·신유한(申維翰)·이서우(李瑞雨)·오상렴(吳尙濂)·이덕주(李德胄)·강박(姜樸)·이용휴(李用休)·오광운(吳光運)·이헌경(李獻慶)·목만중(睦萬中) 등이 등장하며, 이 밖에 좀처럼 알려지지 않은 남인 문인들에 대한 정보도 담고 있다. 이들은 대부분 이극성의 선조와 유관한 인물들이다. 또 『형설기문』에서는 홍이상(洪履祥)으로부터 홍국영(洪國榮)에 이르기까지 풍산 홍씨가의 과거 합격자 8대 60인의 이름을 일일이 나열하는 등 풍산 홍씨 가문의 인물들이 자주 등장하고 있는데, 홍이상의 현손 홍만수가 이극성의 조부 이한종의 장인이라는 점과 관계가 있는 것으로 보인다.

문학적 평가에서도 이극성의 친지들은 중요하게 다루어지고 있다. 예컨대 이극성은 족숙(族叔)인 이덕주의 문장을 극찬하여, "공의 문장은 옛날 작가와 같은 수준이라 우리 동방에서는 비교할 만한 사람이 없다"라고 하며, 그가 22세에 지은 「순문(舜問)」을 수록하였다. 「순문」은 950자가 넘는 장편의 논설문인데, 전문을 인용한 것으로 미루어 매우 높이 평가하였던 것으로 짐작된다. 이극성과 혼맥으로 연결되는 이용휴에 대한 평가 역시 매우 호의적이다. "문장이 기이하고 예스러워 근세의 글 짓는 자들이 미칠 수 있는 경지가 아니었다"라 하고, 그가 요절한 자신의 딸을 위해 지어준 묘지명의 전문을 수록하였다. 이 밖에도 『형설기문』에는 이용휴의 시 한 수가 실려 있는데, 이는 모두 다른 곳에서 찾아볼 수 없는 자료이다.

『형설기문』에는 장편의 산문을 전재한 예가 더러 보인다. 조경빈 (趙景彬)의 「걸사문(乞仕文)」은 해학적 성격이 농후하지만, 700자에 가까운 장편의 변려문으로 해설까지 덧붙이고 있다. 심제현(沈齊賢)·안응한(安應漢)·정수준(鄭壽俊)·한순석(韓舜錫) 등의 공저인 「걸주계(乞酒啓)」 역시 450자에 달하는 변려문으로, 자유자재로 전고를 활용하는 능력이 돋보이는 글이다.

산문 방면에 있어서는 허목을 높이 평가하였던 것으로 보인다. 허목이 등장하는 일화는 모두 5화로, 『형설기문』의 등장인물 가운데서는 결코 적지 않은 편이다. '서사에 있어서는 우리나라 제일'이라는 성호의 평가를 수록한 것으로 보아, 남인 문단에서 그의 위상을 높이 평가하였다는 점을 알 수 있다. 그러나 『형설기문』의 산문 비평은 시화 비평에 비하면 일부에 불과하다. 이극성은 『형설기문』에서 남인 문인들의 시적 성취를 중요하게 다루고 있다.

이극성이 시 방면에서 가장 높이 평가한 인물은 단연 채팽윤이다. 채팽윤이 등장하는 일화는 모두 8화이며, 이 가운데 5화에 그의 시가 인용되어 있다. 채팽윤에 대한 이처럼 높은 평가와 잦은 언급은, 그가 이익과 사돈간이라는 점에서도 어느 정도 영향을 받았을 것으로 여겨진다. 이 밖에 이서우 4화, 오상렴 2화, 강박 2화 등의 순으로 시화가 수록되어 있으며, 이헌경·목만중·채제공 등의 시화도 보이는데, 이들은 익히 알려진 대로 '남인 시맥'의 계보에 놓인 인물들이다. 다만 이들간의 사승관계나 영향관계에 대한 언급은 찾을 수 없으므로, 이극성이 이들을 계보화하여 인식하지는 않았던 듯하다.

6. 『형설기문』이 증언하는 조선 후기 문화사

『형설기문』에는 국조전고(國朝典故) 성격의 기사가 다수 실려 있다. 예 컨대 500여 명이 넘는 역대 문인들의 호를 열거한 기사, 대를 이어 문 과에 급제한 30여 가문의 사례와 해당 인물들을 일일이 거론한 기사, 국왕의 자손으로서 현달한 인물들을 열거한 기사 등은 상당한 분량을 차지한다. 이 밖에도 대대로 정승을 역임한 동래 정씨 및 달성 서씨, 청풍 김씨의 인물들에 대한 기사, 그리고 오리 이원익 가문과 김효건 가문의 장수한 인물들을 열거하는 기사 등은 모두 후대에 남길 만한 전고의 일종으로 간주하였던 것으로 보인다. 사색당파의 분당 원인에 대한 『해동잡기』와 『택리지』의 기록을 인용한 부분 역시 같은 의도에 서 비롯된 것으로 보인다.

물론 이 같은 전고 성격의 기사 역시 이극성의 가문과 연계된 인물 들을 중심으로 기술되어 있는 것이 사실이다. 그중 대표적인 것이 가 학적 전통에 바탕하고 있는 서예와 관련된 기록이다. 앞서 살펴본 바 와 같이 이극성의 문예적 관심사는 일차적으로 시문(詩文)에 있었지 만, 그 다음으로 관심을 기울였던 분야가 바로 서예이다.

특히 『형설기문』에서는 서예로 이름난 인물들의 일화를 비중 있게 다루고 있는데, 이는 이극성의 부친 이계주의 영향으로 보인다. 이계 주는 평생 서예에 몰두하였으며, 이극성도 서예에 남다른 조예가 있 었다. 서예와 관련하여 언급되는 인물들 가운데 윤순(尹淳)은 이극성 의 고조 이동규의 외손이며, 이서(李漵)는 이익의 아우로 이계주와도 친분이 있었다. 이지정(李志定)은 이서의 종조(從祖)이자 이민구의 제자

이계(李烓)의 장인이다. 이관징(李觀徵)은 이동규와 사돈간이며, 그의 아들 이옥(李沃)과 손자 이만유(李萬維)에 대한 언급도 자주 보인다.

이극성은 『대동서법』에 수록된 서예가 51인을 열거하고, 이 가운데 특히 명성이 뛰어난 인물 15인을 따로 거명하였으며, 그중에서도 후세에 전해질 인물로는 김생·안평대군·한호를 꼽았다. 이 가운데 이재춘이라는 인물은 안석경이 이의병(李宜炳)·윤순과 병칭하였을 뿐만 아니라 뛰어나기가 천하에 짝이 없다고까지 고평한 바 있는데 지금껏 그 서예사적 위상이 제대로 알려지지 않고 있다. 이들의 필법을 비롯한 서예 기법에 대한 구체적인 내용도 간혹 보이나, 비평보다는 이들이 서예에 경주한 노력을 보여주는 일화의 전달에 집중되어 있다. 한호(韓濩)가 기름장수의 숙달된 솜씨를 보고 분발하였다는 일화, 항상 붓 잡는 법을 익히기 위해 나뭇가지를 손에 들고 다녔다는 이명은(李命殷)의 일화, 이관징(李觀徵)이 글씨 연습을 하느라 종이 백 장을 앞뒤로 채운 일화, 서명균이 『강목(綱目)』76권을 소주(小註)까지 모두 등사하였다는 일화 등이다.

이극성은 특히 한호의 필법을 높이 평가한 것으로 보인다. 이서의 필법은 한호의 필법을 터득한 이지정으로부터 전수받은 것이며, 오준 역시 한호의 고제라 일컫고 있다. 그러나 이서가 한호의 글씨를 보고 '상놈의 글씨〔常漢筆〕'라고 혹평하였다는 일화에서 알 수 있듯이, 당시 한호의 필법은 사대부들 사이에서 그다지 높은 평가를 받지 못했던 듯하다. 그러나 이극성은 한호의 필법에 대한 이서의 혹평이 너무 지나친 말이라 하며, 한호의 필법을 가장 높이 평가하였다. 이익 역시 『성호사설』에서도 비슷한 의견을 개진하였다.

『형설기문』에는 이극성의 견문뿐 아니라 타인의 저술 가운데 전고로서 가치가 있는 기록도 발췌 수록되어 있다. 『형설기문』의 소설 목록 및 『사과록』의 기사에 부기된 출처를 살펴보면, 그가 당대까지 나온 대부분의 시화잡록을 열람하였다는 사실을 확인할 수 있다. 『형설기문』의 소설 목록은 서거정(徐居正)의 『필원잡기(筆苑雜記)』로부터 정의신(丁宜愼)의 『속복수전서(續福壽全書)』에 이르기까지 67종에 달한다. 『사과록』은 이들 시화잡록뿐 아니라 각종 역사서와 문집까지 폭넓게 활용하고 있어 그의 방대한 독서 편력을 엿볼 수 있다. 이를 비롯한 전고 성격의 기사는 이극성이 밝힌 바대로 실전(失傳)을 우려하여 채록한 것으로 보인다.

이러한 역사가로서의 자세는 미천한 신분이지만 뛰어난 덕행이나 재능을 가진 인물들에 대한 일화에서도 확인할 수 있다. 함흥(咸興)의 기생 가련(可憐), 장성(長城)의 기생 노이(蘆伊), 이광정(李光庭)의 종 애남(愛男), 이몽리(李夢鯉), 맹인 김태로(金兌老), 이름없는 과장(科場)의 수졸(守卒), 허적(許積)의 겸인(傔人) 염시도(廉時度), 김휘(金徽)의 서자(庶子) 김숙만(金淑萬), 권필(權韠)의 서자(庶子) 권식(權伿), 이현조(李玄祚)의 서자(庶子) 이한척(李漢陟), 오윤겸(吳允謙)의 서증손(庶曾孫) 오수응(吳遂應) 등의 일화가 이러한 예에 해당한다.

이 밖에도 여성(女性) 및 천류(賤流)의 작으로 알려진 시문을 수록한 기사도 눈에 띄는데, 신최(申㝡)의 처 청송 심씨(靑松沈氏)가 지은 딸의 제문, 유희춘(柳希春)의 부인 백씨(白氏)의 시, 임씨(林氏) 집안의 여종이 지은 시, 권두경(權斗經)의 여종이 지은 시를 소개하는 기사이다. 이러한 기사에 덧붙인 이극성의 논평을 보건대, 후대에 전할 가치가 있는 인물과 사건이 실전되는 현상을 안타까워하고, 이를 기록으로 남기고자 하였다는 점을 확인할 수 있다.

『형설기문』에는 술수(術數)에 뛰어난 인물들의 신이한 행적을 기록한 10여 화의 기사가 실려 있다. 점술가 황상청(黃尙淸)의 일화가 2화, 사주(四柱)에 밝은 김치(金緻)의 일화, 그리고 이첨지(李僉知)라는 인물과 중국인 왕룡(王龍)이 지관(地官)으로서 묏자리를 정한 일화가 있다. 또한 관상(觀相)을 잘 보았던 인물로 신정(申晸), 김수항(金壽恒)의 부인 나씨(羅氏), 김윤기(金潤基), 김시진(金始振) 등의 일화를 들고 있다. 이처럼 술수에 관련된 일화는 『형설기문』의 한 갈래를 차지한다. 이 밖에 이극성은 직접 부석사에 가서 의상대사의 지팡이에서 피어났다는 꽃나무를 보고, 이를 소재로 지은 퇴계의 시를 인용하였으며, 자신의 선조인 이동규와 이종사촌간인 김시진이 민암의 관상을 보고 그 사람됨을 꿰뚫어보았다는 일화를 수록하였다.

『형설기문』의 내용이 대부분 철저한 사실에 기반하고 있다는 점을 감안한다면, 이러한 일화는 이질적인 것으로 여겨질 수 있다. 그러나 이러한 성격의 일화를 수록한 의도 역시 역사 기록의 각도에서 설명할 수 있다. 역사가로서 알 수 없는 사건의 진위를 섣불리 단정하지 않고 견문한 대로 기록하여 후대에 전하려는 '존의(存疑)'의 의도에서 비롯되었다고 보는 것이 타당할 듯하다.

이처럼 이극성이 『형설기문』에 신분적으로 미천하거나 알려지지 않은 인물들의 윤리적 면모와 잠재된 능력을 발견하고 기록으로 남기고자 하였던 것은, 정사(正史)를 보충하는 야사(野史)로서의 역할을 기대하였기 때문이다. 따라서 『형설기문』에는 고매한 도학자로부터 기인(畜人)과 천인(賤人)에 이르기까지 다양한 인간 군상이 묘사되어 있다. 그 결과 『형설기문』의 내용은 당대의 문화적 현상에 대한 가감 없는 기록으로서 철저히 자국의 인물과 사건에 초점이 맞추어져 있다.

국어에 대한 남다른 관심 역시 당대 문화사의 기록이라는 관점에서 해석 가능하다. 『형설기문』에는 국어학적으로 매우 중요한 자료로 알려진 이익의 「백언해(百諺解)」가 그대로 전재되어 있는데, 이는 이극성과 이익의 학문적 연계를 보여주는 또 다른 증거이자 당대 풍속의 기록이라는 관점에서 주목된다. 이 밖에 음운(音韻) 및 방언(方言)을 소재로 삼은 해학적 성격의 일화도 적지 않아 국어학적으로 참고할 만하다. 조선시대에 사용되던 수량 명사 백 수십 개를 기록한 기사도 가치 있는 자료이다.

이처럼 『형설기문』의 내용은 다양한 분야를 포괄하고 있어 이극성의 지적 관심사의 폭이 매우 넓었음을 보여준다. 물론 기존의 시화잡록 및 타인의 저술에 수록된 내용도 실려 있지만, 이극성의 육성으로 기술한 내용이 위주라는 점을 고려하면 그 가치는 결코 과소평가할 수 없다. 『형설기문』은 『지봉유설』과 『성호사설』의 박물학적 전통을 계승하면서도 그 관심사를 예각화하여 자국의 인물과 사건을 중심으로 당대 문화사를 여러 각도에서 조명한 저술이다.

역자를 대표하여
장유승

형실기문

�֎

상권

1

64괘를 만든 사람

사마천(司馬遷)의 『사기(史記)』 「주본기(周本紀)」에 말했다.

"문왕(文王)이 유리(羑里)에 갇혀 역(易)의 8괘(卦)를 더해서 64괘로 만들었다."

사마정(司馬貞)의 「삼황본기(三皇本紀)」에 말했다.

"신농(神農)이 8괘를 겹쳐서 64괘를 만들었다."

이반(李槃)의 『세사유편(世史類編)』[1]에 말했다.

"복희(伏羲)가 처음 8괘를 그리고, 이것을 겹쳐서 64괘를 만들었다."

세 가지 학설이 다른데, 세상 사람들은 대부분 사마천의 학설을 위주로 삼는다. 그러나 『주역(周易)』 「계사전(繫辭傳)」에서는 이렇게 말했다.

"쟁기의 이로움은 익괘(益卦)에서 취한 것이고, 해가 중천에 뜰 때 시장을 여는 것은 서합괘(噬嗑卦)에서 취한 것이다."[2]

---

1 『세사유편(世史類編)』 : 명(明) 이반의 저술이다. 『천경당서목』 권4에 『강감세사유편(綱鑑世史類編)』 45권이 실려 있다.

2 쟁기의……것이다 : 『주역』 「계사전」에 "포희씨(包犧氏)가 세상을 떠나자 신농씨(神農氏)가 나타나 나무를 깎아 쟁기를 만들고 나무를 휘어 쟁기자루를 만들어 쟁기와 호미의 이로움을 천하에 가르쳤으니, 익괘에서 취한 것이다. 한낮에 시장을 열어 천하의 백성을 오게 하고 천하의 재화를 모아 교역하고 물러나 각기 제 살 곳을 찾게 하였으니, 서합괘에서 취한 것이다" 라고 하였다.

그렇다면 신농씨의 시대에 이미 중괘의 형상을 취한 것이니, 64괘는 문왕이 연역하지 않은 것이 분명하다. 어떤 이가 주자에게 물었다.

"64괘는 복희가 (8괘를) 겹쳐서 만들었다는 것이 사실입니까?"

주자가 대답하였다.

"이것은 상고할 수 없다. 다만 기왕 팔괘가 있었으니 64괘는 이미 그 안에 있는 것이다."

이로 보건대 『세사유편』의 기록이 옳은 듯하다.

2

강박의 시

국포(菊圃) 강박(姜樸, 1690~1742)이 지은 교리 신치근(申致謹, 1694~1738)의 만사[1]에,

깊은 숲에 꾀꼬리 울고 또 우는데	深樹黃鸝啼復啼
옥술병의 좋은 술 마셔도 마음은 쓸쓸하네.	玉壺芳酒思凄凄
짧은 다리에 해 지자 나귀 멈추고	小橋斜日驢蹄歇
어느 곳 청산에 풀빛이 자욱한가.	何處靑山草色迷
금마가 강직한 성품을 용납할 수 있겠는가[2]	金馬可能容傲骨
풍차가 높은 무지개를 막는 것만은 아니라네.[3]	風車未必碍層蜺
가장 잊지 못하는 것은 미간의 기운이니	難忘最是眉間氣
취한 모습과 시 짓는 시름이 모두 낮지 않았네.	醉態詩愁兩不低

---

1 신치근(申致謹)의 만사 : 강박의 『국포집(菊圃集)』 권6에 「만신교리(挽申校理)」라는 제목으로 실려 있다. 신치근은 본관이 평산(平山), 자(字)가 유언(幼言)이다.

2 금마가……있겠는가 : 금마는 한(漢)나라 궁전에 있는 금마문(金馬門)의 약칭으로, 우리나라에서는 홍문관(弘文館)·예문관(藝文館) 등의 관직(館職)을 말한다. 여기서는 신치근이 물의를 일으켜 한동안 관직에 오르지 못한 일을 말한다.

3 풍차가……아니라네 : 풍차는 바람을 타고 움직이는 수레로, 전설에 등장한다. 이 구절은 신치근이 한동안 세파에 시달렸으나 높은 지조를 잃지 않았다는 뜻으로 보인다.

요즘 만사는 반드시 그 사람의 문벌을 서술하고 언행을 나열하며 역임한 관직을 논하고 자손의 많고 적음을 기록하니, 거의 묘지명·묘갈명·행장과 같다. 그러나 강공의 이 시는 이런 속습을 벗어났으니 훌륭하다. 또한 낙구(미련)는 신치근의 기상을 잘 형용했다고 하겠다.

3

한호의 글씨 연습

석봉(石峯) 한호(韓濩, 1543~1605)는 어려서부터 글씨 익히기를 하루도 그만둔 적이 없었다. 중년이 되어서는 자기 글씨가 이미 지극히 난숙하다고 여겼다. 하루는 길을 가다가 종각을 지나는데, 어떤 사람이 높은 누각 아래 와서는 "기름 파시오"라고 소리쳤다. 그러자 한 사람이 누각 위에서 대답하였다.

"자네가 기름통을 들고 누대 아래 서 있으면 내가 위에서 붓겠네."

그러고는 아래를 보며 작은 병 입구에 기름을 붓는데 한 방울도 흘리지 않았다. 한호가 보고서 탄식하였다.

"내 글씨가 아무리 난숙하다지만 이 경지에는 도달하지 못했다."

그러고는 집으로 돌아와 더욱 글씨를 익혀 마침내 명필이 되었다.

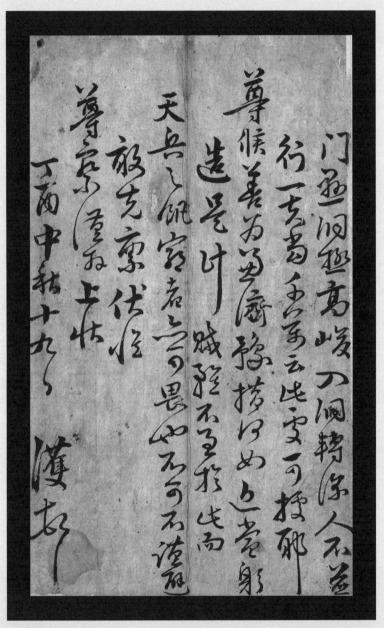

한호의 글씨

『근묵(槿墨)』 수록. 한호가 부단한 연습을 통해 명필이 되었다는 일화는 여러 문헌에 다양한 내용으로 전하고 있다.

4

바보 흉내를 낸 김일손

탁영(濯纓) 김일손(金馹孫)은 재능을 자부하여 오만하였는데 일찌감치 글재주를 이루었다. 아내를 맞이한 뒤 장인에게 간곡히 부탁하여 『천자문(千字文)』을 얻고는, 신방(新房)에 앉아 '하늘 천 따 지 검을 현 누를 황'을 큰 소리로 읽어 일부러 찾아온 손님이 듣게 하였다. 장인은 그 소리를 들을 때마다 얼굴을 찡그렸다. 김공은 『천자문』을 다 읽고는 『십팔사략(十八史略)』 첫 권을 들고 절에 올라갔다. 하루는 장인에게 편지를 보냈다.

"문왕(文王) 창(昌)이 죽고 무왕(武王) 발(發)이 즉위하였다. 주공(周公) 단(旦), 소공(召公) 석(奭), 태공(太公) 망(望)."

장인은 편지를 보고는 땅에 던지며 말했다.

"내 사위는 바보 같구나. 『사략』 대문(大文)은 무엇하러 베껴 보냈는고."

그러자 글 잘하는 손님이 말했다.

"사위님은 문장에 뛰어난 선비라고 하겠습니다."

"무슨 말씀이오?"

"창이 죽고 발이 즉위했다는 말은 버선이 닳아서 발이 보인다는 뜻

이며, 단·석·망은 새 버선을 지어 오기를 아침저녁으로 바란다는
뜻입니다."[1]

장인이 처음에는 무식하다고 의심하였으나, 그제야 사위에게 속았
다는 사실을 알게 되었다.

---

1 창이……뜻입니다 : 문왕의 이름 창(昌)은 구멍을 뜻하는 우리말과 음이 같고, 무왕의 이
   름 발(發) 역시 사람의 발과 음이 같으므로 창이 죽고 발이 즉위했다는 말은 버선에 구멍이
   뚫려 발이 나온다는 뜻이다. 주공의 이름 단(旦)은 아침을 뜻하며, 소공의 이름 석(奭)은 저
   녁을 뜻하는 석(夕)과 음이 같다. 그리고 태공의 이름 망(望)에는 바란다는 뜻이 있으므로,
   단·석·망은 아침저녁으로 바란다는 뜻이다.

5

정구와 이황의 만남

한강(寒岡) 정구(鄭逑, 1543~1620)는 일찌감치 학업을 이루어 열다섯 살
부터는 이미 남의 스승 노릇을 하였다. 나이 열아홉에 퇴계(退溪, 이황
(李滉))를 뵈러 도산서원(陶山書院)에 갔는데, 퇴계는 그가 온다는 소식
을 듣고 미리 아이종에게 집을 청소하게 하였다. 한강이 도착했을 때
퇴계는 마침 안채에 있었는데, 한강을 시험해보고자 먼저 조목(趙穆)
에게 나가보도록 하고, 다시 김명일(金明一)을 시켜 접대하게 하였다.
한강은 그때마다 그들이 퇴계가 아니라는 것을 알아보고 노선생을 뵙
겠다고 하였다. 퇴계가 나오자 한강은 곧장 섬돌 아래로 내려갔다. 이
튿날 제자의 예를 갖추고 『주역』 서너 괘(卦)를 배웠다. 이어서 선생이
그와 함께 성리(性理)를 강론했는데, 한강은 분석이 정밀하고 도처에
통달하였다. 선생이 말했다.

"자네는 내 스승이지 제자가 아닐세."

한강이 들어가 뵐 때는 수정 갓끈을 매고 말가죽 장화를 신은 채 대
분투(大分套)[1]를 끌고 왔는데, 나갈 때는 손으로 대분투를 들고 갔다.
조공이 퇴계에게 물었다.

"수정 갓끈은 유생이 착용하기에는 합당하지 않고, 대분투를 신는

것도 젊은이가 어른을 뵙는 예가 아닙니다. 소자는 의혹이 생깁니다."

퇴계가 말했다.

"너는 수정 갓끈을 사치스럽다고 여기느냐. 이것은 군자가 옥을 몸에서 떼놓지 않는다는 뜻[2]이다. 사치스러운 사람이 어찌 해진 갓에 거친 베옷을 입겠느냐. 너는 대분투를 신는 것을 오만하다고 여기느냐. 이것은 어른의 자리를 더럽힐까봐 그런 것이다. 오만한 사람이 어찌 손에 대분투를 들고 나가겠느냐."

어떤 사람이 한강에게 물었다.

"그대는 조공과 김공이 선생님이 아닌 줄 어찌 알았소?"

한강이 대답하였다.

"조공은 노성한 모습이 부족하고, 김공은 정문으로 다니지 않았소. 그래서 알았소."

---

1 대분투(大分套) : 신을 보호하기 위해 겉에 신는 덧신이다.
2 군자가……뜻 :『논어(論語)』「향당(鄕黨)」에 "탈상한 뒤에는 차지 않는 패물(佩物)이 없었다[去喪, 無所不佩]"라는 구절이 있는데,『논어집주』에서는 여기에 대해 "군자는 이유 없이 옥을 몸에서 떼놓지 않는다[君子無故, 玉不去身]"라고 하였다.

6

이항복과 남구만의 시

백사(白沙) 이항복(李恒福, 1556~1618)이 다섯 살 때【원주: 여덟 살이라고도
한다.】칼을 읊은 시는 다음과 같다.

칼에는 장부의 기상이 있고   劍有丈夫氣

거문고에는 태고의 소리가 담겼네.   琴藏太古音

정승 남구만(南九萬, 1629~1711)이 다섯 살 때 달을 읊은 시는 다음
과 같다.

뭇 별은 모두 늘어선 진이요   衆星皆列陣

밝은 달만 홀로 장군일세.   明月獨將軍

이 두 편의 시를 보면 말과 뜻이 크고 씩씩하니, 훗날 크게 귀해지
리라는 것을 짐작할 만하다.

7

동래정씨 정승

우리나라에서 옛날에는 3대에 걸쳐 정승을 지낸 전례가 없었다. 그러나 동래정씨(東萊鄭氏)는 7대에 걸쳐 여덟 정승이 있었다. 문익공(文翼公) 정광필(鄭光弼, 1462~1538), 정광필의 손자 정유길(鄭惟吉, 1515~1588), 정유길의 아들 정창연(鄭昌衍, 1552~1636), 정창연의 재종형 정지연(鄭芝衍, 1527~1583), 그의 손자 정태화(鄭太和, 1602~1673), 정태화의 동생 정치화(鄭致和, 1609~1677), 종제(從弟) 정지화(鄭知和, 1613~1688), 그의 아들 정재숭(鄭載嵩, 1632~1692)은 모두 정승이 되었으니, 양덕조(楊德祖)의 사세오공(四世五公)[1] 보다 낫다고 하겠다. 정승 집안에서 정승이 나온다는 말이 믿을 만하지 않은가.

지금 주상 때는 3대에 걸쳐 정승을 지낸 집안이 둘 있으니, 서종태(徐宗泰, 1652~1719)와 아들 서명균(徐命均, 1680~1745), 손자 서지수(徐志修, 1714~1768), 그리고 김구(金構, 1649~1704)와 아들 김재로(金在魯, 1682~1759), 손자 김치인(金致仁, 1716~1790)이 이어서 의정부에 들어갔다.

---

1 양덕조(楊德祖)의 사세오공(四世五公) : 양덕조는 후한 사람으로 그의 고조 양진(楊震), 증조 양병(楊秉), 조부 양사(楊賜), 부친 양표(楊彪) 4대에 걸쳐 다섯 사람이 공(公)의 지위에 올랐다.

8

김득신의 독서

백곡(栢谷) 김득신(金得臣, 1604~1684)은 어렸을 때 자질이 몹시 노둔하였다. 그의 아버지[1]는 성품이 엄격하여 매우 부지런히 가르쳤는데, 조금이라도 독서를 게을리하면 피가 나도록 회초리를 쳐서 마침내 학업을 이루었다. 그 뒤 과거에 급제하여 어떤 고을의 원님이 되었는데, 임소로 가다가 도중에 가시나무를 보더니 말에서 내려 두 번 절하였다. 따르던 하인들이 모두 괴이하게 여기자 백곡이 말했다.

"내가 오늘 높은 일산을 펼치고 살진 말을 타며 앞에서는 길을 비키게 하고 뒤에서는 옹위하게 된 것은 모두 평소 독서한 공이다. 나를 부지런히 독서하게 만든 것은 모두 이 나무의 힘이다. 나는 이 때문에 절하는 것이다."

---

1 그의 아버지 : 김치(金緻, 1577~1625)를 말한다.

9

정백창의 교만

현곡(玄谷) 정백창(鄭百昌, 1588~1635)은 성품이 교만하여 인정하는 사람이 드물었다. 대신(大臣)의 앞에서도 꿇어앉은 적이 없었다. 어떤 이가 물었다.

"대신은 온 나라가 존경하는 사람인데 그대가 꿇어앉지 않는 이유는 무엇이오?"

정백창이 말했다.

"지금의 대신은 모두 용렬한 무리라 내 마음에 거리낄 것이 없소. 그러므로 무릎이 굽혀지지 않을 뿐이오."

어떤 이가 물었다.

"누가 정승이 되면 그대의 무릎을 꿇게 할 수 있겠소?"

정백창이 말했다.

"정군칙(鄭君則)이 정승이 되면 내 마땅히 무릎을 꿇겠소."

군칙은 바로 판서(判書) 정세규(鄭世規, 1583~1661)의 자(字)이니, 젊어서부터 정승이 될 것이라는 기대를 받았다. 나의 종5대조 동주공(東州公 이민구)이 지은 정 판서의 제문에,

"공을 정승으로 추천했으니, 내 얼굴 어찌 부끄러우랴. 현곡은 꿋

꿋한 사람인데도 이 마음 같았다네."

하였으니, 이 일을 말한 것이다.

10

허목의 문장 1

미수(眉叟) 허목(許穆, 1595~1682)은 나이 오십 세에 문장을 이루었다.
그의 글은 사마자장(司馬子長, 사마천)을 배워 호방하고 웅혼하였다. 그
가 지은 「권사또의 묵죽 병풍에 대한 기문[權使君墨竹屛記]」[1]은 다음과
같다.

"석양공자(石陽公子, 이정(李霆, 1541~1622))는 대나무를 잘 그려 선조
(宣祖)·인조(仁祖) 연간에 명성을 떨쳤다. 공자의 그림은 겉모습을
그린 것이 아니라 정신을 그린 것이다. 그러므로 눈 덮인 대나무는
차갑고 비 맞은 대나무는 젖었으며 바람 맞는 대나무는 부스럭부
스럭 울리는 듯하다. 그의 오묘한 솜씨는 조물주와 같으니, 천기(天
機)가 입신(入神)의 경지에 이르지 않으면 도달할 수 없다."

---

1 권사또……기문[權使君墨竹屛記]:『기언(記言)』「별집(別集)」권9에 실려 있다.

文正公許穆八十二歲眞

허목의 초상

국립춘천박물관 소장. 허목은 청남(淸南)의 영수로 조선 후기 근기 남인의 정신적 지주와 같은 존재였다.

11

임도삼의 시 1

정승 김석주(金錫胄, 1634~1684)가 동지사(冬至使)로 중국에 가다가[1] 의
주(義州)에 도착하여 통군정(統軍亭)에 올랐는데, 평안도의 수령들이 모
두 모였다. 김석주가 운(韻)을 불러 각자 시를 짓게 하였다. 이때 임도
삼(任道三, 1647~?)이 어천찰방(魚川察訪)으로 말석에 끼어 있었는데 먼
저 율시 한 수를 지었다. 그중 두 연은 다음과 같다.

압록강 물은 채찍 끝에 검고	浿水鞭頭黑
오랑캐 산은 칼 너머 푸르네.	胡山劍外靑
삼한에 장사가 없어	三韓無壯士
천고에 헛된 이름뿐.	千古有虛名

그러자 온 좌중이 모두 붓을 놓았다. 김공이 칭찬해마지않으며 말했다.
"뛰어난 재주로다. 뛰어난 재주로다."
그러고는 조정에 돌아와 이조판서가 되자 마침내 임도삼을 다른
벼슬로 올렸다.

---

1 동지사(冬至使)로······가다가 : 김석주는 1682년(숙종 8) 중국에 갔다가 1683년 3월 돌아왔다.

12

임도삼의 시 2

임도삼은 어려서부터 뛰어난 재주가 있었다. 예닐곱 살에 마을 사람에게 『사략(史略)』 첫 권을 배웠는데, 그 사람이 자기가 모르는 것을 억지로 가르쳤다. 임도삼은 춘추전국시대까지 읽자 문득 글뜻을 깨우쳐 마침내 스승이 잘못 가르쳐주었다는 것을 알고 스스로 읽었으니, 영특하기가 이와 같았다. 또 『당음(唐音)』의 절구 수십 수를 읽고는 즉시 시 짓는 방법을 터득하였는데, 시어마다 사람을 놀라게 하였다. 그의 「부여회고시(扶餘懷古詩)」는 다음과 같다.

백제의 옛 산하를 소요하다가	逍遙百濟舊山河
눈 들어 바라보니 감개가 어떠한가.	擧目其如感慨何
패업 이루었던 넓은 하늘에 새 한 마리 사라지고	伯業長空孤鳥沒
번화했던 폐사에는 스님 하나 지나가네.	繁華廢寺一僧過
층층 바위에 꽃 지니 봄은 자취도 없고	層巖花落春無跡
옛 나루에 용 없는데 강은 절로 물결치네.	古渡龍亡水自波
가장 견디기 어려운 건 달 밝은 밤 강 너머에서	最是隔江明月夜
바람결에 실려오는 옥수후정화(玉樹後庭花)[1] 노래	不堪風送後庭花

13

남이웅의 담력

춘성군(春城君) 남이웅(南以雄, 1575~1648)은 성품이 강직하고 과감하였다. 그가 대사헌으로 있을 적에 요사한 술법으로 세상 사람들을 현혹시키는 무당이 있었다. 공이 사헌부로 잡아들여 형벌을 주려 하였는데, 무당이 술법을 부려 공이 앉아 있던 의자를 흔들어 몸을 가누지 못하게 하였다. 좌우의 사람들이 모두 놀라고 두려워 낯빛이 바뀌었다. 그러나 공은 의연히 동요하지 않고 의자를 치우더니 방석에 앉았다. 무당이 그것도 흔들자 공은 방석과 돗자리를 치우고 동헌(東軒)의 벽에 기대 앉으니 무당이 흔들지 못하였다. 마침내 그를 장살(杖殺)하였다.

남이웅 초상화
개인 소장. 남이웅은 이괄(李适)의 난을 진압한 공로로 진무공신(振武功臣), 춘성군에 봉해졌다.

14

배인범의 도량

배인범(裵仁範)이 어떤 도(道)의 병사(兵使)가 되었다. 이때 감진괴(甘眞塊)라는 자가 어떤 일로 하소연하러 오자 배인범이 군관(軍官)들에게 말했다.

"감진괴(甘眞塊)는 감〔柿〕 진〔負〕 괴〔猫〕이다〔甘眞塊者負柿猫〕. 여기에 대구(對句)를 지을 수 있는 사람에게는 내가 큰 상을 내리겠다."

어떤 사람이 말했다.

"딱맞는 대가 있으나 황공하여 감히 아뢰지 못하겠습니다."

배인범이 굳이 물어보자 그가 말했다.

"배인범(裵仁範)은 배〔梨〕 인〔戴〕 범〔虎〕입니다〔裵仁範者戴梨虎也〕."

배인범이 웃으며 말했다.

"뛰어난 대구라고 하겠다."

마침내 후히 상을 주니, 사람들이 그의 도량에 탄복하였다.

15
조경의 문장

용주(龍洲) 조경(趙絅, 1586~1669)이 대제학을 지내고 고향에 내려갔는데, 어떤 마을 사람이 솥을 잃어버려서 현(縣)에 소장(訴狀)을 올리려고 조공에게 글을 부탁하였다. 공은 평소 이런 글을 잘 짓지 못했지만 그의 부탁을 거절할 수 없어 억지로 허락하였다. 반나절 고심한 끝에 겨우 "무릇 솥이란 것은 잠시라도 떨어져서는 안 된다"라는 한 구절을 짓고는 생각이 막혔다. 마침 향교의 유생이 와서 뵙고는 말했다.

"대감께서는 무슨 글을 지으시길래 이렇게 고민하십니까?"

공이 사실대로 말하니, 유생이 말했다.

"이게 뭐 어렵겠습니까?"

공이 말했다.

"자네라면 어찌 짓겠나?"

유생이 마침내 일필휘지하여 글을 지었다. 공이 보고서 감탄하며 말했다.

"사람들이 다 나더러 문장을 잘 짓는다고 하는데, 오늘 지은 것을 보니 자네가 문장일세."

16

오광운의 시

약산(藥山) 오광운(吳光運, 1689~1745)이 지은 정자(正字) 심경천(沈景天)의 만시(挽詩)¹는 다음과 같다.

『황정경(黃庭經)』 한 글자 잘못 읽어 잠시 배회했는데	黃庭一字暫徘徊
인간세상에서 정히 몇 글자나 얻어갔을까.	正得人間幾字來
자형나무, 귤나무숲 어디에도 조문할 곳이 없으니²	荊樹橘林無吊處
청천(聽天)의 사당 아래에서 하늘에 묻고서	聽天祠下問天廻

---

1 정자(正字)……만시(挽詩) : 이 시는 『약산만고(藥山漫稿)』 권4에 「심주서만(沈注書挽)」이라는 제목으로 실려 있다. 시제의 주석에 "정자가 되었으나 요절하였다. 형이 있었지만 먼저 죽고 자녀도 없다. 집에서는 청천의 불천위(不遷位)를 받들고 있는데, 청천은 내게 외선조가 된다"라고 하였다.

2 자형나무……없으니 : 자형나무는 형제를 비유한다. 한(漢)나라 전진(田眞)이 두 형제와 함께 재산을 나누면서 집에 있는 자형나무도 세 조각으로 나누기로 하였다. 그런데 나무를 베려 하자 곧 말라죽으려 하였다. 전진이 "나무는 본디 한 그루인데 자르겠다는 말을 듣고 말라버린 것이다" 하고 나무 베기를 그만두니, 나무가 다시 무성해졌다(『속제해기(續齊諧記)』 「자형수(紫荊樹)」). 귤나무는 자손을 비유한다. 한나라 이형(李衡)이 귤나무 천 그루를 심어 자손들을 위한 계책으로 삼았다(『삼국지(三國志)』 권48 「손휴열전(孫休列傳)」).

돌아오노라.

심경천은 정승 청천(聽天) 심수경(沈守慶, 1516~1599)의 후손인데, 형
제도 없고 자손도 없었기 때문이다. 시의 뜻이 매우 공교롭다.

17
민종도의 재치

찬성(贊成) 민점(閔點, 1614~1680)은 대사헌(大司憲) 이만(李曼, 1605~1664)
과 사이가 좋았다. 이만이 부모상을 당하여 고향에 내려가자, 민점이
아들 민종도(閔宗道)를 시켜 조문하러 가게 하였다. 이만은 마침 들에
나가 농사를 감독하고 있었는데, 집으로 돌아와 조문을 받지 않고 민
종도를 밭으로 불렀다. 민종도는 자못 불만스러워하며 말했다.

"어르신께서는 효자라고 할 수 있겠습니다."

이만이 물었다.

"그게 무슨 말인가."

민종도가 말했다.

"밭에 가서 하늘에 대고 통곡하시니 이 어찌 효자가 아니겠습니
까?"[1]

당시 민종도는 열네 살이었다. 이만은 몹시 부끄러웠으나 결국 그
말 때문에 자기 딸을 시집보냈다.

---

1 밭에……아니겠습니까 : 순임금의 고사를 인용하여 비꼰 것이다. 『서경(書經)』「대우모(大禹謨)」
  에 따르면, 순임금이 부모에게 용납받지 못하자 밭에 가서 하늘에 대고 통곡하였다고 한다.

18

최립의 문장 공부법

어떤 사람이 간이(簡易) 최립(崔岦, 1539~1612)에게 배우기를 청하자, 간이가 말했다.

"나에게 배울 이유가 없다. 자네가 문장을 짓고자 한다면 반드시 나의 스승 소재(蘇齋, 노수신(盧守慎)) 선생처럼 19년 동안 귀양살이 하면서 하루도 책을 읽지 않는 날이 없어야 한다. 또 반드시 나 같은 상놈처럼 타고난 기운이 튼튼하여 밤낮없이 책을 읽어도 병이 나지 않아야 문장을 이룰 수 있다. 책을 읽지 않으면 비록 나를 스승으로 삼아도 무익하다. 과문(科文)을 짓고자 한다면 경전과 사서를 외고 과제문(科製文)을 보는 것으로 충분하니, 어찌 나를 스승으로 삼을 필요가 있겠느냐."

19

한덕사의 문장

직장(直長) 한덕사(韓惠師, 1675?~1727)는 글을 잘 지어서 사람들이 한문장(韓文章)이라고 불렀다. 어떤 사람이 『남화경(南華經)』의 뜻을 물었는데, 한덕사가 「제물론(齊物論)」의 '북명에 물고기가 있다〔北溟有魚〕'라는 구절을 풀이하였다.

"북명(北溟)은 음(陰)이고 정(靜)이며, 물고기는 양(陽)이고 동(動)이다. 북명에 물고기가 있다는 것은 음에서 양이 생기고 정에서 동이 생긴다는 것이다. 다른 부분도 모두 이와 같다."

20

정태화의 안목

정승 정태화가 한번은 부인의 배를 가리키며 말했다.

"저 배에서 오래 살고 부유하며 귀하게 될 자식이 태어날 것이니 어찌 기이하지 않은가?"

훗날 정재악(鄭載岳, 1636~1727)은 여든이 넘어 세상을 떠났으니 보기드문 나이였고, 정재륜(鄭載崙, 1648~1723)은 부마가 되어 수만금의 재산을 모아 큰 부자가 되었다. 정재숭은 벼슬이 정승에 이르렀으니 지극히 귀하게 되었다. 앞날을 내다보는 정승의 안목이 어찌 이리도 신묘한가.

21

이덕형의 시

아계(鵝溪) 이산해(李山海, 1539~1609)가 대사성을 지낼 적에 성균관에서 선비들을 시험하였는데, '맥상화(陌上花)'[1]를 시제(詩題)로 삼았다. 한 시권을 보니 글이 몹시 화려하여 이산해가 찬탄해마지않았다. 읽다가

그 옛날 전당에서 패업을 이루었는데	錢塘當日伯業開
고향은 물고기 잡고 소금 굽는 서른 고을이라네.	故國魚鹽三十州
황금은 집에 가득하고 구슬은 한 말인데	黃金堆屋斗量珠
대낮에 풍악소리 누각에 울려퍼지네.	白日歌鍾喧玉樓

따위의 구절에 이르자, 이산해가 칭찬하며 말했다.

"회고(懷古)하는 시제에 번화한 기상이 있으니 이 시를 지은 사람은 반드시 부귀하게 될 것이다."

그러고는 마침내 1등에 두었다. 봉함을 뜯어 이름을 보니 다름아닌

---

1 맥상화(陌上花) : 악부제(樂府題)의 하나이다. 중국 오대(五代)의 오월왕(吳越王) 전류(錢鏐)의 왕비 대씨(戴氏)는 봄이 오면 고향 임안(臨安)으로 돌아갔는데, 왕이 왕비에게 편지를 보내어 "길가에 꽃이 피었으니 천천히 돌아오시오[陌上花開, 可緩緩歸矣]"라고 하였다. 오(吳) 땅 사람들이 이를 노래로 만들어 불렀다.

한음(漢陰) 이덕형(李德馨, 1561~1613)이었는데, 당시 나이 열다섯이었다. 이산해가 마침내 딸을 그에게 시집보냈다.

22

이준경의 지혜

서애(西厓) 유성룡(柳成龍, 1542~1607)은 영남 사람이다. 처음 벼슬할 적에 정승 동고(東皐) 이준경(李浚慶, 1499~1572)을 찾아뵈었다. 이준경이 말했다.

"자네는 교외에 별장이 있는가?"

"없습니다."

"벼슬하는 사람은 별장이 없어서는 안 된다네."

유성룡이 물러나와 다른 사람에게 말했다.

"이 정승께서는 몸가짐과 처세하는 방법에 대해서는 한 마디도 하지 않으시고 나에게 교외에 별장을 마련하도록 권하기만 하셨으니, 우활하지 않은가."

그 뒤 유성룡이 갑자기 문외출송(門外黜送)[1]을 당하였다. 날이 저물어 방황하는데 갈 곳이 없어 마을 사람의 초가집을 빌려 묵었다. 그제야 이준경의 말을 떠올리고 탄식하였다.

"이공께서는 지혜로운 분이라 하겠다."

---

1 문외출송(門外黜送) : 조선시대에 죄 지은 사람의 관작을 빼앗고 한양 밖으로 추방하던 형벌.

23

김집의 신독

신독재(愼獨齋) 김집(金集, 1574~1656) 선생이 소싯적에 친구 집 여종이 편지를 갖고 온 적이 있었다. 마침 하루종일 큰 비가 내려 여종이 돌아가지 못했다. 김집은 부득이 여종을 바깥채에서 자고 가게 하였는데, 여종은 나이가 어리고 자색이 아름다웠다. 김집이 밤에 자리에 눕자 마음이 흔들려 억누르기가 어려웠다. 그러자 일어나서 자물쇠로 문을 잠그고 다시 누웠다. 그래도 마음이 여전히 흔들리자 열쇠를 지붕 위로 던져버렸다고 한다. 선생은 신독(愼獨)[1]이라는 호의 뜻을 저버리지 않았다고 하겠다.

---

1 신독(愼獨) : 홀로 있을 때 삼간다는 뜻으로, 『중용(中庸)』의 "군자는 홀로 있을 때 삼간다(君子愼其獨也)"에서 나온 것이다.

24

오색대간

숙종조(肅宗朝)에 황(黃) 아무개가 연로한 나이로 간관(諫官)에 임명되었다. 어떤 사람이 놀리며 '오색 대간(五色臺諫)'이라고 하였다. 그의 성이 황(黃, 황씨(黃氏))이고, 관직은 청(靑, 청요직(淸要職))이며, 그 도포는 홍(紅, 홍포(紅袍))이며, 그 머리털은 백(白, 백발(白髮))이며, 그 마음은 흑(黑, 흑심(黑心))이라는 뜻이다.

25

정세규의 과문

판서 정세규(鄭世規)가 젊은 시절 과문(科文)을 지어 동주공(東州公, 이민
구)에게 물었다.

"합격할 수 있겠습니까?"

동주공이 말했다.

"문장은 좋소. 다만 과거시험의 체재와는 맞지 않으니, 반드시 합
격할지는 알 수 없소."

정공은 이로부터 다시는 과거를 보지 않았다.

26

이항복의 청렴

오성(鰲城) 이항복(李恒福, 1556~1618)이 병조판서로 있을 적에 이웃의 무인(武人)이 관직 한 자리를 얻고자 하였으나 이공이 공정하여 감히 사적인 부탁을 할 수 없었다. 그 사람은 이공의 집이 가난하다는 것을 알고 쌀 포대를 담장 위에 두고는, 이공의 집안에서 이 쌀가마니를 갖다가 쓰면 이를 구실삼아 벼슬을 얻으려 하였다. 이공은 몸가짐이 청렴하여 종들도 그에게 교화되었기에 며칠 동안 쌀가마니가 담장에 놓여 있어도 한 사람도 돌아보지 않았다.

하루는 이공의 집에 양식이 떨어져 밥을 짓지 못하게 되었다. 이공의 부인이 어쩔 수 없이 계집종을 시켜 그 쌀가마니를 가져와 밥을 지었다. 이공이 마침 나갔다 돌아와서 부인에게 물었다.

"담장 위의 쌀가마니는 어디로 갔소?"

부인이 사실대로 아뢰자 이공이 혀를 차며 탄식하기를 그치지 않다가 이렇게 말했다.

"쌀값은 갚지 않을 수 없군."

마침내 그 사람을 미관말직에 제수하였다.

27

김득신과 박장원의 우정

백곡 김득신과 판서 박장원(朴長遠, 1612~1671)은 교분이 매우 두터워 우애가 형제와 같았다. 김공이 어버이의 상을 당하였는데, 집이 가난하여 제사를 지낼 수가 없었다. 박공이 관찰사에 제수되자 김공을 찾아가 작별 인사를 하며 말했다.

"대상(大祥) 때 쓸 제수(祭需)는 내가 모두 마련해서 보낼 터이니, 자네는 걱정 말게."

박공은 믿음직한 사람으로, 평소 약속을 어겨 남을 저버린 적이 없었다. 김공은 그 말을 믿고 대상 날짜가 임박하도록 제수를 하나도 준비하지 않았다. 박공은 감영에 도착하자마자 즉시 제수를 마련하여 보냈는데, 마침 장마가 져서 강물이 넘치는 바람에 길이 막혀 기일 전에 갈 수가 없었다. 김공의 가족들은 날마다 고대하였으나 대상 전날밤에도 끝내 소식이 없자 모두 속았다고 여겼다. 김공만은 그렇지 않다고 하며 말했다.

"세상에 어찌 사람을 속이는 박장원이가 있단 말인가?"

한밤중에 어떤 사람이 문을 두드리며 아이종을 부르기에 나가보니 감영의 아전이 제수를 가지고 왔다.

28

이진기의 과시

지사(知事) 이진기(李震箕, 1653~?)는 나이 일흔다섯에 증광문과(增廣文科)에 급제하였으니 진실로 세상에 보기 드문 인재이며 세상에 드문 일이다. 초시(初試)를 보러 홍천(洪川)의 시험장으로 갔는데, 답안을 완성하자 지팡이를 짚고 시권을 들고 가서 시험장에 갖다 바치며 말했다.

"여든 노인이 황천으로 가다가 잘못 길을 들어 홍천에 와서 답안지를 내고 갑니다."

고시관(考試官)이 모두 큰 소리로 웃으며 말했다.

"이 사람은 떨어뜨릴 수 없구나."

그러고는 드디어 합격자 명단에 두었다고 한다.

29

신경진의 시구

평성군(平城君) 신경진(申景禛, 1575~1643)은 무인(武人)이다. 평소 문자를 이해하지 못하였으나 글짓기는 좋아하였다. 한번은 한 구절을 지었다.

나무 나무 홰나무에 맑은 바람이 부네.　　　　　　木木槐木淸風多

그 대구(對句)를 짓지 못하여 아쉬워했는데, 어떤 유생이 대구를 지었다.

재상 재상 신재상 풍월이 좋구나.　　　　　　　相相申相風月好

이는 기롱한 것이다.[1] 또 한번은 원접사(遠接使)로 의주(義州)에 가서 시를 지었다.

---

1 기롱한 것이다 : 풍월은 음풍농월의 준말로 시를 뜻한다. 은근히 신경진이 지은 시를 비꼰 것이다.

의주의 풍월이 좋구나.　　　　　　　　　　　　義州風月好

    지나는 길에 가는 곳마다 반드시 '아무 고을의 풍월이 좋구나'를 첫 구로 삼았다. 그러다가 개성부에 도착하자 탄식하며 말했다.

    "개성부는 좋지 않은 곳이니 시도 지을 수 없다."

    '개성부의 풍월이 좋구나〔開城府風月好〕'라는 구절을 지으면 육언(六言)이 되는데 평성군은 육언시가 있는 줄 몰랐던 것이다. 이 말을 들은 사람들이 비웃었다. 또 아들에게 보낸 편지에 이렇게 말했다.

    "지관이 우리 산소를 보고 정승이 나올 것이라 하였으니, 그렇다면 좋겠구나."

30

권대재의 몸가짐

판서 권대재(權大載, 1620~1689)는 몸가짐이 검소하여 관직에 있으면서 청렴하고 간소한 생활을 하였다. 한번은 공주판관(公州判官)이 되었는데, 판관은 감사(監司)에게 필요한 물품을 제공하는 것이 관례였다. 그가 모든 물품을 절약하고 함부로 쓰지 못하게 하자 감사가 몹시 괴로워하였다. 감사는 자기가 거처하는 방의 온돌이 항상 차가워 방자(房子)에게 물었더니 이렇게 말했다.

"판관이 주는 땔감이 얼마 되지 않아 그렇습니다."

훗날 감사가 판관에게 말했다.

"땔감이 적어서 온돌이 차가우니 다음에는 넉넉히 주게."

권대재가 말했다.

"따뜻하게 해드리는 것이 뭐 어렵겠습니까?"

이날 방자를 불러서 다시 예전처럼 땔감을 주고서 직접 가서 감독하였는데, 한 토막도 남기지 않고 모조리 불을 때었다. 온돌이 화로처럼 뜨거워지자 감사가 참지 못하고 통인(通引)을 시켜 전했다.

"판관, 빨리 치우게! 빨리 치우게! 내 다시는 온돌이 차갑다고 하지 않겠네."

하루는 판관이 감사를 뵈러 갔는데 어떤 군관(軍官)이 동헌(東軒)에 걸터앉아 흘겨보았다. 들어가서 그 사람의 성명을 물어보니,

"방가(方哥)입니다."

라고 하고, 사는 곳을 물어보니,

"다방동(多方洞)입니다."

라고 하였다. 다방동은 중인(中人)이 사는 곳이다. 판관이 마침내 하리(下吏)를 시켜 갑자기 그 사람을 마당에 끌어내고 죄를 따지며 말했다.

"감사는 사대부이고, 나 또한 사대부이다. 내가 날마다 관대(冠帶)를 차고 문안을 하는 것은 상관과 하관의 의리 때문이다. 내가 비록 감사의 하관이라고는 하지만 사대부이다. 너는 비록 감사의 비장(裨將)이라고는 하지만 성(姓)이 방가이고 다방동에 살고 있으니 사대부가 아니라 중인이다. 네가 어찌 감히 동헌에 걸터앉아 사대부를 쳐다보느냐?"

그러고는 하리에게 명하여 대분투로 무수히 뺨을 치게 하였다. 이어서 즉시 관아에 보고하고 부인에게 급히 짐을 꾸리게 하여 길을 떠났다. 판관은 바로 영문에서 말을 달려 서울로 향하였다. 군관들이 모두 감사에게 하소연하였다.

"예로부터 감사의 하관은 감히 군관을 때리지 못하였는데, 지금 판관이 전례 없는 짓을 했습니다. 이런데도 죄를 다스리지 않으면 군관들이 견디지 못할 것입니다."

감사가 크게 꾸짖으며 말했다.

"붉은 여우가죽 이엄(耳掩, 귀가리개)을 쓴 지 15년이나 된 자를 권대재가 어떻게 다스릴 수 있겠느냐? 방비장(方裨將)이 실례를 저질렀

으니 그 죄는 곤장을 쳐야 할 것이다."

마침내 곤장을 치고 군관의 직책에서 물러나게 하였다. 그러고는 여러 차례 사람을 보내 사죄하며 임소로 돌아오게 하였으나 권대재는 듣지 않고 가버렸다. 감사가 직접 말을 달려 금강(錦江) 가에 이르러서야 만류하여 함께 돌아왔다.

31

벼슬 구하는 글

이창원(李昌元, 1694~?)[1]과 조경빈(趙景彬, 1693~?)[2]은 사이가 좋았는데, 한번은 이창원이 시를 지어 벼슬을 구하는 조경빈을 놀리자 조경빈이 몹시 화를 내었다. 판서 윤유(尹游, 1674~1737)[3]가 병조(兵曹)를 맡게 되자, 이창원의 아버지인 판서 이정제(李廷濟)와 친구 사이였기에 이창원을 사산감역(四山監役)[4]에 의망(擬望)[5]하려 하였다. 조경빈이 이를 알고 그가 벼슬하는 것을 막고자 자기 종제(從弟) 조갑빈(趙甲彬)과 함께 이창원의 벼슬 구하는 글을 의작(擬作)하였다. 그리고 윤유가 정사(政事)하러 가는 날을 틈타 사람을 시켜 길에서 바치게 하였다. 윤유는 펼쳐보고 큰 소리로 웃었으나 사람들의 말이 있을까 두려워 마침내 의망하지 않았다. 그 글은 다음과 같다.

---

1 이창원(李昌元) : 본관은 부평(富平), 자는 도문(道文), 1735년 생원·진사시에 급제하였다.

2 조경빈(趙景彬) : 본관은 양주(楊州), 자는 화서(華端), 1719년 생원시에 급제하였다.

3 윤유(尹游) : 본관은 해평(海平), 자는 백숙(伯叔), 호는 만하(晩霞), 시호는 익헌(翼憲). 그가 병조판서에 오른 것은 1734년의 일이다.

4 사산감역(四山監役) : 도성(都城) 주위의 산에 있는 성첩(城堞)과 임목(林木)을 수호하는 책임을 맡은 벼슬.

5 의망(擬望) : 삼망(三望)으로 관직의 후보를 추천하는 것.

글재주는 게 꼬리처럼 짧아 현달할 가망이 없지만, 견항(犬項)[6]에 자리가 비었으니 충원되기를 기대합니다. 대감께서 슬피 여기고 가련히 여겨주신다면 그것이 소인의 명(命)이고 복(福)입니다.

삼가 생각건대 소생은 무너진 산이나 얕은 산기슭처럼 몰락한 가문의 후손이며 냄새나는 젓갈이나 좀벌레의 종자 같은 잔약한 목숨입니다. 육품에 먼저 뽑혀 항상 북경에 매달린 코를 어루만지고, 한 집안에 훌륭한 조력자가 있어 항상 남문에 걸린 솟을대문을 자랑하였습니다.

그러나 운수가 기박하여 갑자기 나이만 들었습니다. 사람됨이 발끈하여 온갖 일을 감당할 수 있다고 자부하지만, 운명이 어긋나 아직까지 첫 벼슬도 맡지 못하였습니다. 윤운중(尹雲仲, 윤경룡(尹敬龍, 1686~1743))의 사모관대를 빌려 써보니, 박수복(朴守僕)[7]이 엿보는 것이 부끄럽습니다. 능참봉의 운수를 자세히 미루어보아도, 오판서의 정직한 말을 징험할 수 없습니다.

사람들은 모두 녹봉을 받아먹는데 발매책(發賣冊)[8]의 유학이라 불쌍하고, 아들이 장차 아내를 맞이하여 존호를 올리는 데 생원이라 시름겹습니다. 대과(大科)와 소과(小科)는 모두 동학(同學)들에게 양보하여 나 홀로 풍년의 거지 같은 신세가 되었고, 집안을 위한 계책은 오직 후손에게 바랄 뿐이니 사람들은 혹 명사고불(名士古佛)[9]을 기대합니다.

한림원(翰林院)이 삼엄하니 군경(君敬)[10]처럼 한림(翰林)[11]이 되기

---

6 견항(犬項) : 삼전도(三田渡) 인근의 나루 이름.

7 수복(守僕) : 묘(廟)·사(社)·능(陵)·원(園)·서원(書院) 등의 제사에 관한 일을 맡아보는 관리.

8 발매책(發賣冊) : 발매(發賣)는 기근이 들었을 때 기민(飢民)을 구제할 목적으로 정해진 가격에 곡식을 판매하는 일을 말한다. 발매책은 판매한 가호(家戶)의 명단과 수량을 적은 장부.

에 이 몸은 이미 틀렸고, 빙고(氷庫)가 시원하니 화서(華瑞)12가 별제(別提)13 벼슬에 오른 모습을 보면 매우 부럽습니다. 단지 집안의 운수가 좋지 않기 때문에 매번 벼슬길이 아직도 더디다 한스러워하였습니다.

아버지는 헐후(歇后)하고 숙부는 지혜가 없어 이끌어줄 길이 없고, 형은 늘 취해 있고 아우는 병이 많으니 누가 도와주겠습니까. 집안에 판서가 있지만 녹봉 받는 벼슬 한 자리 얻지 못했고, 대대로 매달린 물건이 없어 도리어 후사로 들어간 형님14이 부럽습니다. 관왕묘(關王廟)에서 점을 쳐보고 한두 해 자못 길하다는 결과를 얻었고, 동네 친구가 관상을 보고 매번 마흔 살이 되면 운수가 조금 통할 것이라 말하였습니다.

다행히 이번 병조판서께서는 나와 같은 마을에 사시는 어른입니다. 어르신과 아우 대감님께는 아들이 아비를 섬기듯 하였고, 참봉공이나 정랑과는 형과 아우처럼 지냈습니다. 문하를 출입하며 골육의 은혜를 우러러보았고, 병조에 좌정하시니 마침내 명자(名字)를 바꾸어주시길 바랍니다. 가슴속으로 항상 덕을 구걸하였으나 풍산수(豊山守)가 장가드는 것15이 어느 때이겠습니까? 요사이 번번이 헛되이 채호주(蔡湖洲)16의 벼슬 제수를 오로지 믿었습니다. 공좌부(公座簿)17의 달수가 이미 차서 가감역(假監役)이 바뀐다는 말을 듣긴 했지만, 노론(老論)과 소론(少論)은 마음이 통하지 않는데 이조판서가 당

---

9 명사고불(名士古佛) : 문과(文科) 급제자의 아버지를 일컫는 말.

10 군경(君敬) : 미상

11 한림(翰林) : 예문관(藝文館) 검열(檢閱)의 별칭.

12 화서(華瑞) : 조경빈의 자(字)

13 별제(別提) : 전각 관아에 속한 정6품 또는 종6품 벼슬.

14 형님 : 이경원(李景元)을 말하는 듯하다.

색이 다르니 어찌하겠습니까?

이번에 사산감역 두 자리가 비었으니 천재일우(千載一遇)의 기회입니다. 이처럼 좋은 기회를 만났으니 노처녀가 코를 깨무는 것[18]을 어찌 막을 수 있겠습니까? 나으리〔進賜〕라 일컬으며 그냥 서방으로 생을 마치는 것을 면하고자 합니다. 아내가 노비처럼 꾸짖는 것은 바로 매번 낙방했기 때문이고, 머물 곳 없는 신세는 실로 사람마다 벼슬을 얻었기 때문입니다. 백금(伯禽)은 마조(馬曹)를 떠나자마자 어버이를 봉양할 꼴과 콩이 없었고, 중우(仲羽)는 인수(印綬)를 풀어놓고 나서 여종을 먹일 기장도 대기 어려웠습니다.

이러한 절박한 이유를 가지고 감히 차례대로 아룁니다. 단지 평소의 덕을 믿사오니 그저 뽑아주시기만 하시고, 일가의 어른들은 헤아릴 것 없습니다. 바라는 것은 이뿐이니 공명을 이루기 원하는 것이라 말할 수

---

15 풍산수(豊山守)가 장가드는 것 : 풍산수는 비안정(比安正)의 아들이다. 불구의 몸인지라 혼인을 하지 못하였기에, 하루는 정혼되었다 속이고 신랑의 행차를 꾸며 신부의 집으로 무작정 들어갔다. 신부 집에서는 그를 내쫓고자 하였으나, 처음 입고 온 옷을 다 입힌 다음에야 내쫓을 수 있었다. 이에 신부 집에서는 80세 된 노친이 신랑의 행차를 미처 보지 못하였다는 핑계로 처음 입고 온 옷을 다시 입게 하고는 그대로 대문 밖으로 내쳤다. 이로 인해 세상 사람들이 잘 되지 않는 일을 일러 '풍산씨입장(豊山氏入丈)'이라 하였다(『청강선생후청쇄어(淸江先生鯸鯖瑣語)』「청강선생소총(淸江先生笑叢)」참조).

16 채호주(蔡湖洲) : 채유후(蔡裕後, 1599~1660). 본관은 평강(平康), 자는 백창(伯昌), 호는 호주(湖洲), 시호는 문혜(文惠).

17 공좌부(公座簿) : 공석(公席)에 대한 문서. ① 출근부(出勤簿). ② 공식회의(公式會議)에 출석한 사람의 기록부.

18 코를 깨무는 것 : 기회를 놓치지 않고 움직인다는 뜻이다. 당(唐)나라의 왕처직(王處直)이 양자(養子) 왕도(王都)에게 배신당해 갇히는 신세가 되었다. 왕도가 왕처직을 만나러 오자, 왕처직은 그의 가슴팍을 잡고 흔들며, "역적아! 내가 너에게 무엇을 저버렸더냐"라고 꾸짖었으나, 좌우에 무기가 없었기에 코를 깨물려 하였다. 왕도는 달아났고, 왕처직은 마침내 죽임을 당했다.

없고, 그 정상이 매우 가련하니 혹 염치없는 행동을 용서해주시길 바랍니다.

오사모(烏紗帽)와 흑각대(黑角帶)는 김화(金化)의 숙부가 전에 쓰던 것이 남아 있고, 홍단령(紅團領)과 청창의(靑氅衣)는 아기씨가 미리 준비해둔 지 이미 오래되었습니다. 도목정사(都目政事)[19]가 있는 날 제수되는 은혜를 입기를 바랍니다. 정청사령(政廳使令)이 여종을 부르는 소리에 몇 꿰미 돈이 무엇이 아깝겠으며, 산직군사(山直軍士)가 문안을 아뢰면 한 병의 술이야 어렵지 않을 것입니다. 공도(公道)가 매우 넓어져 먼 지방의 무사들도 모두 수용되었는데, 평소 우정이 돈독하였으니 벗의 어린 아들을 어찌 차마 잊어버리시겠습니까? 이에 감히 중언부언하니, 부망(副望)이나 말망(末望)으로 의망하지 마소서.

벼슬에 제수되는 날 삼가 마땅히 정승께서 승승장구하기를 기원할 것입니다. 직분에 관계된 것이니 어찌 한성부(漢城府)의 신칙(申飭)을 기다려 산을 순찰하겠습니까? 은덕이 망극하니 연희궁(延禧宮)의 소나무를 베는 것은 특히 엄하게 금지하겠습니다.

'육품에 먼저 뽑히고 북경에 코를 매달다'는 말은 우리나라에서 중국으로 갔던 사신이 돌아올 때 먼저 오는 자에게 먼저 육품의 자급을 더해주는데, 이정제가 연경에 갔을 때 이창원이 자제군관(子弟軍官)으로 따라갔다가 코가 얼어서 왔기 때문이다. '발매책 유학'이라는 말은 계축년(1733, 영조8)에 흉년이 들었을 때 벼슬이 없는 자는 조정에서 창고의 곡식을 내어 진휼해주었는데, 그 성명을 책에 적은 것이다. '대

---

19 도목정사(都目政事) : 매년 6월과 12월에 관원의 성적을 고과하여 출척(黜陟)하는 일.

대로 매다는 물건'이라는 말은 종묘와 문묘에 배향된 공신, 청백리, 전쟁에서 죽은 사람의 자손을 벼슬에 의망할 때 반드시 이름 아래에 아무개의 후손이라는 주를 다는 것이다. '관왕묘에서 점을 치다'는 말은 나라의 풍속에 운명을 헤아리려는 자는 반드시 관왕묘(關王廟)에 가서 산통(筭筒)에서 제비를 뽑아 길흉을 점치는 것이다. '마흔 살의 운수'라는 말은 나라의 법에 생원·진사는 나이 서른, 유학은 나이 마흔이 되어야 벼슬에 제수한다는 것이다. '연희궁(延禧宮)'은 윤공의 별장이다.

당시 상공 민진원(閔鎭遠, 1664~1736)이 이 글을 보고 기이하게 여기며 베껴 써 책상 위에 두었다가 손님이 오면 반드시 펼쳐 한번 읽고 말했다.

"만약 이 글이 없었더라면 기나긴 여름날을 내가 어떻게 보냈겠는가?"

32

우리나라의 명필

내가 『대동서법』에 실린 사람을 살펴보니 모두 51인이다. 김생(金生),
학사(學士) 최치원(崔致遠), 포은(圃隱) 정몽주(鄭夢周), 익재(益齋) 이제현
(李齊賢), 행촌(杏村) 이암(李嵒), 안렴사(按廉使) 설경수(偰慶壽), 박초(朴
礎), 유항(柳巷) 한수(韓脩), 독곡(獨谷) 성석린(成石璘), 정승 하연(河演),
학사 박팽년(朴彭年), 안평대군(安平大君) 이용(李瑢), 관찰사 성개(成槪),
암헌(巖軒) 신장(申檣), 직제학 최흥효(崔興孝), 내성(萊城) 정난종(鄭蘭宗),
문학 유공권(柳公權), 인재(仁齋) 강희안(姜希顔), 직학(直學) 김로(金魯),
퇴휴(退休) 소세양(蘇世讓), 안재(安齋) 성임(成任), 유연(悠然) 김희수(金
希壽), 호음(湖陰) 정사룡(鄭士龍), 자암(自菴) 김구(金絿), 하서(河西) 김인
후(金麟厚), 퇴계(退溪) 이황(李滉), 이암(頤菴) 송인(宋寅), 옥봉(玉峯) 백광
훈(白光勳), 송호(松湖) 백진남(白振南), 청송(聽松) 성수침(成守琛), 우계(牛
溪) 성혼(成渾), 아계(鵝溪) 이산해(李山海), 석봉(石峯) 한호(韓濩), 만취(晚
翠) 오억령(吳億齡), 봉래(蓬萊) 양사언(楊士彦), 고산(孤山) 황기로(黃耆老),
옥산(玉山) 이우(李瑀), 남강(南崗) 한준(韓準), 청강(清江) 이제신(李濟臣),
남창(南窓) 김현성(金玄成), 동회(東淮) 신익성(申翊聖), 죽남(竹南) 오준(吳
竣), 탄옹(灘翁) 이현(李袨), 동은(峒隱) 이의건(李義健), 이천(梨川) 이홍주

(李弘胄), 송계(松溪) 이인기(李麟奇), 장성(長城) 이숙(李潚), 청선(聽蟬) 이지정(李志定), 하녕(夏寧) 조문수(曺文秀), 창강(滄江) 조속(趙涑), 복천(復泉) 강학년(姜鶴年)이다.

이 가운데 김생, 최치원, 이암, 안평대군, 김구, 백광훈 부자, 성수침, 이산해, 한호, 양사언, 황기로, 김현성, 오준, 이지정은 더욱 유명하다. 당시의 모범이 되고 후세에 전할 만한 사람으로 말하자면 김생과 안평대군, 한호 세 사람에 불과하니, 서예가 어렵다는 말이 과연 옳지 않은가.

이지정, 『대동서법』 본문
국립중앙도서관 소장. 우리나라 명필 51인의 글씨를 판각하여 엮은 책이다.

33

정재륜의 처신

동평위(東平尉) 정재륜은 사람됨이 공손하고 검소하며 신중하였다. 한 번은 반 칸 집을 짓고서 책을 네 귀퉁이에 쌓아놓았는데 그 사이에는 두 사람만 들어갈 수 있었다. 정재륜은 늘 그 안에 있으면서 손님을 접대하였는데, 한 사람이 오면 다른 한 사람은 부득이 일어나 가야 했다. 세 사람이 모여서 이야기를 하면 갑과 주고받은 말을 을이 반드시 다른 사람에게 전할 것이라 생각했기 때문이다. 다른 사람과 주고받은 편지도 반드시 조각조각 잘라서 꼬아 새끼줄을 만들고 이렇게 말했다.

"이런저런 이야기로 남들의 눈을 번거롭게 해서는 안 된다."

34

이계의 시

이계(李烓, 1603~1642)는 시에 능하였지만 성품이 교만하였다. 한번은 기러기에 대한 시를 지었다.

소상강(瀟湘江)[1] 언덕에서 놀라 날아오르니	驚起瀟湘岸
우는 소리가 운몽택(雲夢澤)[2]까지 이어지네.	聲連夢澤羣
가을 바람이 만 리 먼 곳에서 불어오니	西風吹萬里
찬 그림자 이미 진(秦)나라 땅 구름이 되었네.	寒影已秦雲

당시 문형에 있던 사람이 이계에게 말했다.

"자네의 시는 아름답다면 아름답지만 '이(已)'자는 온당치 않네. '입(入)'으로 고치면 더욱 좋을 것이네."

이계가 한참 있다 대답하였다.

"사대부가 시를 지었는데 이렇게 해서는 안 될 것입니다."

그 사람이 몹시 부끄러워하였다.

---

1 소상강(瀟湘江) : 중국 호남성 동정호로 드는 강.

2 운몽택(雲夢澤) : 중국 호북성 소재.

35
이재춘의 글씨

근세에 이재춘(李再春)[1]이라는 사람이 있는데 글씨를 잘 쓰기로 유명하다. 한번은 필법을 품평한 적이 있었는데, 종요(鍾繇)를 첫손가락으로 꼽았고, 왕희지(王羲之)를 세 번째 손가락으로 꼽고는 두 번째 손가락은 펴놓고 굽히지 않았다. 어떤 이가 두 번째 손가락은 누구에게 해당하겠느냐고 물으니, 그가 대답하였다.

"나요."

이재춘은 종요의 서체를 배웠기 때문에 종요를 으뜸으로 여기고 왕희지를 자기 아래로 여긴 것이다. 사람들이 모두 그가 어리석다고 비웃었다. 그러나 사람이 스스로 높은 경지에 오르겠다고 다짐해야 그 성취가 낮지 않은 법이다.

---

1 이재춘(李再春, 1652~?) : 본관은 전의(全義), 자(字)는 유화(囿和).

36

남구만의 파자문

약천(藥泉) 남구만이 간지격(干支格)으로 파자문(破字文)을 지었다.

호미〔鉏〕를 휘둘러 쇠〔金〕를 떨어버리고 덮개는 호랑이〔寅〕 가죽으로
한다. 관(冠)을 쓰고 마음〔心〕을 조심하며 눈〔目〕을 가로 뜨고, 고무래
〔丁〕를 밟는다. 한 획은 세로, 한 획은 가로로 하고, 입〔口〕을 열어 낮
〔午〕을 삼킨다. 먼저 삐침〔撇, 丿〕을 날리고, 나중에 갈구리〔勾〕로 새
을(乙)자를 만든다. 외발 짐승 기(夔)[1]의 머리에 우(禹)임금의 다리, 가
슴에는 갑옷〔甲〕을 감춘다. 벼락〔震〕이 와서 비〔雨〕를 얻고 사람〔人〕이
가서 돼지〔亥〕에 앉는다. 발꿈치〔跟〕를 세워 동북쪽〔艮〕을 등지고, 낙
타젖〔酪〕을 마실 땐 유시〔酉, 5시~7시〕를 피한다. 왼쪽은 해(諧)자와
운(韻)자를 따르고 오른쪽은 무(戊)자를 쓴다.

이것은 '의령 남구만 운로가 적다〔宜寧南九萬雲路識〕'라는 여덟 글자
를 파자한 것이다. 문장이 몹시 기이하고 공교롭다.

---

1 기(夔) : 용의 뿔을 갖고 있고 사람의 얼굴을 하고 한 발 달린 전설 속의 동물(인물).

37

목씨 무인의 불통

어떤 목씨 성을 가진 무인이 병서(兵書)를 강하는데1 '역(易)'자에 이르
자 읽지 못하여 마침내 떨어졌다. 물러나와 다른 사람에게 말했다.

　"오늘 불통2한 글자의 모양은 위는 인가의 쌀되 같고[日] 아래는 그
　것을 네 손가락으로 움켜쥔 것 같았으니[勿] 어찌 괴이하지 않은
　가."

들은 사람들이 모두 비웃었다.

---

1 강하는데 : 시험관 앞에서 경서를 암독하는 과거시험이나 관리의 인사고과 시험 과정의 하나
　이다.
2 불통 : 강에서 합격한 것을 '통(通)'이라 하고 불합격한 것을 '불통(不通)'이라고 한다.

38

함흥 명기 가련

함흥에 이름난 기생 가련(可憐)이 있었다. 한번은 감사 권흠(權歆, 1644~1695)의 눈에 들었는데, 그를 위해 종신토록 수절하였다. 노래를 잘하였는데 〈출사표(出師表)〉를 잘 외워 불렀다. 참판 이광덕(李匡德, 1690~1748)이 외직으로 나가 갑산부사(甲山府使)가 되었는데, 행차가 함흥에 이르렀을 때 시를 지어주었다.

함흥의 여장부는 머리털이 새하얀데　　　　　咸關女俠鬢如絲

술에 취해 소리 높여 출사표를 부르네.　　　　醉後高歌兩出師

노래가 삼고초려 구절에 이르니　　　　　　　唱到草廬三顧語

쫓겨난 신하의 맑은 눈물 하염없이 떨어지네.　逐臣淸淚萬行垂

39

서예가의 글씨 공부

배우기도 어렵고 이루기도 어려운 것이 문장이며, 서예는 그 다음이
다. 그러므로 예전에 서예로 세상에 이름난 자들은 부지런히 노력한
뒤에야 성공할 수 있었던 것이다. 장지(張芝)[1]는 못가에서 서예를 배
웠는데 못물이 온통 새까맣게 되었으며, 종요(鍾繇)[2]는 십 년 동안 포
독산(抱犢山)에서 공부하였는데 나무와 바위가 모두 새까맣게 되었다.
조자앙(趙子昻, 조맹부(趙孟頫))은 십 년 동안 누대에서 내려오지 않았고,
기자산(夔子山)[3]은 매일 관아에서 1천 자를 쓴 뒤에야 식사를 했다. 아,
장지·종요·조자앙처럼 뛰어난 재주를 가진 사람도 이렇게 부지런
히 공부하였거늘, 하물며 평범한 재주를 가진 사람이야 어떻겠는가.

---

1 장지(張芝, ?~192) : 중국 후한(後漢) 때 장초(章草)에 뛰어났다.
2 종요(鍾繇, 151~230) : 자중국 후한 사람으로 팔분(八分, 隸書)·해서(楷書)·행서(行書)에
  뛰어났다.
3 기자산(夔子山) : 원나라 서예가 강리노노(康里巙巙, 1295~1345)이다. 행초(行草)에 특히 뛰
  어났다.

40

윤순의 서예평

|

판서 윤순(尹淳, 1680~1741)이 말했다.

"한호의 글씨는 상놈의 필체이다. 이재춘은 단지 목판 필진도(筆陣圖)¹를 익혔을 뿐이니 어찌 볼만하겠느냐?"

---

1 필진도(筆陣圖) : 글씨 쓰는 방법을 설명한 그림이다. 위부인(衛夫人) 또는 왕희지(王羲之)가 그렸다고 전한다.

41

이명은의 글씨 연습

장령 이명은(李命殷, 1627~?)은 서예에 벽(癖)이 있었다. 길을 가더라도 항상 나뭇가지를 들고 다니며 말했다.

"한시라도 붓 잡는 법을 잊어서는 안 된다."

결국 명필로 이름이 났다.

이명은의 글씨

『근묵』수록.『성호사설』에 따르면 이명은은 이지정(李志定)의 필법을 계승하
였으며, 집집마다 그의 글씨로 병풍을 장식하였다고 한다.

42

목낙선의 의리

호옹(壺翁) 목낙선(睦樂善, 1585~1645)과 나의 종5대조 동주공(東州公, 이민구)은 어렸을 때부터 가까운 친구였다. 그러나 동주공이 높은 벼슬에 오른 뒤로는 한 번도 집에 찾아가지 않았으며 편지도 보내지 않았다. 그러다가 정축년(1637, 인조 15) 동주공이 강화도의 일 때문에 영변(寧邊)으로 귀양가게 되었는데, 아무도 찾아오는 사람이 없었다. 오직 목낙선 공만 눈을 맞으며 강을 건너 술을 들고 작별하러 왔다. 밤새도록 정답게 이야기를 나누며 차마 헤어지지 못했다고 한다.

43

윤지인의 청렴

판서 윤지인(尹趾仁, 1656~1718)은 관직에 있으면서 청렴하고 검소하여 빙벽(氷蘗)의 지조[1]가 있다는 명성이 있었다. 사는 집이 좁고 누추하며 아침저녁으로 햇볕이 내리쬐었는데, 여름이면 사람들이 더위를 견디지 못하였으나 공은 편안히 지냈다.

　병조판서가 되었을 때 군교(軍校)들이 걱정하여 공이 나갔을 때를 틈타 처마에 차양을 걸어두었다. 공이 돌아와 보고서 꾸짖으며 들어간 비용이 얼마인지 묻고, 자기 집 돈으로 비용을 치렀다고 한다.

---

1 빙벽(氷蘗)의 지조 : 얼음물을 마시고 황벽나무를 먹는다는 말로, 청렴결백한 지조를 지킨다는 뜻이다.

44

채팽윤과 무명 시인

희암(希菴) 채팽윤(蔡彭胤, 1669~1731)이 한가로이 지내고 있는데 어떤 사람이 와서 아이종을 불렀다.

"채팽윤이 있는가?"

그 사람은 용모가 추하고 옷이 남루하여 거지 같은 모습이었다. 아이종이 꾸짖었다.

"너는 어떤 놈이길래 감히 재상의 이름을 부르느냐?"

희암이 마침 방안에 누워 있다가 그 소리를 듣고 이상하게 여겨 창문을 열고 들어오라 하였다. 그리고 함께 앉아 그에게 물었다.

"무슨 말을 듣고 왔느냐?"

"공의 시명을 들은 지 오래입니다. 소중한 글을 감상하고자 왔을 뿐입니다."

채공이 드디어 사고(私稿)를 꺼내 보여주자 그 사람이 살펴보고 말했다.

"공의 시는 모두 아름답습니다."

채공이 말했다.

"자네가 나의 시를 보았으니, 자네의 시는 어떤지 듣고 싶네."

그 사람이 말했다.

"공이 듣고자 하시니, 제목을 내고 운(韻)을 부르면 짓겠습니다."

채공이 '눈 내리는 찬 강에서 홀로 낚시질하네〔獨釣寒江雪〕'1를 제목으로 삼고, 응(凝)·승(繩)·응(鷹)자를 운으로 삼아 칠언절구(七言絶句)를 짓게 하였다. 그 사람이 바로 대답하였다.

백옥 같은 눈이 강에 날려 만 리가 얼어붙고	白玉連江萬里凝
얼마나 깊은지 알 수 없어 긴 낚싯줄 드리우네.	探深無計下長繩
고기 잡는 노인은 낚시를 거두고 빈손으로 지나가니	漁翁捲釣空過水
누가 농어회를 계응(季鷹)2에게 올리려나.	鱸鱠誰將薦季鷹

시를 다 짓자 하직 인사를 하고 떠나려 하였다. 채공이 그의 성명을 묻자 이렇게 대답하였다.

"이름은 없고, 성은 쏭가입니다."

채공은 그의 시를 읊을 때마다 감탄하며 이렇게 말했다.

"시어가 맑고 고상하여 다른 사람이 미칠 수 없을 뿐만 아니라 그의 용모를 보고 그의 말을 들어보니 이 사람은 숨은 군자로 세상을 업신여겨 자취를 감춘 자이다.

---

1 눈……낚시질하네 : 유종원(柳宗元)의 「강설(江雪)」에 나오는 구절이다.

2 계응(季鷹) : 진(晉)나라 때 장한(張翰)의 자임. 그는 오인(吳人)으로 낙중(洛中)에 들어가 벼슬을 하다가 가을 바람이 일자, 자기 고향 오중(吳中)의 순채국〔蓴羹〕과 농어회〔鱸鱠〕를 생각하여 "인생은 자기 뜻에 맞게 사는 게 중요하다" 하고는, 당장 벼슬을 그만두고 고향으로 가버렸다. 『진서(晉書)』 권92에 나온다.

45

오상렴의 시

진사(進士) 오상렴(吳尙濂, 1680~1707)은 호가 연초재(燕超齋)로 한 시대에 문장이 뛰어났으나 불행히 일찍 죽었다. 그가 지은 「친구를 전송하며〔送友人〕」 시는 다음과 같다.

백문로(白門路)로 걸어나가니	步出白門路
버드나무 자란 방죽에 꾀꼬리 우네.	楊堤聞早鶯
봄바람은 비를 부는데	東風吹雨色
남포에서 떠나는 그대 전송하네.	南浦送君行
음악 소리 빨라지니 애가 끊어지고	絃急隨斷腸
남은 술은 눈물과 함께 기울이네.	盃殘並淚傾
떠나는 수레 바라볼 수 없으니	征輪不可望
한 바퀴 구르면 한 번 마음 상하네.	一轉一傷情

46

노비 애남

애남(愛男)은 부원군(府院君) 이광정(李光庭, 1552~1627)의 노비다. 임진년(1592)에 왜구(倭寇)가 갑자기 쳐들어와 대가(大駕)가 서쪽으로 떠나게 되었을 때, 이공은 설서(說書)로 대궐에 숙직하고 있다가 도보로 모시고 가게 되었다. 애남은 난리가 났다는 소식을 듣고 말에 안장을 갖추어 공을 따라가 홍제원에서 공을 태웠다. 한밤중에 산을 넘고 물을 건너며 정성을 다해 말고삐를 잡았다. 임진(臨津)에 이르자 큰비가 쏟아지고 칠흑 같은 밤이라 지척을 분간할 수 없었다. 마을 사람들이 모두 도망가는 바람에 배가 어디에 있는지 몰라 백관이 노심초사하며 허둥대기만 할 뿐 방법을 찾지 못하였다. 애남이 강가 촌락에 불을 놓으니 대낮처럼 온통 밝아졌다. 그제야 나루 근처에 있는 배 몇 척이 보였다. 일행은 마침내 강을 건너게 되었다.

선조(宣祖)가 초가집에 불을 놓아 배를 찾은 것은 누구의 꾀냐고 묻자, 모시던 신하가 애남이라고 대답하였다. 임금이 몹시 기특하게 여겨 수라를 드시면 반드시 애남에게 주었다. 애남은 매번 마른 음식을 포대에 담아두었는데, 배천(白川)에 이르러 수라로 올릴 음식이 없자, 애남이 포대에서 꺼내 올렸다. 임금이 더욱 기특하게 여겼다.

난리가 끝나고 임금이 서울로 돌아오자 애남을 차비문¹으로 부르고 친히 금가락지를 내려 총애하였으나, 애남은 주머니에 넣어두고 평생 착용하지 않았다 한다.

---

1 차비문 : 궁궐 편전(便殿)의 앞문.

47

유일심의 공부

유일심(柳一心, 1687~1729?)은 해서(海西)의 금천(金川)에 살았다. 그 아비 유칙(柳伏)은 나이 스무 살 남짓에 발분하여 책을 읽었으나 겨우 이름을 쓸 수 있는 정도였다. 그런데도 항상 즐거워하며 말했다.

"우리 집 앞에 있는 천금짜리 윤씨네 좋은 밭과 나의 글을 바꾸자면 나는 하지 않겠다."

여섯 아들이 있었으나 유일심이 가장 재주가 있어 경서 읽기를 가르쳤는데, 일과를 정해 매우 부지런히 감독하였다. 임종을 앞두고 손을 잡으며 말했다.

"내가 죽거든 너는 상 치르는 일은 마음 쓰지 말고 열심히 글을 읽으며 반드시 성취하기를 기약하여 지하에 있는 아비의 혼을 위로하여라."

유일심은 울면서 대답하였다.

"말씀대로 하겠습니다."

성복(成服)을 하고 나서 드디어 책을 들고 산사에 올라가 밤낮없이 책을 읽었다. 장사지낼 때가 되어서야 비로소 집으로 돌아왔다가 장례가 끝나자 또 산사로 올라갔다. 한번은 서울에 올라가 책을 읽다가

8년이 지나서야 돌아왔다. 밥상을 들고 오는 아이를 보고서 아내에게 물었다.

"얘는 누구 아이요?"

아내가 말했다.

"당신이 떠나실 때 뱃속에 있던 아이입니다."

얼마나 부지런히 책을 읽었는지 알 수 있다. 마침내 기유년(1729) 시험에 합격하였으나 분관(分館)[1]을 하기도 전에 죽었으니 애석하다.

---

1 분관(分館) : 조선시대에 새로 문과에 급제한 사람을 승문원·성균관·교서관의 세 관청에 각각 나누어서 실무를 익히게 하던 일.

48

이몽리의 몸가짐

이몽리(李夢鯉)는 미천한 사람이지만 타고난 자질이 도(道)에 가까웠다. 어려서부터 높은 경지를 향해 공부했는데, 집에 있을 때는 반드시 무릎을 꿇고 앉았으며, 다닐 때는 반드시 천천히 걸었다.

판서 김취로(金取魯)의 노비 개금(介金)은 패악한 사람이었다. 이몽리의 범상치 않은 행동거지와 몹시 느린 걸음걸이를 보고서 마음속으로 미워하다가 마침내 밀어서 도랑에 빠뜨리고 말했다.

"어떤 놈이 이렇게 팔자걸음을 걷는가?"

이몽리는 도랑에서 옷을 털고 나오는데 성내는 기색도 꾸짖는 말도 없이 돌아보지 않고 가버렸다. 개금이 또 도랑으로 밀어넣자 이몽리는 또 돌아보지 않고 가버렸다. 개금이 그제야 몹시 놀라 기이하게 여기며 말했다.

"이 사람은 필시 도를 깨달은 사람일 것이다. 내가 오랫동안 살면서 여러 사람을 욕보였지만 이 사람처럼 터럭만큼도 성난 기색이 없는 사람은 보지 못했다."

그러고는 허리를 굽히고 이몽리의 앞에 나아가 말했다.

"소인이 죄를 지었으니 죽이든 살리든 마음대로 하십시오."

이몽리는 못 들은 척하고 가버렸다. 개금은 마침내 뒤를 밟아 이몽리의 집에 가서 사죄하였다. 그 뒤로 매월 초하루와 보름이면 반드시 그를 찾아가 안부를 물었다.

이몽리는 행실이 훌륭하여 효성으로 어버이를 섬기고 정성을 다해 스승을 섬겼다. 스승이 아들 없이 죽자, 이몽리는 항상 아침저녁 전(奠)을 올리는 자리에 갔는데 도보로 오가면서도 힘들어하지 않았다. 3년을 하루같이 하면서 비바람이 부는 날에도 그만두지 않았다. 지금 주상 을축년(1745)에 정승이 그의 효성을 아뢰자 성상께서 가상히 여겨 그의 어미에게 쌀과 고기를 하사하라고 하였다.

49

관상 1

판서 신정(申晸, 1628~1687)은 관상을 잘 보았다. 한번은 민진후(閔鎭厚, 1659~1720)가 자기의 궁달(窮達)을 묻자 이렇게 대답하였다.

"그대의 얼굴을 살펴보건대 귀한 기운이라고는 전혀 없으니 아마도 벼슬 한 자리 얻지 못할 듯하네."

민진후가 하직하고 나가자, 그의 행동과 걸음걸이를 보고는 불러들이더니 이렇게 말하였다.

"그대의 등을 살펴보니 모두 귀한 기운이요 귀한 팔자이니, 반드시 내 지위에 오를 것이네."

훗날 민공은 벼슬이 판서에 이르렀다.

50

관상 2

정승 김수항(金壽恒, 1629~1689)의 부인 나씨(羅氏)[1]는 사람을 알아보는
안목이 있었다. 한번은 사윗감을 고르는데, 여양부원군(驪陽府院君) 민
유중(閔維重, 1630~1687)의 집안에 사윗감이 있다는 이야기를 듣고, 아
들 김창협(金昌協, 1651~1708)에게 가서 살펴보게 하였다. 사윗감은 바
로 정승 민진원이었는데, 어릴 적에는 몸이 매우 약하였다. 김창협이
돌아와 어머니에게 아뢰었다.

"그 사람은 오래 살지 못할 것 같습니다."

나씨는 그의 말을 믿고 이(李) 아무개를 사위로 삼았다. 그 뒤 김공
(金公)이 개성유수(開城留守)가 되었는데, 당시 여양부원군은 평안도 관
찰사였다. 민진원이 어버이를 뵈러 내려가다가 개성부를 지나게 되
자, 나씨 부인이 듣고서 김창협에게 불러오게 하여 주렴 안쪽에서 살
펴보았다. 민진원이 떠난 뒤 농암(農巖, 김창협)을 불러 몹시 꾸짖었다.

"내가 그 사람을 살펴보니 귀한 기운이 얼굴에 가득하여 반드시 벼
슬이 정승에 오르고 오래 살며 부유하고 아들이 많을 것이다. 애석

---

1 나씨(羅氏) : 나성두(羅星斗, 1614~1663)의 딸이다. 나성두의 본관은 안정(安定), 자는 우천
(于天), 호는 기주(碁洲).

하구나, 너의 속된 눈으로 어찌 알겠느냐. 내 딸에게 복이 없으니 어찌 대신의 부인이 되겠느냐. 이 서방은 현달하지 못할 뿐 아니라 수명도 길지 않을 것이다. 그러나 내 딸이 반드시 이 서방보다 먼저 죽을 것이니, 모든 것이 운명이다. 내가 또 무엇을 한스러워하겠는가."

훗날 과연 그 말대로 되었다.

51

관상 3

김윤기(金潤基)라는 이는 관상을 잘 보기로 세상에 이름났다. 한번은 판서 오시복(吳始復, 1637~1713)을 보고 말했다.

"공의 오른손에 살기가 모여 있으니, 사흘 안에 반드시 악수(握手)[1]를 끼게 될 것입니다."

판서가 깜짝 놀라며 말했다.

"그대는 내가 죽을 것이라 여기는가?"

"아닙니다. 공은 얼굴에는 길한 기운이 가득 차 있으니 걱정 마십시오."

다음날, 판서는 종매(從妹)의 상을 당하였다. 장사지내는 도구를 모두 몸소 살펴보았는데, 계집종이 만든 악수의 모양이 맞지 않았다. 그래서 오른손에 끼어보고는 그것이 맞지 않는다고 꾸짖다가 잠시 후 김윤기의 말이 떠올라 탄식하였다.

"김윤기는 참으로 신묘한 사람이다."

승지 조식(趙湜)이 병조정랑을 지내다 파직되어 고향에 있었는데, 기사년(1689) 봄에 일이 있어 서울에 올라갔다. 김윤기가 그와 함께 배

---

1 악수(握手) : 시신을 염습할 때 손에 끼우는 수의(壽衣)의 일종. 악수(幄手)라고도 한다.

를 탔는데, 관상을 보고 말했다.

"갈도(喝導)의 소리가 귀에 들립니다."

우리나라에서는 사간원(司諫院)의 하예(下隸)를 갈도라 하니, 김윤기는 그가 반드시 간관(諫官)에 임명될 것이라 말한 것이다. 승지가 큰 소리로 웃으며 말했다.

"내가 때를 놓치고 금고를 당했는데 어찌 청요직(淸要職)에 오를 리가 있겠는가?"

서울에 도착하니 정국이 바뀌어 정언(正言)에 제수된 지 이미 사흘이 지나 있었다.

경오년(1690), 남양(南陽) 홍극제(洪克濟)가 증광시(增廣試) 초시(初試)에 장원급제하였는데, 함께 합격한 친구들이 집을 나와 공부하고 있었다. 어떤 친구가 김윤기를 불러들여 관상을 논하게 하니, 사람들이 모두 곤궁할지 영달할지 물어보았으나 홍극제만 묻지 않았다. 김윤기가 기이하게 여겨 자세히 살펴보고 말했다.

"이분도 초시에 합격하였습니까?"

사람들이 거짓으로 말했다.

"이 사람은 마침 우리들을 따라 함께 공부하고 있을 뿐이지 회시 공부를 하는 것은 아니다."

그러자 김윤기가 말했다.

"어찌 저를 속이십니까? 이분이 어찌 한갓 합격하기만 하였겠습니까? 필시 장원일 것입니다. 이분의 안색을 살펴보니 붉은 빛과 누런 빛이 얼굴에 가득합니다. 회시를 보러 가기도 전에 과거에 급제할 것이니, 아마도 열흘 이내가 되겠지요."

사람들이 꾸짖으며 말했다.

"이미 절제(節製)² 를 치를 때도 아니고 회시(會試)도 머지않았는데, 자네는 어찌 이런 헛소리를 하는가?"

김윤기가 말했다.

"이 선비를 위해서 반드시 과거가 한 번 열릴 것입니다."

며칠 되지 않아 숙종(肅宗)이 특별히 별과(別科)를 시행하여 선비를 뽑으니, 홍극제가 2등으로 합격하였다.

---

2 절제(節製) : 오순절제(五巡節製). 명절에 보는 다섯 가지 과거. 즉 인일제(人日製) · 삼일제(三日製) · 칠석제(七夕製) · 구일제(九日製) · 황감제(黃柑製)를 가리킨다.

52

오명수의 시

오명수(吳命修)가 연경 가는 사신에게 준 시는 다음과 같다.

동토에는 푸른 바다에 뛰어드는 사람이 없고　　　　東土無人蹈碧海

중원으로 가는 나그네에게 황하(黃河)를 묻는구나.　　中原送客問黃河

풍원(豊原) 조현명(趙顯命, 1690~1752)이 이조판서로 있을 때 이 시를 보고 칭찬하며 등용하여 금오랑(金吾郞)으로 삼았다.

53

최수량의 시

최수량(崔守亮)의 소양강(昭陽江) 시는 다음과 같다.

소양강 물이 홀연 붉게 일렁이니   昭陽江水忽飜紅

향로봉 꼭대기에 해가 떴구나.   日出香爐第一峯

삼월이라 아지랑이 자욱한데   三月烟花開爛熳

높은 데 올라 두건 기울인 채 봄바람에 취하네.   登高岸幘醉春風

시가 호탕하고 상쾌하여 좋다.

54

윤순의 시

판서 윤순이 감호사(監護使)로 전주(全州)에 갔다가 4월 8일 연등회(燃燈會)를 보고 시를 지었다.

태평성대에 작은 역적이 군대를 번거롭게 하랴	明時小醜足煩兵
옛적에 견훤도 성을 무너뜨렸다네.	從古甄萱亦弊城
호남으로 군대를 보내 역마를 급히 달리고	湖外分戎馳傳急
강남에서 개선하니 사람들 도움으로 이룬 것이네.	江南歸凱倚人成
수레 오가는 산하는 참으로 도회지이고	山河縮轂眞都會
안개 자욱한 촌락은 절로 태평하다네.	井落煙花自太平
부절 짚고 높은 데 올라 명절을 즐기니	杖節登臨酬令節
수많은 등불 밝아 패중(沛中)¹의 모습 아름답네.	沛中佳氣萬燈明

무신란(戊申亂) 감호사로 갔을 때의 일이다.

---

1 패중(沛中) : 패중은 한 고조(漢高祖)의 고향인 패현(沛縣)이다. 여기서는 태조의 관향인 전주(全州)를 비유한 것이다.

55

허목의 문장 2

동주(東州) 이민구(李敏求)가 한번은 미수 허목의 문장을 승려의 문장이라 하였으니, 무미건조함을 병통으로 여겼기 때문이다. 성호(星湖) 이익(李瀷)은 이렇게 말했다.

"우리나라 3백 년 동안의 글재주로 제일이라 할 만하다. 다만 서사에는 뛰어나지만 의론에는 부족하다."

56

이관징과 목내선의 약속

판서 이관징(李觀徵, 1618~1695)과 정승 목내선(睦來善, 1617~1704)은 사이가 좋았다. 함께 승가사(僧伽寺)[1]에 올라가 독서하였는데, 서울을 내려다보니 크고 아름다운 집을 짓고 있었다. 판서가 목정승에게 말했다.

"이것은 필시 탐욕스러운 재상이 백성의 고혈을 짜내어 집을 짓는 것이리라. 우리들은 훗날 영달하더라도 재물을 탐내거나 집을 짓지 말기로 합시다. 알겠소?"

목정승이 말했다.

"좋소."

그 뒤 두 사람 모두 지위가 재상과 정승에 올랐으나 몸가짐이 청렴하고 검소하였다. 한번은 목정승이 집을 한 채 샀는데, 손님을 접대할 청사(廳事)가 없었기에 마침내 빈 땅에 집 몇 칸을 지었다. 판서가 가서 꾸짖으며 말했다.

"공은 전일 산사에서의 약속을 생각하지 않았소? 어찌하여 이런 짓을 하는 것이오? 내가 공에게 술 한 사발을 먹여 공의 '식언(食言)

---

1 승가사(僧伽寺) : 756년(경덕왕 15)에 수태(秀台)가 창건한 사찰. 북한산에 있다.

을 벌하겠소."

목정승이 말했다.

"내 벌을 받아 마땅하니 마시겠소."

목정승의 아들이 인상을 쓰며 판서에게 말했다.

"벌주는 대신을 대접하는 도리가 아닙니다."

판서가 옷을 털고 일어나 가버리니, 목정승이 자기 아들을 몹시 꾸
짖고 간절히 빌어 다시 데려오게 하고는 마침내 술 한 사발을 마셔 스
스로 벌을 주었다고 한다.

57

채팽윤의 시

국포 강박이 매번 희암 채팽윤의 시 "임금님 은혜로 놀잇배 타느라 돌아갈 기약이 늦어지고, 세상일 때문에 등불 아래 잠 못 이루네〔主恩湖舫歸期晚, 世事山燈睡意遲〕"라는 구절을 칭송하며 말했다.

"이 한 구절만 남기더라도 후세에 전할 만하다."

58

김창협의 시

농암(農巖) 김창협(金昌協)의 「산을 노닐며 꽃을 구경하다」라는 시는 다음과 같다.

성 안에서 꽃을 보니 꽃이 다 지려 하는데	城裏看花花欲盡
산에 와서 다시 보니 살구꽃이 막 피었네.	入山又見杏花新
풍류의 죄는 용서받기 어려우니	自知難貰風流罪
이 세상에서 두 번이나 봄을 훔쳤구나.	偸占人間兩度春

말뜻이 몹시 참신하다.

59

전처가 후처를 제사하다

근세에 전처가 후처를 제사지낸 경우가 있었으니 여정승의 아내가 그러하다. 먼저 급제하고 나중에 진사가 된 경우가 있었으니 강이상(姜履相, 1656~?)의 과거가 그러하다.

정승 여성제(呂聖齊, 1625~1691)는 처음에 정승 강석기의 딸에게 장가들었다. 강정승이 강빈[1]의 옥사에 연좌되어 죽게 되자 관청에 글을 올려 이혼한 뒤 다른 아내를 맞았다. 나중에 강빈 옥사의 억울함이 풀리자 여공은 다시 전처를 데리고 와서 후처와 함께 살았는데 후처가 먼저 죽어 전처가 제사를 지냈다. 그래서 전처가 후처를 제사지냈다고 하는 것이다.

강이상은 문과에 등제하였는데 시험 답안지가 격식에 어긋나 합격이 취소되었다. 나중에 사마시에 합격하였는데 훗날 예전에 본 과거가 복과(復科)되었다. 그래서 먼저 급제하고 나중에 진사가 되었다고 하는 것이다.

---

1 강빈(姜嬪, ?~1646) : 소현세자(昭顯世子)의 빈(嬪)으로 본관은 금천(衿川), 우의정 석기(碩期)의 딸이다. 소용(昭容) 조씨(趙氏)의 무고로 인조를 저주하고 독살하려 하였다는 혐의를 받고 1646년 3월에 사사되었다.

60

허목의 문장 3

미수 허목이 법형상인(法泗上人)에게 준 글은 다음과 같다.

살아서는 뜬구름 같아 하늘가에 붙어 살더니, 죽어서는 흘러가는 구름처럼 푸른 하늘에 흩어졌네. 그 안에 오직 넓은 하늘 조각달만 만고에 길이 남았는데, 오직 허령(虛靈)한 지각만은 사라지지 않는다네.

예전에 판서 이덕수(李德壽, 1673~1744)의 『파조록(罷釣錄)』에 이 글을 실어놓은 것을 보았다. 이 글을 좋아해서 실어놓은 것인데, 평어가 없으니 의아하다.

61

김숙만의 농담

김숙만(金淑萬)은 판서 김휘(金徽, 1607~1677)의 서자이다. 한번은 나의 증조부 회헌공(悔軒公, 이현기(李玄紀, 1647~1714))을 찾아왔는데, 공이 물었다.

"어찌하여 오랫동안 찾아오지 않았는가?"

그가 대답하였다.

"그 사이에 굶주림을 조절하려 하였습니다."

공이 물었다.

"무슨 말인가?"

그가 말했다.

"사대부들은 서얼 중에 살찐 사람을 보면 완악하다고 하고, 마른 사람을 보면 간사하다고 하니, 이 때문에 굶주림을 조절하기가 어렵습니다."

들은 사람들이 포복절도하였다.

62

한덕필의 지혜

한덕필(韓德弼, 1696~1771)이 홍주목사(洪州牧使)를 지낼 적에 한번은 출
타하였다가 지인(知印)[1]이 도중에 떡을 사서 먹었다. 돌아갈 적에 떡장
수가 떡값을 요구하자, 지인은 관가의 위세를 빙자하여 값을 주지 않
으려고 하며 말했다.

"나는 자네 떡을 먹은 적이 없네."

떡장수가 한공에게 하소연하자 한공이 물 한 사발을 가져오라 명
하고는 지인에게 입을 가시게 하였는데 떡가루가 입에서 나왔다. 마
침내 그에게 곤장을 치고 떡값을 받아 주인에게 주었다. 이를 본 사람
들이 모두 지혜롭다며 찬탄하였다.

---

1 지인(知印) : 통인, 심부름꾼.

63

김태로의 선행

맹인 김태로(金兌老)는 괴애(乖崖) 김수온(金守溫, 1410~1481)의 후손이다. 영동 원주에 살면서 늘 선행을 하고 덕을 베풀려는 마음을 먹고 밤낮으로 남을 이롭게 하고 은혜를 베풀 방법을 생각하였다. 무오년 봄에 밤 대여섯 말을 얻어다가 백운산 아래 주산촌(酒山村) 대로변에 심고 마을 사람에게 지키게 하였는데, 나그네를 이롭게 하고자 해서였다. 나중에 천여 그루가 울창하게 숲을 이루고 밤이 주렁주렁 열렸다. 지나가는 나그네 중에 더위 먹은 자는 그늘에 기대어 쉬고 배고픈 자는 열매를 따 먹었다. 모두들 칭송하였다.

"김 맹인은 마음씨가 좋다."

64

김의신의 글씨

김의신(金宜信)은 사자관(寫字官) 중에서 가장 유명한 사람이다. 한번은 종이 한 장에 글씨를 써서 죽남(竹南) 오준(吳竣, 1587~1666)에게 바치며 말했다.

"이것은 한석봉의 글씨입니다."

오공이 말했다.

"이것은 선생 글씨 중에 득의작이로다."

그러자 김의신이 무릎을 꿇고 엎드려 말했다.

"이것은 소인의 글씨입니다. 소인이 감히 대감을 속였으니 죽을 죄를 지었습니다."

오공이 무안하여 한참 있다 말했다.

"나도 필획이 조금 생소하다고 여겼다."

오공은 뛰어난 서예가인데다가 또 한석봉의 고제(高弟)인데도 그 진위를 가릴 수 없었다. 그런데 세상 사람들은 한 글자도 연습하지 않고서 글씨의 장단을 논하니 이건 또 무슨 심보인가.

65

이지정의 필법

옥동(玉洞) 이서(李漵, 1662~1723)는 젊어서부터 필법에 힘을 쏟아 늙을 때까지 쉬지 않았다. 그의 필법은 세 번 붓을 꺾는 것을 위주로 하였다.[1] 한번은 나의 선친 온재공(溫齋公, 이계주(李啓冑))에게 말했다.

"나의 종조부 청선공(聽蟬公, 이지정(李志定))께서 젊었을 적에 한석봉의 붓놀림을 보고서 묘법을 터득하여 집안에 전해주었네. 그러므로 나도 전수받았네."

---

1 세 번……꺾는 것 : 이는 왕희지의 「題韋夫人筆陣圖後」에서 '波'자를 쓸 때 매번 세 번 붓을 꺾었다는 '一波三折'의 고사에서 온 것이다.

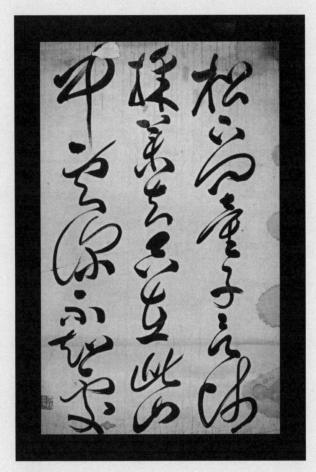

이서의 글씨

한국학중앙연구원 장서각 소장. 당(唐)나라 시인 가도(賈島)의 「은자를 찾아갔으
나 만나지 못하다〔尋隱者不遇〕」를 초서(草書)로 쓴 것이다. 이서는 성호 이익의 형
이다. 동국 진체(東國眞體)의 창시자로 일컬어지며, 서예 이론서 『필결(筆訣)』을 남
겼다.

66

과법과 파법의 어려움

세상 사람들은 필획 가운데 과법(戈法)[1]이 가장 어렵고, 파법(波法)[2]이 그 다음이라고 한다. 당 태종이 글씨를 쓸 때에도 과획(戈畫)을 만나면 우세남(虞世南, 558~638)[3]에게 대신 쓰게 하였다. 석봉 한호는 늘 파법이 공교롭지 못하여 한스러워했다. 하루는 왕희지가 그 발[足]을 길게 써서 보여주는 꿈을 꾸었는데, 그제야 그 묘리를 깨달았다고 한다.

---

1 과법(戈法) : 오른쪽 아래로 끌어내린 획을 삐쳐 올리는 서법을 이른다.

2 파법(波法) : ㇏ 획을 쓰는 서법을 이른다.

3 우세남(虞世南) : 자는 백시(伯施). 여요(餘姚, 浙江省) 출생, 왕희지의 서법을 익혀, 구양순(歐陽詢) · 저수량(褚遂良)과 함께 당나라 초의 3대가로 일컬어지며, 특히 해서(楷書)에 뛰어났다고 한다. 당 태종이 그에게 서법을 배웠다고 한다.

67

장현광의 아량

여헌(旅軒) 장현광(張顯光, 1554~1637)은 경상도 인동(仁同)에 살았다. 한 번은 마당에서 보리타작을 하고 있는데, 갑자기 큰비가 쏟아져 보리를 거두어 마루 위에 쌓아두었다. 여헌은 연로하고 모습이 거무튀튀한 데다 의관이 몹시 누추하여 자못 시골 늙은이 같았다. 이때 경상도 관찰사의 아들이 비에 쫓겨 마루에 들어와 앉았는데 인사도 하지 않고서 느닷없이 물었다.

"보리타작하는 것이 적지 않은데, 그대는 밥술깨나 먹고 사는 것 같소."

공이 말했다.

"힘껏 농사를 지으니 겨우 굶주림은 면하고 살지요."

그가 귀밑머리에 달린 금권자(金圈子)를 보고 물었다.

"납속가선(納粟嘉善)[1]인가 보오?"

공이 대답하였다.

"근래 가자(加資)가 몹시 많으니 촌사람이라도 얻기가 어렵지 않지요."

---

1 납속가선(納粟嘉善) : 국가에서 양곡(糧穀)을 필요로 할 때, 양곡을 국가에 바친 사람에게 내리는 통정대부(通政大夫)나 가선대부(嘉善大夫)의 품계(品階).

그가 또 물었다.

"그대는 아들이 있소?"

"계자(繼子)가 있소이다."

"집에 있소?"

"일이 있어 막 서울로 올라갔지요."

"무슨 일을 하오?"

"막 부제학의 일을 맡았지요."

이때 여헌의 아들 장응일(張應一. 1599~1676)이 막 부제학이 되었기 때문이다. 또 물었다.

"여헌 장선생이 이 고을에 계신다는데 그대는 혹시 알고 있소?"

"근처의 무지한 젊은이들이 나를 여헌이라고 부르지요."

관찰사의 아들은 이 말을 듣고 놀라고 겁이 나 마당으로 내려가 비 속에 서서 말했다.

"소자가 어리석어 선생께 죄를 지었습니다. 벌을 내려주십시오."

여헌이 마루에 올라오라고 하고 꾸짖었다.

"선비는 말을 삼가지 않으면 안 되네. 앞으로는 이런 일이 없도록 하게."

나중에 관찰사가 아들을 데리고 와서 자식을 제대로 가르치지 못 했다며 사죄하고 그 아들에게 회초리를 치려 하였는데 여헌이 힘써 말리자 그만두었다.

68

김시진의 안목

참판 김시진(金始振, 1618~1667)은 나의 고조부 혼천공(混泉公, 이동규(李同揆))의 이종사촌형이다.[1] 혼천공이 예전에 이렇게 말한 적이 있다.

"김형과는 함께 정사를 논할 만하다."

김공은 사람 보는 눈이 몹시 밝았다. 한번은 길가에서 어떤 남자아이가 물통을 이고 가는 여자아이를 보고 머리채를 잡고 입을 맞추었다. 남자아이의 용모를 보니 빼어나게 아름다워 사람을 시켜 물어보니 바로 민암(閔黯, 1636~1693)이었다. 김공은 그가 반드시 대단히 귀해질 것임을 알고 딸을 시집보내게 하였다. 혼인하던 날 김공이 그가 들어오는 모습을 보고 얼굴빛이 갑자기 나빠졌다. 손님이 그 이유를 묻자 이렇게 말했다.

"나의 식견이 아직 투철하지 않아 한스러울 뿐이오. 저 사람이 비록 신하로서 지극히 높은 자리에 오르겠지만 제명에 죽지 못할 것이니 어찌하겠는가? 다만 나의 딸은 즐거움을 함께 누리기만 하고 먼저 죽을 것이오. 먼저 죽으면 무슨 한이 있겠소?"

훗날 과연 김공의 말처럼 되었다.

---

1 참판……사촌형이다 : 이동규의 부친은 인조조에 영의정을 지낸 이성구로 아내가 권흔(權昕)이다. 김시진의 어머니는 권흔의 따님이다.

69

김득신의 대구

백곡 김득신이 예전에, '비가 떨어지자 모래사장은 얽은 얼굴 같네'
라는 한 구절을 얻었으나 그 대구를 짓지 못하여 늘 안타깝게 생각하
였다. 마침 제사에 참석하였다가 갑자기 매우 기뻐하며 말했다.

"내가 지금에야 제사 때문에 시구를 짓게 되었다. '바람이 불자 술
은 찡그린 얼굴 같네'로 대를 삼으면 좋지 않은가."

70

이항복과 귀신

백사 이항복이 젊은 시절 산사(山寺)에 올라가 독서하였다. 불전이 비었는데 귀신의 변괴가 잦았기에 날이 저물면 감히 들어가는 사람이 없었다. 공이 달밤에 가보려 하자 승려들이 모두 힘써 만류하였지만 듣지 않고 가보았다. 그런데 다 떨어진 갓에 베옷을 입고 키가 크고 얼굴이 추한 사람이 다가와 앞에 서더니 먼저 한 구절을 지었다.

달빛은 유리처럼 매끄럽고　　　　　　　　月色琉璃滑
가을빛은 비단처럼 쌓였네.　　　　　　　秋光錦繡堆

그러고는 공에게 이어서 지어보라고 하였다. 공이 바로 대답하였다.

어느 산 누구 백골이길래　　　　　　　　何山何白骨
맑은 밤 혼자서 읊조리는가.　　　　　　　清夜獨吟來

그 귀신이 절을 하고 떠나며 이렇게 말했다.
"훗날 반드시 몹시 귀해질 것입니다."

71

덕을 쌓은 윤효정

진사 윤효정(尹孝貞, 1476~1543)은 호가 어초(漁樵)이며, 전라도 해남(海南)에 은거하였다. 젊은 시절 집이 몹시 가난하여 기장을 끓여 죽을 쑤고 굳어지기를 기다렸다가 네 조각으로 만들어 부부가 아침저녁으로 각자 한 덩이씩 먹었다. 남편은 밖에 나가 힘써 농사짓고 아내는 집에서 부지런히 길쌈을 하여 재산이 날로 불어나 천 석의 수확을 거둘 정도의 논을 소유하게 되었다. 비록 고생하여 부자가 되었지만 성품이 남에게 베푸는 것을 좋아하였다.

한번은 연말에 어떤 장인을 불렀는데 환곡을 갚지 못하여 감옥에 갇히게 되었다. 공이 듣고는 불쌍히 여겨 감옥으로 사람을 보내 갚아야 할 것을 물으니, 관청의 곡식을 빚지고 함께 갇혀 있는 사람이 수십 명이었다. 이튿날 조(租) 수백 석을 본현(本縣)에 보내어 모두 수십 인의 죄수를 풀어주었다. 그 뒤 흉년에 늦겨울이 되었는데, 공이 홀연 옛일을 생각하며 탄식하였다.

"전에는 풍년이 든 해에도 감옥에 갇힌 사람이 수십 명이나 되었는데, 하물며 흉년이 든 해는 어떻겠는가?"

고을 관원에게 물었더니 감옥에 갇힌 사람은 수백 명이었고, 갚아야 하는 곡식은 수천 석이나 되었다. 공이 또 수량대로 갚아주니 수백 명이 일시에 형틀을 벗고 나오게 되었는데 감동하여 눈물을 흘리지 않는 사람이 없었다.

공은 네 아들을 두었는데 세 아들이 문과에 급제하였다. 후손이 매우 번창하고 현달한 인물이 많다. 사람들이 덕을 쌓은 보답이라고 하였다.

72

황상청의 점술

맹인 황상청(黃尙淸)은 사인(士人) 조양래(趙陽來)에게 점치는 법을 배워 점을 잘 치기로 세상에 이름났다. 그러나 묘하게 풀이하는 것은 스승만 못하였다. 어떤 사람이 집안에 우환이 끊이지 않아 황상청에게 물어보았는데, 황상청이 점을 쳐보더니 큰 소리로 꾸짖었다.

"너는 네 아비의 머리를 자르고서 감히 나에게 와서 묻는 것이냐? 속히 물러가라!"

조양래가 마침 옆에 있다가 황상청에게 말했다.

"자네는 아직 한 단계를 도달하지 못했네. 이 사람은 분명 신주(神主)의 머리 부분을 짧게 잘랐을 것이네."

그러자 그 사람이 변명하였다.

"선친의 신주를 용렬한 장인이 만들었기에 너무 길어서 법식에 맞지 않았습니다. 그 때문에 잘라서 줄였습니다."

그제야 황상청은 자기 스승의 신묘함에 탄복하였다.

73

채평윤의 시 2

어떤 이가 삼연(三淵) 김창흡(金昌翕, 1653~1722)의 손자에게 물었다.

"삼연은 채희암(蔡希菴, 채평윤)의 시가 어떻다고 하던가?"

"평소 비방하거나 칭찬하시는 말씀은 듣지 못했습니다. 달 밝은 밤이면 옛 사람의 좋은 시구를 외셨는데, '대궐은 겨우 하루아침 길만큼 떨어져 있는데, 강에는 그저 하루종일 배만 가로질러 있네'[1]라는 구절도 읊조리셨습니다."

이 구절은 바로 희암이 지은 정승 권대운(權大運, 1612~1699)의 만시(輓詩)이다.

---

1 대궐은……있네 : 『희암집(希菴集)』 권6에 「권영상만(權領相輓)」이라는 제명으로 실려 있는 3수 중 제2수이다.

74

이름으로 만든 대우

상국 원인손(元仁孫, 1721~1774)이 한번은 판서 이정보(李鼎輔, 1693~1766)
에게 물었다.

"서명천(徐命天)·이민곤(李敏坤)·김재인(金載人)을 합치면 천(天)·
지(地)·인(人) 삼재(三才)라 할 수 있다. 그런데 그 대우(對偶)를 찾기
가 어렵네."

이공이 말했다.

"위창조(魏昌祖)·민백남(閔百男)·원인손(元仁孫)은 조(祖)·자(子)·
손(孫) 삼세(三世)가 될 것이다."

원공은 말이 없었으나 사람들은 딱 맞는 대우라고 하였다.

75

노비를 속인 주인

예전에 재산이 제법 넉넉한 사노(私奴)가 있었는데, 천 꿰미의 돈을 주인에게 바치면서 속량(贖良)해달라고 하였다. 그 주인이 받지 않고 물리치며 말했다.

"노비 노비 하지만 어찌 한 사람의 몸에서 천 금의 이익을 거두겠느냐? 그믐날 내 너에게 돈 한 닢을 줄 것이니, 초하루부터 날마다 그 이자를 갑절로 늘려 한 닢이 두 닢이 되고 두 닢이 네 닢이 되어 30일이 되면 그치겠다."

30일 동안 갑절로 늘린 이자는 자그마치 1경(京) 7억(億)[1] 4만 3천 4백 16냥(兩) 2전(錢) 4푼(分)에 이르게 된다. 그러나 그 노비는 헤아리지 못하고 받아가면서 주인이 어질다고 칭송하였다. 날마다 두 배의 이자를 바치다가 20일이 못 되어 마련할 길이 없자 마침내 도망가버렸다.

---

1 1경(京) 7억(億) : 지금 단위로는 10억 70만이다.

76

솔방울과 버들강아지

예전에 명(明)나라 사신이 송도(松都)에 와서 원접사(遠接使)에게 물었다.

"솔방울이 울리는가?"

원접사가 대답하였다.

"버들강아지가 짖는가?"

당시 사람들이 교묘한 대우라 하였다.

77

천황씨 아버지의 이름

예전에 어떤 도사(都事)가 교생(校生)을 고강(考講)하였는데, 백발의 교생이 『사략(史略)』 첫 권을 가지고 들어와 천황씨(天皇氏) 부분의 대문(大文)을 강하였다. 도사가 속으로 업신여기며 낙강(落講)시키려고 물었다.

"너는 천황씨 아버지의 이름을 아느냐?"

교생이 대답하였다.

"사또께서는 이 고을 곽좌수(郭座首) 아버지의 이름을 아십니까?"

도사가 꾸짖으며 말했다.

"내가 어찌 알겠느냐?"

교생이 대답하였다.

"지금 세상에 살아 있는 사람의 아버지 이름도 도사께서는 알지 못하시는데, 소생이 어찌 수만 년 전에 있었던 천황씨 아버지의 이름을 알겠습니까?"

도사가 큰 소리로 웃었다.

78

걸주계

심제현(沈齊賢, 1661~1713)이 안응한(安應漢)·정수준(鄭壽俊)·한순석(韓舜錫)과 함께 집을 나와 장흥동(長興洞)에서 살면서 함께 변려문(騈儷文)을 공부하다가, 남쪽 마을의 심(沈) 판부사(判府事) 집에서 며느리를 맞느라 잔치를 열었다는 말을 들었다. 네 사람이 「걸주계(乞酒啓)」를 지어 심공에게 바치니, 심공이 보고 감탄하면서 술과 안주를 넉넉히 보내주었다. 그 글은 다음과 같다.

'오직 술은 한량이 없었다'[1]는 것은 바로 옛 성인의 아름다운 말씀이요, 술 잘한다고 이름나는 것도 옛사람이 능한 일이었습니다. 이 때문에 혜숙야(嵇叔夜, 혜강)는 성품을 수양할 때 어찌 차마 홀로 깨어 있었겠으며, 이적선(李謫仙, 이백)이 술을 즐길 적에는 그저 오래도록 취하기만 원하였습니다.[2]

장안(長安)의 시장에서 하지장(賀知章)에게 금거북을 풀게 하였고,[3]

---

1 오직……없었다 : 『논어(論語)』「향당(鄕黨)」에 "오직 술은 한량이 없었으나 어지러워지는 데 이르지는 않았다〔惟酒無量, 不及亂〕"는 말이 있다.
2 이적선(李謫仙)이……원하였습니다 : 이백(李白)의 「장진주(將進酒)」에 "그저 오래도록 취하기만 원할 뿐 깨기를 원하지 않네〔但願長醉不願醒〕"라는 구절이 있다.

습가지(習家池) 곁에서 산간(山簡)이 모자를 거꾸로 쓰게 하였습니다.⁴ 이웃집에서 훔쳐다 마신 것이 어찌 이부랑(吏部郎) 필탁(畢卓)의 풍류에 해가 되겠습니까?⁵ 시골집에서 취하여 노래 부른 것도 승상이 일을 보는 데는 무방하였습니다. 게다가 시인들은 목마른 듯이 좋아하였고, 군자도 그르다고 여기지 않았습니다.

생각건대 소생이 술을 좋아하는 사람이겠습니까? 순수한 유자의 무리입니다. 평소의 성품이 괴벽하나 술을 사랑하는 하늘에 부끄럽지 않았고,⁶ 육신을 잊도록 술을 실컷 마시지만 항상 단술을 놓는 곳⁷과는 떨어져 있었습니다. 술집에 이름을 숨긴 채 삼십 년의 세월을 헛되이 보냈고, 궁궐에 출입하는 것은 천재일우(千載一遇)의 기회를 기약하여야 합니다.

요사이 몇 사람과 함께 공부하면서, 구사효(九四爻)처럼 벗들이 모

---

3 장안(長安)의……하였고 : 이백의 「술을 마주하고 비서감(秘書監) 하지장(賀知章)을 그리워하며[對酒憶賀監]」라는 시의 서(序)에, 하지장이 장안(長安)의 자극궁(紫極宮)에서 이백을 만나자 적선(謫仙)이라 부르며 금거북을 풀어 술과 바꾸고 함께 즐겼다는 이야기가 실려 있다.

4 습가지(習家池)……하였습니다 : 습가지는 중국 호북성(湖北省) 양양현(襄陽峴)에 있는 연못 이름이다. 본디 형주(荊州) 땅의 호족(豪族)인 습씨(習氏) 집안의 것이었는데, 진(晉)나라 때 산간(山簡)이 이곳을 다스릴 때 자주 여기에 와서 술을 마시고는 취하여 백접리(白接䍦)라는 모자를 거꾸로 쓰고 돌아갔다고 한다.

5 이웃집에서……되겠습니까 : 필탁(畢卓)은 중국 동진(東晉) 때 죽림칠현(竹林七賢)의 한 사람이다. 이부랑(吏部郎)이 되었을 때 이웃집에서 술을 훔쳐 마시다 취해 잠들어 붙잡힌 일이 있다.

6 술을……않았고 : 이백의 「달 아래서 홀로 마시다[月下獨酌]」라는 시에, "하늘이 술을 사랑하지 않았다면 주성(酒星)이 하늘에 있지 않았을 것이다[天若不愛酒 酒星不在天]" 하였다.

7 단술을 놓는 곳 : 서한(西漢)의 초원왕(楚元王) 유교(劉交)가 신공(申公)·백생(白生)·목생(穆生) 등을 공경하였는데, 목생이 술을 좋아하지 않으므로 잔치가 있을 때마다 특별히 목생을 위해 단술을 준비하였다(『한서(漢書)』「초원왕유교전(楚元王劉交傳)」). 어진 이를 높이고 대접한다는 뜻으로 쓰인다.

여드는 것을 기뻐하였습니다.8 젊었을 때는 향공진사(鄕貢進士) 한유(韓愈)처럼 기이함을 숭상하였고, 중년에는 태학서생(太學書生) 하번(何蕃)처럼 학문을 익혔습니다.9 한번 마시면 삼백 잔이 넘고,10 보잘것없는 재주는 사륙문(四六文)에 가장 뛰어납니다.

서재에서 한기가 생겨나니 반악(潘岳)처럼 시름을 견딜 수 없었고 비가 문원(文園)을 씻으니 이에 사마상여(司馬相如)처럼 소갈병이 있습니다.11 연꽃은 말이 없지만 가을 회오리바람이 십 리에 향기를 전하고, 오동잎은 막 지려 하는데 좋은 계절은 삼추(三秋, 九月)의 차례에 속합니다. 두보(杜甫)는 주머니에 남은 돈이 없음을 한탄하였고,12 도잠(陶潛)은 문 앞에서 흰 옷 입은 사람이 오지 않음을 탄식하였습니다.13 이 때문에 한번 배불리 먹는 것도 운수가 있고, 애오라지 반나절의 여가를 얻게 되었습니다.

엎드려 생각건대 상공께서는 마음을 다해 나라를 걱정하시고 집에

---

8 구사효(九四爻)처럼……기뻐하였습니다 : 『주역』「예괘(豫卦)」의 구사효(九四爻)에 "의심하지 않으면 벗들이 모여들리라〔勿疑, 朋盍簪〕"라는 말이 있다.

9 태학서생(太學書生)……익혔습니다 : 당(唐)나라 때 국자사업(國子司業) 양성(陽城)이 직언(直言)을 하다가 죄를 얻었는데, 태학생(太學生) 하번(何蕃) 등 200여 명이 궐 아래에서 머리를 조아리며 양성의 유임을 청하였다.

10 한번……넘고 : 이백의 「장진주」에 "모름지기 한번에 삼백 잔을 마셔야지〔會須一飮三百杯〕"라는 구절이 있다.

11 비가……있습니다 : 문원(文園)은 본디 한 문제(漢文帝)의 능원(陵園)인 효문원(孝文園)을 말하며, 문원령(文園令)을 지낸 사마상여를 가리키기도 한다. 사마상여는 이때 소갈병을 앓았다고 한다.

12 두보(杜甫)는……한탄하였고 : 두보의 「빈 주머니〔空囊〕」라는 시에 "주머니가 비면 마음이 편치 않을까봐 동전 하나 남겨두고 본다〔囊空恐羞澀, 留得一錢看〕"는 구절이 있다.

13 도잠(陶潛)은……탄식하였습니다 : 도잠이 중양절에 술이 없어 집 옆의 국화밭에 앉아 있었는데, 멀리 흰 옷을 입은 사람이 바라다보였다. 바로 왕홍(王弘)이 술을 보낸 것이었다(『속진양추(續晉陽秋)』).

계실 때에는 가장 즐거우십니다. 정당시(鄭當時)가 손님을 맞이하니, 지초와 난초의 향기가 방에 풍기는 듯하였고,[14] 적량공(狄梁公, 狄仁傑)은 선비를 좋아하여 삼과 조가 바구니에 가득한 것 같습니다.[15] 병아리는 모두 봉황의 굴을 좋아하는데 그중에 백미(白眉)가 가장 좋고, 사람은 등용문에 오르는 듯하여 청안(靑眼)으로 마주합니다.

마침 백 대의 수레로 신부를 맞이하여[16] 아홉 가지 열 가지 의식을 기쁘게 보게 되었습니다.[17] 술과 고기는 산과 같아 동정호의 봄빛을 빚은 듯하고, 수레와 말이 골목을 메웠는데 가을바람 부는데 화려한 잔치를 열었습니다. 비단 장막 휘날리니 바야흐로 남쪽 이웃에서 큰 잔치가 열렸는데, 검은 휘장은 적막하여 가련하게도 서쪽 물가에서 홀로 읊조리고 있습니다.

달 밝고 바람 시원한 좋은 밤에 어찌 부질없이 술과 안주가 있었던 소자첨(蘇子瞻, 소식)[18]을 부러워하고만 있겠습니까? 하늘 맑고 날씨 시원한 이날 또 한번 읊고 한잔 마셨던 왕일소(王逸少, 왕희지)[19]를 헛되이 저버리게 되었습니다.

---

14 정당시(鄭當時)가……듯하였고 : 서한(西漢)의 정당시는 태자사인(太子舍人)이 되어 매달 5일이면 목욕하고 장안(長安)의 교외에 역마(驛馬)를 두어 빈객을 잘 접대하였다.

15 적량공(狄梁公)은……같습니다 : 당나라의 적인걸(狄仁傑)은 문생이 많았기에, 어떤 이가 "천하의 도리(桃李)꽃 같은 이들이 모두 공의 문하에 있습니다" 하였다.

16 백……맞이하여 : 『시경』「소남(召南)」〈작소(鵲巢)〉에 "아가씨가 시집오니 백 대의 수레로 맞이하네〔之子于歸, 百兩御之〕"라 하였다.

17 아홉……되었습니다 : 『시경(詩經)』「빈풍(豳風)」〈동산(東山)〉에 "직접 향주머니를 매주니 그 의식이 아홉 가지 열 가지라네〔親結其縭, 九十其儀〕"라 하였다.

18 술과……소자첨(蘇子瞻) : 소식(蘇軾)의 「후적벽부(後赤壁賦)」에, "손님은 있는데 술이 없거나 술은 있는데 안주가 없었다면 달 밝고 바람 시원한 이처럼 좋은 밤을 어찌하였겠는가〔有客無酒, 有酒無肴, 月白風淸, 如此良夜何〕"라는 말이 있다.

가난하고 미천하여 부끄러움에 상심하면서도 혹시 고명하신 분께
서 살펴주시길 바랍니다. 아이를 불러 좋은 술을 내어다가 한번 손을
들어 물을 붓듯 금술잔에 가득 채워주시길 원하며, 족하께 두 번 절합
니다.

19　하늘……왕일소(王逸少) : 왕희지(王羲之)의 「난정기(蘭亭記)」에 "이날 하늘 맑고 날씨 시
　　원하며 바람이 화창하였다〔是日也, 天朗氣淸, 惠風和暢〕"는 구절이 있고, 또 "한잔 마시고 한
　　번 읊조리니 깊은 속마음을 펼치기에 충분하다〔一觴一詠 亦足以暢敍幽情〕" 하였다.

79

이서우의 시 1

송곡(松谷) 이서우(李瑞雨, 1633~1709)가 예전에 시 한 구절을 지었다.

찬비 창문에 뿌리니	凍雨洒窓
동쪽 창에 두 방울	東邊二點
서쪽 창에 세 방울.	西邊三點

그러나 죽을 때까지 대구를 짓지 못했다. 후세 사람이 대구를 지었다.

자른 고기 나누어 먹으니	切肉分食
위로 일곱 번	上半七刀
아래로 여덟 번.1	下半八刀

---

1 자른 고기⋯⋯여덟 번 : 일종의 파자놀이다. 이서우의 시는 동(氵자와 東자), 쇄(氵자와 西자)를 파자하여 아래 두 구를 만들었으며, 후인이 지었다는 시는 절(七자와 刀), 분(八자와 刀자)을 파자하여 아래 두 구를 만들었다.

80

이서우와 채팽윤의 시

이서우가 칠석에 학사들과 모여 이야기를 나누다가 먼저 한 구절을 지었다.

칠석날 밤은 칠흑과 같은데　　　　　　　　　　七夕夜如柒

그러고는 대구를 짓도록 하였다. 희암 채팽윤이 대구를 지었다.

삼경에 별은 삼성이 떴구나.　　　　　　　　　　三更星有參

81

법을 지킨 수졸

계미년(1763, 영조 38) 겨울, 성상이 친히 경복궁에 납시어 생원과 진사로 회시(會試)를 치른 사람을 면시(面試)하였는데, 수졸 한 명에게 각자 유생 한 명을 지키게 하였다. 아무개가 수졸에게 말했다.

"과장(科場) 바깥에 내 글이 있으니, 네가 찾아오면 돈 여든 꿰미를 주겠다."

그러자 수졸이 꾸짖었다.

"어찌 이런 말을 하시오. 조정에서 내게 지키도록 한 이유는 간사한 짓을 막고자 해서인데, 어찌 차마 국법을 어길 수 있겠소."

아무개가 말했다.

"너는 아무개 마을의 부자 아무개를 들어보지 못했느냐? 만약 적다고 생각한다면 백 꿰미라도 내가 아끼지 않겠다. 깜깜한 밤에 벌어진 일을 누가 알겠느냐?"

수졸이 말했다.

"댁은 『소학(小學)』을 배우지 않았소? 양진(楊震)이 황금을 거절하며 '하늘이 알고 귀신이 알고 당신이 알고 내가 안다'고 하였으니,[1] 내가 받고자 하더라도 양진에게 부끄럽지 않겠소?"

아무개가 밤새 애걸하였으나 결국 들어주지 않았다. 아무개는 영남 사람이라고 한다. 수졸은 천인이지만 행실이 사대부보다 뛰어나니 존경할 만하다. 그러나 그의 성명이 자세히 전하지 않으니 애석한 일이다.

---

1 양진(楊震)이……하였으니 : 양진은 후한 사람이다. 옛 친구 왕밀(王密)이 황금을 뇌물로 주며 청탁을 하면서 어두운 밤이니 아무도 모를 것이라 하였다. 그러자 양진은 "하늘이 알고 귀신이 알고 내가 알고 당신이 안다" 하고 거절하였다.

82

김효건 가문의 장수

판결사 김효건(金孝建, 1584~1666)은 선조(宣祖) 17년 갑신생(1584)으로 나의 5대조 분사공(分沙公, 이성구)과 갑계를 같이 했던 분이다. 인조 갑자년(1624, 인조 2) 문과에 합격하고, 현종 병오년(1666, 현종 7)에 세상을 떠났다. 향년은 여든 둘이다. 그의 넷째 아들 김환(金鐶)은 효종 원년 경인년(1650)에 태어나 숙종 신미년(1691, 숙종 17) 문과에 합격하고, 지금 영조 14년 무오년(1738)에 나이가 많다는 이유로 부름을 받고 지중추부사에 특별히 제수되었다. 성상께서 내리신 어제시(御製詩)에 이런 구절이 있었다.

우리나라가 3백 년이 되었는데   我朝三百年來也
경의 부자가 반을 차지했구나.   今卿父子半乎哉

선조 갑신년에서 영조 무오년까지 155년이기 때문이다. 지중추부사는 나이 아흔을 넘어서도 눈과 귀가 밝았으며 걸음걸이도 여전히 빨랐다. 이 때문에 하정(荷亭, 이덕주(李德胄))이 시를 지었다.

등불 아래서 달력을 보고   燈下覔書見

산 속을 나막신 신고 다니네.   山中木屐巡

계해년(1743) 94세의 나이로 세상을 떠났다. 판결사의 부인도 나이가 아흔을 넘었다. 아들 둘과 딸 하나가 모두 나이 여든을 넘겼으니 더욱 기이하다.[2]

---

2 아들……기이하다 : 이덕주는 「경수록서(慶壽錄序)」를 지어 김효건 집안의 70세 이상 장수한 인물을 모아놓은 기록에 서문을 써주었으며, 집안의 우호에 대해서도 서문의 말미에 기록하고 있다. 이민구도 김효건과는 절친한 사이였다.

83

이태화의 시력

판서 이태화(李泰和, 1694~1767)는 시력이 몹시 좋아서 어두운 밤이라도 작은 글씨의 자획을 구별할 수 있었다. 승문원에서 회자(回刺)[1]하는 자는 반드시 깊은 밤에 선배의 집에 찾아가 문안하게 되어 있는데, 세상에서는 '귀역(鬼役)'이라고 하였다. 이공이 18세에 과거에 합격하여 동방(同榜, 과거에 함께 합격한 사람)인 사람들과 함께 승문원에 뽑혔는데, 모두 회자하는 일을 맡게 되었다. 선배 한 사람이 명함을 받지 않고 물리쳤는데, 사람들은 그것이 누구의 명함인지 분간할 수가 없어 그만두고 돌아가려고 하였다. 이공이 그것을 가져다 보고서 누구의 명함인지 알고서 동료들에게 말했다.

"이것은 아무개의 명함이니 우리들은 걱정할 것이 없네."

사람들이 그의 시력이 보통과 다르다며 탄복하였다.

---

1 회자(回刺) : 승문원(承文院)의 새로 벼슬한 사람이 밤에 귀신 복장[鬼服]을 하고 선배들을 찾아다니며 정해진 시간에 맡겨진 자리로 나아감을 허락받던 일.

84

무과 합격자

숙종 병진년(1676, 숙종 2) 정월, 특별히 정시문과를 베풀고 일곱 명만 뽑았는데 회헌(悔軒) 이현기(李玄紀, 1647~1714)가 병과 제4인으로 뽑혔다. 무과는 윤취상(尹就商) 등 2만여 명을 뽑았는데 돈화문 밖에서 방방(放榜)¹하였으니 대궐 뜰에 2만 명을 수용할 수 없었기 때문이다. 대개 그 시절에는 조정에서 북벌을 모의하느라 무과 출신(出身)²자를 아꼈기 때문에 부방미(赴防米)³를 면제해주기 위해서 이 과거를 베풀었다. 회헌공의 『소기(小記)』⁴에 말했다.

"창방(唱榜)한 다음 날 문·무과 장원이 장악원(掌樂院)에 모였다. 무과 출신 방색(榜色)⁵ 26인이 방목을 간행할 방법을 도모하였으나, 참방(參榜)⁶한 사람들 가운데 시골 구석의 무사들이 많아 문자를 모르니 아버지 이름·형제의 이름〔父名·雁行〕⁷을 믿고 근거할 바가

---

1 방방(放榜): 방목(榜目)에 적힌 과거 급제자의 이름을 부르던 일.

2 출신(出身): 무과에 급제하고 아직 벼슬에 나서지 못한 사람을 지칭하던 말.

3 부방미(赴防米): 변경을 방비하러 수자리 살러 가는 대신 쌀로 냈던 세금.

4 회헌공의 『소기(小記)』: 이현기의 『회헌잡저悔軒雜著』를 가리키는 듯하다. 『성호전집』 권50에 「회헌잡저서(悔軒雜著序)」가 있다.

5 방색(榜色): 방목을 간행하는 일을 담당하는 사람.

6 참방(參榜): 과거에 합격하여 방목에 이름이 오름.

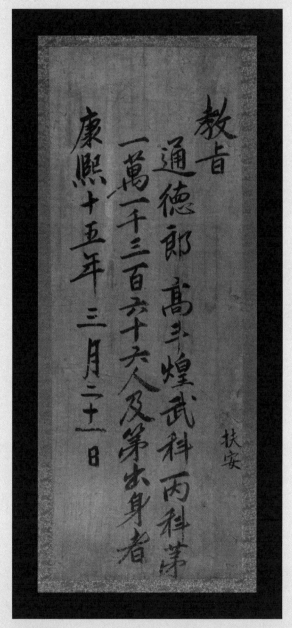

고두황 홍패

부안 청호 효충사 소장. 1676년 시행된 무과에 병과 11,366인으로 합격하였다는 내용이다. 『숙종실록』에 따르면 당시 합격자는 총 18,251명이었다.

없어 끝내 간행을 이루지 못했다. 방방(放榜)할 적에 을과(乙科) 이상은 이름을 부르고 병과(丙科) 이하는 이름이 불리지 못하였다. 흰 깃발에 고을 이름을 써서 세워놓고 길 옆에 영장(領將)과 담당 아전이 깃발 아래에 서 있었고, 참방자들도 깃발 아래로 나아가서 모여서 홍패를 받았다. 술독 대여섯 동이를 좌우에 벌여놓고 술을 내려주다가 술이 떨어지자 물을 타서 계속 내려주었다. 저물녘에는 무과 출신자로서 일어나 술잔을 물리치는 이가 아주 많았고 홍패를 잘못 써서 도로 반납하는 자도 또한 많았으니 끝날 즈음에는 해가 이미 저물었다."

---

7 부명(父名)·안항(雁行): 응시자의 부친 이름과 형제 이름. 모두 방목에 기재되어야 할 항목이다.

85

사색당파의 유래

내가 일찍이 『해동잡기(海東雜記)』를 보니 이렇게 말했다.

"심의겸(沈義謙, 1535~1587)은 인순왕후(仁順王后)의 동생이다. 이조 전랑의 천망에 의론된 적이 있었는데 어떤 이들은 그가 인척과 연관되어 있다고 해서 저지하여 김효원(金孝元, 1532~1590)을 이조전랑으로 삼고자 하였다. 전날 심의겸이 천거받지 못한 것에 불만을 품은 사람들은 김효원이 유생 시절에 권문세가에 출입하였다고 비방하였다. 이때 김효원의 집은 동쪽에 있었으므로 김효원을 돕는 자들을 동인(東人)이라 하였고, 심의겸의 집은 서쪽에 있었으니 심의겸을 돕는 자들을 서인(西人)이라 하였다. 이것이 붕당이 비롯된 까닭이다.

우성전(禹性傳, 1542~1593)은 벼슬이 없을 때부터 자못 명망이 있어서 재상과 명사들이 날마다 그의 집에 모였다. 과거에 합격하여 예문관에 들어갔다. 우성전의 부친 우언겸(禹彦謙)이 함종현령(咸從縣令)이 되어 우성전이 부친을 뵈러 왕래할 적에 평안도관찰사가 그를 후하게 대접하고 한 아리따운 기생을 잠자리에 올렸는데 우성전이 자못 정을 주었다.

얼마 있다가 우성전의 아버지가 병 때문에 벼슬을 내놓고 돌아갈 적에 관찰사가 그 기생을 우성전의 집에 실어보냈다. 우성전이 상을 당하자 한 시대의 명사들이 모두 모였는데 그 기생이 머리를 풀어헤치고 드나들었다. 이발(李潑, 1544~1589) 등이 제 아비가 죽을 병을 얻어 벼슬을 내놓고 돌아왔는데 저이는 무슨 마음으로 기생을 태워왔느냐 하면서 우성전을 매우 심히 비난하였다. 우성전의 본심을 아는 사람은 전혀 그렇지 않다는 것을 분명히 알았다.

당시 이발은 북한산 아래에 살았기에 이발의 당을 북인이라 하였고, 우성전은 남산 아래에 살았기에 우성전을 구하려 했던 사람을 남인이라 하였다. 이것이 동인이 남인과 북인으로 갈라진 것이다.

기축역옥(己丑逆獄)[1] 때 북인이 많이 죽었으니 이는 정여립(鄭汝立, 1546~1589)이 북인이었기 때문이다. 임진왜란 후 유성룡이 7년 동안 정권을 잡아 이른바 남인이 사헌부에 포진하였다. 이경전(李慶全, 1567~1644)은 성품이 천박하고 경솔하여 아직 예조좌랑에 허통되지 않았다. 이때 이경전을 돕고 보호하는 사람들은 모두 북인이었는데 마침내 어떤 일로 인해 유정승을 논핵(論劾)하여 파직시켰다. 얼마 있다 이기(李墍, 1522~1600)가 이조판서가 되어 홍여순(洪汝諄, 1547~1609)을 대사헌으로 삼고자 하였는데, 정랑 남이공(南以恭, 1565~1640)이 홍여순이 탐욕스럽고 방종하여 사헌부의 우두머리에 적합하지 않다 하여 붓을 움켜쥐고 쓰지 않으니 이에 삼사가 그를 공격하였다. 홍여순의 무리를 일러 대북(大北)이라 하고 남이공의 무리를 소북(小北)이라

---

1 기축역옥(己丑逆獄) : 1589년(선조 22) 정여립(鄭汝立)의 모반을 계기로 일어난 옥사(獄事). 이발(李潑) · 이호(李浩) · 백유양(白惟讓) · 최영경(崔永慶) 등 동인 명사 1천여 명이 연루되었다. 이로 인해 전라도 지역의 사림이 큰 피해를 입었다.

하였으니 이것이 북인이 대북과 소북으로 갈린 것이다. 광해군 시절에 이이첨(李爾瞻, 1560~1623)이 대북으로서 전권을 갖고 정사를 보았는데, 계해반정(癸亥反正)2 때 모두 죽임을 당하였다."

『택리지(擇里志)』에 말했다.

"선조 무술년(1598, 선조 31), 이산해의 아들 이경전이 이조판서가 되자, 영남인을 천거하였다. 정경세(鄭經世, 1563~1633)가 당시 이조전랑으로 그것을 저지하려고 하였다. 이덕형이 이준(李埈, 1560~1635)을 시켜 정경세에게 그 천거를 막지 말도록 청하였으나 정경세는 듣지 않았다. 정경세는 본래 정승 유성룡의 제자이니, 이산해는 정경세가 유성룡의 사주를 받는다고 의심하여 대간(臺諫) 남이공을 시켜 유성룡을 가혹하게 탄핵하게 하였다. 이때 유성룡을 지지하던, 이원익(李元翼, 1547~1634)·이덕형·윤승훈(尹承勳, 1549~1611)·이광정·한준겸(韓浚謙, 1557~1627) 같은 사람을 모두 남인이라 이름하였으니 유성룡이 영남인이었기 때문이다. 이산해를 지지하던 유영경(柳永慶, 1550~1608)·기자헌(奇自獻, 1567~1624)·박승종(朴承宗, 1562~1623)·유몽인(柳夢寅, 1559~1623)·박홍구(朴弘耈, 1552~1624)·홍여순·임국로(任國老, 1537~1604)·이이첨 같은 사람들을 모두 북인이라 이름하였으니, 이산해의 집이 서울에 있었기 때문이다.

숙종 경신년(1680, 숙종 6)에 상국 허적(許積, 1610~1680)의 서자 허견(許堅)이 바랄 것이 아닌 것을 바라는 마음을 품고, 종친인 복창군(福昌君) 이정(李楨, ?~1680)·복선군(福善君) 이남(李柟, ?~1680) 형제와

---

2 계해반정(癸亥反正): 1623년(인조 1) 서인 일파가 광해군 및 대북파(大北派)를 몰아내고 능양군(綾陽君) 종(倧, 인조)을 왕으로 옹립한 사건.

교유를 통하였다. 김석주가 정원로(鄭元老)에게 몰래 그들을 감시하게 하고, 정원로의 말로써 임금께 주달하여 허견을 거열형에 처하였다. 이로 인해 옥사가 크게 일어나니 복창군·복선군 및 허적·오정창(吳挺昌, 1634~1680)을 죽이고 유혁연(柳赫然, 1616~1680)·이원정(李元禎, 1622~1680)·조성(趙䃏)·이덕주(李德周, 1617~1682)까지도 끌어들였으니 모두 재상들이었다. 임술년(1682, 숙종 8) 허새(許璽)의 옥사에 여론이 들끓어서 서인 가운데 노론과 소론이 또 갈리었다. 노론은 김석주·김만기(金萬基, 1633~1687)를 우두머리로 하고 김수흥(金壽興, 1626~1690)·김수항·민유중·민정중(閔鼎重, 1628~1692)이 도왔고, 소론은 조지겸(趙持謙, 1639~1685)을 우두머리로, 한태동(韓泰東, 1646~1687)·오도일(吳道一, 1645~1703)·남구만(南九萬)·윤지완(尹趾完, 1635~1718)·박태보(朴泰輔, 1654~1689)·최석정(崔錫鼎, 1646~1715)이 화답하였다. 노론은 남인을 다 죽이려고 하였고 소론은 다른 의견을 내세웠다. 이것이 사색으로 당파가 나뉜 까닭이다."

두 설이 같지 않지만 『해동잡기』의 설이 옳다.

86

조현명과 조하망의 주량

정승 조현명과 참의(參議) 조하망(曺夏望, 1682~1747)은 둘 다 주량이 컸
다. 한번은 마주앉아 술을 마시는데, 조하망은 큰 그릇으로 열세 잔을
마셨고, 조현명은 한 잔을 더 마셨다. 술자리가 파하자 조하망은 취한
몸을 가누며 계단을 내려왔다. 조현명이 조하망을 놀리며 말했다.

"다치지 않았는가?"

조하망이 대답했다.

"승상께서 틀리셨소."[1]

---

1 다치지……틀리셨소 : '다치지 않았는가'의 원문은 '曺無傷耶'인데, 조무상(曹無傷)은 『사기』
에 등장하는 사람 이름이다. '승상께서 틀리셨소'의 원문은 '丞相誤耶'인데, 이 역시 『사기』에
나오는 이세황제(二世皇帝)의 발언이다. 서로 『사기』의 구절을 인용한 것이다.

87

박세당과 박태보의 고집

서계(西溪) 박세당(朴世堂, 1629~1703)과 그의 아들 정재(定齋) 박태보는 모두 성품이 고집스러웠다. 한번은 서계가 당시(唐詩)의 '옥쟁반 빛나는데 흰 고기 놓였네[玉盤的歷矢白魚]'[1] 라는 구절을 논하며 말했다.

"'시(矢)'는 놓였다는 뜻이다."

그러자 정재가 말했다.

"아닙니다. '시(矢)'는 '실(失)'을 잘못 쓴 것입니다. 고기가 흰데다 옥쟁반도 희기 때문에 고기의 모습을 잃어버렸다는 것입니다."

부자가 각기 자기 의견을 고집하여 결론이 나지 않았다. 정재가 죽음을 앞두게 되자 서계가 하고 싶은 말을 물으니, 정재가 말했다.

"당시에 나오는 '실백어(失白魚)'의 '실(失)'은 와전되어 '시(矢)'가 된 것이 틀림없는데도 아버님께서는 끝내 깨닫지 못하시니, 비록 소자가 죽은 뒤에라도 '실(失)'이라는 것을 아신다면 다행이겠습니다."

서계가 말했다.

---

1 옥쟁반……놓였네 : 『당음(唐音)』에 수록된 위응물(韋應物)의 「횡당행(橫塘行)」 제3구에 보인다.

"흰 고기가 옥쟁반에 놓였다는 것이 이치상 순한 말인데, 너는 어찌하여 글 뜻에 미혹되어 죽을 때까지도 깨닫지 못하느냐? 비록 저승에서라도 네가 그 뜻을 깨닫는다면 정말 기쁘겠다."

88

김창흡의 시 1

희암 채팽윤이 일찍이 삼연 김창흡의 시를 논하며 말했다.

"'물가의 반딧불이 총총히 날고, 산속의 개가 왕왕 짖네〔水螢飛忽忽,
山犬吠荒荒〕'[1]라는 한 구절 외에는 사람을 놀라게 하는 좋은 구절이
없다."

---

1 물가의……짖네 : 이 구절은 김창협의 『농암집(農巖集)』에 「8월 15일 . 배를 타고 강을 거슬
   러 수십 리를 가서야 물가에 배를 대니 밤이 이미 반이나 지났다〔八月十五拏舟溯江凡行數十里
   乃泊岸夜已過半矣〕」 제3수의 함련(頷聯)이다. '山犬'이 '村犬'으로 되어 있다.

89
김창흡의 시 2

삼연 김창흡은 산수를 좋아하여 거사(居士)라 자칭하며 팔도의 아름다운 산수를 두루 유람하여 발길이 닿지 않은 곳이 없었다. 한번은 겨울에 거사의 옷을 입고 걸어가다가 시골 마을에서 선비들이 책을 읽는 집을 거쳐가게 되었는데, 절을 하지 않고 지나가니 선비들이 크게 성내어 불러다 꾸짖었다.

"너는 무슨 거사이길래 감히 많은 선비들의 앞을 지나면서 절하지 않느냐? 만약 시를 짓는다면 그 죄를 용서하겠거니와 그렇지 않으면 매를 칠 것이다."

삼연이 말했다.

"내가 조금 문자를 아니, 운(韻)을 부르면 지어보겠소."

선비들이 붉을 홍〔紅〕 자를 부르니 곧장 대답했다.

  눈이 산속에 가득한데 꿩 머리 붉네 　　　　　　　雪滿山中雉頭紅

또 홍 자를 부르니, 이렇게 대답했다.

물 긷는 산승의 손가락이 붉네   汲水山僧手指紅

계속해서 홍 자를 부르니, 이렇게 대답했다.

서당 선비들의 코끝이 붉네   書堂學士鼻頭紅

마침내 옷을 떨치고 가버렸다.

90

이헌경과 목만중의 시

이몽서(李夢瑞, 이헌경(李獻慶, 1719~1791)), 목유선(睦幼選, 목만중(睦萬中, 1727~1810))은 글솜씨가 모두 일찍 이루어져 사람들이 신동이라고 하였다. 몽서(이헌경의 자)는 여덟 살에 그의 조부가 새로 꾸민 초당에 시를 썼다.

깨끗한 땅에 초가집 짓고	淨地三椽築
늘그막에는 일마다 한가로우시네.	衰年百事閑
어린 손자가 지금 축수를 올리니	小孫今獻祝
주렴 너머 남산이 버티고 있습니다.[1]	簾外有南山

유선(목만중의 자)이 열한 살에 안경을 읊은 시는 다음과 같다.

남국의 벽옥 같은 안경 쓰시고	南國碧玉鏡

---

1 남산이 버티고 있습니다 : 『시경』 「소아(小雅)」 〈천보(天保)〉에 "변함없는 달과 같고 떠오르는 해와 같으며 언제나 버티고 있는 남산과 같아 무너지지 않고 이지러지지 않는다[如月之恒 如日之升 如南山之壽 不騫不崩]"라는 내용이 나온다. 국가의 기업(基業)이 장구하여 공고함을 기원하는 내용이었으나, 단지 장수(長壽)를 축원하는 말로 쓰기도 한다.

어버이는 머리가 하얗게 세었구나.	高堂白髮年
등불에서 보면 한층 역력해지고	向燈逾歷歷
안경집에서 꺼내면 더욱 예쁘구나.	出匣更娟娟
눈앞에 하늘과 땅이 커보이고	膜外乾坤大
눈썹에는 해와 달이 걸려 있네.	眉間日月懸
책상 위에 만 권의 서책이 있으니	床頭萬卷在
노안에 네 권세가 많구나.	老眼爾多權

91

정충신의 총명

금남(錦南) 정충신(鄭忠信, 1576~1636)은 아이 적부터 일처리가 신중하고 꼼꼼하여 행여 실수하는 일이 없었다. 오성 이항복이 시험해보고자 하루는 대들보에 걸린 합판을 풀어놓게 하고, 미리 그 위에다 물항아리를 놓아두었다. 정충신은 막대기로 합판 위 이곳저곳을 더듬어보고 그릇이 있다는 것을 알고서 먼저 그 그릇을 치우고 난 후에 내려놓았다. 오성이 칭찬해마지않았다.

정충신의 초상

개인 소장. 임진왜란 당시 권율의 휘하에 있다가 이항복에게 발탁되었다. 이괄의 난을 진압한
공로로 공신에 봉해졌다.

92

권대운의 청렴

정승 권대운이 현달하기 전 부평(富平)에 세 마지기의 논을 가지고 있었는데, 신분이 귀해져 영의정에 오른 뒤에도 세 마지기 논뿐이었다. 한번은 그의 종제인 판서 권대재에게 장난삼아 말했다.

"청렴하게 사는 것을 남에게 보여주는 것이 옳은가?"

정승은 청렴하다는 것을 남이 알까봐 두려워하였고, 판서는 청렴하다는 것을 남이 모를까봐 두려워하였기 때문이다. 정승은 파출(罷黜)당하여 고향에 돌아가 세상을 떠났다. 숙종이 그의 청렴결백함이 가상하다고 칭찬하며 특별히 복관시켜주었다.

권대운의 초상

서울대학교 박물관 소장. 영의정을 역임하였으나 갑술환국으로 삭탈관직 당한 뒤 세상을 떠났다. 숙종은 그의 청렴이 가상하다며 직첩(職牒)을 돌려주라고 명하였다.

93

정원대사의 시

정원대사(淨源大師)는 호가 상봉(霜峯)이며 용문산(龍門山)에 살았다. 한
번은 광릉나루를 건너려고 배를 탔는데, 마침 어떤 재상이 나루 앞에
도착하여 배에 타고 있던 사람을 모두 쫓아내고 대사만 남겨두었다.
재상이 배에 올랐으나 대사는 절도 하지 않았다. 재상이 꾸짖었다.

"너 중놈이 어찌 이렇게 무례하냐? 내가 운을 부르면 너는 시를 지
어라. 그렇지 못하면 큰 벌이 있을 것이다."

드디어 빈(賓)과 진(津) 두 글자를 운으로 부르자 대사가 바로 대답
하였다.

물이 빠지자 오리는 잠이 없는데	水落鳧無夢
강에 가을이 오니 기러기는 손님이 되는구나.	江秋雁欲賓
용문산은 어디에 있나	龍門何處在
스님이 광릉진을 건너가는구나.	僧渡廣陵津

재상이 놀라며 탄복하였다.

94

윤정화의 기억력

참판 윤정화(尹鼎和)가 젊었을 적에 멀리 유람을 떠났다가 하루는 어떤 고을 아전 집에 묵었는데, 이튿날 비 때문에 갈 수가 없었다. 혼자 있자니 소일거리가 없어 방 안을 두루 찾아보니 그 고을의 두꺼운 금전 장부책 하나만 있었다. 그래서 처음부터 끝까지 모두 읽었다. 집으로 돌아갈 적에 또 그 집에 들렀더니 이미 집이 전부 타버리고 난 뒤였다. 공이 그 아전을 불러 위로하였는데, 그 아전이 말했다.

"집은 다시 지을 수 있고, 재물은 또 모을 수 있지만 장부책은 불에 타서 다시 찾을 수 없으니 죽을 죄를 지었습니다. 그래서 날이 밝으면 도망가려고 합니다."

공이 말했다.

"그때 내가 마침 그 책을 보았는데, 기억할 수 있을 것 같다. 너는 큰 공책 한 권을 갖고 와라."

아전이 공책 한 권을 찾아 바치자 공이 마침내 모두 기록해서 주었는데 하나도 틀리지 않았다. 그 기억력에 탄복하지 않는 이가 없었다.

95

이광덕과 조현명의 시

참판 이광덕(李匡德, 1690~1748)이 호남 순영에 있을 적에 시를 지었다.

안석류¹가 터지니 하나하나 뾰쪽하고　　　　安石榴開箇箇尖

저녁 햇살 비추니 세세히 보이네.　　　　　　斜陽照雨見纖纖

바둑 두던 벗은 졸고 금 타던 미녀는 떠나갔는데　棋朋坐睡琴娥去

오동나무 숲의 푸름만 주렴에 가득하네.　　　一樹梧桐碧滿簾

풍원군 조현명이 그 기상이 곱지 않은 것을 병통으로 여겨 말했다.

"말하는 것이 이처럼 모가 나서는 안 되네."

그러고는 그 시에 차운하였다.

섬돌에 돋아난 죽순이 짙푸르고 뾰족한데　　階竹筍抽晩翠尖

담장 곁 석류꽃 시드니 낙화가 곱구나.　　　墻榴花老落紅纖

게을리 주묵을 휘두르고 누대에 올라가니　　懶揮朱墨登樓去

1　안석류(安石榴): 석류를 말한다. 안식국이 원산지라서 안석류라고도 한다. 한나라 때 장건이
　서역에서 가져왔다. 과거 급제자를 뜻하기도 한다.

열두 난간²에서 기녀는 주렴을 걷네.　　　　　十二欄頭妓捲簾

---

2 열두 난간 : 구불구불 곡절이 많은 난간을 가리킨다.

96
조현명의 시

풍원군 조현명이 금강산을 유람하다가 시 한 구절을 지었다.

"하늘에 맞닿은 너른 바다 동남북인데"

한참 동안 고민하였지만 그 대를 얻지 못하였다. 어떤 나무꾼이 그 앞을 지나다가 말했다.

"'땅에 꽂힌 높은 봉우리 만 이천 개라'라고 대를 하면 어떻겠습니까?"

나무꾼의 성명을 물어보았지만 대답하지 않고 가버렸다. 풍원군이 또 어떤 사람이 높은 봉우리 정상에서 퉁소를 불고 있는 소리를 들었는데 그 소리가 아주 맑았다. 풍원군이 기이하게 생각해서 종복들과 거마를 물리치고 홀로 술병을 들고 올랐다. 그와 함께 술을 마시고 취해서 인하여 시를 짓고 수창하였는데, 깨어나서 그것을 찾아보니, 그간 곳을 몰랐다. 다만 그 시의 두 연만을 기억할 수 있었다.

바위가 열리자 우임금은 산속의 해를 따랐고[1]　　　巖開大禹隨山日

소나무가 늙으니 천황씨는 목덕의 해에 왕이 되었네.[2]　松老天皇木德年

가인은 무릎 위에서 문왕과 무왕의 노래를 연주하고　佳人膝上絃文武

취객은 가슴 속에 성인과 현인의 술[3]을 담네.　　　　　醉客胸中酒聖賢

1　산속의……따랐고 : 우임금이 산을 따라 준천을 한 것을 가리킨다.

2　천황씨는……되었네 : 「춘추명력서(春秋命歷序)」에 "천황씨는 목덕으로 왕이 되었다〔天皇
氏以木德王〕"라고 되어 있다.

3　성인과 현인의 술 : 성인은 청주(淸酒), 현인은 탁주(濁酒)를 말한다. 후한(後漢) 말기의 금주
령으로 생긴 별명이다.

97

임제의 시 1

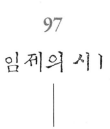

옛적에 어떤 사람이 문벌을 과시하고 도학을 자랑하였다. 백호(白湖) 임제(林悌, 1549~1587)가 그에게 시를 지어주었다.

가련하다 문벌은 모두 좋은 집안인데	可憐門閥皆佳族
풍진세상에 헛되이 늙었으니 유독 슬프구나.	虛老風塵獨可悲
오로봉(五老峯)[1] 아래에서 이치를 논하였으니	五老峯下論理坐
세상 사람이 도를 많이 안다고 모두들 칭송하네.	世人皆稱多道知

각 구절의 끝 세 글자[2]는 모두 우리말로 그를 욕한 것이다. 들은 사람들이 모두 배를 잡고 웃었다.

---

1 오로봉(五老峯) : 중국 여산(廬山) 동남쪽에 있는 봉우리 이름이다. 이백이 독서하던 곳이기도 하고 주자의 백록동 서원과도 가깝다.
2 각……글자 : 皆佳族은 개가죽, 獨可悲는 도깨비, 論理坐는 노루, 多道知는 돼지이다.

98

이용휴의 문장

진사 이용휴(李用休, 1708~1782)는 스스로 호를 혜환거사(惠寰居士)라고 하였는데, 문장이 기이하고 옛스러워 근세 글 짓는 자들이 미칠 수 있는 경지가 아니었다. 일찍이 내 죽은 딸아이의 광명(壙銘)을 지어주었는데, 그 글은 다음과 같다.

죽은 여자아이의 아버지는 전 판관 완산인(完山人) 이극성(李克誠)이다. 그 선조 중에 유명한 사람으로는 지봉(芝峯)선생 이수광(李睟光, 1563~1628)이 있다. 어머니는 여주인(驪州人) 성호(星湖) 이(李)선생의 따님이다. 죽은 아이는 태어나서 일찍부터 지혜로워 네 살 때 그 어머니에게 물었다.

"달 속에 무엇이 있나요?"

어머니가 대답하였다.

"계수나무가 있지"

그러자 아이가 말했다.

"나 하늘에 올라가 달을 가르고 계수나무를 볼테야!"

들은 사람마다 기이하게 여겼다. 대여섯 살에 한글을 깨우쳤고 구구

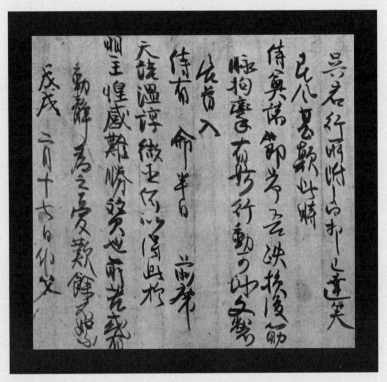

이용휴의 글씨

한국학중앙연구원 장서각 소장. 이용휴는 18세기 남인 문단의 종장(宗匠)이다. 다산 정약용은 그가 "포의의 신분으로 30년간 문단의 권력을 장악하였다"라고 평가하였다.

단 셈도 잘하였다. 간간이 고금의 성패를 책망하고 인물의 장단점을 논하였는데 왕왕 맞는 바가 있었다. 어머니가 손님 대접하고 제사지내는 것을 다 큰 사람처럼 도와주었고, 또 성품이 한가롭고 고요하며, 말과 웃음이 적고 화려함이 없어서 여사(女士)로서의 덕목이 있었다. 정해년(1767)에 병들어 죽었으니 그 아이가 태어난 을해년(1755)년과는 겨우 십삼 년 떨어졌을 뿐이다. 면천 방축동 갑좌(동쪽)의 언덕에 장사지냈으니 시골집과 가까워 벌목과 방목을 금하기 위함이었다. 명은 다음과 같다.

네가 태어나기 전에	汝未生前
네 부모가 꿈에도 너를 본 적 없었으니	汝父母雖夢寐不曾見汝
인연이 없었기 때문이다.	以無因也
네가 죽고 난 뒤에	汝旣死後
네 부모가 매번 앉으나 누우나 늘 너를 보니	汝父母每坐臥常見汝
인연이 있기 때문이다.	以有因也
심하도다, 인연이 사람을 굳게 얽어맴이여!	甚矣因之纏人之固也!
아! 서쪽 이웃의 노파는	噫! 西隣之媼
늙도록 가난하고 병들어	垂白窮病
날마다 죽기만을 기도하네.	日日祈死
저 사람은 이처럼 오래 사는데	彼壽如此
오래 살지 못한 사람은	不壽者
어찌 이리도 눈깜짝할 사이인가!	何以瞑矣

99

이용휴의 시

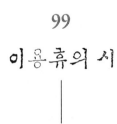

어떤 사람이 편지를 써서 혜환에게 쌀을 구걸하였다. 혜환이 쌀을 많이 주면서 시를 지어 답하였다.

하늘이 두 손을 만든 것은	天之生兩手
무언가 하게 만들려는 것인데	蓋欲有所爲
어찌하여 팔짱을 끼고 앉아서	如何拱而坐
그저 곡식이 쏟아지기를 기다리는가	只待雨粟時

100

홍봉한과 채제공의 시

정승 홍봉한(洪鳳漢, 1713~1778)이 함경도에 가서 시를 지었다.

마을이 외져 오래된 나무가 지키는 듯하고　　　　村深古木如相守
들이 넓어 뭇 산이 절로 높지 않아 보이네.　　　　野廣群山不自高

그 원대한 기상을 볼 수 있다.

판서 채제공(蔡濟恭, 1720~1799)이 젊어서 금강산을 유람하며 시를
지었다.

무수히 솟아오른 봉우리는 모두 성난 듯 보이는데　　無數飛騰渾欲怒
때때로 날카로운 봉우리는 외로움을 견디지 못하네.[1]　有時尖碎不勝孤

자신의 평소 뜻을 말한 것이라 하겠다.

---

1 무수히……못하네 : 『번암집(樊巖集)』 권5에 「헐성루에서 만이천 봉을 굽어보다〔歇惺樓瞰萬
二千峯〕」이라는 제목으로 실려 있는 시의 함련이다.

또 푸른 절벽을 읊은 시가 있는데 다음과 같다.

능히 구불구불 서려 앞을 막았는데도   能爲屈曲當前障

솟구쳐 오를 마음이 다하지 않았구나.[2]   不盡升騰向上心

---

2 능히……않았구나 : 『번암집』권3에 「약산 댁에서 국포 어른이 푸른 소나무 울타리를 제목
   으로 운을 부르기에 즉석에서 지어바치다[藥山宅菊圃令丈以靑松障命題呼韻卽席草呈]」라는 제
   목으로 실린 시의 함련인데 문집에는 '縱成屈曲當前障, 不忘升騰向上心'으로 되어 있다.

101

강연의 임진왜란 회고

승지 강연(姜綖, 1552~1614)은 임진왜란 때 온갖 고생을 겪었다. 도성으로 돌아온 뒤에 난중의 일을 회고하여 기록하였다.

"거친 밥을 대하면 며칠 동안 식량이 끊긴 일이 생각나고, 해진 솜옷을 입으면 가을에도 겹옷을 입던 일이 생각난다. 자리에 앉으면 의주에서 삿자리에 앉던 일이 생각나고, 이불을 덮으면 골짜기를 벗어나 사립을 덮고 자던 일이 생각난다. 관과 건을 쓰면 패랭이와 삿갓을 썼던 때가 생각나고, 가죽신을 신으면 짚신을 신던 일이 생각난다. 묘시에 출근하여 유시에 퇴청하면 한밤중에 도망다니며 숨던 일이 생각나고, 손님이 찾아오면 주인이 문을 닫고 거절하던 일이 생각난다. 지친 말을 타면 고갯길에서 고생하며 걷던 일이 생각나고, 누추한 집에 거처하면 들판에서 노숙하던 일이 생각난다."

102

강직한 강석빈

진선군(晉善君) 강석빈(姜碩賓, 1631~1691)이 기사년(1689)[1] 봄에 상(喪)을 치르고 있었는데 민종도가 와서 조문하였다. 공이 민종도에게 말했다.

"지금 시세를 가만 보니 중궁(中宮)께서 자리를 보전하지 못할 듯하네. 만약 그렇게 된다면 그대들은 천고의 소인(小人)이 되는 것을 면치 못할 것일세."

민종도는 말없이 일어났다. 이해 4월, 중궁이 자리에서 물러나 대궐을 나가게 되자, 공은 근심과 분노를 참을 수가 없었다. 참의 이후정(李后定, 1631~1689)이 마침 공을 찾아오자, 공이 맞이하며 말했다.

"나라에 큰 변고가 생겨 인륜이 끊어지려 하니, 지금이야말로 신하가 죽음을 각오하고 간언할 때라네. 나는 상중이라 성상께 아뢰려고 해도 방법이 없네. 그대는 이 일에 뜻이 있는가?"

이공이 크게 한숨을 쉬고는 앞으로 다가와 말했다.

---

1 기사년 : 기사환국(己巳換局)을 말한다. 1689년(숙종 15) 숙종이 소의(昭儀) 장씨(張氏, 張禧嬪) 소생의 윤(昀, 景宗)을 원자(元子)로 삼으려 하였는데, 송시열(宋時烈)을 비롯한 노론계 인사들이 반대하자, 이들을 숙청하고 남인계 인사들을 대거 등용하였다. 숙종은 이듬해 5월 2일 중전(中殿, 인현왕후)을 폐하여 서인(庶人)으로 만들고, 6월에는 원자를 세자로 책봉한 뒤 10월에 희빈 장씨를 왕비로 책립(冊立)하였다.

"그게 바로 저의 뜻입니다."

그리하여 공과 상의하여 상소문을 짓고 곧장 승정원에 올렸다. 상소문의 말투가 몹시 격렬하여 온 세상 사람들이 전해가며 외웠다. 상복을 벗은 뒤 사은 부사(謝恩副使)에 뽑혀 중국으로 가게 되었는데, 홍제원(弘濟院)에 이르자 장희재(張希載, ?~1701)가 자리에 있다가 공을 만나보려고 먼저 사람을 시켜 공에게 안부를 물었다. 그러자 공이 말했다.

"나는 장희재와 평소 교분이 없으니 자네는 여기 잘못 찾아온 것이 틀림없네."

장희재는 어쩌지 못하고 그만두었다.

103

백곡대사의 시

첨정 신유한(申維翰, 1681~1752)이 한번은 부여 백마강에서 뱃놀이를 하였는데, 어떤 승려가 와서 함께 타기를 청했다. 신유한이 허락하고 물었다.

"너는 글을 지을 수 있느냐?"

승려가 대답하였다.

"조금 문자를 압니다."

신유한이 운(韻)을 불러 시를 짓게 하니, 그 자리에서 시를 지었다.

백마강 물결 소리는 만고에 시름겨우니	白馬波聲萬古愁
남아가 이곳에 오면 눈물 흘릴 만하네.	男兒到此涕堪流
처음에는 위나라 산하를 보배라고 자랑하더니	始誇魏國山河寶
마침내 오강 자제의 수치가 되었네.	縱作吳江子弟羞
무너진 성에 갈가마귀 우는데 해는 저물고	廢堞有鴉啼晩日
황량한 대에 춤추는 기생 없고 가을이 다 갔네.	荒臺無妓舞殘秋
천하를 삼분하여 할거하던 영웅들은 모두 사라지고	三分割據英雄盡
그저 가을바람에 떠나가는 배만 보이네.	但看西風送客舟

신유한은 이 시를 보고서 붓을 놓아버렸다. 그 승려는 백곡대사(白谷大師) 처능(處能, 1617~1680)이었다.

형실기문

✳

하권

1

강형의 묘자리

대사간 강형(姜詗. ?~1504)은 연산군 초기에 폐비 윤씨(尹氏)를 복위시키는 것이 잘못이라고 아뢰었다가 갑자년(1504)에 그의 아들 강영숙(姜永叔)·강무숙(姜茂叔)·강여숙(姜與叔)과 같은 날 화를 당했다. 영숙의 처 이씨(李氏)는 목사 이정양(李貞陽)의 딸인데, 상주(尙州) 친정집에 가서 의지하려고 남편의 관을 싣고 남쪽으로 내려갔다. 가다가 함창(咸昌) 양범리(良範里)의 산 앞에 이르러 잠시 쉬는데, 늙은 종이 관 옆에 엎드려 잠깐 졸다가 깜짝 놀라 일어나 말했다.

"방금 어르신께서 어깨를 치며 말씀하시길, '이 첨지(李僉知)가 이 근처를 지나가는데 너는 어찌 가보지 않느냐?' 하였습니다."

이 첨지란 사람은 지술(地術)로 세상에 이름나 관상감에서 벼슬하였는데, 무오년(1498) 이후로 서울에서 벼슬하기가 싫어 벼슬을 버리고 사방을 돌아다녔다. 대사간과 절친하였기에 늙은 종도 그의 얼굴을 알고 있었던 것이다. 늙은 종이 마침내 앞길로 가니, 몇 리도 못 가서 그를 만났다. 울면서 그 까닭을 말하니, 첨지가 곧장 늙은 종을 따라와서 관을 어루만지며 통곡하고는 곧장 양범산(良範山)에 올라가 큰길에서 얼마 떨어지지 않은 곳에 묘자리 하나를 점지해주며 말했다.

"이곳은 하늘이 내려준 길지(吉地)입니다."

그러고는 산 아래 가까운 마을에 일행을 머물게 하고 장사지낼 날을 잡아 직접 일을 감독하고, 장례를 마치자 떠났다.

2

의상대사의 지팡이

무인년(1758) 여름, 내가 영남 순흥(順興)의 부석사(浮石寺)에 가서 보니 조사당(祖師堂)이 있는데, 바로 신라(新羅)의 기이한 승려 의상대사(義相 大師)의 소상(塑像)을 안치한 곳이다. 조사당 처마 아래에는 선비화(仙飛 花)가 있는데, 절의 승려들이 전하는 말에 따르면, 대사가 서쪽으로 가던 날 이곳에 지팡이를 꽂고 이렇게 말했다.

"이 지팡이에 꽃이 피면 내가 죽지 않았다는 증거이다."

그 뒤 한 치도 자라지 않았는데 잎이 나고 꽃이 피었으며, 비를 맞지 않아도 마르지 않아 수천 년이 지나도록 똑같았다고 한다. 그 이야기는 황당하여 믿을 것이 못 된다. 그러나 퇴계(退溪) 선생의 시에,

지팡이 앞에 조계(曹溪)[1]의 물이 있으니　　　　　杖頭自有漕溪水
천지가 적셔주는 은혜를 빌릴 것 없네.　　　　　不借乾坤雨露恩

라고 하여, 마치 믿었던 것처럼 말한 이유는 무엇인가.

---

1 조계(曹溪) : 중국 광동성(廣東省) 곡강현(曲江縣)에 있는 강 이름. 당나라 때 선종(禪宗)의 육조(六祖) 혜능(慧能)이 보림사(寶林寺)를 세웠다. 그냥 절이라는 뜻으로도 쓰인다.

3

한호의 글씨

옥동 이서가 석봉 한호의 필법을 논하였다.

"석봉은 자질이 몹시 둔하였으나 부지런하여 터득하였다. 획을 긋고 글자를 쓰는 법은 조금 알았지만 오묘한 정법(正法)¹은 깊이 통달하지 못하였다. 그러므로 글씨가 거칠고 둔하며 막히고 고루하여 변화에 제대로 대응하지 못한 부분이 많고, 획을 긋는 것도 비둔하고 속되어 민첩하고 정밀한 모습이 없는데도 오랫동안 노력을 기울인 데 힘입어 지나친 명예를 얻었다. 온 세상 사람들이 숭상하며 미혹되어 깨어날 줄 모르니 애석하구나. 이러한 필법은 양주(楊朱)·묵적(墨翟)·향원(鄕原)²처럼 물리쳐 멀리해야 한다."

훗날 또 다음과 같이 논하였다.

"석봉은 대체로 비슷하게 터득하였으나, 말년의 서법은 자못 옛 버릇을 버렸기에 정법에 상당히 가까워졌다. 대개 석봉의 글씨는 용렬하고 둔하다는 비판을 면할 수 없으나, 그의 필력은 몹시 굳세어

---

1 정법(正法) : 정법안장(正法眼藏). 석가모니가 가섭(迦葉)에게 전한 불법(佛法)의 요체. 여기서는 비결(秘訣)을 뜻한다.
2 향원(鄕原) : 겉모습은 근후(謹厚)한 듯하나 실제로는 속세와 영합하는 위선자를 말한다.

마치 종이 뒷면까지 뚫을 듯하다. 그러나 종종 아름다워 좋은 곳도 있으니 소홀히 할 수는 없다."

옥동의 말은 지나치다.

4

정인홍의 문장

정인홍(鄭仁弘, 1535~1623)이 지은 아들의 제문은 다음과 같다.

"네가 죽으니 내가 곡하지만, 내가 죽으면 누가 곡하리오. 네가 죽
으니 내가 장사지내지만, 내가 죽으면 누가 장사지내리오. 흰 머리
로 통곡하니 청산도 찢어지려 하네."[1]

말이 슬프고 간절하여 한 글자마다 눈물을 한 번 흘린다고 하겠다.

---

1 네가……하네 : 정인홍의 『내암집(來庵集)』 권12에 실린 「아들을 애도하는 제문[祭子文]」에
  는 다음과 같이 되어 있다. "汝葬我葬, 我葬誰葬, 汝哭我哭, 我哭誰哭, 白首痛哭, 靑山欲裂."

5

신최의 부인 심씨의 문장

춘소(春沼) 신최(申最, 1619~1658)의 처 심씨(沈氏)는 사인(舍人) 심희세(沈熙世, 1601~1645)의 딸인데 글을 잘 지었다. 죽은 딸을 위한 제문에,

　"매서운 햇살은 참담히 내리쬐고 슬픈 바람은 쓸쓸히 불어오네. 옥
　같은 용모와 얼음 같은 마음은 연기처럼 사라지고 꿈처럼 공허하
　네."

라고 하였고, 또,

　"집에 있는 늙은 어버이는 홀로 앉아 피눈물 흘리네. 그리워하여도
　보이지 않으니 마음은 만 갈래로 찢어지네. 하늘이시여, 제 죄가 얼
　마나 많은 것입니까?"

라고 하였고, 또,

　"옥팔찌와 금비녀는 부질없이 땅에 묻혔는데, 빈 산에 낙엽 지고
　강물은 오열하네. 쓸쓸한 백양나무, 희디흰 가을 달, 끝없는 한은
　만고토록 없어지지 않으리."

라고 하였다.

6

윤광보의 시

사문(斯文) 윤광보(尹光普, 1737~1805)가 여덟 살에 다른 사람의 잔치 자리에 갔다. 어른들이 운을 불러 시를 짓는데, 함운(咸韻)에 이르자 모두 압운을 하지 못하였는데, 사문이 먼저 완성하였다.

등왕각은 동남쪽 끝까지 전부 보이고   滕閣東南盡
난정에는 청년과 어른이 모두 모였네.   蘭亭少長咸

좌중이 모두 놀랐다.

7

순(舜)에 대해 묻다

족숙 하정(荷亭) 이덕주(李德胄, 1695~1751)공은 용모가 빼어나고 말이
호쾌하였다. 한번 만난 사람은 누구나 그가 뛰어난 선비라는 것을 알
았다. 학식 있는 사람들은 공의 문장을 진·한(秦漢) 제자들과 나란히
두고, 동한(東漢) 이하로는 논하지도 않았다. 공은 스물두 살에 「순에
대해 묻다[舜問]」라는 글을 지었는데, 그 글은 다음과 같다.

맹자가 말하였다. "순(舜)이 요(堯)의 섭정 노릇을 한 기간이 28년이었
으니, 사람의 능력으로 할 수 있는 것이 아니라 하늘의 뜻이었다. 요
가 세상을 떠나자 삼년상을 마친 뒤, 순은 요의 아들을 피해 남하(南
河)의 남쪽으로 갔다. 그러자 조회하러 가는 천하의 제후들이 요의 아
들에게 가지 않고 순에게 갔고, 소송을 하려는 자들이 요의 아들에게
가지 않고 순에게 갔으며, 임금의 덕을 노래하는 자들이 요의 아들을
노래하지 않고 순을 노래했다. 그런 뒤에야 도성으로 가서 천자의 자
리에 올랐다. 만약에 요의 궁궐에 살면서 요의 아들을 핍박했다면, 이
것은 찬탈이지 하늘이 천자의 자리를 준 것이 아니다"
나는 이에 대해 의혹이 있다. 순이 결국 천자의 지위에 오른 것은 하

늘의 뜻이다. 하늘이 천자의 자리를 주고 사람들이 귀의하자 요가 천자의 지위를 주었던 것이다. 그리고 하늘이 천자의 지위를 주고 사람들이 귀의하자 순이 천자의 지위를 받았던 것이다. 요와 순이 무슨 관여를 하였겠는가. 관여하지 않았는데 주었으니 이는 어쩔 수 없이 준것이고, 관여하지 않았는데 받았으니 이는 어쩔 수 없이 받은 것이다. 어쩔 방법이 있었다면 하늘의 뜻이 아니다.

나중에 천자의 지위를 피할 수 있었는데 처음에 받았다면, 어쩔 수 없이 받은 것이 아니다. 처음에 천자의 지위를 받을 수 있는데 나중에 천자의 지위를 피하였다면, 어쩔 수 없이 피한 것이 아니다. 어쩔 방법이 있었다면 하늘의 뜻이 아니다.

책을 살펴보면, 『서경(書經)』에 "순은 태어난 지 30년 만에 벼슬에 올랐고, 30년 뒤에 천자의 자리에 올랐다가 50년 뒤에 세상을 떠났다"라고 하였다. 그렇다면 요가 세상을 떠난 뒤, 순이 즉위하기 전의 3년은 어디에 있는가.

어떤 이는 "30년의 끝에 있다"라고 하고, 어떤 이는 "50년의 앞에 있다"라고 한다. 30년의 끝에 있다고 하는 이유는 무엇인가. 30년의 끝이라면 섭정하고 있을 때이다. 상복을 입은 해 역시 순이 천자의 자리에 있던 해라고 통칭한 것이다. 그 이유는 무엇인가. 요가 늙어서 정사를 보지 못하여 천하가 순의 명령을 들었으므로 섭정이라 한 것이다. 요가 세상을 떠난 뒤 또 천하가 순의 명령을 들었으므로 섭정이라한 것이다. 그러므로 통칭하여 섭정이라고 한 것이다.

그렇지 않다. 『서경』에 '그대의 말이 공적을 이룰 수 있다고 보아온 지 3년이 되었다'라고 하였고, 또 '28년째 되는 해에 요가 세상을 떠났다'라고 하였으니, 3년은 누차 시험하던 때이고, 28년은 섭정하던 때이다. 누차 시험하던 3년과 섭정하던 28년을 합치면 30년이 된다. 30년의 끝은 섭정을 끝낸 때요, 섭정을 끝낸 것은 요가 세상을 떠난 해이다. 30년의 끝이라고 한다면 복상(服喪)하던 해는 요가 붕어하기 전이니, 옳다고 할 수 있겠는가.

50년의 앞에 있다고 하는 이유는 무엇인가. 요가 세상을 떠나고 천하에 군주가 없으니 순이 비록 즉위하지 않았으나 기년(紀年)은 순에게 속하였다. 그러므로 복상하던 해도 순이 천자의 자리에 있던 해라고 통칭한 것이다.

그렇지 않다. 『서경』에 '30년 만에 천자의 자리에 올라 50년 만에 세상을 떠났다'라고 하였으니, 50년은 재위하던 기간을 말한 것이 아니겠는가. 기년이 순에게 속했을 뿐인데 재위라고 할 수 있겠는가. 우(禹)가 순의 섭정 노릇한 지 17년 만에 순이 세상을 떠났다. 처음에는 순이 명령하여 우에게 섭정하게 하면서 '짐이 천자의 자리에 있은 지 33년이 되었다'라고 하였다. 그렇다면 이것은 천하에 군주가 없게 하고 기년을 자기에게 속하게 한 것인가? 기년이 자기에게 속했을 뿐인데 천자의 자리에 있었다고 말할 수 있겠는가.

이 학설을 주장하는 사람들이 순을 아는 것과 『서경』의 기록을 비교하면 어떠한가. 이 학설을 주장하는 사람들이 순을 아는 것과 순이 스스로 알았던 것을 비교하면 어떠한가. 이것이 불가하다는 것을 안다면 그 학설이 불가하다는 것도 알 것이다. 그 학설이 불가하다는 것을 안다면 순이 피하지 않았다는 것을 알 것이다. 피하지 않았다는 것은 무엇인가.

'이미 천자의 자리를 받았다'라고 하였으니, 받은 자는 누구인가. '요가 이미 주었다'라고 하였으니 준 자는 누구인가. 하늘이 주고 사람들이 귀의하였다는 것이다. 하늘이 주고 사람들이 귀의하고 요가 주고 순이 받았으니, 피할 수 있었겠는가. 그렇지 않았으니 찬탈이라고 할 수 있겠는가. 그렇지 않았으니 하늘이 준 것이 아니라고 할 수 있겠는가.

비록 그렇지만 순은 참으로 성인이요, 맹자도 위대한 현인이며, 『서경』은 참으로 믿을 만하고 맹자도 믿을 만하다. 맹자를 믿자니 순이 찬탈한 결과가 될 것이고, 『서경』을 믿자니 맹자는 순이 찬탈하였다고 보았다는 결과가 된다. 합쳐서 같은 이야기라고 하자니 이와 같이 상반되어 억지로 합칠 수가 없다. 분리하여 변증하자니 현인과 성인의 귀결이 둘일 수는 없다. 애매하게 놓아두고 밝히지 않자니 순이 천자의 자리를 받았는지 찬탈하였는지 밝히지 않을 수 없다.

그렇다면 나는 어떻게 해야 하겠는가. 어떻게 하면 상반된 논리를 합쳐서 동일하게 하여도 해가 없게 하겠는가. 나의 지혜가 쉽게 미치지 못한다. 어떻게 하면 분리하여 변증하여도 해가 없겠는가. 나의 앎이 쉽게 미치지 못한다. 내가 예전에 이것을 가지고 나의 동생 자순(子順), 이혜주(李惠冑))에게 개인적으로 질문하니, 자순이 말했다.

"맹자를 믿으면 순에게 해로울 바가 없고 『서경』을 믿으면 맹자에 해가 되지 않습니다."

내가 이 학설에 대한 올바른 견해를 듣고자 이 설을 지어 묻노라.

8

허적의 용력

허적과 정태화, 권우(權堣, 1610~1675)는 친구 사이였다. 정정승이 젊은 시절에 권참판과 함께 밤에 창가(娼家)에 갔다. 사나운 장사가 정정승을 결박하고 망석(網席)으로 돌돌 말아 굴뚝에 거꾸로 처박아놓았다. 권우가 허적에게 달려가 말했다.

"유춘(囿春, 정태화의 자)이 지금 죽게 생겼네. 자네가 아니면 구할 수 없기에 이렇게 급하게 달려와 알리는 것일세."

허적이 마침내 창가로 가서 담장을 넘어 들어가 결박을 풀고 들어가 자리를 떠나게 하고는, 창기의 방에 들어가서 장사를 꾸짖었다. 그런데 장사가 불손한 말을 많이 하여 마침내 때려죽이고 말았다.

그날 밤 나막신을 신고 곧바로 충주(忠州)로 달려가 읍내에 도착하니 날이 밝아오고 있었다. 우선 아전들을 만나고 다음으로 좌수(座首)를 만나보고 또 목사를 만나 그날 밤 살인하지 않았다는 증거를 만들었다. 죽은 자의 집에서 형조에 소송을 걸자, 형조에서는 충주에 관문(關文)을 보내 잡아 보내게 하였다. 그러자 목사가 말했다.

"그날 이 마을에 있었던 자가 어찌 서울에서 사람을 죽일 수 있겠습니까?"

이렇게 형조에 보고하고 거부하여 마침내 살인죄를 면하였다. 서울에서 충주 읍내까지는 280리이다. 허적이 장사를 죽이고 큰 글씨로 문에 '사람을 죽인 자는 허적이다'라고 쓰고 당일 밤 곧장 충주로 달아났다고 한다.

9

김완의 용력

학성군(鶴城君) 김완(金完, 1577~1635)은 영암(靈巖)의 화소(花所)에 살았는데 용력이 월등하였다. 늘 자기 아버지를 죽인 관찰사에게 원한을 품고 원수를 갚고자 하였다. 활쏘기를 배워 지극한 경지에 이르자 쏘면 맞추지 못하는 것이 없었다. 날마다 월출산(月出山)을 달려 올라갔다 달려 내려오며 뜀박질을 익혔는데 오래되자 걸음걸이가 나는 듯하였다. 하루는 저녁에 태수를 찾아뵙고 밤을 틈타 서울에 올라가 관찰사를 쏘아 죽이고서 큰 소리로 외쳤다.

"김완은 오늘에야 부친의 원수를 갚았다!"

그러고는 즉시 되돌아왔는데, 화소에서 서울까지의 거리는 880리였다. 이튿날 아침 또 태수를 찾아뵈었다. 관찰사의 집안에서 태수를 시켜 잡아들이게 하니, 태수가 말했다.

"어제 저녁에 나를 찾아왔고 오늘 아침에 또 나를 찾아왔는데, 만약 서울에서 왔다면 밤새 2천 리를 오간 것이다. 어찌 그럴 리가 있겠는가?"

그러고는 끝내 죄를 묻지 않았다.

10
팔비헌

관성소(管城所)는 북한산성(北漢山城)의 창고에 붙어 있다. 총융청(摠戎廳) 중군(中軍)은 관성장(管城將)을 겸하는 것이 관례였는데, 이곳에 머물러 다스렸다. 병사(兵使) 이간(李玕)은 관성장이 되자 자기 처소를 '팔비헌(八非軒)'이라 이름하였으니, 이는 병영도 아니고 처소도 아니고 관청도 아니고 사가(私家)도 아니고 서울도 아니고 시골도 아니고 승려도 아니고 속인도 아니기 때문이었다.

장수의 호칭을 지니고 있으나 군대의 모양새가 갖추어지지 않았으니 병영이 아니고, 애당초 건물이 따로 없고 구차히 창고에 붙어 있으니 처소도 아니고, 창고를 관리하는 아전에게 빌어먹으며 모든 모양새가 갖추어지지 않았으니 관청도 아니고, 붉고 검은 먹으로 명령을 내리고 교졸들이 앞에 줄지어 섰으니 사가도 아니고, 대궐의 물시계 소리가 들리지 않고 때때로 숲에서 호랑이가 포효하니 서울도 아니고, 남한산성과 같은 곳에 있으면서 한성부에 적을 두고 있으니 시골도 아니고, 절과 이웃해 있지만 머리를 기르고 고기를 먹으니 승려도 아니고, 항상 구름 자욱한 산을 마주하여 속된 생각이 모두 사라지니 속인도 아니다.

11

태조의 후손

태조(太祖)의 왕자 익안대군(益安大君) 이방의(李芳毅)의 5대손 이몽필(李夢弼)은 참판을 지냈다. 정종(定宗)의 왕자 진남군(鎭南君) 이종생(李終生)의 현손 이헌국(李憲國)은 좌의정, 수도정(守道正) 이덕생(李德生)의 6대손 이호의(李好義)는 참판을 지냈다.

12

태종의 후손

태종(太宗)의 왕자 효령대군(孝寧大君)의 현손 이제민(李齊閔)은 판서, 5
대손 이간(李揀)·이식(李拭)은 모두 참판, 이직언(李直彦)은 참찬, 이대
윤(李大胤)은 동지중추부사, 10대손 이진수(李震壽)는 참판, 이형상(李衡
祥)은 참판을 지냈다.

13

세종의 후손

세종(世宗)의 왕자 임영대군(臨瀛大君) 이구(李璆)의 현손 이숙(李塾)은 경기관찰사, 5대손 이정신(李廷臣)은 참판, 6대손 이만영(李晩榮)은 참판, 이응시(李應蓍)는 참판을 지냈다. 계양군(桂陽君) 이증(李璔)의 9대손 이덕영(李德英)은 참판을 지냈다.

14

성종의 후손

성종(成宗)의 왕자 완원군(完原君) 이수(李襚)의 8대손 이조(李肇)는 판서, 무산군(茂山君) 이종(李悰)의 8대손 이규응(李奎應)은 동지중추부사를 지냈다.

15

김시양의 기억력

하담(荷潭) 김시양(金時讓)은 어려서 부모를 잃었는데, 집이 가난하여 의지할 곳이 없어 충주(忠州)의 청룡사(靑龍寺)에 얹혀살았다. 그는 총명하기가 월등하여 모든 책을 한 번만 보면 바로 외웠다. 그러므로 한 번 본 것은 다시 읽지 않았다.

금산(錦山) 이대수(李大遂)가 절에 왔다가 마침 도목대정(都目大政)[1]을 보고 있었는데, 공이 곁에서 쳐다보았다. 이대수가 밤에 누워서 갑자기 누가 어느 관직에 제수되고 누가 어느 직임에 의망되었는지 떠올렸지만 아무것도 기억나지 않았다. 공이 곧장 삼망(三望)을 외자, 이대수가 기이하게 여겨 방 안의 책을 이리저리 뽑아 시험해보았는데 외지 못하는 것이 없었다. 이대수가 깜짝 놀라 자기 딸을 시집보냈다.

---

1 도목대정…… : 매년 6월과 12월에 시행하는 대규모 인사 행정. 여기서는 그 결과를 기록한 문서로 보인다.

16
형제 등과

우리나라에서 5형제가 문과에 등과한 경우는 이예장(李禮長)·이지장(李智長)·이함장(李諴長)·이효장(李孝長)·이서장(李恕長), 안중후(安重厚)·안관후(安寬厚)·안근후(安謹厚)·안돈후(安敦厚)·안인후(安仁厚), 이극감(李克堪)·이극배(李克培)·이극증(李克增)·이극균(李克均)·이극돈(李克墩), 박거린(朴巨麟)·박형린(朴亨麟)·박홍린(朴洪麟)·박붕린(朴鵬麟)·박종린(朴從麟), 윤길(尹咭)·윤탁(尹晫)·윤철(尹瞰)·윤구(尹昫)·윤서(尹曙), 김연조(金延祖)·김영조(金榮祖)·김봉조(金奉祖)·김응조(金應祖)·김숭조(金崇祖), 정적(鄭積)·정익(鄭榏)·정혼(鄭棔)·정식(鄭植)·정박(鄭樸), 심백(沈栢)·심벌(沈橃)·심상(沈相)·심방(沈枋)·심탱(沈樘)이다. 6형제가 문과에 등과한 경우는 원식(元植)·원즙(元檝)·원격(元格)·원적(元樀)·원탈(元棁)·원철(元橃)이다. 이극감 형제는 모두 높은 품계에 올랐으니, 이극감은 형조판서·광성군(廣城君), 이극배는 영의정·광릉부원군(廣陵府院君), 이극증은 판중추부사·광천군(廣川君), 이극균은 좌의정, 이극돈은 찬성·광원군(廣原君)이다. 4형제가 군(君)에 봉해졌으니 더욱 훌륭하다.

17

대대로 등과한 집안

우리나라에 큰 가문으로서 대대로 등과한 집안은 수십 성(姓)이나 된다.

10대 등과한 집안은 다음과 같다.

광주 이씨(廣州李氏) 이집(李集)은 판전교사(判典校事), 이지직(李之直)은 형조참의, 이인손(李仁孫)은 우의정, 이극감(李克堪)은 형조판서, 이세우(李世佑)는 감사, 이자(李滋)는 홍문관 박사, 이약빙(李若氷)은 이조정랑, 이홍남(李洪男)은 공조참의, 이민각(李民覺)은 판결사, 이정면(李廷冕)은 군수를 지냈다. 또 이극감의 아들 이세좌(李世佐)는 대사간, 손자 이수정(李守貞)은 수찬, 증손 이준경(李浚慶)은 영의정을 지냈다. 이준경의 증손 이필행(李必行)은 응교, 현손 이후징(李厚徵)은 지평, 5대손 이시만(李蓍晩)은 참판, 6대손 이하원(李夏源)은 판돈녕부사, 7대손 이명희(李命凞)는 대사간을 지냈으니, 14대에 걸쳐 12명이 등과하였다. 또 이준경의 아들 이덕열(李德悅)은 승지, 이덕열의 손자 이필무(李必茂)는 장령, 증손 이웅징(李熊徵)은 필선을 지냈으니, 11대에 걸쳐 10명이 등과하였다.

9대 등과한 집안은 다음과 같다.

고령 신씨(高靈申氏) 신용성(申用成)은 검교 군기감, 신강승(申康升)은 호군, 신인재(申仁材)는 평리, 신사경(申思敬)은 호군, 신덕린(申德隣)은 예조판서, 신포시(申包翅)는 우리나라의 공조참판, 신장(申檣)은 참판, 신숙주(申叔舟)는 영의정, 신정(申瀞)은 참판을 지냈다.

안동 김씨(安東金氏) 김질(金昳)은 집의, 김자행(金自行)은 감사, 김숙빈(金叔濱)은 정, 김희수(金希壽)는 대사헌, 김로(金魯)는 직학, 김홍도(金弘度)는 전한, 김첨(金瞻)은 교리, 김성립(金誠立)은 홍문관 정자, 김진(金振)은 이조참의를 지냈으니 9대 등과이다.

풍천 임씨(豊川任氏) 임열(任說)은 판윤, 임영로(任榮老)는 정, 임장(任章)은 이조정랑, 임선백(任善伯)은 부사, 임중(任重)은 지평, 임상원(任相元)은 판서, 임수간(任守幹)은 참의, 임순(任珣)은 승지, 임희증(任希曾)은 지금 참판이다.

나주 정씨(羅州丁氏) 정자급(丁子伋)은 소격서 영, 정수강(丁壽崗)은 병조참의, 정옥형(丁玉亨)은 병조판서, 정응두(丁應斗)는 찬성을 지냈다. 정윤복(丁胤福)은 대사헌, 정호선(丁好善)은 감사, 정언벽(丁彦璧)은 교리, 정시윤(丁時潤)은 병조참의, 정도복(丁道復)은 승지를 지냈다. 또 정윤복의 아들 정호관(丁好寬)은 사성, 손자 정언황(丁彦璜)은 감사, 정언황의 손자 정도겸(丁道謙)은 정자, 증손 정사신(丁思愼)은 참의를 지냈으니 10대에 걸쳐 9명이 등과하였다.

8대 등과한 집안은 다음과 같다.

남양 홍씨(南陽洪氏) 홍경손(洪敬孫)은 동성균, 홍윤덕(洪潤德)은 헌납,

홍계정(洪係貞)은 한림, 홍춘경(洪春卿)은 감사, 홍성민(洪聖民)은 판서, 홍서익(洪瑞翼)은 예조참의, 홍명구(洪命耉)는 감사, 홍중보(洪重普)는 우의정을 지냈다.

청송 심씨(靑松沈氏) 심순문(沈順門)은 사인, 심봉원(沈逢源)은 동돈녕, 심건(沈鍵)은 정자, 심희수(沈喜壽)는 영의정, 심유행(沈儒行)은 교리, 심재(沈梓)는 이조판서, 심최량(沈最良)은 판결사, 심주관(沈周觀)은 좌랑을 지냈다. 심유행은 심희수의 손자이다.

해평 윤씨(海平尹氏) 윤변(尹抃)은 군자감 정, 윤두수(尹斗壽)는 좌의정, 윤휘(尹暉)는 판서, 윤계(尹堦)는 판서, 윤세수(尹世綏)는 감사, 윤섭(尹涉)은 부사, 윤득민(尹得敏)은 주서에 추증되었고, 윤시동(尹蓍東)은 지금 부제학이다. 윤해는 윤휘의 손자이다.

동래 정씨(東萊鄭氏) 정사(鄭賜)는 직학, 정난종(鄭蘭宗)은 참찬, 정광필(鄭光弼)은 영의정, 정유길(鄭惟吉)은 좌의정, 정창연(鄭昌衍)은 좌의정, 정광성(鄭廣成)은 형조판서, 정태화(鄭太和)는 영의정, 정재숭(鄭載嵩)은 좌의정을 지냈다. 정유길은 정광필의 손자이다. 모두 9대에 걸쳐 8명이 등과하였다.

7대 등과한 집안은 다음과 같다.

남양 홍씨(南陽洪氏) 홍경손(洪敬孫)·홍윤덕(洪潤德)·홍계정(洪係貞)·홍춘경(洪春卿)·홍천민(洪天民)은 도승지, 홍서봉(洪瑞鳳)은 영의정, 홍명일(洪命一)은 승지를 지냈다.

은진 송씨(恩津宋氏) 송계사(宋繼祀)는 판관, 송순년(宋順年)은 정랑, 송여해(宋汝諧)는 부사, 송세충(宋世忠)은 군수, 송기수(宋麒壽)는 참찬,

송응순(宋應洵)은 부제학, 송석조(宋碩祚)는 판결사를 지냈다.

여흥 민씨(驪興閔氏) 민기(閔機)는 판윤, 민광훈(閔光勳)은 감사, 민유중(閔維重)은 부원군, 민진원(閔鎭遠)은 좌의정, 민형수(閔亨洙)는 참판, 민백상(閔百祥)은 우의정, 민홍렬(閔弘烈)은 지금 참판이다.

양주 조씨(楊州趙氏) 조존성(趙存性)은 지돈녕부사, 조계원(趙啓遠)은 판서, 조귀석(趙龜錫)은 감사, 조태동(趙泰東)은 대사헌, 조영국(趙榮國)은 이조판서, 조운규(趙雲逵)는 지금 판서, 조종현(趙宗鉉)은 지금 참판이다. 조영국은 조태동의 손자이다.

전의 이씨(全義李氏) 이제신(李濟臣)은 병사, 이기준(李耆俊)은 정자, 이행건(李行健)은 동지, 이만웅(李萬雄)은 감사, 이징명(李徵明)은 참판, 이덕수(李德壽)는 이조판서, 이산배(李山培)는 수찬에 추증되었다. 이행건은 이시준의 손자이다. 모두 8대에 걸쳐 7명이 등과하였다.

6대 등과한 집안은 다음과 같다.

여흥 이씨(驪興李氏) 이상의(李尙毅)는 찬성, 이지굉(李志宏)은 군자감정, 이규진(李奎鎭)은 필선, 이식(李湜)은 현감, 이만휴(李萬休)는 도원(都元), 이환(李煥)은 정자를 지냈다.

밀양 박씨(密陽朴氏) 박율(朴栗)은 장령, 박이서(朴彛叙)는 이조참의, 박로(朴簥)는 병조참의, 박수현(朴守玄)은 사예, 박신(朴紳)은 감사, 박윤동(朴胤東)은 장령을 지냈다.

파평 윤씨(坡平尹氏) 윤엄(尹儼)은 좌랑, 윤민헌(尹民獻)은 참의, 윤강(尹絳)은 판서, 윤지인(尹趾仁)은 병조판서, 윤용(尹容)은 판서, 윤상임(尹尙任)은 대사간을 지냈다.

연안 이씨(延安李氏) 이주(李澍)는 정언, 이광정(李光庭)은 이조판서, 이주(李禂)는 교리, 이수징(李壽徵)은 참판, 이환(李煥)은 좌윤, 이만육(李萬育)은 지금 승지이다.

덕수 이씨(德水李氏) 이안눌(李安訥)은 판서, 이합(李柙)은 대사간, 이광하(李光夏)는 판윤, 이집(李㙫)은 좌의정, 이주진(李周鎭)은 이조판서, 이은(李溵)은 지금 우의정이다.

광주 이씨(廣州李氏) 이선제(李先濟)는 제학, 이형원(李亨元)은 제학, 이달선(李達善)은 장악원 정, 이공인(李公仁)은 수찬, 이중호(李仲虎)는 대사간, 이발(李潑)은 부제학을 지냈다.

동래 정씨(東萊鄭氏) 정진(鄭振)은 좌랑, 정언억(鄭彦億)은 우의정, 정협(鄭協)은 참판, 정세미(鄭世美)는 부사, 정수(鄭脩)는 지평, 정내상(鄭來祥)은 승지를 지냈다.

5대 등과한 집안은 다음과 같다.

풍산 홍씨(豊山洪氏) 홍이상(洪履祥)은 대사헌, 홍영(洪霙)은 참판, 홍주국(洪柱國)은 참의, 홍만적(洪萬迪)은 지평, 홍중일(洪重一)은 지금 참판이다.

파평 윤씨(坡平尹氏) 윤담무(尹覃茂)는 대사헌, 윤지경(尹知敬)은 감사, 윤집(尹鏶)은 이조참의, 윤심(尹深)은 병조판서, 윤휘정(尹翬貞)은 참판을 지냈다.

해남 윤씨(海南尹氏) 윤구(尹衢)는 교리, 윤의중(尹毅中)은 판서, 윤유기(尹惟幾)는 감사, 윤선도(尹善道)는 참의, 윤인미(尹仁美)는 학유를 지냈다.

동복 오씨(同福吳氏) 오백령(吳百齡)은 이조참의, 오단(吳端)은 감사, 오정원(吳挺垣)은 감사, 오시수(吳始壽)는 좌의정, 오상유(吳尙遊)는 장령을 지냈다.

달성 서씨(達城徐氏) 서문상(徐文尙)은 참의, 서종태(徐宗泰)는 영의정, 서명균(徐命均)은 좌의정, 서지수(徐志修)는 영의정, 서유신(徐有臣)은 지금 교리이다.

풍천 임씨(豊川任氏) 임열(任說)·임영로(任榮老)·임연(任兗)은 승지, 임의백(任義伯)은 참판, 임방(任埅)은 판서를 지냈다.

사천 목씨(泗川睦氏) 목첨(睦詹)은 이조 참의, 목서흠(睦叙欽)은 지중추부사, 목겸선(睦兼善)은 승지, 목임중(睦林重)은 교리, 목천수(睦天壽)는 현감을 지냈다. 또 목서흠의 아들 목내선(睦來善)은 좌의정, 손자 목임일(睦林一)은 대사헌, 증손 목천현(睦天顯)은 좌랑을 지냈다.

안정 나씨(安定羅氏) 나익(羅瀷)은 전적, 나윤침(羅允忱)은 학유, 나급(羅級)은 보덕, 나만갑(羅萬甲)은 참의, 나성두(羅星斗)는 목사를 지냈다.

장흥 고씨(長興高氏) 고운(高雲)은 교리, 고맹영(高孟英)은 대사간, 고경명(高敬命)은 참의, 고인후(高因厚)는 성균 권지, 고부천(高傅川)은 장령을 지냈다.

한산 이씨(韓山李氏) 이산해(李山海)는 영의정, 이경전(李慶全)은 판서, 이무(李袤)는 판서, 이인빈(李寅賓)은 첨지, 이효근(李孝根)은 정언을 지냈다.

진주 유씨(晉州柳氏) 유격(柳格)은 정언, 유시행(柳時行)은 교리, 유영(柳潁)은 사인, 유명현(柳命賢)은 이조판서, 유래(柳倈)는 판관을 지냈다.

순흥 안씨(順興安氏) 안구(安玖), 안유후(安留後), 안지귀(安知歸)는 부윤, 안침(安琛)은 판서, 안처(安處)는 좌랑, 안정(安珽)은 주서를 지냈다.

전주 최씨(全州崔氏) 최기남(崔起南)은 부사, 최명길(崔鳴吉)은 영의정, 최후상(崔後尚)은 응교, 최석정(崔錫鼎)은 영의정, 최창대(崔昌大)는 부제학을 지냈다.

18

태조의 후손

우리 태조의 자손은 수없이 많고, 문과를 거쳐 청현직에 오른 자는 이루 셀 수 없다. 재상의 반열에 오른 자 중에 직접 보고 들은 자를 다음과 같이 기록한다. 정종(定宗)의 왕자(王子) 선성군(宣城君) 이무생(李茂生)의 현손 이양원(李陽元)은 영의정, 5대손 이홍주(李弘冑)는 영의정, 이시해(李時楷)는 대사헌, 이시매(李時楳)는 참판, 8대손 이우정(李宇鼎)은 판서를 지냈다. 덕천군(德泉君) 이후생(李厚生)의 현손 이충원(李忠元)은 완양부원군(完陽府院君), 5대손 이원(李瑗)은 참판, 6대손 이준(李準)은 참찬, 이경직(李景稷)은 판서, 이경석(李景奭)은 영의정, 7대손 이정영(李正英)은 판서, 8대손 이대성(李大成)은 참판, 9대손 이진검(李眞儉)과 이진망(李眞望)은 모두 판서, 이진순(李眞淳)은 참판, 10대손 이광세(李匡世)는 판윤, 이광덕(李匡德)은 참판을 지냈다.

19

태종의 후손

태종(太宗)의 왕자 양녕대군(讓寧大君) 이제(李禔)의 현손 이축(李軸)은 부원군, 6대손 이로(李輅)는 판서, 이식립(李植立)은 참판, 7대손 이만(李昴)은 대사헌, 9대손 이정걸(李廷傑)·이정소(李廷熽)는 모두 참판, 이정철(李廷喆)은 지금 좌윤, 이정중(李廷重)은 동중추부사를 지냈다. 효령대군(孝寧大君) 이보(李補)의 5대손 이량(李樑)은 이조판서, 이건(李楗)은 참판, 7대손 이충(李沖)은 찬성, 이명(李溟)은 호조판서, 이목(李梫)은 대사헌, 9대손 이익한(李翊漢)은 참판, 10대손 이익수(李益壽)는 판서, 이만선(李萬選)은 판윤, 11대손 이중경(李重庚)은 공조판서, 13대손 이득종(李得宗)은 지금 참판이다. 경녕군(敬寧君)의 현손 국재공(菊齋公. 이희검)은 병조판서, 5대손 지봉공(芝峯公. 이수광)은 이조판서, 6대손 분사공(分沙公. 이성구)은 영의정, 7대손 퇴촌공(退村公) 이당규(李堂揆)는 이조참의, 8대손 유재공(游齋公) 이현석(李玄錫)은 참찬을 지냈다. 국재공부터 유재공까지 5대는 연달아 대사헌에 임명되었다. 국재공의 여섯 번째 동생 이희득(李希得)은 지중추부사, 지봉공의 막내 아들 동주공(東州公) 이민구(李敏求)는 이조참의, 경녕군의 5대손 이용순(李用淳)은 지중추부사, 이유인(李裕仁)은 참판을 지냈다. 이형욱(李馨郁)은 지

돈녕, 익녕군(益寧君)의 현손 이원익(李元翼)은 영의정, 9대손 이인복(李
仁復)은 참판을 지냈다.

20

세종의 후손

세종(世宗)의 왕자 광평대군(廣平大君) 이여(李璵)의 7대손 이후원(李厚源)은 영의정, 10대손 이유(李濡)는 영의정, 이제(李濟)는 감사, 11대손 이현록(李顯祿)은 참판, 11대손 이성중(李成中)은 이조판서, 이최중(李最中)은 지금 판서, 이휘중(李徽中)은 지금 참판, 13대손 이상지(李商芝)는 지금 참판이다. 영응대군(永膺大君) 이염(李琰)의 11대손 이연(李㳫)은 지금 참판, 담양군(潭陽君) 이거(李璖)의 현손 이성중(李誠中)은 판서, 6대손 이명웅(李命雄)은 완양군(完陽君), 7대손 이진기(李震箕)는 지중추부사, 8대손 이원령(李元齡)은 동지중추부사, 9대손 이제화(李齊華)는 참판, 이제암(李齊嵒)은 지금 지사이다. 밀성군(密城君)의 5대손 이경여(李敬輿)는 영의정, 이정여(李正輿)는 대사헌, 6대손 이민적(李敏迪)은 대사헌, 이민서(李敏叙)는 판서, 7대손 이사명(李師命)은 병조판서, 이건명(李健命), 이이명(李頤命), 이관명(李觀命)은 모두 좌의정, 8대손 이휘지(李徽之)는 지금 참판이다. 영해군(寧海君) 이당(李瑭)의 9대손 이언강(李彦綱)은 판서, 이언기(李彦紀)는 참판, 이언경(李彦經)은 참판, 10대손 이춘제(李春躋)는 판서, 이일제(李日躋)는 참판, 11대손 이창의(李昌誼)는 우의정, 이창수(李昌壽)는 지금 판서, 이창유(李昌儒)는 참판을 지냈다.

성종(成宗)의 왕자 익양군(益陽君) 이회(李懷)의 6대손 이징귀(李徵龜)는 판서, 이태귀(李泰龜)는 참판을 지냈다.

21
중종의 후손

중종(中宗)의 왕자 덕흥대원군(德興大院君)의 현손 이익한(李翊漢)은 참판, 5대손 이하술(李河述)은 지금 참판이다. 덕양군(德陽君) 이기(李岐)의 현손 이무(李堥)는 지돈녕부사, 이숙(李塾)은 판서, 이야(李壄)는 참판, 5대손 이기익(李箕翊)은 공조판서를 지냈다.

22

선조의 후손

선조(宣祖)의 왕자 인성군(仁城君) 이공(李珙)의 현손 이익정(李益炡)은 지금 판서, 5대손 이성규(李聖圭)는 지금 참판이다. 경창군(慶昌君) 이주(李珘)의 6대손 이유수(李惟秀)는 판서, 경평군(慶平君) 이륵(李玏)의 현손 이언형(李彦衡)은 지금 판윤이다.

23

유희춘의 부인 백씨의 시

미암(眉巖) 유희춘(柳希春, 1513~1577)의 부인 백씨(白氏)[1]는 문장에 뛰어났다. 명종 정미년(1547, 명종 2) 미암은 제주(濟州)에 안치되었으나 공의 집이 해남(海南)에 있다는 이유로 종성(鍾城)으로 이배(移配)되었다. 백씨는 유배지로 따라갔는데 도중에 마천령(摩天嶺)에 이르러 시를 지었다.

가고 가서 마침내 마천령에 이르니	行行逐至摩天嶺
끝없는 동해는 거울처럼 평평하네	東海無涯鏡面平
만리 길을 부인이 무슨 일로 왔는가	萬里婦人何事到
삼종의 의리는 중하고 한 몸은 가볍기 때문이라네	三從義重一身輕

---

1 부인 백씨(白氏) : 유희춘은 24세 되던 1536년 송덕봉과 혼인하였다. 저자 이극성의 착오로 보인다.

24

정윤목의 글씨

찰방 정윤목(鄭允穆)은 약포공(藥圃公, 정탁(鄭琢))의 셋째 아들이다. 필법이 신묘해서 한 시대에 명성을 날렸다. 한번은 국창(菊窓) 이찬(李燦, 1575~1654)의 집 벽에 초서(草書)로 두 구의 시를 썼는데, 자획이 비동하여 마치 살아있는 듯하였다. 임진년(1592)에 왜적이 와서 보고 자기도 모르게 흠모하고 경탄하여 뜰 아래에서 절하고 떠났다고 한다. 서예는 작은 기예인데도 지극한 경지에 도달하면 풍속이 다른 이민족들도 탄복하거늘, 하물며 나라를 빛내는 문장은 어떻겠는가.

25

김현성의 글씨

남창(南窓) 김현성(金玄成, 1542~1621)과 석봉 한호는 모두 글씨로 이름 났으나 김현성이 한호에게 미치지 못했다. 당시 어떤 재상이 돌을 갈 아서 비석을 새기려 하였다. 한호는 그가 자기에게 글씨를 구할 것이 라 생각했는데, 김현성에게 쓰게 하였다는 이야기를 듣고서 몹시 성 이 났다. 그 글씨를 보려고 작업장에 가니, 김현성이 비석에 쓰면서 한 글자도 고치지 않았다. 한석봉이 말했다.

"속된 글씨지만 익숙하긴 익숙하다."

남창은 송설체(松雪體)를 배웠는데 예전에 황각림(黃角臨)의 「증도가 (證道歌)」를 천 번이나 연습했다고 한다. 선배들이 부지런히 노력하기 가 이와 같았다.

26

이익년의 기억력

목사 이익년(李翼年)은 기억력이 월등하여 당시에 신총(神聰)이라 일컬어졌다. 한번은 정승 권대운을 뵈러 갔는데, 정승은 당시 사복시 도제조를 맡고 있었다. 책상 위에 말의 털 색깔을 기록한 큰 책이 하나 있었는데, 공이 펼쳐보기를 마치자 정승의 손자 참의 권중경(權重經)이 공에게 말했다.

"외울 수 있겠소?"

공이 말했다.

"할 수 있소."

외우게 해보니 물이 흐르고 공이 굴러가듯 처음부터 끝까지 한 자도 틀리지 않았다. 참의가 놀라 탄복하며 말했다.

"그대는 귀신이지 사람이 아니다."

27

단위명사

사람을 셀 때는 구(口), 날짐승은 수(首), 매는 연(連) 또는 영(翎). 길짐 승은 두(頭), 말은 필(匹), 소는 척(隻)이다.

어물(魚物)은 미(尾), 10미(尾)는 1속(束)이다. 청어(靑魚)·위어(葦魚)·소 어(蘇魚) 20개는 1급(級) 또는 동음(冬音)이다. 문어(文魚)는 조(條), 전복 10개는 1관(串), 10관은 1첩(貼)이다. 건시(乾柿)도 마찬가지다.

과일은 개(箇)·승(升)·두(斗)이다. 감(柿)과 배(梨)는 100개가 1첩 (貼)이다. 나무는 주(株)이다.

쌀은 작(勺), 속칭 석(夕)이라고도 한다. 10석은 1합(合), 10합은 1승 (升), 10승은 1두(斗), 15두는 1곡(斛), 20두는 1석(石)이다. 벼슬하는 집에서는 곡(斛)으로 셈하고, 사가(私家)에서는 석(石)으로 셈한다.

누룩은 원(圓), 술은 잔(盞)이다, 소주 다섯 잔은 1선(鐥)이다. 떡은 기(器), 고기는 괴(塊) 또는 근(斤)이다. 적(炙)은 관(串), 포(脯)는 조(條) 또는 편(片)이다. 10조는 1첩(貼)이다. 갱(羹)은 완(椀), 동해(東海)이다. 소금은 합(合)·승(升)·항(缸)이다. 3두는 1통(桶), 소금 15두는 1석 (石)이다. 유장(油醬)은 이지(耳只)이며, 작(勺)·합(合)·승(升)·두(斗) 는 쌀과 셈이 같다.

서책은 권(卷)·질(帙)이다. 벼루는 면(面), 먹은 정(丁) 또는 홀(笏),
환(丸), 정(錠)이다. 10정은 1동(同)이다. 붓은 병(柄) 또는 매(枚), 지(枝)
이다. 종이는 장(張), 20장은 1권(卷) 또는 1속(束)이다. 100속은 1괴
(塊)이다. 간지(簡紙)는 폭(幅)이다. 명지(名紙)와 정초(正草)[1]는 사(事),
10사는 1축(軸)이다.

의복은 건(件) 또는 습(襲), 영(領)이다. 관(冠)과 망건(網巾)은 정(頂)
이다. 허리띠는 요(腰) 또는 조(條)이다. 이엄(耳掩)과 가죽신은 부(部)
이다. 부채는 파(把) 또는 병(柄)이다. 짚신은 부(部) 또는 양(兩), 대(對)
이다.

베와 명주는 척(尺)·폭(幅)이다. 40척은 1필(疋), 50필은 1동(同)이
다. 모단(冒緞)은 용(桶)이다. 김과 대모(玳瑁)는 장(張)이다, 황각(黃角)은
양(兩)·근(斤)이다. 흑각(黑角)은 통(桶)이다. 빗접·자물쇠·궤(櫃)·농
(籠)·상(床)·탁자(卓子)·북·베틀·말편자·침·체는 부(部)이다.
등경(燈檠)·화로·시루·교의(交椅)·맷돌·장(欌)은 좌(坐)이다. 차
일·발·휘장·삿자리는 부(浮)이다. 가죽은 장(張) 또는 영(領)이다.
채찍은 조(條)이다. 수레는 양(兩)이다. 비녀는 고(股)이다. 솥은 좌(坐)
이다, 검은 구(口)이다, 거울은 면(面)이다. 둔석(芚席)은 장(張) 또는 입
(立)이다. 활은 장(張)이다. 숟가락은 단(丹)이다, 잔(盞)은 쌍(雙)이다,
키[箕]는 개(箇)이다. 향(香)은 주(炷)이다. 접시와 쟁반은 입(立)이다. 10
입은 1죽(竹)이다. 초는 쌍(雙) 또는 병(柄), 정(丁)이다. 향합(香盒)·입모
(笠帽)는 사(事)이다. 연통(煙筒)은 근(根)이다. 인도(引刀)는 파(把)이다. 가
화(假花)는 타(朶), 밧줄은 파(把)·거리(巨里)·간의(艮衣)이다.

---

1 명지(名紙)와 정초(正草) : 모두 시지(試紙)를 말한다.

집은 간(間)이다. 숯은 석(石)이다. 땔나무는 속(束) 또는 단(丹)이다. 여러 속을 묶은 것이 동(同)이다. 돈은 문(文) 또는 푼(分)이다. 10푼은 1전(錢), 10전은 1냥(兩), 10냥은 1관(貫)이다. 밭 10파(把)는 1속(束), 10속은 1부(負), 100부는 1결(結) 또는 구(口)이다. 이엉 한 묶음은 1사음(舍音)이다. 약재(藥材)와 목화(木花)는 양(兩)·근(斤)이다. 망석(網席)과 공석(空席)은 입(立)이다. 이른바 동음(冬音 두름)·동해(東海 동이)·이지(耳只 귀기)·거리(巨里 걸이)·간의(艮衣 거리)·사음(舍音 마름)은 모두 우리나라의 속명이다.

28

염시도의 청렴

염시도(廉時度)는 허적의 겸인(傔人)이다. 외모가 단아하고 성품도 청
렴결백하여 허정승이 직접 보고서는 아들이나 조카처럼 아꼈다. 한
번은 염시도가 새벽에 외출하였더니 의금부 문밖에 흰 꾸러미 하나가
땅에 떨어져 있었다. 주워보니 겉봉에, '김정언 댁에 들일 말값 은자 1
백 냥'이라고 써 있었다. 김진귀(金鎭龜,1651~1704)가 정승 김석주에게
말을 팔고서 늙은 종 막생(莫生)을 시켜 값을 받아오게 하였는데, 막생
이 술에 취해서 도중에 잃어버린 것이었다. 염시도가 그것을 소매에
넣고 와서 탐문하여 알아내고 김진귀의 집에 가서 바쳤다. 김진귀가
놀라서 감탄해마지않았다. 염시도가 김진귀에게 말했다.

"늙은 종이 술에 취해 잃어버린 것이니 심하게 꾸짖지 말고 용서하
십시오."

김진귀가 알겠다고 하였다. 막생은 세 번이나 자결하려고 했는데,
이 말을 듣고 감읍하였다. 그의 가족들도 모두 다시 살려준 은혜에 감
사하였다.

경신환국 때 허정승은 서자 허견(許堅)에 연루되어 사사(賜死)되었
는데, 염시도 역시 그 옥사에 연루되어 거의 죽을 지경이었다. 이때

김정승(김석주)과 김진귀의 부친 김만기가 옥사를 처결하였다. 막생의 딸이 마침 의금부를 지나다가 갇혀 있는 염시도를 보고 돌아와 주인에게 알리니, 염시도는 김진귀가 힘써 구한 덕택에 풀려났다.

아, 염시도는 자기 성(姓)의 뜻을 저버리지 않았다.[1] 마침내 이 때문에 큰 화를 면하였으니, 어찌 훌륭하지 않겠는가.

---

1 자기……않았다 : 염시도의 성 '염(廉)'은 청렴하다는 뜻이다.

29

우리나라 사람들의 별호

우리나라 사람들 가운데 별호(別號)를 은(隱)으로 일컬은 자는 농은(農隱) 최해(崔瀣), 초은(樵隱) 이인복(李仁復), 목은(牧隱) 이색(李穡), 포은(圃隱) 정몽주(鄭夢周), 도은(陶隱) 이숭인(李崇仁), 야은(埜隱) 전녹생(田祿生), 야은(冶隱) 길재(吉再), 교은(郊隱) 정이오(鄭以吾), 어은(漁隱) 민제(閔霽), 고은(皐隱) 안지(安止), 호은(壺隱) 송세림(宋世琳), 수은(睡隱) 강항(姜沆), 동은(峒隱) 이의건(李義健), 주은(酒隱) 김명원(金命元), 촌은(村隱) 유희경(劉希慶), 시은(市隱) 박계강(朴繼姜), 탄은(灘隱) 이연년(李延年)과 석양정(石陽正) 이정(李霆), 소은(素隱) 신천익(愼天翊)이다.

옹(翁)으로 일컬은 자는 졸옹(拙翁) 최해(崔瀣), 역옹(櫟翁) 이제현(李齊賢), 석간(石磵)·서하옹(棲霞翁) 조운흘(趙云仡), 단계옹(短谿翁) 이혜(李惠), 졸옹(拙翁) 홍성민(洪聖民), 소옹(素翁) 조위한(趙緯韓), 표옹(瓢翁) 송영구(宋英耈), 탄옹(灘翁) 이현(李袨), 호옹(壺翁) 목낙선(睦樂善), 탄옹(炭翁) 권시(權諰)공, 눌옹(訥翁) 이광정(李光庭)이다.

수(叟)로 일컬은 자는 경수(耕叟) 이맹전(李孟專), 탄수(灘叟) 이연경(李延慶), 여수(驪叟) 이충원(李忠元), 미수(眉叟) 허목(許穆), 기수(畸叟) 정사신(丁思慎)이다.

부(夫)로 일컬은 자는 수부(守夫) 정광필(鄭光弼), 성부(醒夫) 윤결(尹潔)이다.

자(子)로 일컬은 자는 초옥자(草屋子) 김진양(金震陽), 기우자(騎牛子) 이행(李行), 성광자(醒狂子) 주계군(朱溪君) 이심원(李深源), 영천자(靈川子) 신잠(申潛), 파담자(坡潭子) 윤계선(尹繼善), 천유자(天遊子) 정지승(鄭之升), 지비자(知非子) 채성귀(蔡聖龜)이다.

음(陰)으로 일컬은 자는 호음(湖陰) 정사룡(鄭士龍), 오음(梧陰) 윤두수(尹斗壽), 한음(漢陰) 이덕형(李德馨), 몽음(夢陰) 최철견(崔鐵堅), 죽음(竹陰) 조희일(趙希逸), 청음(淸陰) 김상헌(金尙憲), 포음(浦陰) 이여(李畬)이다.

양(陽)으로 일컬은 자는 이광덕(李匡德)이니 호는 관양(冠陽)이다.

서(西)로 일컬은 자는 하서(河西) 김인후(金麟厚), 분서(汾西) 박미(朴瀰), 용서(龍西) 윤원거(尹元擧)이다.

남(南)으로 일컬은 자는 반남(潘南) 박상충(朴尙衷), 금남(錦南) 최부(崔溥), 죽남(竹南) 오준(吳竣), 시남(市南) 유계(俞棨)이다.

북(北)으로 일컬은 자는 산북(山北) 이미(李薇)이다.

촌(村)으로 일컬은 자는 남촌(南村) 이공수(李公遂), 행촌(杏村) 이암(李嵒), 둔촌(遁村) 이집(李集), 양촌(陽村) 권근(權近), 방촌(厖村) 황희(黃喜), 유촌(柳村) 황여헌(黃汝獻), 어촌(漁村) 심언광(沈彦光), 연촌(烟村) 최덕지(崔德之), 낙촌(駱村) 박충원(朴忠元)·윤의중(尹毅中), 몽촌(蒙村) 신흠(申欽), 동촌(東村) 김시국(金蓍國), 미촌(美村) 윤선거(尹宣擧), 주촌(酒村) 신만(申曼), 노촌(老村) 임상덕(林象德)이다.

이(里)로 일컬은 자는 오리(梧里) 이원익(李元翼), 동리(東里) 정세규(鄭世規)·이은상(李殷相), 죽리(竹里) 홍주국(洪柱國)이다.

항(巷)으로 일컬은 자는 유항(柳巷) 한수(韓脩)이다.

동(洞)으로 일컬은 자는 별동(別洞) 윤상(尹詳), 옥동(玉洞) 이서(李漵)이다.

곡(谷)으로 일컬은 자는 설곡(雪谷) 정포(鄭誧), 의곡(義谷) 이방직(李邦直), 독곡(獨谷) 성석린(成石璘), 판곡(板谷) 성윤해(成允諧), 회곡(晦谷) 권춘란(權春蘭) · 조한영(曹漢英), 양곡(陽谷) 소세양(蘇世讓) · 오두인(吳斗寅), 대곡(大谷) 성운(成運), 율곡(栗谷) 이이(李珥)공, 운곡(雲谷) 송한필(宋翰弼)공, 파곡(坡谷) 이성중(李誠中), 하곡(荷谷) 허봉(許篈), 손곡(蓀谷) 이달(李達), 팔곡(八谷) 구사맹(具思孟), 현곡(玄谷) 조위한(趙緯韓) · 정백창(鄭百昌), 학곡(鶴谷) 홍서봉(洪瑞鳳), 계곡(谿谷) 장유(張維), 귀곡(龜谷) 최기남(崔奇男), 백곡(白谷) 이면하(李冕夏), 잠곡(潛谷) 김육(金堉), 백곡(栢谷) 김득신(金得臣), 송곡(松谷) 조복양(趙復陽) · 이서우(李瑞雨), 남곡(南谷) 이시해(李時楷), 호곡(壺谷) 남용익(南龍翼), 문곡(文谷) 김수항(金壽恒), 명곡(明谷) 최석정(崔錫鼎), 서곡(瑞谷) 서종태(徐宗泰)이다.

당(堂)으로 일컬은 자는 야당(埜堂) 허금(許錦), 연빙당(淵氷堂) 신석조(辛碩祖), 쌍매당(雙梅堂) 이첨(李詹), 소문당(所聞堂) 권람(權擥), 비해당(匪懈堂) 안평대군(安平大君) 이용(李瑢), 매월당(梅月堂) 김시습(金時習), 신당(新堂) 정붕(鄭鵬), 만절당(晩節堂) 박원형(朴元亨), 상우당(尙友堂) 허종(許琮), 노포당(老圃堂) 유순(柳洵), 허백당(虛白堂) 성현(成俔), 송당(松堂) 조준(趙浚) · 박영(朴英), 삼괴당(三魁堂) 신종호(申從濩), 진락당(眞樂堂) 김취성(金就成), 한훤당(寒暄堂) 김굉필(金宏弼), 재사당(再思堂) 이원(李黿), 장육당(藏六堂) 이별(李鼈) · 이시매(李時楳), 안분당(安分堂) 이희보(李希輔), 퇴휴당(退休堂) 소세양(蘇世讓), 양심당(養心堂) 조성(趙晟), 삼

족당(三足堂) 김대유(金大有), 야족당(也足堂) 어숙권(魚叔權), 안락당(安樂堂) 김흔(金訢), 잠소당(潛昭堂) 박광우(朴光佑), 청천당(聽天堂) 심수경(沈守慶), 초당(草堂) 허엽(許曄), 청송당(聽松堂) 성수침(成守琛), 절효당(節孝堂) 성수종(成守琮), 이요당(二樂堂) 남응운(南應雲), 만보당(晩保堂) 강극성(姜克誠), 경번당(景樊堂) 허씨(許氏), 간이당(簡易堂) 최립(崔岦), 설월당(雪月堂) 김복륜(金福倫), 일휴당(日休堂) 금응협(琴應夾), 간송당(澗松堂) 조임도(趙任道), 망우당(忘憂堂) 곽재우(郭再祐), 청허당(淸虛堂) 석휴정(釋休靜), 총계당(叢桂堂) 정지승(鄭之升), 모당(慕堂) 홍이상(洪履祥), 어우당(於于堂) 유몽인(柳夢寅), 낙전당(樂全堂) 신익성(申翊聖), 택풍당(澤風堂) 이식(李植), 죽당(竹堂) 신유(申濡), 낙정당(樂靜堂) 조석윤(趙錫胤), 정허당(靜虛堂) 홍주세(洪柱世), 무하당(無何堂) 홍주원(洪柱元), 동춘당(同春堂) 송준길(宋浚吉)공, 삼휴당(三休堂) 강세귀(姜世龜), 서당(西堂) 이덕수(李德壽), 귀록당(歸鹿堂) 조현명(趙顯命)이다.

재(齋)로 일컬은 자는 쌍명재(雙明齋) 이인로(李仁老), 익재(益齋) 이제현(李齊賢), 석재(石齋) 박효수(朴孝修), 국재(菊齋) 권보(權溥), 근재(謹齋) 안축(安軸), 묵재(黙齋) 민지(閔漬)·홍언필(洪彦弼)·오백령(吳百齡), 일재(一齋) 권한공(權漢功)·이항(李恒), 복재(服齋) 한종유(韓宗愈)·정총(鄭摠), 원재(圓齋) 정추(鄭樞), 척약재(惕若齋) 김구용(金九容), 근사재(近思齋) 설손(偰遜), 정재(貞齋) 박의중(朴宜中), 운재(芸齋) 설장수(偰長壽), 형재(亨齋) 이직(李稷), 학역재(學易齋) 정인지(鄭麟趾), 인재(麟齋) 이종학(李種學), 인재(寅齋) 신개(申槩), 경재(警齋) 하연(河演), 보한재(保閑齋) 신숙주(申叔舟), 지재(止齋) 권제(權踶), 태재(泰齋) 유방선(柳方善), 완역재(玩易齋) 강석덕(姜碩德), 인재(仁齋) 강희안(姜希顏), 사숙재(私淑齋) 강희맹(姜

希孟), 안재(安齋) 성임(成任), 진일재(眞逸齋) 성간(成侃), 나재(懶齋) 채수(蔡壽), 용재(慵齋) 성현(成俔), 보진재(葆眞齋) 노사신(盧思愼), 소요재(逍遙齋) 최숙정(崔淑精), 점필재(佔畢齋) 김종직(金宗直), 존양재(存養齋) 이계전(李季甸), 국일재(菊逸齋) 노공필(盧公弼), 물재(勿齋) 손순효(孫舜孝), 충재(盅齋) 최숙생(崔淑生), 용재(容齋) 이행(李荇), 모재(慕齋) 김안국(金安國), 사재(思齋) 김정국(金正國), 항재(恒齋) 유운(柳雲), 눌재(訥齋) 박상(朴祥), 송재(松齋) 한충(韓忠)·이우(李偶), 복재(服齋) 기준(奇遵), 기재(企齋) 신광한(申光漢), 이소재(履素齋) 이중호(李仲虎), 중화재(中和齋) 강응정(姜應貞), 둔재(遯齋) 성세창(成世昌), 대관재(大觀齋) 심의(沈義), 회재(晦齋) 이언적(李彦迪), 충재(冲齋) 권벌(權橃), 허재(虛齋) 안처겸(安處謙), 신재(愼齋) 주세붕(周世鵬), 정존재(靜存齋) 이담(李湛), 수졸재(守拙齋) 이우민(李友閔), 인재(忍齋) 홍섬(洪暹), 소재(素齋) 유순선(柳順善), 치재(恥齋) 홍인우(洪仁祐), 소재(蘇齋) 노수신(盧守愼), 간재(艮齋) 이덕홍(李德弘), 체소재(體素齋) 이춘영(李春英), 습재(習齋) 권벽(權擘), 이재(頤齋) 차식(車軾), 상아재(尙雅齋) 홍성민(洪聖民), 신독재(愼獨齋) 김집(金集), 정관재(靜觀齋) 이단상(李端相), 목재(木齋) 홍여하(洪汝河), 외재(畏齋) 이단하(李端夏), 정재(定齋) 박태보(朴泰輔), 명재(明齋) 윤증(尹拯), 정묵재(靜嘿齋) 권중경(權重經), 창설재(蒼雪齋) 권두경(權斗經), 연초재(燕超齋) 오상렴(吳尙濂), 공재(恭齋) 윤두서(尹斗緖), 신절재(愼節齋) 이인복(李仁復)이다.

암(庵)으로 일컬은 자는 족암(足庵) 석종령(釋宗怜), 식암(息庵) 이자현(李資玄), 우암(尤庵) 송시열(宋時烈)공, 식암(息庵) 김석주(金錫胄), 급암(及庵) 민사평(閔思平), 몽암(蒙庵) 이혼(李混), 중암(中庵) 채홍철(蔡洪哲), 담암(淡庵) 백문보(白文寶), 사암(思庵) 유숙(柳淑)·박순(朴淳), 정암(整庵)

정척(鄭陟), 우암(寓庵) 홍언충(洪彦忠), 허암(虛庵) 정희량(鄭希良), 자암(自庵) 김구(金絿), 정암(靜庵) 조광조(趙光祖), 충암(沖庵) 김정(金淨), 적암(適庵) 조신(曹伸), 고암(顧庵) 정윤희(丁胤禧), 척암(惕庵) 김근공(金謹恭), 보암(保庵) 심연원(沈連源), 갈암(葛庵) 이현일(李玄逸), 휴암(休庵) 백인걸(白仁傑), 규암(圭庵) 송인수(宋麟壽)공, 정암(正庵) 박민헌(朴民獻), 나암(懶庵) 석직일(釋直一), 이암(頤庵) 송인(宋寅)공, 격암(格庵) 남사고(南師古), 수암(守庵) 박지화(朴枝華), 성암(省庵) 김효원(金孝元), 손암(巽庵) 심의겸(沈義謙), 묵암(黙庵) 성혼(成渾)·목천임(睦天任), 겸암(謙庵) 유운룡(柳雲龍), 간암(艮庵) 유몽인(柳夢寅), 소암(疎庵) 임숙영(任叔英), 지암(止庵) 이행진(李行進), 산암(散庵) 유도삼(柳道三), 기암(畸庵) 정홍명(鄭弘溟), 초암(初庵) 신혼(申混), 밀암(密庵) 이재(李栽), 희암(希庵) 채팽윤(蔡彭胤), 외암(畏庵) 이식(李栻)이다.

와(窩)로 일컬은 자는 희와(希窩) 현덕승(玄德升), 휴와(休窩) 임유후(任有後), 칠와(漆窩) 권수(權脩)이다.

정(亭)으로 일컬은 자는 제정(霽亭) 이달충(李達衷), 율정(栗亭) 윤택(尹澤), 동정(東亭) 염흥방(廉興邦), 가정(稼亭) 이곡(李穀), 통정(通亭) 강회백(姜淮伯), 동정(桐亭) 윤소종(尹紹宗), 송정(松亭) 김반(金泮), 춘정(春亭) 변계량(卞季良), 하정(夏亭) 유관(柳寬), 태허정(太虛亭) 최항(崔恒), 사가정(四佳亭) 서거정(徐居正), 호정(浩亭) 하륜(河崙), 함허정(涵虛亭) 홍귀달(洪貴達), 풍월정(風月亭) 월산대군(月山大君) 이정(李婷), 사우정(四友亭) 부림군(富林君), 이요정(二樂亭) 신용개(申用漑), 귀정(龜亭) 남재(南在), 안정(安亭) 신영희(辛永禧), 원정(猿亭) 최수성(崔壽峸), 지족정(知足亭) 조지서(趙之瑞), 귤정(橘亭) 윤구(尹衢), 면앙정(俛仰亭) 송순(宋純), 장음정(長吟亭)

나식(羅湜), 토정(土亭) 이지함(李之菡), 추정(鶖亭) 임원(林垣)이다.

헌(軒)으로 일컬은 자는 회헌(晦軒) 안유(安裕), 동헌(桐軒) 유소종(尹紹宗), 매헌(梅軒) 권우(權遇), 매죽헌(梅竹軒) 성삼문(成三問), 취금헌(醉琴軒) 박팽년(朴彭年), 암헌(巖軒) 신장(申檣), 대소헌(大笑軒) 조종도(趙宗道), 용헌(容軒) 이원(李原), 경헌(敬軒) 하연(河演), 금헌(琴軒) 김뉴(金紐), 망헌(忘軒) 이주(李胄), 나헌(懶軒) 김전(金詮), 저헌(樗軒) 이석형(李石亨), 수헌(睡軒) 권오복(權五福), 십청헌(十淸軒) 김세필(金世弼), 읍취헌(挹翠軒) 박은(朴誾), 의속헌(醫俗軒) 박민헌(朴民獻), 계헌(桂軒) 정초(鄭礎), 태헌(苔軒) 고경명(高敬命), 현헌(玄軒) 목세칭(睦世秤), 난설헌(蘭雪軒) 허씨(許氏), 여헌(旅軒) 장현광(張顯光), 백헌(白軒) 이경석(李景奭), 염헌(恬軒) 임상원(任相元), 추헌(楸軒) 홍만우(洪萬遇), 수만헌(收漫軒) 권이진(權以鎭)이다.

각(閣)으로 일컬은 자는 백각(白閣) 강현(姜鋧)이다.

누(樓)로 일컬은 자는 석루(石樓) 이경전(李慶全), 초루(草樓) 권협(權韐)이다.

창(窓)으로 일컬은 자는 월창(月窓) 안응세(安應世), 국창(菊窓) 남응운(南應雲), 북창(北窓) 정렴(鄭礦), 남창(南窓) 김현성(金玄成), 죽창(竹窓) 구용(具容), 오창(梧窓) 박동량(朴東亮), 매창(梅窓) 기생 계생(桂生)이다.

문(門)으로 일컬은 자는 용문(龍門) 조욱(趙昱), 녹문(鹿門) 홍경신(洪慶臣)이다.

정(庭)으로 일컬은 자는 훤정(萱庭) 염정수(廉廷秀), 계정(桂庭) 석성민(釋省敏)이다.

산(山)으로 일컬은 자는 동산(東山) 최자(崔滋) · 윤지완(尹趾完), 옥산(玉山) 이우(李瑀), 오산(五山) 차천로(車天輅), 고산(孤山) 황기로(黃耆老) · 윤선도(尹善道), 다산(茶山) 목대흠(睦大欽), 병산(甁山) 목성선(睦性善), 개산(皆山) 유석(柳碩), 매산(梅山) 이하진(李夏鎭), 식산(息山) 이만부(李萬敷), 약산(藥山) 오광운(吳光運)이다.

봉(峯)으로 일컬은 자는 노봉(老峯) 김극기(金克己)·민정중(閔鼎重), 삼봉(三峯) 정도전(鄭道傳), 천봉(千峯) 석둔우(釋屯雨), 동봉(東峯) 김시습(金時習), 낙봉(駱峯) 신광한(申光漢), 서봉(西峯) 유우(柳藕), 문봉(文峯) 정유일(鄭惟一), 약봉(藥峯) 김극기(金克己)·서성(徐渻), 고봉(高峯) 기대승(奇大升), 호봉(壺峯) 송언신(宋言愼), 연봉(蓮峯) 이기설(李基卨), 귀봉(龜峯) 송익필(宋翼弼), 중봉(重峯) 조헌(趙憲), 제봉(霽峯) 고경명(高敬命), 기봉(岐峯) 백광홍(白光弘), 옥봉(玉峯) 백광훈(白光勳)·조원(趙瑗)의 첩 이씨(李氏), 학봉(鶴峯) 김성일(金誠一), 석봉(石峯) 한호(韓濩), 오봉(五峯) 이호민(李好閔), 해봉(海峯) 홍명원(洪命元), 청봉(晴峯) 윤승훈(尹承勳)·심동귀(沈東龜), 채봉(彩峯) 홍만수(洪萬邃)이다.

암(巖)으로 일컬은 자는 귀암(龜巖) 남재(南在)·이정(李禎), 용암(龍巖) 박운(朴雲), 병암(屛巖) 소세량(蘇世良), 농암(聾巖) 이현보(李賢輔), 송암(松巖) 권호문(權好文), 백암(栢巖) 김륵(金玏), 계암(溪巖) 김령(金坽), 준암(樽巖) 이약빙(李若氷), 입암(立巖) 민제인(閔齊仁), 미암(眉巖) 유희춘(柳希春), 두암(斗巖) 김응남(金應南), 죽암(竹巖) 양대박(梁大樸), 농암(農巖) 김창협(金昌協)공이다.

강(岡)으로 일컬은 자는 황강(黃岡) 김계휘(金繼輝)공, 송강(松岡) 조사수(趙士秀), 동강(東岡) 김우옹(金宇顒)·남언경(南彦經), 한강(寒岡) 정구(鄭逑)이다.

만(巒)으로 일컬은 자는 추만(秋巒) 정지운(鄭之雲)이다.

악(岳)으로 일컬은 자는 동악(東岳) 이안눌(李安訥)공이다.

애(崖)로 일컬은 자는 홍애(洪崖) 홍간(洪侃), 괴애(乖崖) 김수온(金守溫), 음애(陰崖) 이자(李耔), 죽애(竹崖) 임열(任說), 서애(西崖) 유성룡(柳成龍), 창애(蒼崖) 최대립(崔大立), 분애(汾崖) 신점(申點)이다.

고(皐)로 일컬은 자는 학고(鶴皐) 이장곤(李長坤), 동고(東皐) 이준경(李浚慶)·김로(金魯), 풍고(楓皐) 양사준(楊士俊), 소고(嘯皐) 박승임(朴承任), 명고(鳴皐) 임전(任錪), 반고(盤皐) 김시진(金始振)이다.

녹(麓)으로 일컬은 자는 백록(白麓) 신응시(辛應時)이다.

파(坡)로 일컬은 자는 송파(松坡) 최성지(崔誠之), 청파(靑坡) 이륙(李陸), 추파(楸坡) 송기수(宋麒壽)공, 천파(天坡) 오숙(吳翿), 남파(南坡) 심열(沈悅)·홍우원(洪宇遠), 양파(陽坡) 정태화(鄭太和), 서파(西坡) 오도일(吳道一)이다.

능(陵)으로 일컬은 자는 소릉(少陵) 이상의(李尙毅)·최규서(崔奎瑞)이다.

벽(壁)으로 일컬은 자는 석벽(石壁) 홍춘경(洪春卿)이다.

석(石)으로 일컬은 자는 송석(松石) 최명창(崔命昌)·이경안(李景顔), 창석(蒼石) 이준(李埈), 독석(獨石) 황혁(黃赫), 고석(孤石) 목장흠(睦長欽), 현석(玄石) 박세채(朴世采), 서석(瑞石) 김만기(金萬基)이다.

해(海)로 일컬은 자는 창해(滄海) 양사언(楊士彦)·허격(許格)이다.

명(溟)으로 일컬은 자는 사명(四溟) 석유정(釋惟政), 행명(涬溟) 윤순지(尹順之), 동명(東溟) 김세렴(金世濂)·정두경(鄭斗卿)이다.

강(江)으로 일컬은 자는 추강(秋江) 남효온(南孝溫), 송강(松江) 정철(鄭澈), 청강(淸江) 이제신(李濟臣), 창강(滄江) 조속(趙涑), 백강(白江) 이경여

(李敬興)공이다.

하(河)로 일컬은 자는 서하(西河) 임춘(林椿) · 이민서(李敏敍)이다.

호(湖)로 일컬은 자는 매호(梅湖) 진화(陳澕), 금호(錦湖) 임형수(林亨秀), 백호(白湖) 임제(林悌), 제호(霽湖) 양경우(梁慶遇), 감호(鑑湖) 양만고(楊萬古), 태호(太湖) 이원진(李元鎭), 성호(星湖) 이익(李瀷)이다.

포(浦)로 일컬은 자는 양포(楊浦) 최전(崔澱), 추포(秋浦) 황신(黃愼), 화포(花浦) 홍익한(洪翼漢), 사포(沙浦) 이지천(李志賤)이다.

탄(灘)으로 일컬은 자는 석탄(石灘) 이존오(李存吾), 삼탄(三灘) 이승소(李承召), 용탄(龍灘) 이연경(李延慶), 졸탄(拙灘) 김권(金權), 추탄(楸灘) 오윤겸(吳允謙)이다.

주(洲)로 일컬은 자는 동주(東洲) 성제원(成悌元), 창주(滄洲) 윤춘년(尹春年) · 차운로(車雲輅), 석주(石洲) 권필(權韠), 현주(玄洲) 조찬한(趙纘韓) · 이소한(李昭漢) · 윤신지(尹新之), 백주(白洲) 이명한(李明漢), 호주(湖州) 채유후(蔡裕後), 낙주(洛洲) 구봉서(具鳳瑞), 용주(龍洲) 조경(趙絅), 만주(晚洲) 홍석기(洪錫箕), 문주(雯洲) 홍응보(洪應輔)이다.

저(渚)로 일컬은 자는 노저(鷺渚) 이양원(李陽元), 포저(浦渚) 조익(趙翼), 북저(北渚) 김류(金瑬)이다.

정(汀)으로 일컬은 자는 월정(月汀) 윤근수(尹根壽), 북정(北汀) 홍처량(洪處亮), 설정(雪汀) 조문수(曹文秀)이다.

빈(濱)으로 일컬은 자는 낙빈(洛濱) 이충작(李忠綽)이다.

낭(浪)으로 일컬은 자는 만랑(漫浪) 황호(黃㦿)이다.

계(溪)로 일컬은 자는 매계(梅溪) 원송수(元松壽) · 조위(曺偉), 난계(蘭溪) 박연(朴堧)공 · 함부림(咸傅霖), 송계(松溪) 신용개(申用漑), 남계(藍溪)

표연말(表沿沫), 뇌계(㵢溪) 유호인(俞好仁), 목계(木溪) 강혼(姜渾), 덕계(德溪) 오건(吳健), 금계(錦溪) 황준량(黃俊良), 석계(石溪) 최명룡(崔命龍), 모계(茅溪) 문위(文緯), 남계(南溪) 경연(慶延)·박세채(朴世采), 북계(北溪) 이목(李穆), 퇴계(退溪) 이황(李滉)公, 우계(牛溪) 성혼(成渾), 아계(鵝溪) 이산해(李山海)公, 용계(龍溪) 김지남(金止男), 동계(桐溪) 정온(鄭蘊), 사계(沙溪) 김장생(金長生), 임계(林溪) 윤집(尹集), 청계(淸溪) 홍위(洪葳), 창계(滄溪) 임영(林泳), 하계(霞溪) 권유(權愈), 서계(西溪) 박세당(朴世堂), 동계(東溪) 조귀명(趙龜命)이다.

간(澗)으로 일컬은 자는 반간(盤澗) 채련(蔡璉), 죽간(竹澗) 석굉인(釋宏寅), 석간(石澗) 조운흘(趙云仡), 월간(月澗) 이전(李㻶), 국간(菊澗) 윤현(尹鉉)이다.

천(川)으로 일컬은 자는 석천(石川) 임억령(林億齡), 갈천(葛川) 임훈(林薰), 송천(松川) 양응정(梁應鼎), 지천(芝川) 황정욱(黃廷彧), 유천(柳川) 한준겸(韓浚謙), 지천(遲川) 최명길(崔鳴吉), 오천(梧川) 이종성(李宗城)이다.

천(泉)으로 일컬은 자는 한천(寒泉) 박경신(朴慶新), 쌍천(雙泉) 성여학(成汝學), 죽천(竹泉) 이덕형(李德泂)公·김진규(金鎭圭), 청천(聽泉) 정동직(鄭東稷), 약천(藥泉) 남구만(南九萬), 박천(博泉) 이옥(李沃), 청천(靑泉) 신유한(申維翰)이다.

담(潭)으로 일컬은 자는 화담(花潭) 서경덕(徐敬德)公, 백담(栢潭) 구봉령(具鳳齡), 석담(石潭) 이이(李珥)公·이윤우(李潤雨), 국담(菊潭) 김효일(金孝一), 고담(孤潭) 이순인(李純仁), 송담(松潭) 송남수(宋枏壽)公, 우담(愚潭) 정시한(丁時翰)이다.

연(淵)으로 일컬은 자는 임연(臨淵) 배삼익(裵三益), 추연(秋淵) 우성전

(禹性傳), 삼연(三淵) 김창흡(金昌翕)공이다.

소(沼)로 일컬은 자는 춘소(春沼) 신최(申最)이다.

당(塘)으로 일컬은 자는 활당(活塘) 박동현(朴東賢), 임당(林塘) 정유길(鄭惟吉)이다.

사(沙)로 일컬은 자는 백사(白沙) 이항복(李恒福)공, 월사(月沙) 이정구(李廷龜)공, 청사(淸沙) 김재로(金在魯)이다.

곽(郭)으로 일컬은 자는 남곽(南郭) 박동열(朴東說), 동곽(東郭) 이홍상(李弘相)이다.

경(坰)으로 일컬은 자는 서경(西坰) 유근(柳根)이다.

원(園)으로 일컬은 자는 관원(灌園) 박계현(朴啓賢), 동원(東園) 김귀영(金貴榮)이다.

포(圃)로 일컬은 자는 관포(灌圃) 어득강(魚得江), 약포(藥圃) 정탁(鄭琢)·이해수(李海壽), 국포(菊圃) 강박(姜樸)이다.

전(田)으로 일컬은 자는 석전(石田) 성로(成輅)이다.

원(畹)으로 일컬은 자는 구원(九畹) 이춘원(李春元)이다.

송(松)으로 일컬은 자는 일송(一松) 심희수(沈喜壽), 팔송(八松) 윤황(尹煌)이다.

죽(竹)으로 일컬은 자는 취죽(醉竹) 강극성(姜克誠), 고죽(孤竹) 최경창(崔慶昌), 수죽(水竹) 정창연(鄭昌衍), 취죽(翠竹) 이응시(李應蓍)이다.

오(梧)로 일컬은 자는 쌍오(雙梧) 민점(閔點)이다.

연(蓮)으로 일컬은 자는 청련(靑蓮) 이후백(李後白)이다.

또 박인량(朴寅亮)의 호는 소화(小華), 정여창(鄭汝昌)의 호는 일두(一蠹), 정언눌(鄭彦訥)의 호는 일치(一𧌧), 김일손(金馹孫)의 호는 탁영(濯

纓), 홍유손(洪裕孫)의 호는 소총(篠叢), 어무적(魚無迹)의 호는 낭선(浪仙), 서기(徐起)의 호는 고청(孤青), 남언기(南彦紀)의 호는 고반(考槃), 조식(曺植)의 호는 남명(南溟), 정작(鄭碏)의 호는 고옥(古玉), 양사언(楊士彦)의 호는 봉래(蓬萊), 유영길(柳永吉)의 호는 월봉(月篷), 홍적(洪迪)의 호는 하의(荷衣), 윤안성(尹安性)의 호는 명관(冥觀), 오억령(吳億齡)의 호는 만취(晚翠), 정엽(鄭曄)의 호는 수몽(守夢), 정경세(鄭經世)의 호는 우복(愚伏), 남이공(南以恭)의 호는 설사(雪簑), 김신국(金藎國)의 호는 후추(後瘳), 이지정(李志定)의 호는 청선(聽蟬), 김광욱(金光煜)의 호는 죽소(竹所), 임유후(任有後)의 호는 만휴(萬休), 손필대(孫必大)의 호는 한구(寒衢), 홍세태(洪世泰)의 호는 유하(柳下), 윤순(尹淳)의 호는 백하(白下), 최성대(崔成大)의 호는 두기(杜機)이다.

아, 이 기록 중에 별호를 써서는 안 되는 자가 있으니, 안목 있는 사람이 헤아리기 바란다.

30

지봉가 인물들의 호

나의 7대조[1] 판서공은 호가 국재(菊齋)이고, 또 다른 호는 동고(東皐)이다. 6대조[2] 판서 문간공의 호는 지봉(芝峯)이고, 또 다른 호는 동원(東園)·명진(冥眞)이다. 5대조[3] 영의정 정숙공의 호는 동사(東沙)이고, 또 다른 호는 분사(汾沙)이다. 고조[4] 승지공의 호는 혼천(混泉)이다. 증조[5] 감사공의 처음 호는 서악(西岳)이고, 또 다른 호는 단애(丹厓)·소계(蘇溪)이며, 만년의 호는 회헌(悔軒)·회옹(悔翁)이다. 선친[6]의 호는 온재(溫齋)이다.

지봉공의 막내아들 참판공 민구(敏求)는 호가 관해(觀海)이고, 또 다른 호는 동주(東州)이다. 분사공의 손자 참찬 문민공 현석(玄錫)의 호는 유재(游齋)이다. 감사공 현조(玄祚)의 호는 경연당(景淵堂)이다. 공의 손

---

1 7대조 : 이희검(李希儉, 1516~1579), 본관 전주(全州), 자 경질(景質), 호 동고(東皐)·국재(菊齋).

2 6대조 : 이수광(李睟光, 1563~1628), 본관 전주(全州), 자 윤경(潤卿), 호 지봉(芝峯), 시호 문간(文簡)

3 5대조 : 이성구(李聖求, 1584~1644), 본관 전주(全州), 자 자이(子異), 호 분사(汾沙)·동사(東沙), 시호 정숙(貞肅).

4 고조 : 이동규(李同揆 1623~1677), 본관 전주(全州), 자 조연(祖然), 호 혼천(混泉).

5 증조 : 이현기(李玄紀 1647~1714), 본관 전주(全州), 자 원방(元方), 호 졸재(拙齋).

6 선친 : 이계주(李啓冑 1685~1776), 본관 전주(全州), 자 명숙(明叔), 호 온재(溫齋).

자 덕주(德冑)의 호는 하정(荷亭)이고, 휘 혜주(惠冑)의 호는 기원(杞園)이며 휘 헌주(憲冑)의 호는 하포(荷圃)이다.

지봉이라는 호는 흥인문(興仁門) 밖의 집 뒤에 지초봉(芝草峯)이 있기 때문이고, 분사라는 호는 공이 만년에 금사(金沙)의 빼어난 산수를 좋아하여 이곳에서 여생을 보내려는 소원이 있었기 때문이다. 혼천이라는 호는 김포 여막 뒤에 큰 우물이 있는데『맹자』의 '근원 있는 물이 콸콸 흐른다'라는 뜻을 취한 것이다. 온재라는 호는『논어』의 '옛것을 익혀 새것을 안다'라는 뜻을 취한 것이다. 유재라는 호는『논어』의 '예에서 노닌다'라는 뜻을 취한 것이고, 경연이라는 호는 도연명을 경모한다는 뜻이다.

31

이정우의 시

행암(行庵) 이정우(李正遇)[1]가 지은 윤책(尹慎)[2]에 대한 만시는 다음과 같다.

소탈하고 강직하며 천명을 알 나이에	拙直年知命
푸른 물결에 죽은 이를 전송하는 소리	滄波死送聲
인자한 풍모는 백부[3]를 닮았는데	仁風依伯父
가난하고 병들어 형제와 달랐네.	貧病別同生
선친은 나와 도의의 사귐 맺었으니	先君吾道義
이 일은 너도 분명히 알리라	此事爾分明
첩이 있어 조용히 뒤를 따랐으니	有妾從容踵
미루어 교화시킨 마음 때문이라네.	推移敎化情

윤책이 죽자 그의 첩 박씨는 손수 수의(壽衣)를 지어 염하였다. 입관

---

1 이정우(李正遇) : 신광수의 외숙이다.

2 윤책(尹慎) : 윤덕겸(尹德謙)의 아들이자 신광수의 처조카이다.

3 백부 : 윤덕희(尹德熙, 1685~1776), 본관 해남(海南), 자 경백(敬伯), 호 낙서(駱西) · 연옹 (蓮翁) · 연포(蓮圃) · 현옹(玄翁). 이서(李漵)의 문인이며 윤두서(尹斗緖)의 아들이다.

한 뒤에 마침내 스스로 목을 매어 죽었다. 신광수(申光洙, 1712~1775)는
이 시가 굳건하여 두보의 시를 따라잡을 만하다고 여겼다.

32

남식의 가법

용안현감(龍安縣監) 남식(南烒 1589~1650)은 정승 남구만의 조부이다. 한번은 이렇게 말했다.

"사람이 자손을 가르칠 적에 반드시 부지런히 독서하는 것을 우선하는 이유는 비단 고금의 일에 통달하고 문장에 능숙해지기 위해서가 아니다. 반드시 책에 꼭 붙어 있으면서 암송하는 것을 일과로 삼아, 바둑이나 여색, 오락 따위의 일을 할 겨를이 없게 해야 어려서부터 자라면서 익숙해져서 성품이 되니, 그 이익이 크다."[1]

남공이 자손을 가르칠 적에는 일과를 정해 독려하기를 몹시 부지런히 하고 자손들도 익숙해져서 일상으로 여겼으니, 대대로 문장으로 세상에 이름나는 것이 마땅하다.

---

1 사람이……크다 : 이 내용은 『약천집(藥泉集)』 권25 「조고묘지명(祖考墓誌銘)」에 실려 있다.

33
최씨 부인의 법도

백사 이항복의 모친 최씨[1]는 천성이 온화하고 자애로웠으나 규방의 범절에 있어서는 엄격하여 범할 수 없는 바가 있었다. 자녀들이 옆에서 모시고 있을 때는 비록 무더운 여름이라도 옷을 걷어올리지 못하였다. 한번은 둘째 아들[2]이 피곤한 나머지 기대어 앉아 관을 벗고 있었는데, 부인의 자리와는 몹시 멀었지만 보이기는 하였다. 부인이 정색하며 말했다.

"너는 이미 장성하였는데도 아직도 부모님 앞에서 무례하면 안 된다는 것을 모르느냐?"

이어서 딸들을 돌아보며 말했다.

"우리 집은 자녀가 몹시 많은데, 이미 장성하였으니 예법을 알 만하다. 남매지간이라도 절대 희희낙락하다가 「곡례(曲禮)」의 가르침을 망치지 마라. 앉고 눕고 말하는 데 있어서 모두 분별이 있어야 한다."

최씨의 동생 안음현감 최정수(崔貞秀)는 부인과 어렸을 적부터 함께

---

1 백사……최씨 : 전주 최씨(全州崔氏) 최륜(崔崙)의 딸.
2 둘째 아들 : 이송복(李松福)을 말하는 듯하다.

자라서 형제들 가운데 가장 친하여 아침저녁으로 찾아왔다. 그런데 만날 때마다 반드시 여종을 옆에 두고서 말했다.

"나는 이미 늙었고 동생도 늙었소. 친친(親親)의 도리가 이래서는 안 되지만, 부인의 도리는 지나치게 친하기보다는 차라리 지나치게 엄격한 것이 낫소."

그 말씀이 지극하니, 남녀의 유별함은 이와 같아야 한다. 세상의 부녀자가 이 가르침을 따라 행동한다면, 규방의 법도가 무너졌다는 비난[帷薄之刺]³이 있을 수 있겠는가.

---

3 규방의……비난 : '帷'는 휘장을, '薄'은 주렴을 뜻하는 말로 규방을 의미한다. '帷薄之刺'는 『한서(漢書)』「가의전(賈誼傳)」의 "휘장과 발을 치지 않는다[帷薄不修]"라는 구절에서 유래한 것으로 규방의 예법이 무너졌다는 비난이다.

34

윤강의 백성 사랑

판서 윤강(尹絳)[1]이 만년에 안산(安山)에 물러나 살았는데, 그의 종이
어민과 고기 잡는 권리를 다투었다. 판서가 종을 불러 매질하면서
말했다.

"네가 판서의 노비로서 백성과 이권을 다투면 백성은 어떻게 산단
   말이냐?"

이로 인해 백성이 모두 안도하였다. 아, 재상 된 사람이 이와 같이
백성 사랑하는 마음을 지닌다면 사람들이 반드시 대거 구제되는 일이
있을 것이다.

---

1 윤강(尹絳, 1597~1667) : 본관은 파평(坡平). 자는 자준(子駿), 호는 무곡(無谷). 1664년(현
   종 5) 민유중의 탄핵으로 사퇴하여 안산(安山) 옛집으로 돌아간 뒤에도 여러 번 조정에서 불
   렀으나 모두 사퇴하였다.

35

채팽윤의 시 3

희암 채팽윤이 예전에 시를 지었다.

평소 임금의 용안을 알지 못하여　　　　　　平生不識君王面
꿈속에서 항상 섬돌을 맴도네.　　　　　　　一夢尋常繞玉墀

숙종이 이 시를 듣고 채팽윤을 불러 말했다.
"너는 내 얼굴을 못 보아 한스러우냐?"
마침내 고개를 들고 보라고 하자, 채팽윤이 감동하여 눈물을 감추
지 못했다.

36

유도삼의 시

나의 5대조 할머니 증(贈) 정경부인(貞敬夫人) 권씨(權氏)**1** 만사 가운데 산암(散庵) 유도삼(柳道三)**2**의 시가 세상에 전송되었다. 그 시는 다음과 같다.

강화도의 일은 말만 해도 눈물이 흐르는데	語及江都已泫然
누가 만사를 지어 이때의 일을 전하리오.	誰將哀挽此時傳
한 집안에 다섯 분 순절하여 함께 돌아가시니	一家五節同亡地
천년에 전해질 세 강상**3**은 사라지지 않으리라.	千古三綱不死天
가을 해가 산을 비추니 마음은 모두 떳떳한데	秋日照山心共白
바닷바람이 물결을 치니 한은 씻기 어려워라.	海風揚水恨難湔
성군께서 경연에서 간곡하게 하신 말씀	丁寧聖主臨筵語
저승과 이승에 모두 은혜 깊었다네.	泉下人間雨露偏

---

1 권씨(權氏) : 권흔(權昕)의 딸.

2 유도삼(柳道三, 1609~?) : 본관은 진주(晉州). 자는 여일(汝一), 호는 경암(敬庵). 찰방 천근 (天根)의 아들이다.

3 세 강상 : 임금과 신하〔君臣〕, 아버지와 자식〔父子〕, 남편과 아내〔夫婦〕 사이에 지켜야 할 떳떳 한 도리.

'다섯 분 순절하여 함께 돌아가셨다'는 말은 정축년 강화도 난리 때 권부인과 큰아들 상규(尙揆), 큰며느리 구씨(具氏), 두 딸 판서 이일상(李一相)의 아내와 선달 한오상(韓五相)의 아내가 동시에 순절한 것을 말한다. '성군께서 경연에서 하신 말씀'은 인조께서 강화도를 지키던 신하의 주문(奏文)을 보시고 '좌의정(이성구)의 집안 일은 차마 듣지 못하겠다'라고 하신 말씀을 말한다.

37

김창흡의 시 3

삼연거사(三淵居士) 김창흡이 한번은 경산(京山)을 유람하다 한 절에 들어갔다. 한쪽 눈이 먼 귀한 가문의 아들 역시 그곳에 도착하였는데, 거사를 보고는 자못 그를 괴롭히며 시를 지으면 벌을 면해주겠다고 하였다. 김창흡이 즉시 시를 지었다.

먼 나그네가 산사에 왔는데	遠客來山寺
가을 바람에 지팡이 하나 가벼워라.	秋風一杖輕
곧장 사문에 들어가 보니	直入沙門去
단청이 사방 벽에 환하네.	丹青四壁明

그 사람이 칭찬해마지않았다. 그가 돌아가 아버지에게 말했다.
"거사 중에도 역시 시를 잘 짓는 사람이 있습니다."
아버지가 꾸짖으며 말했다.
"너는 이 시가 너를 조롱한 것인 줄도 모르느냐? '먼 나그네'는 눈 먼 나그네를 말한 것이요, '지팡이 하나'는 소경의 모습이다. '곧장 사문에 들어갔다'는 '소경이 문 바로 든다'는 속담을 말한 것이고,

'단청이 사방 벽에 환하다'는 '소경 단청 구경'이라는 속담을 말한 것이다."

38

김창흡과 무명 시인

삼연 김창흡이 금강산으로 가려는데 길에서 거사(居士)를 만났다. 거사가 삼연에게 물었다.

"삼연거사라는 사람이 시를 잘 짓는다고 하는데, 아직 만나보지 못해서 한스럽소. 당신은 보았소?"

그 말이 김공을 삼연이라고 생각하는 듯하였다. 김공이 대답하였다.

"아직 못 봤소. 당신이 시를 잘 짓는다는 삼연을 보고 싶어하니 당신도 시를 잘 짓는 사람일 것이오."

마침 숲속에서 두견새가 울자 삼연이 드디어 어(魚)·저(猪)·여(驢) 세 운을 부르고 두견시를 짓게 하였다. 그가 즉시 시를 지었다.

너의 혼은 잠총(蠶叢), 어부(魚鳧)[1]　　　爾魂來自蜀蠶魚
천진교에 떨어져 속저[2]를 그르쳤구나.　　飛下天津誤屬猪
나그네는 듣고서 마음이 편치 않아[3]　　　客子聞之心不樂
석양에 돌아가다 말을 멈추었네.　　　　　夕陽歸路駐蹇驢

---

1 잠총(蠶叢), 어부(魚鳧) : 전설에 등장하는 촉나라의 왕 이름이다.

삼연에게 차운하게 하였으나 삼연은 붓을 놓고 화답하지 못하였다.

---

2 속저(屬猪) : 송(宋)나라의 별칭. 후주(後周)의 부마(駙馬) 장영덕(張永德)이 방사(方士)들을 맞아들였는데, 어떤 이인이 말하기를, "진주(眞主)가 이미 나왔습니다" 하매, 영덕이, "그 사람이 누구요?" 하니, 답하기를, "공은 자흑색(紫黑色)의 해년(亥年)에 해당하는[屬猪] 사람으로 잘 싸우는 이를 보거든 잘 대우하시오" 하였다. 장영덕이 뒤에 태조를 보고 그가 영특함을 알고 나이를 물으니 곧 해년(亥年, 정해년)이므로 힘을 다하여 따랐다.

3 나그네는……않아 : 송나라 소옹(邵雍)이 낙양(洛陽)에 거주할 적에 한번은 손과 함께 달밤에 산보를 하였는데, 천진교 위에서 두견새 우는 소리를 듣고는 자못 걱정스러운 표정을 지었다. 손이 그 까닭을 물으니, 대답하기를, "예전에는 낙양에 두견새가 없었는데 지금 비로소 두견새가 나타났으니, 앞으로 몇 년 안 가서 임금이 남쪽 사람을 재상으로 등용하여 천하가 어지러워질 것이다" 하였다.

39

권칙의 시

송파(松坡) 권칙(權侙)은 석주(石洲) 권필(權韠, 1569~1612)의 서자이다. 나이 열둘에 이오성(李鼇城, 이항복)의 집 후원에 피어 있는 삼색도화(三色桃花)를 보고, 담을 넘어 들어가 꽃가지를 꺾었다. 때마침 주인집 부녀자들이 후원에서 놀고 있다가 몹시 놀라서 달려가 이오성에게 알렸다. 이오성이 데려오게 하여 회초리를 치려 하자, 권칙이 말했다.

"저는 사대부의 아들이니 회초리를 치시면 안 됩니다."

그리하여 이오성이 삼색도를 제목으로 삼도록 하고, 운을 불러 시를 지으라고 재촉하였다. 그가 즉시 대답하였다.

무성한 복숭아꽃[1]이 해진 울타리에 어른거리는데	桃夭灼灼映疎籬
세 가지 빛깔이 어찌하여 한 가지에 모였는가.	三色如何共一枝
흡사 미인이 빗질하고 세수한 뒤	恰似美人梳洗後
얼굴 가득 붉은 분 고르지 않은 것 같네.	滿顏紅粉未均時

---

1 무성한 복숭아꽃 : 『시경(詩經)』 「주남(周南)」 〈도요(桃夭)〉 시에 "복숭아 열매 탐스럽고 꽃도 무성하네. 이 아이가 시집가서 화목한 집안을 이루기 좋은 때라〔桃之夭夭, 灼灼其華. 之子于歸, 宜其室家〕" 하였다.

이오성이 대단히 기특하게 여기며 올라와 앉게 하고, 그의 문벌을 물으니 습재(習齋) 권벽(權擘 1520~1593) 의 손자요, 석주의 아들이었다. 곧장 석주를 찾아가 혼사를 맺자고 청하고는, 마침내 서녀(庶女)를 권칙에게 시집보냈다. 권칙은 훗날 문과에 급제하여 가평군수(加平郡守)를 지냈다.

40

임제의 시 2

광주(光州)의 기생 일옥(一玉)과 이옥(二玉) 자매는 모두 아름답고 요염하였다. 백호 임제가 듣고 사모하여 부서진 삿갓을 쓰고 해진 도포를 입고 짚신을 신고서 광주 관아의 문에 와서 사또를 만나길 청하였다. 사또가 불러들이니, 백호는 일부러 자기 얼굴을 더럽히고 애꾸눈인 척하고 한 다리를 절면서 들어갔다. 사또가 물었다.

"무슨 말을 듣고 온 게냐?"

백호가 말했다.

"듣자니 이 고을에 이름난 기생 둘이 있다 하여 동침하고자 해서입니다."

일옥이 옆에 있다가 웃으며 말했다.

"간밤 꿈에 뇌공(雷公, 우레)을 보더니 이제 이 사람을 만나는구나."

사또가 말했다.

"그대는 선비이니, 만약 좋은 시를 짓는다면 일옥을 주겠다."

백호가 즉시 시 한 수를 읊었다.

광주의 아리따운 기생, 이름은 옥인데   光山佳妓玉爲名

남쪽 지방에서 너도나도 두 자매를 일컫네.　　　南國爭稱二弟兄

사람들 애간장을 다 끊어놓았으니 하늘이 노하여　　人腸斷盡天應怒

일부러 뇌공을 보내 꿈속에서 놀라게 하였네.　　故遣雷公夢裡驚

　사또가 기이하게 여겨 성명을 물으니 바로 임제였다. 이때 임제의
명성이 나라 안에 알려져 있었다. 보던 사람들이 모두 놀라 후대하고
마침내 일옥에게 잠자리를 모시게 했다.

41

기생 노이 이야기

장성(長城)에 노이(蘆伊)라는 기생이 있었는데 용모가 매우 아름다워 고을 사또가 된 자들이 가기만 하면 푹 빠져 죽었다. 임금이 조정에서 누가 이 기생을 죽일 수 있겠느냐고 물으니, 어떤 이가 자청하기에 마침내 부사에 제수하였다. 그 사람은 먼저 노이를 옥에 가두게 하고, 도착하면 곤장을 쳐서 죽이려 하였다. 기생 노이는 옥졸에게 뇌물을 많이 주고 빠져나와 중도에 있는 여관으로 가서 그가 내려오기를 기다렸다. 부사가 와서 여관에 들어왔다가 소복을 입은 젊은 여자를 보았는데 용모가 아리땁고 교태가 천만 가지였다. 정신이 혼미하고 마음이 동탕쳐 진정할 수가 없었다. 주인 노파에게 물었다.

"저 사람은 어느 집 딸인가?"

노파가 말했다.

"내 딸이 운명이 기박하여 일찍 과부가 되어 어미 집에 와서 의지하고 있습니다."

부사는 일부러 옷고름을 떨어뜨려 그 여자를 불러 꿰매게 하고는, 그대로 희롱하다가 동침하였다. 그 여자가 새벽에 일어나 가려고 하면서 말했다.

"나으리께서는 분명 잊어버리시겠지요."

"어찌 잊을 수 있겠느냐?"

여자가 말했다.

"만약 잊지 않겠다면 나으리 성함을 첩의 팔뚝에 써주십시오."

부사가 즉시 팔뚝에 쓰니, 그 여자는 팔뚝을 찔러 문신을 새기고 감옥으로 돌아갔다. 부사가 관아에 도착하자마자 즉시 기생 노이를 묶어오라 명하고, 문을 닫고 보지 않은 채 때려죽이라고 재촉하였다. 노이가 한 마디만 하고 죽겠다고 애걸하니, 부사가 무슨 말인지 물었다. 기생이 즉시 비단 치마를 찢고 피로 시 한 수를 써서 바쳤다.

노이의 팔뚝 위에 있는 것 누구의 이름인가	蘆兒臂上是誰名
얼음 같은 피부에 새긴 먹물 글자마다 분명하네.	墨入氷膚字字明
동으로 흘러가는 물결은 다할 때가 있더라도	東去江波有時盡
첩의 마음은 끝내 처음 약속을 저버리지 않으리.	妾心終不負初盟

사또가 보더니 몹시 놀라 차마 형벌을 시행하지 못하였다.

42

김창흡의 시 4

삼연 김공(金公, 김창흡)이 한번은 길을 가는데 날이 저물고 비가 내렸다. 급히 어떤 마을에 투숙하려 했지만 마을 사람들이 거절하고 들여주지 않았다. 마침 두견새 소리를 듣고 시 한 수를 지었다.

황혼에 비 내리는데 사립문 두드리니	黃昏雨立叩柴扉
세 번이나 촌 늙은이에게 쫓겨났구나.	三被村翁手却揮
산새도 풍속이 야박한 줄 알고	山鳥亦知風俗薄
숲속에서 불여귀(不如歸, 돌아가는 게 낫다)라 지저귀네.	隔林啼送不如歸

43

공부는 팔뚝으로 한다

여헌(旅軒) 장선생(張先生, 장현광)이 인동(仁同)에서 상경하자, 참판 유명견(柳命堅, 1628~1707)이 젊었을 때 가서 뵙고 말했다.

"저 같은 사람도 학문을 할 수 있습니까?"

선생이 말했다.

"자네 팔뚝을 한번 보세."

참판이 말했다.

"학문을 팔뚝으로 합니까?"

선생이 말했다.

"학문 공부는 근력이 튼튼해야 할 수 있네. 그러므로 자네 팔뚝을 보려 한 것이니, 자네 근력이 튼튼한지 시험하고자 한 까닭일세."

44

아들 열한 명의 이름

예전에 송씨 성을 가진 사람이 아들 열하나를 낳았는데, 입 구(口) 변이 있는 글자로 이름을 지었다. 첫째 아들은 구(口), 둘째는 여(呂), 셋째는 품(品), 넷째는 기(噐), 다섯째는 오(吾), 여섯째는 인(㕦), 일곱째는 질(叱), 여덟째는 연(㕁), 아홉째는 구(㕵), 열째는 고(古), 열한째는 길(吉)이라 하였다. 길은 공물로 바치는 배를 훔쳐먹었다고 전해지는 자이다.[1]

---

1 길은……자이다 : 『숙종실록』 1675년 11월 4일 기록에 상번군졸(上番軍卒) 송길(宋吉)이 진상하는 배를 훔쳐먹었다는 내용이 있다.

45

김덕원을 곡한 윤지완

정승 김덕원(金德遠, 1634~1704)이 죽자 안산(安山)에 있던 정승 윤지완이 그 소식을 듣고 곡위(哭位)를 만들어 곡하였다. 평소 그 사람됨을 사모했기 때문이다.[1]

---

1 평소……때문이다 : 김덕원은 남인이고 윤지완은 소론이었기 때문에 이렇게 말한 것이다.

46

목천임의 시

직장 목천임(睦天任)[1]과 필선 이 아무개는 함께 공부한 친구 사이였다. 이 아무개가 먼저 과거에 급제하여 시험관이 되었는데, 사적인 표식을 목천임에게 써주면서 시권(試卷)에 쓰도록 하였다. 목천임은 받지 않고 시를 지어 답하였다.

서리 맞은 늙은 나무에는 꽃이 피지 않으니	經霜老樹花心少
동황(東皇, 봄의 신)에게 분에 넘치는 봄을 구걸하기 부끄럽네.	羞乞東皇分外春

---

1 목천임(睦天任, 1673~1730) : 본관 사천(泗川), 자 대숙(大叔), 호 묵암(默菴). 목내선의 손자.

47

허목의 공부

한강 정구 선생이 영남의 성주(星州)에 살면서 문하생을 받아 수업을 하자 원근에서 와서 배우는 자가 몹시 많았다. 마을 사람에게 나누어 대접하게 하였더니, 마을 사람들이 그를 지목하여 '폐를 끼치는 동지 중추부사'라고 하였다. 정구가 그 이야기를 듣고는 종과 말을 데리고 오는 자는 물리치고 걸어서 오는 자만 가르쳤다.

미수 허목의 부친 허교(許喬, 1567~1632)는 고령(高靈)의 원님이었는데, 정구가 살던 곳과 40리 떨어져 있었다. 허목은 걸어서 왕래하며 배우기를 게을리하지 않았다고 한다. 학문을 향한 정성이 이와 같았다.

48

황상청의 점술

참판 남태량(南泰良, 1695~1752)이 경상도관찰사를 지낼 적에 순찰하다
가 성주(星州)에 도착하여 맹인 점장이 황상청(黃尚淸)을 잡아오라 명하
였다. 그가 오자 꾸짖었다.

"네가 감히 요망한 술법으로 백성을 속이고 재물을 빼앗았으니 그
죄는 형벌을 받아 마땅하다."

형벌을 집행하려 하자, 황상청이 말했다.

"소인은 사람들로 하여금 흉한 일을 피하고 길한 일로 옮겨가게 하
고자 했을 뿐 사람들을 속인 것이 아닙니다. 시험해보고, 술법을 증
명하지 못하면 죄를 물으십시오."

남태량이 즉시 새로 만든 요강을 소매로 덮으며 물었다.

"내가 덮고 있는 것이 무슨 물건이냐?"

황상청이 점을 쳐보고 말했다.

"지백(智伯)의 머리[1]와 한유(漢儒)의 관[2]인데 30개의 청동이 어째서

---

1 지백(智伯)의 머리 : 『자치통감』 권1에 "삼가가 지씨의 땅을 나누어 가졌고 조양자는 지백의
  머리에 칠을 하여 술잔으로 삼았다〔三家分智氏之田, 趙襄子漆智伯之頭, 以爲飮器〕"라는 구절이
  있다.

그 안에 있을까?"

남태량이 말했다.

"요강은 네가 맞혔지만 돈은 필시 여기에 들어 있을 이유가 없으니
네 말이 거짓이다."

황상청이 말했다.

"점괘가 이렇게 나왔으니 보여주십시오."

남태량이 열어보니 과연 동전이 있었는데, 세어보니 30푼이었다.
이것은 요강을 만든 장인이 지인(知印)에게 관례로 주는 뇌물이었는
데, 관찰사가 급히 도착하는 바람에 객사(客舍)에 바삐 들이느라 장인
이 잊어버리고 미처 꺼내지 못한 것이었다. 이렇게 되자 남태량은 그
의 술법이 신통하다고 찬탄하였다.

---

2 한유(漢儒)의 관 : 한 고조(漢高祖)가 유자(儒者)를 싫어하여 유자의 관을 쓰고 오는 손님이
   있으며 관을 벗기고 그 위에 소변을 보았다.

49

권이진의 지혜

|

수만헌(收漫軒) 권이진(權以鎭)[1]은 무신년(1728)에 호조판서였는데, 역
적의 변란이 일어났다는 소식을 듣고 즉시 쌀 서른 섬을 내어 아전을
시켜 술을 빚어 창고에 보관하게 하였다. 아전이 말했다.

"이 술을 빚어 무엇을 하시렵니까? 게다가 지금 금주령이 지극히
엄하니 어길 수 없습니다."

권이진이 말했다.

"여러 말 할 것 없다. 그저 술을 빚어라."

얼마 지나지 않아 군대를 일으켜 출정하게 되었다. 영의정 이광좌
(李光佐, 1674~1740)가 권이진을 불러 말했다.

"내일 행군할 때 군사들에게 술과 음식을 먹여 전송하지 않으면 안
되니, 술과 고기, 떡을 준비하여 대기하시오."

권이진이 말했다.

"떡과 고기는 급히 준비할 수 있지만 술은 갑자기 빚을 수 있는 것
이 아니니 어떻게 합니까?"

---

1 권이진(權以鎭, 1668~1734) : 본관은 안동. 자는 자정(子定), 호는 유회당(有懷堂) 또는 수만
헌(收漫軒), 시호는 공민(恭敏)이다.

이광좌가 말했다.

"다시 말하지 말고 속히 마련하시오."

기한이 다가오자 권이진은 그가 빚어놓은 술을 꺼내어 군사들을 먹였다. 이광좌가 듣고서 말했다.

"나는 권 아무개가 마련할 수 있을 것이라고 이미 짐작하고 있었다."

권이진이 미리 일을 헤아리는 것이 매번 이와 같았다.

권이진은 신해년(1731)에 평안도관찰사가 되었다. 하루는 천류고(泉流庫)[3]를 점검하는데 체납한 은자가 수만 냥이었다. 빚을 진 사람들에게 나누어 징수하려고 했지만 그 수량을 채울 방법이 없었다. 그래서 그들을 불러 말했다.

"너희들을 은광(銀鑛)에 나누어 보내 빚을 갚도록 해주겠다. 너희들은 성심성의껏 은을 채굴하여 체납한 은자를 채울 수 있겠느냐?"

모두 대답했다.

"감히 힘을 다하여 갚지 않겠습니까?"

권이진은 빚의 많고 적음과 은광의 채굴량을 헤아려 그들을 나누어 보냈다. 그 사람들은 과연 남는 은으로 빚진 은자를 모두 갚았다.

---

3 천류고(泉流庫): 평양에 있는 창고로 인조 원년에 설치하였다. 칙사(勅使)를 대접하고 사행(使行)의 노자에 필요한 비용을 이 창고에서 조달하였다.

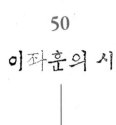

50

이좌훈의 시

이좌훈(李佐薰, 1753~1770)[1]의 자는 국보(國輔)이며 전 승지 이동현(李東顯)의 아들이다. 나면서부터 기이한 재주가 있어서 일고여덟 살부터 글을 지으면 번번이 사람들을 놀라게 하였다. 한번은 회양(淮陽)에서 서울로 돌아가는 길에 창도역(昌道驛)을 지나면서 시를 지었다.

저물녘 창도역에 도착하니	晚到昌道店
산세가 계속 높고 험하네.	峥嶸峽勢長
온 봉우리는 아직도 비에 젖었고	千峰猶濕雨
외딴 나무에 석양이 비치네.	獨樹見斜陽
골짜기 고요하니 새 소리 또렷하고	谷靜鳥多語
산은 깊은데 꽃은 절로 향기롭네.	山深花自香
서울 삼백 리	洛城三百里
돌아가는 길이 바로 그 중간이라네.	歸路正中央

---

1 이좌훈(李佐薰) : 이승훈(李承薰)의 사촌. 채제공의 「가의대부한성부좌윤이공묘갈명(嘉義大夫漢城府左尹李公墓碣銘)」, 『번암집(樊巖集)』 권49에 "아들 좌훈은 글재주가 있었으나 단명하여 죽었다[男佐薰, 有文章短命死]"라는 내용이 나온다.

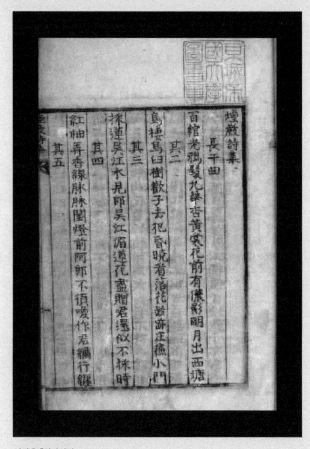

이좌훈 『연암시집』

서울대 규장각한국학연구원 소장. 230여 수의 시가 실려 있다. 이좌훈은 어려서부터 천재성을 드러내어 남인 문단에서 주목을 받았으나 18세의 나이로 요절하였다.

또 「보리밭을 지나며」라는 시는 다음과 같다.

골짜기 들어서자 비바람 부나 했는데	入洞疑風雨
숲을 지나니 또 날이 개었구나.	過林又日月
장하도다 조화옹의 힘이여	壯哉造化力
참으로 면밀하게 영기를 심었도다.	鍾靈固密勿

또 「길가에서」라는 시는 다음과 같다.

나그네가 양주 고을을 떠나	客發楊州里
새벽부터 말을 타고 가느라 춥구나.	鞍馬犯曉寒
집안 사람들 내가 오기를 기다리다가	家人候我來
말 머리에서 잘 다녀왔냐 묻네.	馬首問平安

이상은 모두 열한 살 때 지은 것이다. 그 재주를 채웠더라면 일세를 풍미할 수 있었을 텐데 열여덟에 요절하였으니 애석하다.

51

여종이 지은 시

옛적에 어떤 사람이 홍(洪)·임(林)·오(吳) 세 친구를 찾아서 나주(羅州) 회진(會津)으로 갔다. 회진을 건너자 길가에 물 긷는 여자아이가 있었는데 나이는 열서넛 되어 보였다. 세 친구의 집 있는 곳을 물어보니 이렇게 말했다.

"제게 종이와 붓을 주시면 마땅히 써드리지요."

붓과 종이를 주자 그 여자아이가 절구시를 써서 바쳤다.

홍박(洪樸)은 금안동(金鞍洞)에 살고	洪樸金鞍洞裏棲
임연(林埏)의 집은 월릉(月陵) 서쪽에 있네.	林埏家在月陵西
아깝도다 오진사의 풍류여	可惜風流吳進士
백양나무와 시든 풀에 저녁 안개가 나지막하네.	白楊衰草暮烟低

그 사람이 깜짝 놀라 "너는 누구냐?"라고 물으니 대답하였다.

"저는 임씨 집 여종입니다."

이와 같은 재주를 가지고도 신분이 하류에 속한 까닭으로 이름이 인멸되어 전하지 않으니 애석하다.

52

노 승 의 시

신유한(申維翰, 1681~1752)은 영남의 대구에 살았는데, 하루는 문 앞 소나무 아래에서 더위를 피하고 있었다. 어떤 나이 많은 승려가 지나다가 신유한의 집이 어디인지 물었다. 신유한이 말했다.

"스님은 무엇 때문에 그를 만나려 합니까?"

"글을 잘하기 때문이오."

신유한이 말했다.

"스님도 글을 잘합니까?"

"그렇소."

신유한이 말했다.

"요새 듣기로 신군은 집에 없다고 하니 가실 것 없고, 여기 계시면서 이야기나 하시지요."

"좋소."

신유한이 말했다.

"저도 조금 문자를 압니다. 문장의 높고 낮음은 모르지만 스님의 시를 한번 듣고 싶습니다."

"만약 제목을 정하고 운을 부른다면 지어보리다."

신유한이 자리 옆에 있는 바위를 보고 마침내 바위를 제목으로 삼고는 칠언율시를 짓게 하였다. 먼저 중(中) 자를 부르니, 즉시 대답하였다.

"자라가 삼신산을 지고 바다에서 변하니〔鰲負三山變海中〕"

다음으로 동(東) 자를 부르니 대답하였다.

"구름 뿌리 한 조각이 우리 동방에 떨어졌네〔雲根一片落吾東〕."

신유한이 강운(强韻)으로 곤란하게 하려고 다음으로 궁(弓)·융(戎)·충(虫) 세 자를 불렀다. 그 승려가 부르는 대로 대답하였다.

용처럼 구불구불 서려 진시황의 채찍질 받지 않고[1]	龍蟠不受秦皇策
범처럼 걸터앉아 한나라 장수 활을 당기게 했지.[2]	虎踞曾彎漢將弓
구리 기둥은 하늘 북극을 지탱할 만하니	鍊柱可支天北極
칼을 갈아 사막 남쪽 오랑캐 베기에 알맞구나.	磨刀宜斬漠南戎
내 장차 여기에 앉아 고래를 낚으리니	吾將坐此鯨鯢釣
임공의 오백 마리 미끼[3]는 필요 없다네.	不待任公五百虫

---

1 용처럼……않고 : 진시황이 돌다리〔石橋〕를 만들어 바다를 건너 해가 뜨는 곳을 보려고 하였다. 이때에 신인(神人)이 돌을 몰아다가 바다에 넣었는데, 돌이 빨리 가지 않으면 신인이 매로 때렸으며, 피를 흘리지 않는 돌이 없었다고 한다.

2 범처럼……했지 : 한나라 장군 이광(李廣)이 우북평태수(右北平太守)로 있을 때 사냥을 나갔다가 바위를 호랑이로 잘못 알고 활을 쏘았더니 화살촉이 끝까지 다 박혔던 일이 있다.

3 임공의……미끼 : 선진(先秦) 때 임공자(任公子)라는 사람이 50마리의 거세한 소를 미끼로 매달아 회계산(會稽山)에 걸터앉아서 동해 바다로 낚싯줄을 던졌는데, 1년 뒤에 큰 고기를 낚아 이를 건육(乾肉)으로 만든 뒤 절하(浙河) 이동, 창오(蒼梧) 이북의 사람들을 배불리 먹였다고 한다(『장자(莊子)』「외물(外物)」).

신유한이 몹시 놀라 탄복하고는 끝내 제 입으로 성명을 말하지 않았다고 한다.

53

가장 쓰기 어려운 글

어떤 사람이 이재춘(李再春)에게 물었다.

"가장 쓰기 어려운 것은 무슨 글씨입니까?"

이재춘이 대답하였다.

"책 제첨(題簽)[1]일 것이다. 신주(神主)가 쓰기 어렵다지만 함에 들어가면 사람들이 보지 않고, 명정(銘旌)이 쓰기 어렵다지만 무덤에 들어가면 사람들이 보지 않는다. 시권(試卷)은 떨어지면 사람들이 보지 않고, 합격했다 해도 그때 친지들이 한 번 보고 지나가는 데 불과하다. 비명(碑銘)은 마음에 들지 않으면 백 번 고쳐 써도 좋다. 그러나 제첨은 한 번 쓰면 고칠 수 없고, 오래 전하여 사람들이 모두 보게 된다. 글자 수가 적으므로 단점이 쉽게 드러나고, 게으른 선비가 책을 보다가 싫증나면 책을 들고 누워서 꾸짖기를, '여기 파임[2]은 잘 들어올리지 못했고, 저기 꺾는 획은 잘 끊지 못했다'라고 할 것이니, 난감하지 않겠는가?"

---

1 제첨(題簽) : 작은 종이에 써서 책 앞표지에 붙인 책 제목.

2 파임 : 서법(書法)의 한 가지로, 오른쪽으로 비스듬히 그어내리는 획법.

54

이한척의 시

족종조(族從祖) 경연당(景淵堂, 이현조(李玄祚))에게는 이한척(李漢陟)이라
는 서자가 있었다. 한번은 조카 하정(芐亭, 이덕주(李德胄)) 형제와 운을
불러 시를 짓는데, 먼저 한 구절을 지었다.

　　꽃이 따라서 피니 봄은 금하기 어렵고　　　　　　隨發春難禁

　　번갈아 우니 무슨 새인지 분간할 수 없네.　　　　交鳴鳥不分

하정이 이 때문에 붓을 놓았다.

55

여종이 지은 시

창설재(蒼雪齋) 권두경(權斗經, 1654~1725)의 집에 여종이 있었는데 나이는 십여 세에 가까웠다. 하루는 갑자기 권공에게 말했다.

"제가 일찍이 '산의 샘물이 문에 들어와 흐른다[山泉入戶流]'는 시구를 지었습니다."

권공이 꾸짖었다.

"어찌 시를 잘 짓는 여종이 있단 말이냐?"

여종이 말했다.

"매번 작은 주인께서 당시(唐詩)를 배우는 것을 듣다보니 깨달은 것 같습니다."

권공이 기이하게 여겨 짧은 시를 짓게 하였더니, 놀랍고 뛰어난 시어가 많았다. 그녀는 자라서 무인(武人)의 첩이 되었다. 한번은 한강을 거슬러 올라가며 시를 지었다.

뱃노래 그치니 모래섬에 해 저물고	漁歌唱罷蘋洲晩
관악산 푸른 빛은 흐르려 하네.	冠岳山光碧欲流

훗날 무인이 죽자 권공의 집으로 돌아와 살았는데, 성품이 깨끗하고 충직하여 진심을 다해 섬겼다 한다.

56

권부와 이만유의 차이

승지 권부(權孚, 1662~1739)는 사물의 이치나 사람의 마음에 대해 이야기할 적에 투철하게 알지 못하는 것이 없었다. 그러나 외방의 고을을 맡게 되어서는 치적이 없었다. 수찬 이만유(李萬維)는 성품이 경솔하고 사정에 어두웠다. 그러나 여러 차례 고을을 맡았는데 그때마다 잘 다스렸다. 판서 권이진이 말했다.

"지국(持國, 이만유)이 잘 다스리는 것과 신지(信之, 권부)가 못 다스리는 것은 알 수 없는 이치다."

57

문벌을 숭상하는 폐단

우리나라에서는 벌열대족(閥閱大族)을 '골양반(骨兩班)'이라고 하는데, 골(骨)이라는 말은 성골(聖骨)·진골(眞骨)이라는 말에서 유래하였다. 신라 때는 왕의 친족을 성골이라 하고 왕후의 친족을 진골이라 하였는데, 사람을 등용할 적에는 오직 골품(骨品)만 따지고, 그 친족이 아니면 뛰어난 재주나 큰 덕이 있더라도 스스로 떨칠 수가 없었다. 그러므로 설계두(薛罽頭)[1]는 분개하여 배를 타고 당나라로 들어가서 당 태종이 고구려를 정벌하자 자신을 천거하여 좌무위(左武衛)가 되어 힘껏 싸우다 죽었다. 문벌을 숭상하는 풍속은 지금의 큰 폐단인데, 신라 때부터 이미 고질이었다.

---

1 설계두(薛罽頭, ?~645) : 신라 출신으로 당나라에서 활동한 무인. 그는 육두품 가문에서 출생하여 진골이 아니면 대신·장군이 될 수 없는 자신의 처지를 분통히 여겨 중국에 가서 크게 출세할 것을 기약하였다. 621년(진평왕 43) 몰래 배를 타고 당나라에 건너가 645년 당나라 태종이 고구려를 치기 위하여 출정하였을 때 종군을 자청하여 좌무위과의(左武衛果毅)가 되어 요동 안시성(安市城) 부근 주필산(駐蹕山) 밑에서 고구려 군대와 격전을 벌이다 전사하였다. 태종은 그가 신라인이라는 이야기를 듣고는 어의(御衣)를 벗어 시신을 덮어주고 대장군의 관직을 내려주었다. 그의 이야기는 당시 신라의 골품제도가 육두품 이하 하급 귀족들의 커다란 불만의 대상이었음을 말하여주는 좋은 예이다.

58

신유한의 시

청천(靑泉) 신유한은 명나라 사람의 시와 문장을 몹시 좋아하였다. 산문은 엄주(弇州) 왕원미(王元美, 왕세정(王世貞))를 종주로 삼고, 시 또한 창명(滄溟) 이우린(李于鱗, 이반룡(李攀龍))을 위주로 하였다. 한번은 촉석루(矗石樓)에 다음과 같은 시를 썼다.

진주성 밖 강물은 동쪽으로 흐르는데	晉陽城外水東流
대숲과 난초가 모래섬에 푸르게 비치네.	叢竹芳蘭綠映洲
하늘과 땅 사이에서 임금께 보답한 삼장사[1]	天地報君三壯士
강산의 외로운 누각에 머무는 나그네.	江山留客一孤樓
병풍에 해 비치니 물 속의 교룡이 춤추고	歌屛日照潛蛟舞
군막에 서리 내리니 잠든 해오라기 시름겹네.	劍幕霜侵宿鷺愁
남쪽으로 두우성 바라보니 전쟁 기미 없어	南望斗邊無戰氣
장단(將壇)에서 피리 불고 북 치며 봄 내내 노는구나.	將壇笳鼓半春遊

---

1 삼장사(三壯士) : 임진왜란 때 진주의 촉석루에 올라가 죽기로 싸우기를 다짐한 김성일(金誠一) · 조종도(趙宗道) · 이노(李魯)를 말한다. 호남 지역에서는 진주성이 함락될 때 투신 자결한 김천일(金千鎰) · 최경회(崔慶會) · 고종후(高從厚)를 삼장사라고 한다.

그의 시는 기이하고 굳세며 씩씩하고 빼어나니, 이름난 인물이요 큰 솜씨라 하겠다.

59

술상 내는 법

영안위(永安尉) 홍주원(洪柱元, 1606~1672)과 판서 이명(李溟, 1570~1648)
은 술친구였는데, 도위가 매번 술을 차리고 초대하면 판서는 그때마
다 가서 마셨다. 하루는 판서가 술과 안주를 준비하고 도위를 불렀다.
도위가 그의 집으로 가니, 판서가 여종을 시켜 손님과 주인 앞에 커다
란 빈 소반을 하나씩 차리게 하고는 먼저 볼품없는 음식 한 그릇을 내
놓고 술을 한번 돌렸다. 그 뒤로 술을 한 잔 마실 때마다 안주 하나씩
을 내놓고 하루종일 주고받았는데, 안주가 소반에 가득찼는데도 나올
수록 더욱 좋은 것이었다. 여러 가지 안주를 한꺼번에 차려 내면 각각
의 음식을 두루 맛보지 못하기 때문이었다. 그리고 먼저 볼품없는 음
식을 차리고 점차 좋은 안주를 내놓았던 것은 먹어도 질리지 않게 하
려는 것이었다. 도위가 돌아와 공주[1]에게 말했다.

　"이 친구가 음식 차리는 법은 매우 묘한 이치가 있으니, 훗날 술을
　마실 때는 이렇게 해야겠소."

---

1 공주 : 선조의 딸 정명공주(貞明公主)

60

홍만조와 서문중

판서 홍만조(洪萬朝, 1645~1725)가 함경도관찰사로 있을 적에 그의 부인이 감영으로 가는 길에 가마를 탄 사람을 만났다. 바로 함흥의 기생으로서 정승 서문중(徐文重, 1634~1709) 의 눈에 들어 서울로 올라가는 자였다. 그런데 부인 앞을 지나면서도 가마에서 내리지 않았다. 홍공이 듣고는 특별히 장교 두 사람을 뽑아 잡아오라 하면서 말했다.

"잡아오지 못하면 군율을 시행하겠다."

두 장교가 길을 재촉하여 서울로 올라가 서정승의 집으로 갔으나 들어가지 못하였다. 마침내 함께 문 앞을 서성이는데 여러 사람이 금지하느라 시끄러운 소리가 안에까지 들렸다. 서정승이 묻고서 그 이유를 알고는 즉시 그 기생을 보내고 편지로 사과하였다. 두 장교가 돌아가 홍공에게 아뢰니, 홍공이 그 기생을 형틀에 묶으라 명하고 그 죄를 따지며 꾸짖었다.

"너는 감영의 기생으로서 정승의 권세를 믿고 감히 부인 앞에서 무례하게 굴었으니 그 죄는 엄히 다스려야 한다. 그러나 네가 이미 대신의 첩이 되었기에 대신을 공경하는 뜻에서 용서한다."

풀어주고 나자 당시 사람들이 칭송하였다.

"홍공은 권세를 두려워하지 않았고, 서정승은 법 때문에 자신을 굽혔으니, 두 분 모두 훌륭하구나!"

61

윤기경의 다스림

윤기경(尹基慶, 1669~1726)이 진주(晉州)를 다스릴 적에 덕으로 백성을 교화시키니 백성이 부모처럼 받들었다. 공은 때때로 술을 들고 고을의 어른을 찾아가 술을 대접하며 말했다.

"그대 덕택에 촌 백성이 이치에 어긋나는 일로 감히 내 정사에 간섭하지 못하니, 받은 은혜가 큽니다."

그 뒤로 고을 백성 중에 이치에 어긋나는 일로 송사하려는 자가 있으면 그 노인이 그때마다 힘껏 만류하여 송사가 저절로 줄어들었다. 예전에는 송사하는 자가 하루에도 40~50명이나 되었는데, 이제는 하루종일 송사하러 오는 자가 없는 경우도 있어, 형방 아전은 한가로이 누워 낮잠을 잤다. 어떤 이가 아전에게 말했다.

"이렇게 편안하고 한가로운데 어찌 마을로 나가서 놀지 않는가?"

아전이 말했다.

"아전들이 마을을 다니면 필시 백성에게 폐를 끼칠 것이다. 나는 차마 어진 원님을 저버릴 수 없다."

공이 세상을 떠나자 온 경내의 백성이 부모를 잃은 것처럼 달려와 통곡하였다. 이웃 고을 백성들도 소식을 듣고 역시 시장을 파하였다. 고을 백성이 다투어 돈을 내어 부조를 하였는데 5, 6천 금이나 되었다. 공의 아들 윤사용(尹師容)은 사양하고 받지 않았으나 백성은 관아의 빈 건물에 쌓아놓고 가버렸다. 그러나 한 푼도 훔치는 자가 없었다. 훗날 그 돈으로 사당을 세워 제사지냈다.

발인할 날이 되자 백성이 각자 전(奠)을 차리고 통곡하며 전송하였는데, 심지어 보리밥 한 그릇으로 제사를 지내는 자도 있었다. 상여가 이 때문에 지체되어 수십 일 뒤에야 비로소 경내를 빠져나갔다고 한다. 공의 덕이 사람들 마음 속에 깊이 스며들었다는 것을 알 수 있다.

62

이옥의 가법

박천(博泉) 이옥(李沃, 1641~1698)이 회양(淮陽) 고을을 다스릴 때 종숙인 판서 이인징(李麟徵)에게 편지를 올리면서 지인(知印)이 편지 봉투에 도장을 찍었다. 판서는 뜯어보지도 않고 돌려보내면서 말했다.

"편지에 도장을 찍는 것은 부형을 섬기는 도리가 아니다."

판서의 항렬은 높지만 나이가 박천보다 몇 살 어렸기 때문이다. 박천은 자기가 불경한 죄를 지었다고 사죄하는 편지를 보냈다. 이씨 집안 법도의 엄정함을 알 수 있다.

63

윤유기의 바둑

감사 윤유기(尹惟幾)는 기예에 뛰어나 일단 잡기(雜技)를 보거든 그 묘리를 곧 파악했다. 신구지(申求止)는 온 나라를 통틀어 바둑을 잘 두는 자인데, 개성의 거상이 여관에서 신구지를 만나 바둑을 두다가 져서 재물을 모두 주고서 탄식하며 앉아 있었다. 윤공이 젊은 시절 마침 그 여관에 들어갔다가 거상의 근심스런 표정을 보고는 무슨 생각을 하는지 묻고 안타깝게 여겼다. 그렇지만 평소 바둑을 둔 적이 없었기에 거상에게 다시 몇 판을 두게 하고 자세히 살펴보면서 신구지의 기술을 전부 이해하였다. 그러고는 신구지와 내기 바둑을 두어 연승을 거두어 그의 재물을 빼앗아 거상에게 돌려주었다. 거상이 절하며 감사해 마지않았다. 신구지가 다시 내기 바둑을 하자고 하였으나 윤공은 사양하고 바삐 떠났다. 윤공의 재주가 남보다 몹시 뛰어나지 않은가.

64

이관징의 글씨 연습

판서 이관징이 열너댓 살에 글씨를 연습하는데 종이와 붓을 대기 어려운 것이 걱정이었다. 그의 종숙 탄옹(灘翁) 이현(李袨)이 마침 경상도관찰사가 되어 감영에 도착하자마자 종이 백 권을 만들어 붓·먹과 함께 보내주었다. 이관징은 밤낮으로 글씨 연습을 하고, 겨울이 다 지나서야 공부를 마쳤다. 각 장마다 앞뒷면을 다 썼는데, 빈 줄이 하나도 없었다. 마침내 그 종이를 전부 싸서 경상 감영으로 돌려보냈다. 탄옹에게 공부를 잠시도 멈추지 않았고 종이를 한 장도 다른 데 허비하지 않았다는 사실을 알리고자 해서이다. 탄옹이 보고 감탄하며 말했다.

"우리 집안에 인물이 있다. 훗날 필시 대단히 귀한 사람이 될 것이다."

이관징이 뜻을 굳게 세우고 이처럼 부지런히 공부하였으니, 어찌 본받을 만하지 않겠는가.

65

구선행의 판결법

내가 한성부에서 벼슬할 적에 판서 구선행(具善行, 1709~1775)이 판윤을
맡고 있었다. 송사가 있으면 낭관에게 논하여 아뢰게 하고 그의 말대
로 판결하였다. 그러므로 판결을 잘하는 경우가 많았다. 정신도 피로
하지 않고 원망을 받지 않는 방법이기도 하다.

66

백언해

성호(星湖) 이익(李瀷, 1681~1763)이 「백언해(百諺解)」를 지었는데, 우리 나라의 속담을 4자 2구의 글로 만든 것이다.

열 번 도끼로 찍으면 넘어지지 않는 나무가 없다　　　　用十斧斫 木無不顚

(열 번 찍어 아니 넘어가는 나무 없다).

도둑의 이름은 결국 씻을 수 있어도　　　　　　　　盜名終雪 淫奔難白

음란한 송사는 밝히기 어렵다(도둑의 때는 벗어도 화냥의 때는 못 벗는다).

고양이 발에 덕석, 말 갈기에 도꼬마리.　　　　　　猫瓜稿席 馬鬐刺莏

짚신에 수놓은 국화, 사립문에 쇠 지도리　　　　　芒屩菊繡 蓽戶鐵樞

(짚신에 국화 그리기, 거적문에 돌쩌귀).

추우면 가까이 다가가 불을 쬐고 더우면 곧　　　　寒則進炙 熱則便退

물러난다(추우면 다가들고 더우면 물러선다).

측간으로 가는 개와 따지면 반드시 함께 가게　　　較狗之厠 畢竟同歸

된다(개를 따라가면 측간으로 간다).

화가 나서 바위를 차면 제 발만 상한다　　　　　因怒蹴巖 適傷厥足

(성내어 바위를 차니 발부리만 아프다).

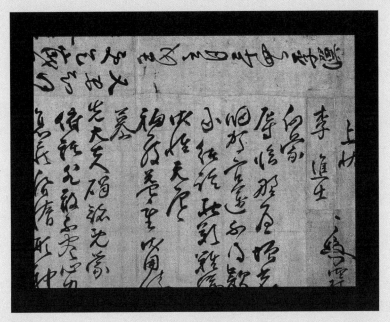

이익의 글씨

한국학중앙연구원 장서각 소장. 「백언해」는 그가 우리나라 속담 백여 가지를 한역(漢譯)하여 엮은 책이다. 이와 같은 한역 속담집의 편찬은 이덕무의 「열상방언(洌上方言)」, 정약용의 「이담속찬(耳談續纂)」 등으로 이어졌다.

이마에 물을 부으면 발뒤꿈치로 흘러내린다 水注於頂 流歸于踵
(이마에 부은 물이 발뒤꿈치로 흐른다).

불면 날아갈까 두렵고 잡으면 우그러들까 吹則恐飄 握則恐欲
두렵다(불면 날아갈 듯 쥐면 꺼질 듯).

화살이 떨어지는 곳으로 번번이 과녁을 옮긴다 維矢攸落 輒求移鵠
(화살 따라 과녁 옮기기).

손뼉 하나는 소리를 내지 못하고 孤掌不鳴 單絲難綿
실 한 가닥으로는 비단을 짤 수 없다(한 손뼉이 울지 못한다).

내가 먹기는 싫지만 남에게 주는 것은 도리어 我唼屬厭 施人反吝
인색하다(나 먹기는 싫어도 남 주기는 아깝다).

하룻밤을 자면 원한이 없어지고 웃는 얼굴에는 經宿無怨 笑面難唾
침 뱉기 어렵다(밤 잔 원수 없고 웃는 낯에 침뱉으랴).

열 손가락을 두루 깨물면 어느 것인들 내가 十指偏齧 疇不余痛
아프지 않겠는가(열 손가락 깨물어 안 아픈 손가락이 없다).

남의 잘못 하나를 드러내면 내 허물 열 가지가 揚人一過 露己十愆
드러난다(남의 흉이 한 가지면 제 흉은 열가지).

발에 불이 붙어 아이를 생각할 겨를이 없다 足跗有火 不暇念兒
(내 발등의 불을 꺼야 아들 발등의 불을 끈다).

암소는 갑자기 달리고 수소는 천천히 걷는다 牝牛突走 牡牛緩步
(느릿느릿 걸어도 황소걸음).

진상할 물건은 꼬챙이에 꿰고 뇌물은 바리로 進貢穿串 私賕載駄
싣는다(진상은 꼬챙이에 꿰고 인정은 바리로 싣는다).

가죽신 사는 데 돈을 써서 바지도 없이 장가든다 財殫革鞾 闕袴取婦

고양이와 고양이를 바꾸려거든 말 잘 듣는 고양이를 남겨라.　以猫易猫 寧留其馴

철이 강하지 않다며 돌을 달궈 담금질한다.　謂鐵非剛 烘石烙物

낮에는 새가 듣고 밤에는 쥐가 듣는다 (낮말은 새가 듣고 밤말은 쥐가 듣는다).　晝聽有雀 夜聽有鼠

곡식 한 되도 없으면서 꼭 한 자 되는 떡을 먹는다 (없는 놈이 자 두 치 떡 즐겨한다).　粟不滿升 嗜餅必尺

게가 새끼를 낳으면 집게발로 물건을 집을 수 있다(게 새끼는 나면서 집는다).　蟹纔有子 螯能齰物

살아 있는 사람의 입에는 거미가 거미줄을 치지 않는다(산 입에 거미줄 치랴).　生命之口 蛛不布網

옷에 선을 둘러도 등은 따뜻해지지 않는다.　衣雖加襈 背不增煖

먼저 네 이불을 잰 다음에 네 다리를 뻗어라 (누울 자리 봐 가며 발을 뻗어라).　先度爾衾 方伸爾脚

겉은 속과 같으니 겉모습을 보고 이름을 짓는다 (꼴 보고 이름 짓는다).　外斯內符 察貌命名

삼정승과 사귀지 말고 원수 한 사람이 없도록 하라(삼정승을 사귀지 말고 내 한 몸을 조심하라).　勿交三相 要無一仇

아궁이에 불을 때지 않았는데 굴뚝에 어찌 연기가 나겠는가(아니 땐 굴뚝에 연기 날까).　俾灶無炳 竈豈有烟

부인은 말이 많아 유월에도 서리가 내린다 (계집의 말은 오뉴월 서리가 싸다).　婦人長舌 六月霜集

비밀을 지키라고 경계하면 경계하는 말까지　秘語切戒 倂戒俱播

함께 퍼진다.

잎사귀 한 장으로 눈을 가리고 남이 못 볼 | 片葉障目 謂人莫覩

것이라 여긴다(가랑잎으로 눈 가리고 아웅 한다).

물이 발까지 흐르는 것처럼 남에게 은혜를 | 流水至足 與人成惠

베푼다(꼭뒤에 부은 물이 발뒤꿈치로 내린다).

고운 노래가 아름답더라도 오래 들으면 싫증이 | 艷歌雖美 聽久亦厭

난다(좋은 노래도 장 들으면 싫다).

싸움 소도 내를 건널 때는 용맹을 자랑하지 않는다. | 鬪牛渡川 不呈其勇

동쪽 벽 허물어 서쪽 벽 바른다. | 破東壁土 移補西壁

벌레먹은 이가 갑자기 빠지니 아직도 허전하다 | 蟲牙忽墜 尙覺有缺

(앓던 이 빠진 것 같다).

살 태워 부처에게 맹세해도 어깨는 남에게 | 燃膚誓佛 臂不借人

빌려주지 않는다.

거북 등의 털, 바위 꼭대기의 대못 | 龜背草刺 巖頂竹釘

(거북의 털. 바위에 대못).

음식은 전할수록 줄어들고 말은 전할수록 | 饌傳盆減 言傳盆增

늘어난다(음식은 갈수록 줄고 말은 갈수록 는다).

역말의 발이 빨라도 갈아타면 더욱 빠르다 | 馹騎駃步 遞乘更快

(역말도 갈아타면 낫다).

넘어진 사람 부축하지 않고 도리어 그 뺨을 친다 | 見踣不扶 反擠其頰

(넘어진 놈 뺨치기).

아픔이 아직 심하지 않아 아프다고 소리칠 | 馹騎駃步 遞乘更快

겨를이 있다(덜 아프니 소리 지를 틈이 있지).

비단이 지극히 귀하지만 굶으면 밥 한 끼와   錦段至貴 飢易一飯

바꾼다(굶으면 아낄 것 없어 통 비단도 한 끼라).

풀은 잎사귀가 둘일 때부터 좋은 채소인지   草自兩葉 已辨嘉蔬

알아본다(될성부른 나무는 떡잎부터 알아본다).

저 둥근 떡처럼 안도 밖도 없다   譬彼團餅 罔內罔外

(도래떡이 안팎이 없다).

소나무를 심어 더위를 피하려 해도 좋은 그늘이   裁松避暑 美陰難待

생기기를 기다리기 어렵다(솔 심어 정자라).

두 손에 떡을 들었다면 무엇을 먹고 무엇을   雙手持餅 孰啖孰舍

버리겠는가(두 손의 떡).

뱁새 걸음으로 황새를 따라가면 그 다리가   鷦步逐鸛 厥脚載裂

찢어진다(뱁새가 황새를 따라가면 다리가 찢어진다).

산 아래 집에는 절구만 있고 공이가 없다   維山之下 維臼闕杵

(산 밑 집에 방앗공이 논다).

비둘기 새끼가 나는 연습을 해서 날아도 고개를   鳩子學習 飛不過岑

넘지 못한다(햇비둘기 재 넘을까).

귀 뒤에 아이를 업었어도 말은 반드시 자세히   耳後負兒 言必諦聽

들어라(어린아이 말도 귀담아들어라).

혀 아래에 도끼가 숨어 있다가 나와서 기회를   舌底藏斧 劈出犯機

덮친다(혀 아래 도끼 들었다).

말이 갈 때 소도 함께 간다   馬行去時 牛亦與俱

(말 갈 데 소 간다).

달리는 노루를 바랄지언정 어찌 버려진 토끼를   與覬走獐 寧取遺兎

잡겠는가(노루 잡는 사람에 토끼가 보이나).

저 물 긷는 표주박을 보면 끝내 우물에서 깨진다 　睇彼汲瓢. 終破于井

(새던 바가지 끝내 우물에서 깨진다).

바늘 훔치는 것을 경계하지 않으면 소를 훔칠 　不戒竊鍼 盜牛心生

마음이 생긴다(바늘 도둑이 소도둑 된다).

삼 년 동안 병간호를 하면 불효자라는 이름을 　三歲侍疾 得不孝名

얻는다(긴 병에 효자 없다).

만나서 기뻐하며 급히 사랑하거든 영원한 　見歡愛急 須防永離

이별을 막아야 한다(갑작 사랑. 영 이별).

머리를 삶았는데 귀가 함께 익지 않는 경우가 　疇有烹頭 耳不同熟

어찌 있겠는가(머리를 삶으면 귀까지 익는다).

높은 절벽에서 아래로 내려가는 것처럼 시작한 　懸岸赴下 起舞難停

춤은 멈추기 어렵다(이미 벌린 춤).

열 손가락이 일해도 한 입에 풀칠 못한다. 　十指力作 難糊一口

아홉 길 연못은 헤아릴 수 있어도 사람의 마음은 　九淵可測 人心難量

헤아리기 어렵다(열 길 물속은 알아도 한 길 사람의 속은 모른다).

까마귀가 나무를 떠나자마자 배가 떨어진다 　烏纔離樹 梨隕其實

(까마귀 날자 배 떨어진다).

남을 비방하는 것이 자기를 비방하는 것인 줄 　孰知毁人 便是毁己

누가 알았으랴(남 잡이가 제 잡이).

말이 달콤한 집은 장맛이 반드시 쓰다 　言甘之室 豉醬必苦

(말 단 집 장맛이 쓰다).

좋은 일은 친구와 함께 하고 흉한 일은 친척과 　善事有朋 凶維親屬

함께 한다(좋은 일에는 남이요 궂은일에는 일가다).

잿더미는 견고하지 않으니 말뚝을 박아도 쉽게 　灰堆不堅 椓杙易陷
무너진다(무른 땅에 말뚝 박고 재고리에 말뚝 치기).

마치 마른나무를 짜서 물방울 나오게 하는 것 　如絞乾橛 俾出水滴
같다(마른나무에 물 내기라).

겉모습으로 사람을 미루어 짐작하면 숨겨진 　推人外行 內行便見
행실이 보인다(겉 보기가 속 보기).

눈 먼 자식이 효도하지 않을 줄 누가 알겠는가 　孰知盲子 而不終孝
(병신 자식이 효도한다).

독한 매 아래에는 장군의 용맹이 없다 　毒杖之下 無將軍勇
(매 위에 장사 있나).

다리 아래의 어리석은 백성은 원님을 꾸짖기도 　橋下愚氓 或詈官倅
한다(다리 아래서 원을 꾸짖는다).

하루에 하는 말이 세 번 천기(天機)를 저촉한다 　一日之言 三觸死機
(성인도 하루에 죽을 말을 세 번 한다).

도둑을 막는 형세가 고단하면 도둑이 도리어 　防偸勢單 盜反擧棒
몽둥이를 든다(도둑이 매를 든다).

둥지의 새가 자주 옮기면 멈추는 곳에 반드시 　巢鳥數遷 止必毛零
깃털이 떨어진다(새도 앉은 데마다 깃이 든다).

좋은 말 팔려 말고 한 입을 줄여라. 　勿賣高馬 要減一口
(흉년에 한 농토 벌지 말고 한 입 덜라).

내가 기른 개가 발뒤꿈치를 물기도 한다 　余所畜犬 或反噬踵
(내 밥 먹은 개가 발뒤축을 문다).

관아에 일 없으면 온 동네가 편안하다.　　　　　公府無事 村巷方安

발이 동상에 걸리자 뜨거운 오줌으로 녹인다　　　足跗皴瘃 熱尿救凍

(언 발에 오줌 누기).

원수가 있으면 반드시 외나무다리에서 만난다　　有仇必遇 略杓之橋

(원수는 외나무다리에서 만난다).

비구니가 많으면 때마침 솥이 깨진다　　　　　有衆比丘 適破厥釜

(여자가 셋이면 나무 접시가 들논다).

우는 독이 끝내 깨진다.　　　　　　　　　　有鳴者瓮 終破斯已

말이 스스로 언치를 씹으면서 제 등이　　　　　馬自齕韉 罔覺背寒

차가워지는 줄도 모른다(제 언치 뜯는 말이라).

만약 짚신을 삼는다면 짚으로 날을 삼는 것이　　苟業草屩 寧用草經

좋다(짚신도 제날이 좋다).

올 때 마음과 갈 때 마음이 다르다　　　　　　維來時心 與去時別

(똥 누러 갈 적 마음 다르고 올 적 마음 다르다).

유월의 불도 떠나고 나면 오히려 그리워진다　　六月火燼 去却猶戀

(오뉴월 겻불도 쬐다 나면 서운하다).

내 칼을 남에게 주어 칼집에 들어가면 돌려받기　我刀付人 入鞘難還

어렵다(내 칼도 남의 칼집에 들면 찾기 어렵다).

고기 한 마리가 가로질러 가면 냇물이 온통　　一箇魚橫 全川爲渾

흐려진다(미꾸라지 한 마리가 온 웅덩이를 흐려놓는다).

지렁이를 모함하지 마라. 밟으면 이 역시　　　莫誣蚯引 踐亦蠢動

꿈틀한다(지렁이도 밟으면 꿈틀한다).

남의 잘못을 논하는 것은 식은 죽을 먹는 것과　論人過尤 類啜冷粥

마찬가지다(남의 말 하기는 식은 죽 먹기).

소의 뒤쪽으로 꼴을 주고 먹기를 기다린다 維牛之後 與蒭待齕

(소 궁둥이에다 꼴을 던진다).

내 소의 뿔이 부러지자 남의 담장이 단단하다고 我牛折角 咎人墻堅

탓한다(네 각담이 아니면 내 쇠뿔 부러지랴).

말을 타고 나면 곧 고삐 잡을 사람을 구한다 旣乘之馬 便求執靮

(말 타면 견마 잡히고 싶다).

관가의 돼지가 복통을 앓은들 누가 걱정하랴 官牢有豕 誰念腹痛

(관가 돼지 배 앓는 격).

골짜기에 범이 없으니 토끼가 우두머리가 된다 維谷無虎 維兔作長

(범 없는 골에 토끼가 스승이라).

봄에 우는 꿩은 스스로 화를 재촉한다 有鳴春雉 自速其禍

(봄 꿩이 제 울음에 죽는다).

겨울 토끼가 산을 달리면 반드시 옛 발자국 밟는다. 寒兔走山 必踐故步

옛날에 부자였다고 자랑하고 죽은 아이 나이를 誇舊基富 數亡兒年

센다(죽은 자식 나이 세기).

못난 개가 으르렁거리며 싸울 때는 울타리를 劣厖狺鬪 負恃籬根

믿는다(겁 많은 개가 제집에서는 짖는다).

소경의 점이 신령해도 눈으로 보는 것만 못하다 盲卜雖靈 不如目覩

(용한 소경 눈 보이는 것만 못하다).

고슴도치가 오이를 지고 가면 장차 오이 덩굴이 如蝟負苽 將見蔓空

텅 빈 것을 보리라(고슴도치 외 따 지듯).

금부처가 엄연히 앉아 있지만 그 속은 金佛儼坐 其中土芥

흙덤불이다(부처를 건드리면 삼검불이 드러난다).

소경이 걸어다니지 못해도 맑은 날을 좋아한다 　　盲不行走 亦喜晴日

(청천백일은 소경이라도 밝게 안다).

범을 만날 줄 미리 알았더라면 누가 산에 가려 　　早知遇虎 孰肯之山

하겠는가(범 무서워하는 놈 산에 못 간다).

급하다고 해서 바늘허리에 실을 매지 마라 　　毋以用急 綿縛鍼腰

(급하면 바늘허리에 실 매어 쓸까).

길가의 우물에 침을 뱉고 다시 와서 후회한다 　　唾路傍井 重到知悔

(침 뱉은 우물 다시 먹는다).

맹인 열 사람이 있는 집을 나서려는데 지팡이가 　　十盲之室 出維一杖

하나뿐이다(열 소경에 한 막대).

무덤 앞을 지나면서 자랑하는 말을 하지 마라 　　過塚墓前 勿哆口談

(입찬말은 묘 앞에 가서 하여라).

고래가 바다에서 싸우면 물고기와 새우가 먼저 　　鯨鯢鬪海 魚蝦遄死

죽는다(고래 싸움에 새우 등 터진다).

비유하자면 소의 귀에 경전을 외는 것과 같다 　　比彼呪經 于此牛耳

(쇠귀에 경 읽기).

참외의 겉을 핥으면 속의 단맛을 어찌 알겠는가 　　瓜從外舐 寧識中甜

(수박 겉 핥기).

항문도 내 몸에 속하니 더러워도 버릴 수 없다 　　肛屬吾體 雖穢莫去

(더럽다고 제 항문을 버리랴).

새벽달을 맞이하려고 황혼부터 앉아 있는다 　　將候曉月 自黃昏坐

(새벽달 보려고 어스름부터 나선다).

계 술을 남에게 주면서 자기가 은혜 베풀듯   社酒與人 掠爲己惠
한다(곗술에 낯내기).

부엌 시렁 아래에서 숟가락을 주우면 자랑하지   廚庋之下 拾匙休誇
마라(살강 밑에서 숟가락을 얻었다).

생선이 검고 품질이 나빠도 그 맛은 좋다   魚黑品賤 其味亦嘉

(검은 고기 맛 좋다 한다).

함부로 겁 없다고 하다가 화살 날아오는 줄도   妄謂無㤼 遺矢不覺
모른다.

중 머리에 나무빗이 있으나 없으나 무슨   僧頭木梳 有無何關

상관이랴(중의 빗).

썩은 물고기 부지런히 배를 씻듯이.   如治敗魚 草草決腹

늙으면 성품이 변하여 도리어 어린아이와   衰老性變 反類童兒

같아진다(늙으면 아이 된다).

나는 새가 오래 앉으면 반드시 화살을 맞는다   飛鳥坐久 必帶矰弋

(오래 앉으면 새도 살을 맞는다).

가난한 집을 구제하는 것은 나라도 하기 어렵다   貧室救助 國亦難能

(가난 구제는 나라도 못한다).

아이가 내 눈에서 나와 남의 눈으로 들어간다   兒出己眼 方入人眼

(눈에 넣어도 안 아프다).

머리를 잡으려 하였는데 꼬리를 잡았다   擬必捉頭 方捉厥尾

(대가리를 잡다가 꽁지를 잡았다).

종로에서 뺨을 맞고 서쪽 나루에서 눈을 흘긴다   頰批鍾街 眼睍西渡

(종로에서 뺨 맞고 한강에서 눈 흘긴다).

요리사의 솜씨가 서투르면서 도리어 도마를 탓한다(떡 잘 안되면 안반 탓한다).　膳夫手生 反咎俎案

털이 검은 개를 목욕시킨다고 희어지지 않는다 (검둥개 미역 감긴다고 희어지지 않는다).　有狗毛驪 浴不加白

꾸러미에 속지 마라. 맛있는 장이 담겨 있을 수 있다(뚝배기보다 장맛이 좋다).　莫誣苴苞 或貯甘醬

맹인이 색깔을 구별하지 못하면서 단청을 감상한다(소경 단청 구경).　盲不別色 把玩丹靑

고기는 잘게 씹어야 좋은 맛을 느낄 수 있다 (고기는 씹어야 맛을 안다).　肉必細嚼 方覺美味

가벼운 한 장의 종이도 두 사람의 힘이면 들기 쉽다(백지장도 맞들면 낫다).　一紙之輕 兩力易擧

두 마누라 있는 사내가 오히려 온전한 옷 없다 (두 마누라 거느린 놈 온전한 바지 없다).　兩妻之夫 猶無完縫

사람을 살린 부처가 어느 동네인들 없겠는가 (활인불이 골마다 난다).　活人之佛 何洞不有

고기는 반드시 고기를 먹고 쇠가 간혹 쇠를 녹슬게 한다(살이 살을 먹고 쇠가 쇠를 먹는다).　肉必啖肉 鐵或蝕鐵

공들여 쌓은 탑은 끝내 무너지지 않는다 (공든 탑이 무너지랴).　積功成塔 終亦不崩

하늘의 담장이 무너지더라도 소가 나올 구멍이 있다(하늘이 무너져도 솟아날 구멍이 있다).　天墻頹壓 牛出有穴

양이 절벽을 가듯 꿋꿋이 버티고 지나간다　羊蹄石壁 耐住撑過

(석벽에 양 지나가듯).

도랑을 탓하지 마라. 네가 눈이 멀었기 때문이다 　川渠非咎 維汝盲故

(소경 개천 나무란다).

열두 가지 기술을 배웠으나 저녁에 먹을 것이 　技學十二 夕闕其食

없다(열두 가지 재주에 저녁거리가 없다).

까마귀가 열두 번 울면 소리가 날 때마다 밉다 　烏十二鳴 聲聲輒憎

(까마귀 열두 소리에 하나도 좋지 않다).

남은 방상시를 썼다고 놀려도 내게 있으면 　人嗤蒙魌 在己爲施

자랑한다.

밤새도록 달려가도 문에 들어가지 못한다 　達夜行走 未及入門

(밤새도록 가도 문 못 들기).

남을 따라서 밤에 곡하다가 결국 누가 죽었는지 　隨人夜哭 卒問誰喪

묻는다(밤새도록 울다가 누가 죽었느냐고 한다).

사흘 동안 먹지 않고서 도둑질 하려는 마음이 　三日不食 鮮無盜心

없는 이가 드물다(사흘 굶어 도둑질 아니할 놈 없다).

아이가 울지 않으면 젖을 먹이지 않는다 　兒若不啼 亦不哺乳

(우는 아이 젖 준다).

아이 적의 마음은 여든이 되어도 남아 있다 　維兒時心 八十猶存

(세 살 적 버릇 여든까지 간다).

소를 타고 진창을 갈 때는 흔드는 꼬리가 　雨淖跨牛 掉尾妨人

방해 된다(비 오는 날 소꼬리 같다).

친구 줄 건 없어도 도둑 줄 건 넉넉하다. 　饋友乏物 盜竊反裕

사람은 지렁이가 아닌데 어찌 흙을 먹으랴. 　人非蚯引 詎食橋壤

사나운 개가 밉지만 콧등에 항상 상처가 있다　狗悍可憎 鼻端恒瘡

(사나운 개 콧등 아물 틈이 없다).

아들은 바지 입을 적에 가르치고 며느리는　誨子通袴 誨婦丹裳

다홍치마 입었을 때 가르쳐야 한다(색시 그루는 다홍치마 적에 앉혀야 한다).

원님 잘못에 기록하는 관원이 벌 받는다.　邑宰有罪 記官被刑

나비가 꽃을 본 듯하고 물새가 물을 본 듯하다.　如蝶見花 若鳧見水

(물 본 기러기 꽃 본 나비).

밝은 점장이가 앞날을 알면서 자기가 죽을　明卜知來 自昧死日

날은 모른다(소경이 저 죽을 날 모른다).

무당에게 병이 있어도 스스로 기도할 수 없다　巫家有疾 不能自禱

(무당이 제 굿 못한다).

소경이 경을 읽는 것처럼 입은 매끄러우나 마음은　瞽師誦經 口滑心昧

어둡다(소경 경 읽듯).

싸우는 데 정신 팔려 왜선에 뛰어든다.　志銳私鬪 超入倭船

가마솥 밑이나 노구솥 밑이나 검게 그을리기는　釜底鐺底 煤黑何別

다름이 없다(가마솥 밑이 노구솥을 밑 검다 한다).

물 마실 때도 조심해야 하니, 아이가 반드시 보고　飲啜亦愼 兒必視傚

본받는다(아이 보는 데는 찬물도 못 먹는다).

햇볕 가리려고 숟가락 꽂고 다닌다　惟蔽陽上 行挿一匙

(숟가락으로 해 가리기).

말 보는 눈과 소 보는 눈은 다르다.　有眼相馬 與相牛別

사람의 아이는 반드시 서울로 가야 하고 가축의 새끼는　人兒必京 畜雛宜鄕

시골에 있어야 한다(사람의 새끼는 서울로 보내고 마소 새끼는 시골로 보내라).

달팽이도 쉴 때 껍질이 있는데 사람이 어찌 집이 없겠는가(달팽이도 집이 있다). 蝸休有殼 人豈無室

어린아이를 속이고 떡을 빼앗는다 (어린아이 가진 떡도 뺏어 먹겠다). 欺誘小兒 偸竊餠餌

한참 자는 범의 꼬리를 잘못 건드린다 (자는 범 코 찌르기). 睡虎方熟 誤觸其尾

메밀떡 놓고 제사지내는데 장구 두 개를 어디에 쓰랴(메밀떡 굿에 쌍장구 치랴.) 蕎餠餠豆 兩缶何用

해진 통발이 어량(漁梁)에 있으면 미꾸라지가 쉽게 빠져나간다 敝筍在梁 鰍滑易脫

열 사람이 물건을 지켜도 한 사람이 훔칠 수 있다(열 사람이 지켜도 한 도둑놈을 못 막는다). 十人守物 一或能偸

새끼를 꼬아 만든 그물로도 범을 잡을 수 있다 (썩은 새끼로 범 잡기). 索綯結網 亦可捕虎

콩으로 장을 담근다고 해도 사람들이 믿지 않기도 한다(콩으로 메주를 쑨다 하여도 곧이듣지 않는다). 謂菽曶醬 人或不信

자기 배가 부르니 종의 굶주림을 살피지 못한다 (내 배 부르니 종의 밥 짓지 말라 한다). 厥腹果然 不察奴飢

양이 죽으러 가는 것처럼 벌벌 떨며 느릿느릿 간다(죽으러 가는 양의 걸음). 如羊就死 觳觫行遲

앉은 솔개를 보고서 매인 줄 잘못 알았다 (솔개를 매로 보았다). 覰彼蹲鴟 錯認爲鷹

긴 창이라도 두 등 찌르기 어렵다. 有捄棘匕 兩背難貼

작은 물고기를 살펴보면 살은 적고 뼈가 많다 相彼細魚 肉淺骨多
(잔고기 가시 세다).

젓갈 시장에 저 승려가 어찌하여 오는가 魚醢市中 彼僧奚至
(절이 망하려니까 새우젓 장수가 들어온다).

거문고를 안고 발을 구르면 칼을 쓴 사람도 춤을 抱瑟足蹈 荷校亦舞
춘다(거문고 인 놈이 춤을 추면 칼 쓴 놈도 춤을 춘다).

세상에 장군이 있으면 용마도 나온다 世有將軍 龍馬亦出
(장수 나자 용마 났다).

거미가 줄을 치면 벌레가 따라서 걸린다 蛛蝥布絲 絲在虫隨
(거미도 줄을 쳐야 벌레를 잡는다).

호랑이가 날고기를 먹는다는 것을 누가 虎吃腥肉 人孰不諳
모르겠는가(호랑이 날고기 먹는 줄은 다 안다).

누워서 떡을 먹으면 콩고물이 눈에 떨어진다 偃臥啖餠 豆屑落眸
(누워서 떡을 먹으면 팥고물이 눈에 들어간다).

세시에는 떡을 찌느라 시루를 남에게 빌려주지 歲時蒸餠 甑不借人
않는다(섣달 그믐날 시루 얻으러 가다니).

개의 꼬리를 오래 보관해도 이리 꼬리가 되지 狗尾藏久 不成狼尾
않는다(개꼬리 삼 년 묵어도 황모 되지 않는다).

등불이 밝더라도 그 아래는 도리어 어둡다 懸燈雖明 其下反暗
(등잔 밑이 어둡다).

중이 도망가면 절을 찾아가지만 백성은 잡기 僧逃覓寺 民體難追
어렸다(중은 급하면 부처 뒤에 숨는다).

일이 잘못되려면 바보가 앞서고 지혜로운 이가 事將誤機 愚先智後

뒤따른다.

며느리가 늙어 시어미가 되면 경계하지 않고 도리어 본받는다(며느리 늙어 시어미 된다).	婦老爲姑 不懲反效
한 어미가 낳은 강아지도 얼룩 있는 것과 갈색인 것이 있다(한 어미 자식도 아롱이다롱이).	一母産狾 有班有褐
종자를 싸서 베개를 만들고 굶어죽더라도 먹지 않는다(농사꾼이 굶어 죽어도 종자는 베고 죽는다).	苞種作枕 殍死不食
서당 하인이 강하는 소리를 들으면 귀로 듣고 기억한다(서당 개 삼 년에 풍월 한다).	黌隷聽講 耳習能記
부엌에 소금이 있더라도 뿌리지 않으면 짜지 않다(부뚜막의 소금도 집어넣어야 짜다).	灶隴有鹽 不絮不鹹
내 딸이 아름다워야 사위를 고를 수 있다 (내 딸이 고와야 사위를 고르지).	維吾女美 方合擇壻
만약 뱃병이 없다면 내 딸에게 무슨 병이 있으랴 (언청이 아니면 일색).	苟無腹症 吾女何病
떡을 던지면 떡을 던지고 돌을 던지면 돌을 던진다(돌로 치면 돌로 치고 떡으로 치면 떡으로 친다).	餠投投餠 石投投石
조금 먹고 가느다란 똥을 눈다 (작게 먹고 가는 똥 누어라).	食些些進 屎細細下
무심히 달려가는데 다리가 난간에 걸린다 (빠르게 걷는데 발 거는 놈 있다).	無心迅走 有脚橫欄
입이 삐뚤어져도 나발은 바르게 분다 (입은 삐뚤어져도 말은 바로 해라).	口維喎斜 吹螺則正

위로 활을 쏘더라도 무슨 상관이랴. 과녁을 　　　仰射何妨 貴在貫革
맞추는 것이 중요하다(공중을 쏘아도 알과녁만 맞춘다).

개가 짖기는 마찬가지이나 무는 놈을 자주 　　　狗吠等耳 屢顧咥者
돌아본다(개도 무는 개를 돌아본다).

호랑이는 물 수 있으나 뿔이 없다 　　　　　　虎旣能咬 而不傳角
(무는 호랑이는 뿔이 없다).

어미 범이 새끼를 남겨두면 그 골짜기를 지킨다 　乳虎留雛 猶護厥谷
(범도 새끼 둔 골을 두남둔다).

멀리 사는 친척은 가까운 이웃만 못하다 　　　　親族遠居 不如近隣
(먼 사촌보다 가까운 이웃이 낫다).

떡이니 떡이니 해도 그 합(盒)이 더욱 아름답다 　餅哉餅哉 厥盒尤嘉
(떡도 떡이려니와 합이 더 좋다).

번갯불이 번쩍이는 것은 천둥이 칠 징조이다 　　電光索索 爲震霆兆
(번개가 잦으면 천둥을 한다).

벙어리가 꿀을 먹으면 달아도 말하지 못한다 　　啞子啖蜜 雖甘莫說
(꿀 먹은 벙어리).

이미 잡은 게를 어찌 물에 놓아주겠는가 　　　　蟹旣玃獲 焉放之水
(구럭의 게도 놓아주겠다).

국법을 늘렸다 줄였다 하니 마치 부드러운 　　　申縮國典 如熟鹿皮
사슴 가죽 같다(숙녹피대전).

사람이 넘어졌는데 또 수염을 뽑는다 　　　　　人旣將顚 又擠其鬚
(엎어진 놈 꼭뒤 차기).

개 한 마리가 두 절을 왔다 갔다 하느라 먹을 　　一狗兩寺 來往失食

것이 없다(주인 많은 나그네 밥 굶는다).

달리는 말의 등에 채찍질을 하면 더욱 빨라진다　　走馬之背 加鞭更快

(달리는 말에 채찍질).

산돼지를 잡으러 갔다가 도리어 울타리의 돼지를　　往獵山豕 柵豚反亡

잃는다(산돼지를 잡으려다가 집돼지까지 잃는다).

남의 것 탐하지 말고 제 것 아껴라.　　勿貪他物 須惜己有

남을 위해 빨래를 하지만 발은 희어진다　　爲人絣澣 足則跟白

(상전의 빨래에 종의 발뒤축이 희다).

굶주린 호랑이가 새벽에 다니면 사람을 가리지　　餒虎曉歸 噬不擇人

않고 문다(새벽 호랑이 중이나 개를 헤아리지 않는다).

바쁘다고 밥을 급히 먹으면 도리어 목이　　緣忙急餐 反致因塞

막힌다(급히 먹는 밥이 목이 멘다).

개가 나는 닭을 쫓다가 부질없이 지붕을　　犬逐鷄飛 空望屋上

바라본다(닭 쫓던 개 지붕 쳐다보듯).

나무가 높아 오르기 어려운데 쳐다본들　　樹竦難緣 盱望何爲

무엇하겠는가(오르지 못할 나무는 쳐다보지도 마라).

사람은 어느 구름이 과연 비를 내릴지 모른다　　人未知耳 何雲果雨

(어느 구름에 비가 올지).

대악(大樂)이 한창인데 진어(籤敔)는 어디 쓰랴.　　大樂方張 籤敔奚爲

독룡이 지나간 곳은 가을도 춘궁기 같다　　毒龍去處 秋如窮春

(강철이 간 데는 가을도 봄).

웃으며 한 말이 간혹 실제가 되기도 한다　　嘻笑之言 或成實際

(웃느라 한 말에 초상난다).

이미 산에 갔는데 어찌 범이 있다고 꺼리랴　　　我旣之山 豈憚有虎

(범 무서워 산에 못 가랴).

아이가 실 놀이하듯 사자마자 판다.　　　　　兒戲絲繩 旋賣旋買

마포 소경이 어찌 화를 막으랴　　　　　　　麻浦盲卜 喝禍何妨

(소경이 개천 나무란다).

비단으로 보자기를 만들었는데 도리어 개똥을　　製錦成囊 反盛狗矢

담는다(비단 보자기에 개똥).

내가 하지 않았다고 남을 의심하랴.　　　　　己所不爲 寧可疑人

꿩도 산에 있을 때는 각자 산마루를 지킨다.　　飛雉在山 各守其麓

여러 주먹이 번갈아 오니 눈앞이 아찔하다　　　衆拳還至 眼爲眩閃

(눈앞에 불이 돈다).

망아지 갈기가 늘어질 때는 좌우를 구분하지　　兒駒鬣垂 左右未分

않는다(생마 갈기 외로 길지 바로 길지).

산사에서 나무하는 소리 들리면 중이 듣고　　　山寺聞樵 僧聽必赴

반드시 온다.

분향은 안 할 망정 오줌은 누지 마라　　　　　寧不焚香 但勿通屎

(동냥은 못 줘도 쪽박은 깨지 마라).

일은 시작이 중요하니, 성공의 반이다　　　　事貴作始 成功之半

(시작이 반이다).

어리석은 백성이 도둑질을 배우면 익숙해져　　愚氓學偸 已習難變

바꾸기 어렵다(배운 도둑질 같다).

강아지를 어미를 따라가면 도성을 지나면서　　狗隨母行 歷都路迷

길을 헤맨다(거동에 망아지 따라다니듯).

곤해서 기댄 나무 썩는 줄 모른다. 疲極倚樹 未覺株朽

나그네 주인집 동정해서 부엌을 엿본다. 客憐主貧 偷眼看廚

개 싸움이 잠시 멈추면 사람이 화목하지 않음을 狗鬪俄息 人戒不睦
경계한다(일가 싸움은 개싸움).

손님에게 후의가 있더라도 주인집에 보탬이 되지 客雖厚意 無補主家
않는다(주인 보탤 나그네 없다).

여름 둑 내 것 네 것 없다. 暑月海壩 無我無爾

빚을 빌려주어도 은혜가 못 되니, 끝내 뺨을 債貸非惠 終受批頰
맞는다(빚 주고 뺨 맞기).

양식을 내놓고 끝내 동무에게 숨긴다 費出行粮 終諱火伴
(동무 몰래 양식 내기).

망아지가 물어뜯은 말뚝에 큰 말이 와 묶인다 嚙駒之檄 蹄馬來繫

아저씨가 높다고 말하지 말고, 나이가 많으면 毋曰叔尊 算長寧負
차라리 져라(나 많은 아저씨가 져라).

고욤이 달다고 해도 끝내는 감만 못하다는 那知栟甛 終不及柿
것을 어찌 알랴(고욤 일흔이 감 하나만 못하다).

새가 두리번거리면 둥지에 알이 있다 如鳥顧戀 有卵在巢
(알을 두고 온 새의 마음).

달리는 노루 뒤에 또한 뛰어넘는 놈 있다 走獐之背 亦有能跨
(달리는 놈 위에 뛰어넘는 놈 있다).

이미 넘어져 그릇에 흠이 났는데 또 넘어져 旣覆器缺 又顚以破
깨졌다(엎친 데 덮친 격).

닭이 모여 있으면 각자 흙을 판다 鷄族同聚 各自撥土

(닭도 제 앞 모이 긁어 먹는다).

동네에서 노래를 배우면 으레 명창이 없다 　　　洞中學歌 例無名唱

(제 골 명창 없다).

바둑판 밖에서 바둑을 보면 누군들 국수가 　　　局外睨碁 誰非國手

아니냐(훈수치고 국수 아닌 사람 없다).

가뭄에는 남는 것이 있어도 장마에는 남는 　　　旱猶有遺 澇無餘苗

싹이 없다(가물 끝은 있어도 장마 끝은 없다).

외다리 도깨비도 낮에는 숲을 잃어버린다 　　　獨脚之魅 在晝失林

(도깨비도 숲이 있어야 모인다).

어미가 손이 커서 자주 내리는 봄비 같다 　　　家母手滑 譬春雨頻

(봄비가 잦으면 마을 집 지어미 손이 큰다).

네가 거짓말을 했는데 입은 네 몸이 아니냐 　　　爾言爾幻 脣非爾肉

(거짓말한 입은 네 입이 아니더냐).

개가 병들어 항문이 막혔는데 쌀겨를 더욱 　　　狗病肛閉 舐糠益貪

탐한다(목 멘 개 겨 탐하듯).

밤에는 범 이야기를 하지 마라. 범 이야기를 　　　夜勿談虎 談虎虎至

하면 범이 온다(호랑이도 제 말 하면 온다).

황새가 조알을 쪼면 삼킨들 무슨 보탬이 되랴 　　　鸛啄粟粒 縱吞何補

(황새 조알 까먹은 것 같다).

기름 짜고 찌꺼기를 버리면 강아지를 부를 것도 　　　醡油棄滓 猤不待狄

없다(비린내 맡은 강아지 매 맞아 허리가 부러져도 뜨물통 앞에 가서 죽는다).

옷 솔기에 이가 있으면 죽더라도 반드시 배불리 　　　衣縫有虱 縱死必飽

먹는다(벼룩 죽을 때까지 피를 빤다).

지름길을 찾으면 반드시 돌아간다   欲索捷路 其行必迂

(질러가는 길이 돌아가는 길이다).

고깃국 말만 들어도 배부르다.   言若羹臛 人必腹脹

밥이 많아야 국 말아 먹든 물 말아 먹든.   飯有許多 方饡方飧

게 잡아 꼬치 꿰었는데 꼬치까지 함께   獵蟹盛串 與串俱亡

잃어버렸다(게도 구럭도 다 잃었다).

엄지발가락이 상처를 입으면 발톱이 저절로   足拇蹙傷 厥甲自退

빠진다.

게으른 선비가 책을 대하면 자꾸 책장을   懶士對卷 閱紙頻過

넘겨본다(게으른 선비 책장 넘기기).

집에 불이 나면 부채질하는 사람을 미워한다   宅被人燒 惡浮燒者

(불난 데 풀무질한다).

주인은 귀하고 종은 천해도 한솥밥 먹는다.   主尊奴卑 炊猶共鼎

(종과 상전은 한솥밥이나 먹지).

눈이 이미 짓물렀는데 파리가 없다고 걱정하지   眼既爛弦 不患無蠅

않는다(진눈 가지면 파리 못 사귈까).

열 사람이 모임을 만들면 아홉 사람이 상좌를   十人結社 九居上座

차지한다(열 계원에 아홉 좌상).

재상집 종 죽으면 개도 안 먹는다.   相門豪奴 死不狗泗

마치 기름을 물에 부으면 수면에 떠 있는 것과   如油投水 浮在水面

같다(찬물에 기름 돌 듯).

물건도 삼 년을 두면 쓸 데가 있다.   蓄物三年 必歸有用

둑에 밭을 만들면 자손이 사기를 당한다.   壩海起田 子孫受欺

둥근 박을 짊어진 것처럼 묶은 끈이 쉽게 빠진다.　如負圓瓜 繩搭易脫

가면을 쓰기도 전에 먼저 웃는다.　維爾假面 未着先笑

애당초 사이가 좋지 않았는데 어찌 절교를　始不相善 絕交何論
논하겠는가 (사귀어야 절교하지).

사돈 아우가 부를 노래를 사돈 형이 먼저　婚弟有謳 姻兄先唱
부른다 (나 부를 노래를 사돈집에서 부른다).

눈먼 개가 쌀을 탐하다가 동이 물을 다 마신다　瞎尨貪粒 呑竭盆水
(쌀 먹은 개 욱대기듯).

대답하는 말은 같아도 '예' 하는 것과 '아' 하는　應辭雖均 唯與阿殊
것은 다르다 (아 해 다르고 어 해 다르다).

사람들이 존경하고 경외하지 않아도 내 위주이다.　人不尊畏 在卬爲主

부잣집이 망하면 좋은 말이 마른다.　巨室破落 高馬疲病

창부는 자취가 탄로나면 부끄러움 없이 마음껏　娼婦迹露 縱淫無羞
음란한 짓을 한다 (서방질하다 들킨 아낙네 부끄러운 줄 모른다).

한번 상추밭을 더럽히면 매번 그 개를 의심한다　一穢萵畦 每疑厥狗
(상추 밭에 똥 싼 개는 저 개 저 개 한다).

두 암소가 한 외양간에 있으면 새끼를 낳을　兩牸同囷 子育無由
길이 없다 (한 외양간에 암소가 두 마리).

장모는 사위를 예뻐하고 며느리를 예뻐하는　外姑憐婿 憐婦唯舅
사람은 시아버지이다 (사위 사랑은 장모, 며느리 사랑은 시아버지).

녹색과 풀색은 같은 색이 아닌 것이 없다　絲叚草綠 罔不同色
(초록은 동색).

내가 늙었다는 것은 깨닫지 못하고 남이 늙었다는　吾老不覺 覺人之老

것만 깨닫는다(자기 늙은 것은 몰라도 남 자라는 것은 안다).

아침 안개가 사방에 자욱한데 소를 잃고　　　朝霧四塞 失牛彷徨

방황한다(안개 낀 날 소 찾듯).

자기가 불 지르고 남에게 구해달라 한다.　　　家自失火 呼人來救

내 친구를 따라서 강남에 가기도 한다　　　卬隨我友 或之江南

(친구 따라 강남 간다).

친구의 힘에 힘입어 공신 반열 차지한다　　　賴朋友力 冒居勳班

(친구 덕에 벼슬한다).

굶주린 아이가 젖을 찾으면 젖이 말라도 계속　　　飢兒索乳 汴竭猶吮

빤다(어린애 젖 조르듯).

내 일이 바빠서 바깥에서 방아를 찧는다　　　緣余事忙 露碓亦舂

(내 일 바빠 한 데 방아).

장님이 들어가는 문을 찾다가 우연히 곧장　　　盲訪入門 偶然直入

들어간다(장님이 문 바로 들어갔다).

운두병(雲頭餅, 수제비)에 젓가락 꽂고 먹기를　　　雲頭餅上 揷筯待吃

기다린다(떡 줄 사람 생각도 않는데 김칫국부터 마신다).

저이는 자식도 없는데 부질없이 재산 불리기　　　咍彼無子 浪事營産

일삼는다(자식 없는데 재산 불리기).

방이 붙을 때마다 외손만 집안에 가득.　　　每榜發解 外孫滿堂

한 잔 술 때문에 어찌 눈물을 흘리기까지 하는가　　　爲一勺盞 奚至出涕

(한 잔 술에 눈물 난다).

죽은 중은 할 수 있는 것이 없으니 매질을　　　死僧無能 任習笞杖

연습한다(죽은 중 매질하기).

외손을 사랑하는 것은 말뚝을 사랑하는 것과   外孫之愛 愛橛相似
비슷하다(외손자를 귀애하느니 방앗공이를 귀애하지).

우환이 닥쳐서야 도망가서 쥐구멍을 찾아들어   患至方竄 求入鼠穴
간다(쥐구멍을 찾다).

사람은 도끼만 못하다. 도끼는 날을 달면   人不及斧 添刃恒壽
장수한다(도끼는 날을 달아 써도 사람은 죽으면 그만).

귀가 먼저 나고 뿔이 나중에 나는데, 나중에   耳先角後 後出者高
난 것이 높다(나중 난 뿔이 우뚝하다).

내가 한 마디 하면 남이 열 마디 한다.   余亦有續 或者累十

그림 속의 떡이 아름다운들 누가 먹으랴   畵中有餠 雖美誰啖
(그림의 떡).

낫으로 눈을 가리면 나만 보이지 않을 뿐이다   以鎌遮眼 只蔽我視
(낫으로 눈을 가린다).

귀를 막고 방울을 훔치면서 남이 못 들을 것이라   掩耳偸鈴 謂人莫聞
여긴다(귀 막고 방울 도둑질한다).

나루를 건너고 나니 배가 온다   旣越其津 乃方來船
(나루 건너 배 타기).

먼저 행랑을 빌리면 점차 안방을 빌리게 된다   先假外廊 漸借內堂
(행낭 빌리면 안방까지 든다).

도깨비가 세금을 계산하면 빈말뿐 이루어지는   魍魎量稅 空言無成
것이 없다(도깨비 땅 마련하듯).

부엉이가 숫자를 세면 짝이 있는 줄만 안다   鵂鶹計數 徒知其雙
(부엉이 셈 치기).

잠자리가 물에 앉으면 오래 버티지 못한다　　　　蜻蜓點水 不能耐久

(잠자리 부접대듯 한다).

장 없는 집에서 도리어 국을 좋아한다　　　　　無醬之家 反嗜其羹

(장 없는 놈이 국 즐긴다).

생고기를 안고 범 앞으로 간다　　　　　　　　乃包腥肉 于虎之前

(호랑이더러 날고기 봐달란다).

부드러운 땅에 말뚝을 박으면 구멍에 쉽게　　　軟地揷杙 其入孔易

들어간다(무른 땅에 말뚝박기).

말을 잃은 뒤에야 마굿간을 고친다　　　　　　旣失之馬 乃治其廏

(소 잃고 외양간 고친다).

그 재주를 배우자마자 내 눈이 도리어　　　　　纔學其技 我眼反昏

어두워진다(재주를 다 배우고 나니 눈이 어둡다).

활과 과녁이 서로 맞으면 잘 쏠 수 있다　　　　弓的相適 可以善射

(활과 과녁이 서로 맞는다).

풍년을 만나면 구걸하는 아이는 더욱 슬프다　　時値年豊 乞兒尤悲

(풍년 거지 더 섧다).

저 고양이의 목에 누가 방울을 달 것인가　　　彼猫之項 孰懸其鈴

(고양이 목에 방울 달기).

새우를 미끼로 잉어를 낚고 작은 것으로 큰 것을　餌蝦釣鯉 以小易大

바꾼다(새우로 잉어를 낚는다).

개미가 둑을 만드는 것처럼 점차 쌓아서 완성한다 如蟻輸垤 積漸以成

(개미 금탑 모으듯).

관아에서 원님을 칭찬하면 누가 그 말을　　　　衙中譽倅 孰信其言

믿겠는가(동헌에서 원님 칭찬한다).

떡 도둑은 잡지 못하고 증인만 선다. 偸餠不察 只作看證

꽃밭에 불을 지른다 維花之田 言放其火

(꽃밭에 불 지른다).

광대의 끈이 떨어지면 진짜 얼굴이 전부 傀儡絶纓 眞面盡露

드러난다(광대 끈 떨어졌다).

손에 익은 도끼가 갑자기 자기 발을 찍는다 手習之斧 遽斫其足

(도끼로 제 발등 찍는다).

망치가 가벼우면 못이 솟는다 維椎之輕 釘則聳矣

(망치가 가벼우면 못이 솟는다).

고삐가 길면 말이 반드시 밟는다 轡之長矣 馬必踐焉

(꼬리가 길면 밟힌다).

철질려(鐵蒺藜)는 던지는 대로 선다 惟鐵蒺藜 隨投而立

(모로 던져 마름쇠).

백 척 높이의 장대 끝에서 3년을 견딘다 百尺竿頭 耐過三年

(대 끝에서도 삼 년이라).

노래 한 곡이 아름답더라도 어찌 밤새도록 一歌雖美 豈達永夜

할 수 있겠는가(한 노래로 긴 밤 새울까).

제사를 이미 마쳤으니 장구를 어디에 쓰겠는가 神祀已過 鳴缶焉用

(굿 뒤에 날장구).

거북이 등 위에서 털을 긁게 한다 龜背之上 俾刮其毛

(거북이 등의 털을 긁는다).

미운 파리를 때리려다가 도리어 고운 파리를 憎蠅之打 反傷美蠅

다치게 한다(미운 파리 치려다 고운 파리 상한다).

도마 위의 고기가 어찌 칼을 두려워하겠는가 俎上之肉 豈可畏刀

(도마 위의 고기가 칼을 무서워하랴).

고려의 공사는 사흘을 넘기지 못한다 高麗公事 不過三日

(고려공사삼일).

저 중은 비록 밉지만 가사가 어찌 밉겠는가 彼僧雖憎 袈裟何憎

(중이 미우면 가사도 밉다).

잔을 잡은 팔은 밖으로 굽어지지 않는다 把盃之臂 不屈于外

(잔 잡은 팔이 안으로 굽는다).

열 골짜기의 물이 한 골짜기로 모인다 十洞之水 會于一洞

(열 골 물이 한 골로 모인다).

옛 원수를 갚고자 하니 새 원수가 다시 나왔다 欲報舊讐 新讐更出

(오랜 원수를 갚으려다가 새 원수가 생겼다).

가는 말이 아름다워야 오는 말이 착하다 去語固美 來語方善

(가는 말이 고와야 오는 말이 곱다).

타관 양반이 누가 허좌수인가 하네 他官兩班 誰許座首

(타관 양반이 누가 허좌수인 줄 아나).

밭을 팔고 논을 산 이유는 쌀밥을 먹고자 賣田買畓 欲喫稻飯

해서이다(밭 팔아 논 살 때는 이밥 먹자는 뜻).

살아 있는 개의 새끼가 죽은 정승보다 낫다 活狗之子 勝於死相

(죽은 정승이 산 개만 못하다).

나중에 볼 나무는 그 뿌리를 높이 자른다 後見之木 高斫其根

(뒤에 볼 나무는 뿌리를 높이 잘라라).

자기 손으로 자기 뺨을 스스로 친다　　　　　　以己之手 自批其頰

(제 손으로 제 뺨을 친다).

이미 구운 게의 다리를 또 뗀다　　　　　　　　旣炙之蟹 又去其脚

(구운 게도 다리를 떼고 먹는다).

돌담의 배가 부르면 곧 무너진다　　　　　　　　石墻飽腹 其頹可待

(돌담 배 부른 것).

사발의 죽이 뜨거우면 파리가 맴돌기만 하고　　椀粥方熱 蠅繞不入

들어가지 않는다(더운 죽에 파리 날아들듯).

이미 춤을 벌였으면 멈출 수 없다　　　　　　　旣張之舞 不可止也

(이미 벌린 춤).

개를 호랑이에게 빌려주면 언제 갚겠는가　　　　將犬貸虎 何時可償

(호랑이에게 개 꾸어준 셈).

노루를 피해 달아났더니 도리어 범을 만났다　　避獐而走 乃反遇虎

(노루 피하니 범이 온다).

연기를 마신 고양이는 어지러워 정신을 차리지　　飮煙之猫 昏憒莫省

못한다(연기 마신 고양이).

달리기와 쌀밥은 둘 다 좋다.　　　　　　　　　走與稻飯 俱爲便利

눈 먼 고양이 달걀 굴리듯 한다　　　　　　　　譬彼瞎猫 弄一鷄子

(눈 먼 고양이 달걀 어르듯).

개가 물어뜯은 꿩을 장차 어디에 쓰랴.　　　　　狗咬之雉 將焉用哉

말이 늙었으나 어찌 콩을 사양하겠는가　　　　　馬雖老矣 寧辭其豆

(늙은 말이 콩 마다할까).

얻은 도끼는 잃은 도끼와 마찬가지다　　　　　　所得之斧 與失斧同

(얻은 도끼나 잃은 도끼나).

길가 우물을 어찌 나만 마시겠나.　　　　　路傍之井 我豈獨飮

죽는 게 슬픈 게 아니라 늙는 게 슬프다.　　非死之悲 老可悲也

대장장이 집에도 식칼이 없다　　　　　　　治匠之家 亦無膳刀

(대장장이 집에 식칼이 논다).

저 마구간의 말도 조아리고 말발굽 쳐서 먹을　　譬彼櫪馬 頓蹄求食

것을 구한다(굽 쳐 먹는 말이라).

주인 집에 장이 없으니 손님도 국을 사양한다　　主家乏醬 客亦辭羹

(주인 장 없자 손 국 싫다 한다).

갓 태어난 강아지는 범을 두려워할 줄 모른다　　新生狗雛 不知畏虎

(하룻강아지 범 무서운 줄 모른다).

굶어 죽기는 어렵기가 정승 되기보다 어렵다　　餓死之難 難於作相

(굶어 죽기는 정승 하기보다 어렵다).

나무칼로 귀를 베어도 깨닫지 못한다　　　　　木刀割耳 亦不之覺

(나무칼로 귀를 베어도 모르겠다).

노인 누운 것 보리 누운 것 같다.　　　　　　老人之臥 恰似麥臥

빚을 주지 않더라도 원수가 되지는 말라.　　　雖不給債 亦無讐怨

기와 한 장을 아끼려다가 큰 대들보가 썩는다　　惜一瓦片 巨樑乃腐

(기와 한 장 아끼려다 대들보 썩힌다).

수염이 석 자라도 먹어야 양반이다　　　　　髥雖三尺 食乃令公

(수염이 대 자라도 먹어야 양반이다).

쥐가 풀 단지 가까이서 들락날락한다　　　　　鼠近糊盆 乍入乍出

(생쥐 풀방구리 드나들 듯).

진주 열 말도 꿰어야 보배가 된다　　　　　　　眞珠十斗 貫乃成寶

(구슬이 서 말이라도 꿰어야 보배).

다른 사람의 싸움에 칼을 빼어들고 나아간다　　他人之鬪 拔刀而進

(남의 싸움에 칼 빼기).

작은 한 몸으로 어찌 두 개의 지게를 지겠는가　一身之微 豈負兩機

(한 몸에 두 지게 질 수 없다).

소경이 머루를 먹으면 날 것인지 익었는지　　　瞽啖蘡薁 不分生熟

분간하지 못한다(소경 머루 먹듯).

항아리에 들어간 쥐는 도망갈 곳이 없다　　　　入瓮之鼠 無處可走

(독 안에 든 쥐).

비옷에 자줏빛 끈을 맨 것처럼 어울리지 않는다.　雨裝紫繫 不稱其服

감옥을 나와서 들어갔더니 바로 형방의 집이었다　粵獄而投 乃刑房家

(우연히 간 곳이 형방).

먼 나무 어른거려 작은 나무 가린다　　　　　　遠樹之暎 近樹之礙

(큰 나무 밑에 작은 나무 큰지 모른다).

저 아래에 있는 돌을 뽑아서 이 위에 있는 돌을　拔彼下石 撐此上石

지탱한다(아랫돌 빼서 윗돌 괴기).

먼저 꼬리를 흔든 개가 나중에 밥을 먹는다　　先搖尾狗 于後得食

(꼬리 먼저 친 개가 밥은 나중에 먹는다).

사돈집과 뒷간은 멀면 멀수록 더욱 좋다　　　查家廁間 愈遠愈好

(사돈집과 뒷간은 멀수록 좋다).

게가 구멍을 따라가지 구멍이 어찌 게를 따라가랴.　蟹則隨穴 穴豈隨蟹

포구 사람은 젓갈을 마시고 산골 백성은 물을 마신다.　浦人喫醢 峽民吸水

비 오는 날 장독을 누가 열라고 할 수 있나   雨日醬瓮 人誰曰開

(비 오는 날 장독 열기).

양식은 주지 않더라도 내 바가지는 깨지 마라 雖不給粮 毋破我瓢

(동냥은 안 주고 쪽박만 깬다).

거칠게 겨우 만들었으니 유손의 초립과 같다 鬣粗僅成 劉孫草笠

(유손의 초립).

67
이만유와 채팽윤의 호칭

|

수찬 이만유가 한번은 희암 채팽윤에게 편지를 보내면서 자신을 소제 (少弟)라고 썼다. 수찬이 희암보다 다섯 살 적었기 때문이었다. 희암이 보더니 땅에 던지며 말했다.

"지국(持國, 이만유의 자)은 사람 관계를 이해하지 못한다."

어떤 손님이 말했다.

"다섯 살 많은 사람을 노형(老兄)으로 대우하는 것도 지나치게 공손한 것입니다."

희암이 말했다.

"그렇지 않다. 옛적 내가 그의 아버지 문약씨(文若氏)와 어울려 시를 짓고 술을 마셨는데, 그가 어찌 감히 이렇게 할 수 있는가?"

문약은 참판 이옥의 자이다.

68

이진기와 박필성의 나이

지사(知事) 이진기(李震箕)와 금평위(錦平尉) 박필성(朴弼成, 1652~1747)은 친한 사이였다. 만년에 어느 집 잔치 자리에서 만났는데, 당시 금평위는 94세였고, 지사는 93세였다. 지사가 먼저 오랜만에 만난 회포를 풀며 자네(君)라고 하자, 금평위가 좌중을 돌아보며 말했다.

"이 아이가 하는 짓을 보게. 저 사람이 감히 나를 자네라고 부를 수 있는가?"

어떤 손님이 말했다.

"한 살 차이의 벗은 자네라고 하는 것이 관례인데 무엇이 괴이합니까?"

금평위가 말했다.

"우리들의 나이는 보통 사람과 다르다네. 하루 더 사는 것이 보통 사람이 한 해 더 사는 것보다 어려운데, 저 사람이 어찌 감히 나를 평교(平交)로 대하는가?"

좌중에 있던 사람들이 모두 웃었다.

69

효자 범서

청주(淸州)에 범서(範瑞)라는 사람이 있었는데, 성품이 아주 효성스러
웠다. 아버지가 여러 해 동안 병을 앓았는데, 어떤 약도 효과가 없었
다. 범서가 의원에게 물으니 의원이 말했다.

"한 가지 약이 있지만 구하기 어려우니 어찌하겠나."

범서가 굳이 물으니 의원어 말했다.

"살아 있는 사람의 뼈 세 마디를 갈아서 먹으면 신기한 효과가 있
을 것이다."

범서가 집으로 돌아와 즉시 무명지를 잘라서 갈아 올리니 병이 나
았다.

70

우리나라의 소설

우리나라의 소설은 중국에 비해 많지 않다.

　서거정(徐居正)의 『필원잡기(筆苑雜記)』, 『동인시화(東人詩話)』

　이륙(李陸)의 『청파극담(靑坡劇談)』

　김시습(金時習)의 『금오신화(金鰲新話)』

　남효온(南孝溫)의 『추강냉화(秋江冷話)』

　조위(曹偉)의 『매계기문(梅溪記聞)』

　조신(曹伸)의 『소문쇄록(謏聞鎖錄)』

　성현(成俔)의 『용재총화(慵齋叢話)』

　김정국(金正國)의 『사재척언(思齋撫言)』

　신광한(申光漢)의 『기재기이(企齋記異)』

　어숙권(魚叔權)의 『패관잡기(稗官雜記)』

　김안로(金安老)의 『용천담적록(龍泉談寂錄)』

　이자(李耔)의 『음애일록(陰崖日錄)』

　기준(奇遵)의 『덕양일기(德陽日記)』

　유희춘(柳希春)의 『미암일기(眉巖日記)』

　이지함(李之菡)의 『토정만록(土亭漫錄)』

심수경(沈守慶)의『견한잡록(遣閑雜錄)』

서애(西厓) 유성룡(柳成龍)의『운암잡록(雲岩雜錄)』

율곡(栗谷) 이이(李珥)의『석담일기(石潭日記)』

권응인(權應仁)의『송계만록(松溪漫錄)』

이제신(李濟臣)의『후청쇄어(鯸鯖瑣語)』

허봉(許篈)의『해동야언(海東埜言)』

이정형(李廷馨)의『동각잡기(東閣雜記)』,『황토기사(黃兎記事)』

윤근수(尹根壽)의『월정만록(月汀漫錄)』

차천로(車天輅)의『오산설림(五山說林)』

선조(先祖, 이수광)의『지봉유설(芝峯類說)』

신흠(申欽)의『청창연담(晴窓軟談)』

정미수(鄭眉壽)의『한중계치(閑中啓齒)』

송세림(宋世琳)의『어면순(禦眠楯)』

유몽인(柳夢寅)의『어우야담(於于野談)』

허균(許筠)의『학산초담(鶴山樵談)』,『성수시화(惺叟詩話)』,『파인지소록(巴人識小錄)』

임보신(任輔臣)의『포초잡록(圃樵雜錄)』

우성전(禹性傳)의『추연계갑록(秋淵癸甲錄)』

성여학(成汝學)의『쌍천잡담(雙泉雜談)』

이산해(李山海)의『아성잡설(鵝城雜說)』

윤의립(尹毅立)의『야언통재(埜言通載)』

박동량(朴東亮)의『기재잡기(寄齋雜記)』

이기(李墍)의『송와잡기(松窩雜記)』

신익성(申翊聖)의『설학수문(雪壑謏聞)』,『낙전만록(樂全漫錄)』

장유(張維)의『계곡만필(谿谷漫筆)』

이덕형(李德泂)의『죽창한화(竹窓閑話)』

김시양(金時讓)의『하담파적록(荷潭破寂錄)』,『부계기문(涪溪記聞)』,『자해필담(紫海筆談)』

강백년(姜栢年)의『한계만록(閑溪漫錄)』

김득신(金得臣)의『종남총지(終南叢志)』

증조(曾祖) 회헌공(悔軒公)의『회옹만필(悔翁漫筆)』

윤순거(尹舜擧)의『노릉지(魯陵志)』

정재륜(鄭載崙)의『견한록(遣閑錄)』,『공사견문(公私見聞)』

이성령(李星齡)의『춘파일월록(春坡日月錄)』

황시(黃是)의『회산잡기(檜山雜記)』

정태제(鄭泰齊)의『국당배어(菊堂俳語)』

양경우(梁慶遇)의『제호시화(霽湖詩話)』

남용익(南龍翼)의『호곡시화(壺谷詩話)』

임방(任埅)의『수촌만록(水村漫錄)』

임경(任璟)의『현호쇄담(玄湖瑣譚)』

홍만종(洪萬宗)의『순오지(旬五志)』

강해(姜楷)의『속자경편(續自警編)』

강박(姜樸)의『총명쇄록(聰明瑣錄)』

이익(李瀷)의『성호사설(星湖僿說)』

홍중인(洪重寅)의『아주잡록(鵝州雜錄)』

정의신(丁宜愼)의『속복수전서(續福壽全書)』

이상의 책이 있으나 간행된 것은 아주 적다. 오래 지나지 않아 민멸될까 두려워 지금 여기 적어두고 후대의 고찰에 대비한다.

71

홍만조의 정사

예로부터 이조(吏曹)의 경우 참판도 정사(政事)에 관여하지만, 병조
(兵曹)의 경우 참판 이하는 정사에 관여하지 못하였다. 홍만조(洪萬朝,
1645~1725)가 병조참판이 되었을 때 사람들에게 말했다.

"나도 병조의 당상관인데 무관 가운데 한 사람도 찾아오는 자가 없
으니 내가 등용하지 못한다고 여겨서인가?"

그러자 무관들이 듣고서 많이들 찾아뵈었다. 홍만조는 그들 가운
데 재주가 뛰어난 자를 가려 마음속으로 기억해두었다. 도목정사에
참여하여 영장(營將) 자리를 채울 때가 되자 삼망(三望)[1]을 불러주며 낭
관에게 적게 하니, 판서는 그가 친한 사람에게 벼슬을 주려나보다 하
고 마음대로 하게 두었다. 홍만조가 연달아 세 자리에 의망(擬望)할 사
람을 부르자 판서가 성을 내며 말했다.

"이렇게 할 거면 오늘 정사는 참판이 스스로 하시게."

홍만조가 정색하며 말했다.

"조정에서 참판을 정사 자리에 참석하게 하는 것은 수당상(首堂上,

---

1 삼망(三望) : 벼슬아치를 발탁할 때 공정한 인사 행정을 위하여 세 사람의 후보자를 임금에게
추천하던 일.

_{판서)}과 상의해서 사람을 등용하게 하려는 것입니다. 만약 수수방관
할 것이라면 무엇하러 정사에 참여한단 말입니까?"

그러고는 즉시 방안에 들어가 눕더니 이러한 뜻으로 상소를 올리
려고 하였다. 판서가 그만두도록 간청하고 마침내 함께 상의해서 의
망하였다. 홍만조가 의망한 사람이 수십 명이었지만 개인적으로 추천
한 사람은 한 사람도 없었다. 병조참판으로서 사람을 등용한 자는 전
후로 홍만조 한 사람뿐이었다.

72

채팽윤의 시 4

희암 채팽윤이 지평 오상우(吳尙友)를 위해 쓴 만시는 지금까지 인구에 회자되고 있다. 그 시는 다음과 같다.

장독이 피부를 녹이고 수염은 하얗게 변했는데	毒瘴銷肌雪變髭
팔 년 동안 한결같이 색동옷 입고 왕래하였네.	八年來往一斑衣
남쪽 바다가 바로 문턱에 있는 것 같고	南溟直似中門限
서산의 해는 멀리 봉우리를 나누며 지네.	西日遙分岑下暉
풀은 괴로운 마음을 품었는데 봄은 기다리지 않고	草抱苦心春不待
서리는 원망스런 편지를 따라 여름에도 날리네.	霜隨冤牘夏堪飛
가련하다 하늘 저편에서 마을 어귀에 기대 바라보며	可憐天外憑閭望
여전히 외로운 배로 조만간 돌아올 것이라 믿네.	猶信孤帆早晚歸

오상우는 모친상을 치르다가 상을 견디지 못해 세상을 떠났다. 그의 아버지 판서 오시복은 오랫동안 제주에 유배되어 있었는데, 그의 부인이 원통하다고 호소하였으므로 시의 뜻이 이와 같았던 것이다. 내가 전에 듣기로는 모두들 '남쪽 바다는 가까이 문턱을 이루었고〔南

溪近作中門限〕'라고 하였는데 지금 문집을 살펴보니 '근작(近作)' 두 글자
는 틀린 것 같다.

73

김치의 선견지명

감사 김치(金緻, 1577~1625)는 상수학(象數學)에 뛰어났다. 그의 아들 김
득신(金得臣)이 청주(淸州) 선비 아무개와 여러 달 동안 함께 공부하였
는데, 9월에 김득신이 영남 감영으로 부친을 뵈러 가려 하자, 그 사람
이 김득신의 원고 말미에 자기 사주(四柱)를 써놓았다. 김공에게 보여
주려는 것이었다. 김득신이 감영에 도착하자 김치는 김득신이 지은
글을 보다가 그의 사주를 보고 말했다.

"구일제(九日製)¹가 벌써 시행되었구나."

김득신이 그 까닭을 물으니 김치가 말했다.

"이 사람은 9월 안에 이미 한 사람의 과거급제를 차지하였으니, 구
일제가 아니고 무엇이겠는가?"

김득신이 그 사람의 앞날을 물으니, 김치가 말했다.

"애석하구나, 선달(先達)로 일생을 마칠 것이다."

김득신이 물었다.

"어째서입니까?"

김치가 말했다.

---

1 구일제(九日製) : 9월 9일에 보이는 과거. 국제(菊製)라 부르기도 한다.

"장차 망측한 변고를 당할 것이다."

김득신이 서울로 돌아가 들으니, 과연 그가 국제(菊製)에서 장원을 차지하였으나 그의 누이가 음란한 행실로 어사에게 형벌을 받은 까닭에 그 사람은 세상 사람들의 배척을 받아 끝내 벼슬하지 못했다고 하였다.

74

유람을 택한 노수신

소재(蘇齋, 노수신)가 젊었을 적에 친구들과 함께 금강산 유람을 떠났는데, 산에 들어가기도 전에 어떤 사람이 와서 과거를 시행한다는 소식을 전하였다. 다른 사람들은 모두 고삐를 돌려 서울로 향하였으나 공은 말했다.

"우리나라에 과거가 없을 걱정은 없으니, 후일 과거에 응시해도 된다. 그러나 이번 유람은 한번 놓치면 형세상 다시 도모하기 어렵다."

마침내 혼자 금강산으로 들어가 마음껏 구경하고 돌아왔다고 한다.

75

한유후의 절개

병자호란이 일어나자 한유후(韓有後)는 어머니를 모시고 오랑캐를 피해 홍천(洪川)으로 피난하였다. 임금이 남한산성으로 들어가니 날마다 높은 곳에 올라 행재소를 바라보았다. 성 아래에서 화친을 맺었다는 소식을 듣자 북쪽을 향해 사흘 밤낮을 통곡하고는 서울 집으로 돌아가지 않고 마침내 호남의 함라현(咸羅縣)에 은둔하여 집을 짓고 살면서 죽을 때까지 한 번도 서쪽을 향해 앉지 않았다. 선영이 양주(楊州)에 있는데, 성묘하러 갈 때마다 일부러 길을 돌아 한 번도 서울에 들어오지 않았다. 아들들에게 과거에 응시하지 말라고 명하며 말했다.

"나는 하사받은 글에 오랑캐의 연호를 쓴 것을 차마 보지 못하겠다."

공의 뜻과 절개는 홍두곡(洪杜谷, 홍우정(洪宇定))과 아름다움을 나란히 할 만하다. 그러나 홍공의

대명천하에 집 없는 나그네	大明天下無家客
태백산 속에 머리 기른 승려	太白山中有髮僧

라는 구절은 지금까지 사람들이 모두 외워 전하며 대명처사(大明處士)
가 있다 하는데, 공은 후세에 이름이 일컬어지지 않으니 애석하도다.

76

서인의 뜻

이희룡(李喜龍)은 서인(西人)이다. 농담을 잘하여 고묘소(告廟疏)[1]의 일이 벌어지자 친척 한(韓) 아무개에게 말했다.

"서인이라는 뜻을 이제야 알겠습니다. 서녘 서(西)가 아니라 바로 쥐 서(鼠)입니다."

한 아무개가 말했다.

"무슨 말인가?"

"서인이라는 사람들은 태묘에 고한다는 이야기를 들으면 눈이 휘둥그레져서 송구스러워하니, 쥐가 아니고 무엇이겠습니까?"

들은 사람들이 모두 배꼽을 잡았다.

---

1 고묘소(告廟疏) : 효종이 승하하였을 때 송시열을 비롯한 서인들이 효종을 서자(庶子)로 간주하여 자의대비(慈懿大妃)에게 기년복(朞年服)을 입도록 한 죄를 종묘에 고하고 적자(嫡子)를 위한 상복을 입은 것으로 바로잡아야 한다는 내용의 상소이다.

77

허목의 시

미수 허목의 시에 다음과 같은 것이 있다.

아침 해는 동쪽 봉우리에 오르고	朝日上東岑
안개는 창문에서 피어나네.	烟霞生戶牖
산 밖의 일을 알지 못하니	不知山外事
갈필에 먹을 묻혀 과두문자를 쓰노라.[1]	墨葛寫蝌蚪

시원하게 속세를 벗어나고 담박하여 애쓰지 않는 기상을 상상할 수 있다. 당시 과두체를 금지해야 한다고 청하는 이가 있었기 때문에 시의 뜻이 이와 같았다.

---

1 아침……쓰노라 : 『기언(記言)』 산고(散稿) 속집(續集)에 수록된 「산기(山氣)」의 제7수이다.

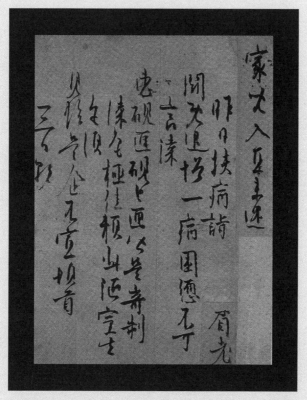

허목의 글씨

한국학중앙연구원 장서각 소장. 벼루와 갑(匣)을 보내준 데 감사를 표하는 편지이다. 허목의 글씨는 과두체(蝌蚪體)로 일컬어진다. 과두체는 본디 선진(先秦) 시대의 고문(古文)으로, 올챙이처럼 머리가 크고 꼬리가 작다고 해서 붙은 이름이다.

78

이서우와 오상렴의 시

연초재(燕超齋) 오상렴(吳尙濂, 1680~1707)이 한번은 송곡 이서우를 찾아뵈었는데, 자못 괴롭게 읊조리는 기색이 있었다. 오상렴이 그 이유를 물으니 이서우가 말했다.

"우연히 '산바람이 불어 안개를 일으킨다[山風吹作嵐]'¹라는 구절 하나를 얻었는데 그 대구를 완성하지 못했다. 그대가 할 수 있겠는가?"

오상렴이 대답하였다.

"'큰 나무가 누워서 다리가 되었다[喬木臥成橋]'²를 대구로 삼으면 어떻습니까?"

이서우가 몹시 기특하게 여겼다.

---

1 산바람이……일으킨다 : '山'과 '風'을 합치면 '嵐'이 되므로 이렇게 말한 것이다.
2 큰……되었다 : '喬'과 '木'을 합치면 '橋'가 되므로 이렇게 말한 것이다.

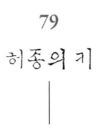

79

허종의 키

세상에서 키가 크다고 하는 자는 8척에 지나지 않는다. 그런데 충정공 (忠貞公) 허종(許琮)은 키가 11척 2촌이나 되었다고 하니 어찌 기이하지 않겠는가. 예전에 명나라 사람이 우리나라 사람에게 말했다.

"너희 나라에는 세 가지 큰 구경거리가 있으니, 허정승의 큰 키, 경 회루의 돌기둥, 은진현의 미륵이다."

80

석양정의 그림 비결

동지(同知) 유덕장(柳德章, 1675~1756)은 호가 수운(峀雲)이다. 대나무를 잘 그리기로 세상에 이름났다. 어느 날 밤 꿈에 석양정(石陽正) 이정(李霆)을 만났는데, 그가 수운에게 말했다.

"자네 그림이 좋지 않은 것은 아니지만 너무 살이 쪄서 문제라네. 만약 바꾸어 수척함을 추구하면 더욱 좋아질 것이네."

수운이 깨어나 기이하게 여겨 그때부터 수척하고 굳세게 그리려고 힘쓰니, 그림의 품격이 마침내 진보하여 나이가 여든이 넘어서도 필력이 쇠하지 않았다. 집집마다 병풍에 두루 그려주니 사람들이 모두 보배로 여겨 보관하였다.

81

불문마(不問馬)

옛날에 어떤 사람이 여관에 들어갔는데, 주인집에 불이 나서 마구간까지 불이 번졌다. 주인이 고삐를 끊고 소를 풀어놓았으나, 손님의 말은 미처 나오지 못하고 타죽었다. 손님은 주인이 소만 꺼내느라 손님의 말을 태워죽였다고 고을 수령에게 고소하고는, 말값을 받아달라고 하였다. 고을 수령이 이렇게 판결하였다.

"하늘이 무너져도 소가 나올(솟아날) 구멍이 있고, 마구간이 불타도 말에 대해서는 묻지 않는 법도가 있다."[1]

당시 사람들이 명언이라고 하였다. 어떤 이에 따르면 고을 수령은 임상덕(林象德)이었다고 한다.

---

1 마구간이……있다 : 『논어』 「향당(鄕黨)」의 "마구간이 불탔는데 공자께서 조정에서 돌아와 말씀하시길, '사람이 다쳤는가' 하고는 말에 대해서는 묻지 않으셨다〔廐焚. 子退朝, 曰: '傷人乎?' 不問馬〕"는 구절을 인용한 것이다.

82

홍이상의 후손

모당(慕堂) 홍공(洪公, 홍이상)은 선조조의 명신(名臣)이다. 문과에 급제하여 대사헌을 지냈다. 지금 조정에서 벼슬하는 사람은 선조조 재상의 후예이다. 과거에 급제한 자손이 많기로는 홍씨보다 더한 집안이 없다.

아들 방(霶)은 대사간, 입(霅)은 감사, 집(霿)은 장령, 영(霙)은 참판을 지냈다. 손자 주일(柱一)은 목사, 주삼(柱三)은 감사, 주국(柱國)은 참의, 주진(柱震)은 헌납을 지냈다. 증손 만수(萬遂)는 교리, 만통(萬通)은 저작, 만우(萬遇)는 사인, 만용(萬容)은 판서, 만형(萬衡)은 교리, 만적(萬迪)은 지평, 만종(萬鍾)은 도승지, 만기(萬紀)는 승지, 만조(萬朝)는 판돈녕을 지냈다. 현손 중정(重鼎)은 지평, 중태(重泰)는 좌랑, 중현(重鉉)은 교리, 중상(重相)은 정자, 중주(重周)는 목사, 중익(重益)은 봉교, 중일(重一)은 참판, 중하(重夏)는 감사, 중우(重禹)는 승지, 중효(重孝)는 판서, 중휴(重休)는 교리, 중징(重徵)은 판서를 지냈다. 5대손 일보(一輔)는 문학, 길보(吉輔)는 좌랑, 응보(應輔)는 헌납, 석보(錫輔)는 참판, 현보(鉉輔)는 판서, 경보(鏡輔)는 승지, 정보(靖輔)는 주서, 경보(景輔)는 참판, 성보(聖輔)는 사간, 수보(秀輔)는 지금 참판이고, 정보(正輔)는 정언

김홍도, 〈모당 홍이상 공 평생도〉

국립중앙박물관 소장. 홍이상 평생의 중요 장면들을 묘사한 그림이다. 홍이상은 문과에 장원 급제하고 대사헌을 역임한 뒤 스스로 관직에서 물러났다. 그의 평탄한 인생은 많은 이들의 부러움을 샀다.

이다. 6대손 양한(亮漢)은 정언, 상한(象漢)은 판서, 봉한(鳳漢)은 판서, 인한(麟漢)·용한(龍漢)은 지금 승지이다. 우한(羽漢)은 교리, 창한(昌漢)은 감사, 양한(良漢)[1]은 참판, 명한(鳴漢)[2]은 교리, 명한(名漢)은 판서를 지냈다. 7대손 낙성(樂性)은 판서, 낙명(樂命)은 참판, 낙인(樂仁)은 참판, 낙신(樂信)은 승지, 낙임(樂任)·낙원(樂遠)·낙술(樂述)·낙순(樂純)은 참판을 지냈다. 낙항(樂恒)은 정언을 지냈다. 8대손 국영(國榮)은 도승지를 지냈다. 8대에 모두 60인이다. 모당공의 복록이 번창했다는 것을 알 수 있다.

---

1 양한(良漢): 양호(良浩)로 개명했다.

2 명한(鳴漢): 명호(明浩)로 개명했다.

83

홍이상의 성균관 개혁

예로부터 성균관의 학생들이 앉을 때에는 나이의 많고 적음에 관계없이 과거에 합격한 순서대로 앉았다. 모당 홍공(洪公, 홍이상)이 상사(上舍)에 올라서 나이순으로 앉자고 강력히 주장하여 마침내 나이순으로 앉게 되었다. 백 년 동안의 폐습이 하루아침에 갑자기 없어지니, 사람들이 모두 찬탄하였다.

84

이광보의 의리

승지 이광보(李匡輔)가 남평(南平) 고을을 다스릴 때에 승지와 같은 성, 같은 자(字)에 이름이 동음(同音)인 사람이 함평(咸平)의 사또가 되었다. 어떤 가난한 선비가 있었는데, 함평 사또와는 죽마고우(竹馬故友)였다. 딸을 시집보낼 밑천을 구하려 하다가 잘못하여 남평으로 갔는데, 들어가서 원님을 만나보니 평소 모르던 사람인지라 물러나 앉아 무안해하였다. 승지가 이상하게 여겨 이유를 물어보니 그 사람이 그 이유를 자세히 말하고 함부로 들어온 잘못을 사과하였다. 승지가 웃으며 말했다.

"남아가 한번 만났으면 친지나 다름없소. 어찌 꼭 어릴 적부터 알고 지내야 친구가 되겠소?"

그 사람이 일어나 함평으로 가려고 하자 승지가 억지로 붙잡고 몹시 후하게 대접하였다. 몰래 혼수를 마련하여 한 가지 물건도 빠뜨리지 않고 그 집으로 실어보내니, 그 사람이 감탄해마지않았다.

85

홍봉한의 꾀

이 아무개는 참판 이선(李選, 1632~1692)의 손자로 홍봉한의 외종형이
다. 옛 물건을 좋아하여 보기만 하면 가격을 묻지 않고 샀다. 어느 집
안에 세상에 드문 중국본 책이 있었는데, 홍봉한이 욕심을 내어 비싼
값에 사고자 하였으나 듣지 않았고, 귀한 보물과 바꾸자고 해도 듣지
않았다. 그러자 홍봉한이 벌레 먹은 낡은 관을 구해서 비단 보자기로
세 번 싸고 붉은 궤에 담아두었다가 이 아무개가 오기를 기다려 감상
하다가 그가 들어오는 것을 보고는 급히 궤에 집어넣고 다락에 숨겼
다. 아무개가 보자고 하였으나 홍봉한은 보여주려 하지 않았다. 강요
한 뒤에야 꺼내주자 아무개가 말했다.

"이것은 무슨 물건이오?"

홍봉한이 말했다.

"이것은 율곡이 쓰던 것인데 내가 어렵게 얻어서 소중하게 보관하
고 있소."

아무개가 말했다.

"만약 나에게 준다면 나는 우리 집안의 보물 중에 그대가 갖고 싶
어하는 것으로 보상하리다."

홍봉한의 초상

국립중앙박물관 소장. 사도세자의 장인으로 영의정을 역임하고 폐서인(廢庶人) 되는 등 숱한 정치적 부침을 겪었다.

홍봉한이 말했다.

"내게 재산이 적지 않은데 형에게 무엇을 바라서 구하기 어려운 옛 물건을 함부로 남에게 주겠소?"

아무개가 하루종일 간청하자 홍봉한이 말했다.

"만약 중국본 책을 내게 넘기면 바꿀 수 있을지도 모르겠소."

아무개가 몹시 기뻐하면서 곧장 집으로 돌아가 그 책을 보내서 관과 바꿨다. 이는 진(秦)나라 선비가 부곽전(負郭田, 성을 등진 비옥한 토지)을 낡은 돗자리와 바꾼 일1과 비슷하다.

---

1 진(秦)나라……바꾼 일 : 골동품을 좋아하는 진나라 선비가 있었는데, 어떤 이가 해진 돗자리 하나를 가져와 공자(孔子)가 앉았던 것이라 속이고 성을 등진 비옥한 토지와 바꾸었다. 『사문유취(事文類聚)』에 보인다.

86

한준겸의 사위들

서평군(西平君) 한준겸(韓浚謙, 1557~1627)은 딸이 넷이었는데, 인조대왕이 네 번째 사위이다. 맏딸은 이유연(李幼淵, 1571~1615), 다음은 여이징(呂爾徵, 1587~1656), 다음은 정백창(鄭百昌, 1588~1635)에게 시집갔다. 한 공이 한번은 장난삼아 네 사위의 자(字)를 지었다. 인조는 총지(寵之)라 하였으니, 총지는 용(龍)이 관(冠)을 쓴 것으로 용처럼 일어날 것을 알았기 때문이다. 이유연은 가지(家之)라 하였으니 돼지처럼 살쪘다고 조롱한 것이다. 여이징은 뇌지(牢之)라 하였으니 소처럼 자질이 둔하다고 조롱한 것이다. 정백창은 밀지(蜜之)라 하였으니 벼룩처럼 성격이 조급하다고 조롱한 것이다. 정백창이 몹시 성이 나서 한준겸에게 말했다.

"장인께서는 유배를 잘 가시니, 자를 찬지(竄之, 쥐가 구멍으로 들어감)라고 해야 마땅합니다."

한준겸은 미소를 지었다.

87

조식과 윤원형

남명(南冥) 조식(曺植, 1501~1572)이 정진(鼎津)에 이르러 아이종을 시켜 배를 부르게 하였다.

"합천(陝川)의 조생원이 이 나루를 건너가려 한다!"

그 배는 윤원형 (尹元衡, 1509~1565)이 사들인 동철(銅鐵)을 그의 노비로 하여금 감독하여 실어오게 한 것이었다. 사공이 배를 돌려 건너주려 하자, 윤원형의 노비가 꾸짖었다.

"네가 어찌 감히 저 사람 때문에 중도에서 지체하느냐? 너는 죽음이 두렵지 않느냐?"

사공이 말했다.

"내가 대감의 위엄 아래 죽는다면 원귀(寃鬼)가 될 뿐이지만 조처사의 명을 듣지 않는다면 반드시 악귀(惡鬼)가 되고 말 것이오."

마침내 배를 멈추고 가서 절하며 타라고 하였다. 배가 중류에 이르자 남명이 물었다.

"싣고 있는 것은 무슨 물건이냐?"

사공이 말했다.

"윤정승 댁에서 사들인 동철입니다."

남명이 갑자기 말했다.

"사대부가 어찌 윤원형의 동철과 같은 배를 타겠는가? 빨리 물에 던져라."

사공이 명을 듣고는 모두 강에 던져버렸다. 남명이 건너고 나자 윤원형의 노비가 사공을 묶어 윤원형에게 가서 그 상황을 낱낱이 말했다. 윤원형이 오랫동안 잠자코 있다가 말했다.

"네가 복이 없구나. 어찌 그곳에서 조생원을 만났단 말이냐?"

그러고는 사공을 풀어주라 명하였다. 남명의 이 일은 기개가 볼 만하긴 하지만 군자의 중용지도(中庸之道)가 아닌 데다 말세에 보신하는 계책도 아니니, 남명이라면 괜찮지만 보통 사람이라면 안 될 듯하다.

88

농부가 된 목조수

좌랑 목조수(睦祖洙)의 자는 경로(景魯)이며 약관의 나이로 진사가 되었다. 집이 가난하여 어버이를 봉양할 수 없었기에 농부가 되기로 결심하였다. 만류하는 사람이 있으면 그때마다 이렇게 말했다.

"그대가 나를 만류하는 까닭은 사람들에게 업신여김을 당하기 때문이겠지. 그런데 지금의 풍속은 천한 일을 하는 사람도 업신여김을 당하지만 가난한 사람도 업신여김을 당한다네. 똑같이 업신여김을 당한다면 차라리 몸소 농사지어 어버이를 봉양하겠네."

농사를 잘 지어 하루에 농사짓는 양이 다른 사람의 이틀치 노동에 해당하였다. 용인의 백성들이 칭송하여, "훌륭하도다, 목진사여!"라고 하였다. 여가에는 산에 올라 나무를 하고, 밤이면 쉬지 않고 책을 읽으니, 마침내 과거에 급제하여 벼슬이 6품에 이르렀다. 나이는 겨우 쉰을 넘겼으니 애석한 일이다.

한문공(韓文公, 한유(韓愈))이 「동생행(董生行)」[1]을 지어, "아침에는 나가서 밭갈고, 밤에는 돌아와 옛사람의 책을 읽느라 하루종일 쉬지 못

---

1 「동생행(董生行)」: 원제는 「차재동생행(嗟哉董生行)」이며, 『창려집(昌黎集)』 권2에 실려 있다. 동생(董生)은 동소남(董召南)이다.

하네. 산에 올라가 나무를 하기도 하고, 물에 가서 고기를 잡기도 하며, 부엌에 들어가 맛난 음식을 차리고, 마루에 올라가 안부를 묻네."
라고 하였으니 목군을 말한 것이리라.

89

황준과 부인 남씨

지사 황준(黃晙)과 부인 남씨(南氏)는 모두 숙종 갑술년(1694)에 태어나서 열여섯 살에 혼인하였다. 무자년(1768) 겨울, 내가 공을 찾아뵙고 말했다.

"공은 내년에 회혼례를 치를 터이니, 축하할 만하지 않습니까?"

공이 웃으며 말했다.

"사람들은 모두 축하하지만 나만은 걱정스럽다네."

"어째서입니까?"

공이 말했다.

"들으니 회혼례를 치른 자는 빨리 죽는다 하니, 걱정스럽지 않겠는가?"

회혼례를 치를 나이가 지나서 기로과(耆老科)에 합격하여 신묘년(1771) 전시(殿試)에 직부(直赴)하였다. 이때 공의 손자 황석범(黃錫範)이 이미 급제하였는데, 영종(英宗)께서 장난삼아 말씀하셨다.

"평소에는 비록 손자로서 할아비를 공경해야 하지만, 지금은 마땅히 선배로서 신래(新來)를 대하여야 한다."

공과 남씨는 올해 여든다섯인데 모두 건강하니 기이한 일이다. 옛적 유강(劉綱) 부부[1]가 동시에 신선이 된 일을 두고 세상에서는 기이한 일로 전하는데, 지금 황공 부부가 모두 아흔을 바라보는 나이로 근력도 쇠하지 않고 걸음도 매우 가벼우니, 지상의 유강 부부라 하겠다.

---

1 유강(劉綱) 부부 : 유강은 한나라 사람으로, 그의 처 번부인(樊夫人)과 함께 신선이 되었다고 한다. 『신선전(神仙傳)』에 보인다.

90
이익년의 시력

지평 이익년은 어렸을 때 집이 용산에 있었다. 하루는 뒷동산에 올라 동작진(銅雀津)을 바라보더니 아버지 좌랑 이탁(李鐸)에게 말했다.

"아무개 숙부가 나루를 건너고 있습니다."

용산에서 동작진까지의 거리는 십 리였다. 좌랑이 꾸짖었다.

"헛소리 마라. 십 리 떨어진 곳에 있는 사람을 네가 어떻게 분간한단 말이냐?"

잠시 후 또 말했다.

"아무개 숙부의 삿갓이 바람에 날려 숙부가 분주히 쫓고 있습니다."

얼마 뒤 그 사람이 도착하였기에 물어보니 과연 그의 말대로였다. 그의 시력이 남다르기가 이와 같았다.

91

이춘제와 이석의 공부법

판서 이춘제(李春躋)와 승지 이석(李奭)은 모두 명경과(明經科)에 급제하였다. 판서는 경전 공부를 할 적에 밤낮없이 중얼거렸는데, 손님이 와도 그저 안부만 묻고는 책 읽기를 멈추지 않으며 말했다.

"급제한 다음에 이야기하겠소. 지금은 한가한 이야기를 하느라 내 공부를 방해할 수 없소."

손님은 어쩔 수 없이 작별하고 가버렸다.

승지는 겨울 밤이면 물동이를 자리 옆에다 두고, 잠이 올 것 같으면 발을 동이에 담궈 잠을 쫓았다. 칠서(七書, 사서삼경)를 전부 한 번 욀 때마다 벽에 줄을 그었는데, 한참 뒤에는 사방의 벽이 모두 검게 되었다. 그들은 이처럼 뜻을 굳게 세우고 부지런히 공부하였다.

92

서명균의 글씨

정승 서명균(徐命均, 1680~1745)의 글씨는 작은 노력을 쌓아 큰 성취를 이룬 결과이다. 젊었을 적에는 『강목(綱目)』을 많이 썼는데, 76권을 소주(小註)까지 모두 베껴 썼다. 비단 부지런히 노력하였을 뿐만 아니라 마음을 집중하였다는 것을 알 수 있다. 여기서 미루어 큰 글자를 익혀 마침내 명필로 이름났다. 세상 사람들은 그가 책을 많이 썼으므로 해서(楷書)가 몹시 단정하다고 말한다.

93

환관과 소경

숙종이 한번은 환관과 소경에게 말했다.

"환관과 소경은 모두 불구인데, 어느 쪽이 나은가?"

환관이 대답했다.

"소경은 부모의 얼굴과 자녀의 얼굴도 알지 못하고, 하늘과 땅이 크고 해와 달이 밝은 모습도 보지 못합니다. 어찌 환관과 비교하겠습니까?"

소경이 말했다.

"소경은 환관을 낳을 수 있지만 환관은 소경을 낳을 수 없습니다. 그렇다면 소경이 어찌 환관보다 낫지 않겠습니까?"

숙종이 웃으며 말했다.

"네 말이 옳다."

94

권민의 기억력

목사 권민(權憫)은 하계(霞溪) 권유(權愈, 1633~1704)의 사촌동생이며, 사
간 권호(權護)는 하계공의 큰 아들이다. 어려서부터 모두 총명하기가
월등하였다. 권공이 한번은 두 사람에게 『서경(書經)』 「우공(禹貢)」을
가르치고, 총명함을 시험하고자 글뜻을 다 가르친 뒤 책을 덮고 외게
하였다. 권민은 즉시 뒤돌아 앉아 잘 외웠고, 권호는 한 번 읽은 뒤에
외웠다.

　권민이 생부(生父)를 만나러 금천(衿川)으로 갔는데, 생부가 물었다.

　"감시(監試) 초시(初試)의 방(榜)이 이미 나왔다고 하던데, 너는 방목
(榜目)을 갖고 왔느냐?"

　권민이 대답했다.

　"잊어버렸습니다."

　생부가 꾸짖자 권민이 종이와 붓을 써서 520명의 이름을 전부 적어
올렸다. 생부가 기이하게 여겨 다른 방목을 빌려 비교해보니 차례도
틀리지 않았다. 단지 한 사람의 생부와 양부의 이름만 바꾸어 적었을
뿐이었다.

95

조명국의 공부법

조명국(曹鳴國)은 영남 창녕(昌寧) 사람이다. 17세에 감영의 백일장에 응시하였는데, 시험관 세 사람이 모두 시권(試卷)에 '외(外)'자를 썼다.[1] 그의 아버지가 몹시 꾸짖었다.

"너는 제 입으로 시를 잘 짓는다고 하더니 문장으로 이름난 시험관 세 사람에게 한갓 세 개의 외(外)자를 받았을 뿐이다. 과거는 보아서 무엇하겠느냐?"

조명국은 즉시 아내의 방에 들어가 이불을 덮어 얼굴을 가리고 사흘 동안 밥을 먹지 않았다. 아버지가 가서 보고 말했다.

"너는 내가 꾸짖었다고 화가 났느냐?"

조명국이 대답했다.

"어찌 감히 화를 내겠습니까? 밥 먹는 것도 잠자는 것도 잊은 까닭은 공부할 방도를 묵묵히 찾기 위해서였습니다. 이제는 깨달았으니 내일부터 절에 올라가 공부하게 해주십시오."

아버지가 허락하자 조명국은 곧장 아내를 시켜 손수 벼를 찧어 쌀 다섯 말을 만들었다. 이튿날 그것을 싸가지고 절에 올라가 밥을 지어

---

1 '외(外)'자를 썼다 : 불합격을 뜻한다.

부처에게 공양하고는 마치 기도하는 것처럼 무릎을 꿇고 엎드려 무언가 작은 소리로 말했다. 그러더니 갓을 부수고 윗옷을 찢어 집으로 보냈다. 그러고는 항아리를 사서 앉은 자리 옆에 두고 종이로 입구를 봉한 뒤 가운데를 뚫어 조그만 구멍을 내었다. 마침내 날마다 과시(科詩)를 지었는데, 다 지으면 종이를 말아 항아리에 넣었다. 세밑이 되어 아버지가 집에 내려오라고 권하자 조명국이 말했다.

"아버님은 갓을 부수고 옷을 찢은 뜻을 모르시겠습니까. 지은 글이 항아리를 다 채우지 않으면 죽어도 돌아가지 않겠다고 부처에게 맹세했습니다."

3년이 되어 항아리가 가득 차자 마침내 불태우고 집에 새로 옷과 갓을 지어 보내라고 하였다. 옷과 갓을 보내주자 바로 그것을 입고 돌아갔다. 이때부터 과거에 응시하면 번번이 장원을 하였다. 진사가 된 뒤로는 두 번 다시 과거에 응시하지 않고 시골 젊은이들을 모아 과시를 가르쳤는데, 합격한 사람이 많았다.

96

오광운, 이인복, 권부, 이유의 공부법

|

참판 오광운, 참판 이인복(李仁復, 1683~1730), 수찬 권부(權扶)가 함께 절에 올라가 책문(策文) 70수를 지었다. 산을 내려온 뒤 권공은 정신이 평소와 다름없었고, 이공은 며칠 동안 피곤하여 누워 있었으며, 오공은 병이 들어 피를 토하였다. 오공이 글을 지을 적에 기교를 다하느라 마음을 다 썼기에 가장 혹독한 상처를 입었기 때문이다.

판서 이유(李瑜, 1691~1736)는 1월 2일에 절에 올라가 책문 3백 수를 짓고 세밑이 되어서야 집으로 돌아왔다. 이처럼 부지런하다면 무슨 일이든 하지 못하겠는가.

97

오수응의 선행

오수응(吳邃應)은 정승 추탄(楸灘) 오윤겸(吳允謙, 1559~1636)의 서증손(庶曾孫)이다. 집이 가난하여 쌀 장사를 하였는데 남을 속여 이익을 본 적이 없었다. 하루는 용인(龍仁)의 금량(金梁) 시장에 갔다가 저녁에 돌아오는데, 전대 하나가 땅에 떨어져 있었다. 들어보니 제법 무거웠는데, 열어보니 동전 서른 꿰미가 있었다. 오수응은 그 자리에 멈추어 본래 주인이 돌아와 찾기를 기다렸다. 조금 있자니 어떤 사람이 허겁지겁 달려왔다. 그 까닭을 물으니, 이렇게 대답했다.

"오늘 소 두 마리를 팔아서 동전 삼십 냥을 받아 전대에 담아두었는데, 저녁에 술에 취해 돌아오다가 잊어버렸습니다."

오수응이 전대를 꺼내주자 그 사람이 몹시 고마워하며 절반을 주면서 말했다.

"당신이 아니었으면 이 물건을 전부 잃어버렸을 것이니, 반을 나누어 은혜를 갚겠소."

오수응이 말했다.

"정말 돈을 바랐다면 전부 다 가졌을 것이오. 무엇하러 앉아서 기다렸겠소?"

그러고는 굳이 사양하며 받지 않았다. 그 사람은 절하며 사례하고 갔다. 그 뒤 오수웅은 재산이 제법 늘어났고 자손도 번창하였다.

98

이서우의 시 2

하계 권유는 어렵고 험한 문장을 추구하였다. 젊었을 적에 구계(臞溪) 이공(李公)에게 편지를 보냈는데, 이공이 읽어보았으나 구두를 뗄 수 없었다. 그래서 병아리〔雛〕를 읊은 시를 지어 부쳤다.

둥지에서 껍질 깨지는 소리 들렸는데	窠上初聞豰
닭장 안에서 어미 부를 줄도 모르네.	籠中不識㗁
병아리가 부리로 껍질을 벗기니	兒將喙蛻脫
보드라운 솜털이 사랑스럽네.	我愛毳綿柔
밤에 냄새 맡고 오는 생쥐도 두렵고	夜嗅鼩堪怕
아침에 엿보는 올빼미도 걱정이네.	朝窺鵂可愁
언제쯤 장닭이 되어서	何當作鷦秼
투계장에서 명성을 날릴까.	聲價擅羊溝

구계는 송곡 이서우의 또 다른 호이다. 연초재 오상렴이 그 뜻을 풀이하였다.

"연(雛)은 병아리이고 숙(豰)의 음은 숙(淑)이니 병아리가 껍질에서 나

오는 소리다. 주(嚋)의 음은 주(州)이니 닭을 부르는 소리다. 취(嶵)의
음은 취(醉)이니 새의 부리인데 자(觜)와 통한다. 정(鶺)의 음은 정
(精)이니 생쥐이며, 기(鶀)의 음은 기(忌)이니 올빼미이다. 곤(鵾)은
『이아(爾雅)』에 '석 자 크기의 닭을 곤이라 한다' 하였고, 『사문유취
(事文類聚)』에 장자(莊子)가 혜자(惠子)에게 말하기를 '양구(羊溝)의
닭은 3년이면 말(秣)이 된다' 하였는데, 주석에 따르면 양구는 투계
장이고, 말(秣)은 우두머리라고 하였다. 고시(古詩)에 이르기를, '양
구(陽溝)에서 다투어 닭장을 나온다' 하였으니, 그렇다면 양구(羊溝)
는 양구(陽溝)라고도 하는 것이다."

99

윤동도와 서지수

정승 윤동도(尹東度, 1707~1768)와 정승 서지수(徐志修, 1714~1768)가 한 곳에서 만났다. 윤정승의 여종이 소찬을 올렸는데 초장만 있고 육회가 없었다. 윤정승이 물었다.

"어째서 육회가 없소?"

서정승이 놀리며 말했다.

"육회는 대감 뱃속에 이미 있지 않습니까. 그래서 차리지 않았습니다."

세상 사람들이 윤씨 성을 소라고 놀리기 때문이었다. 서정승이 사람을 시켜 휘양[1]을 가지고 오게 하였는데, 그 사람이 돌아와서는 여름용 휘양을 바쳤다. 서정승이 말했다.

"날이 추운데 어째서 털 휘양을 가지고 오지 않는가?"

윤정승이 말했다.

"대감은 여름용 휘양을 쓰더라도 그 안에 쥐가죽이 있으니 괜찮습니다."

---

1 휘양 : 추울 때 머리에 쓰던 모자의 하나. 남바위와 비슷하나 뒤가 훨씬 길고 볼끼가 있어서 목덜미와 뺨까지 싸게 만들었으며 볼끼는 뒤로 젖혀 매기도 하였다

서(徐)와 서(鼠)의 발음이 같기 때문이었다. 들은 사람들이 포복절

도하였다.

100

권흠의 주량

감사 권흠과 사간 이윤문(李允文, 1646~1717)은 우리 집안의 유재공(游齋
公, 이현석)과 술친구였는데, 모두 주량이 컸다. 그러나 유재공은 이공
만 못하고, 이공은 또 권공에 미치지 못했다. 권공이 함경도관찰사가
되어 조정에 하직 인사를 하던 날, 성상께서 술을 내리시고 궐내에 입
직한 관원들도 술로 전송하였다. 공은 주는 대로 마셨는데 몇 잔이나
마셨는지 알 수 없었다. 동대문을 나서자 전송하는 자 3백여 명이 각
자 술잔을 들고 번갈아 술을 주고받았다. 이때 정승도 나와서 전송하
였는데, 공의 주량을 시험해보려고 출발에 앞서 주령(酒令)을 내렸다.

"상마배(上馬盃)를 드리지 않을 수 없소."

그리하여 모인 사람들이 모두 한 잔씩 권하였다. 공은 먼저 큰 잔에
술을 따라 마시고, 3백여 명에게 각기 큰 잔을 하나씩 올리게 하였다.
때마침 여름이라 주는 술이 모두 소주(燒酒)가 아니면 과하주(過夏酒)였
는데, 취한 기색도 없고 말과 행동도 평상시와 같아 사람들이 모두 대
단하다고 여겼다.

101

배정휘의 공부법

배정휘(裵正徽, 1645~1709)는 젊었을 때 과거 보는 선비의 으뜸으로 시험장에 이름이 났다. 그러나 그의 아버지는 성품이 엄격하여 크고 작은 시험에 낙방하면 그때마다 매를 50대나 때렸다. 한번은 배정휘가 감시(監試) 초시(初試)에 낙방하자 그의 아버지가 이전처럼 매를 때렸다. 배정휘가 분발하여 동당(東堂) 초시(初試)에 응시하여 장원을 차지하였는데, 그의 아버지가 또 매질을 하며 말했다.

"너는 경전 공부도 하지 않았으니 장원은 해서 무엇하겠느냐? 한갓 강생(講生)의 해액(解額) 하나를 빼앗았을 뿐이다."

배정휘가 더욱 분발하여 이튿날 삼경사서대전(三經四書大全) 50권과 언해(諺解) 28권을 가지고 산사에 올라가 강독하였다. 밤낮으로 쉬지 않으니 넉 달 만에 모두 외웠다. 그런데 강석(講席)에 들어서자 공부가 미숙하였기에 작은 목소리로 느릿느릿 외우는 바람에 간신히 연획(連劃)[1]을 받았다. 곧이어 회시(會試)에 장원하고는 마침내 급제하여 벼슬이 승지에 이르렀다.

---

1 연획(連劃) : 강경(講經)에서 합격 점수에 미치지 못하나 합격 대상이 되는 점수를 말한다.

102

지관 왕룡

왕룡(王龍)이란 사람은 원래 명나라 사람이다. 명나라가 망하자 동쪽으로 달아나 조선에 와서 함경도 함흥에 집을 마련하였다. 지술(地術)에 밝아 남의 산소를 골라주었는데, 나중에는 모두 그의 말대로 되었다. 임종을 앞두고 아들에게 말했다.

"나를 서쪽에 장사지내라. 내가 죽은 뒤에는 이 땅에 머물지 말고 멀리 다른 고을로 가서 네가 살고 싶은 곳에 살아라."

아들이 울며 말했다.

"어버이의 산소가 여기에 있는데 어찌 이곳을 떠나 다른 데로 갈 수 있겠습니까?"

"나무꾼과 목동을 금지하고 제사를 받드는 일은 자손들이 이곳에 사는 것과 다름이 없을 터이니, 걱정하지 말거라."

아들이 유언에 따라 평안도 덕천(德川)으로 이사하였는데 후손이 매우 번성하였으며, 재물을 모은 자도 많았다. 천서(川西)에 장사지낸 뒤에 고을 사람들이 모두 '왕군은 이름난 지관이니, 필시 명당에 장사지냈을 것이다. 우리도 명당 옆에 장사지내자'라고 하며, 그 묘를 둘러싸고 장사를 지냈다. 그 뒤 왕군에게 제사지내지 않고 자기 어버이에게만 제사지내면 번번이 재앙이 생겼다. 그러므로 제사지내러 오는 사람들은 반드시 먼저 왕군의 묘에 제사지냈는데, 지금까지도 그치지 않고 공손히 모신다고 한다.

103

반절을 하는 이유

허적의 구종(丘從)이 된 자가 있었는데, 서자(庶子) 허견을 볼 때마다 반절을 하였다. 허견이 화를 내며 매질하려 하였는데, 구종은 거부하며 맞으려 하지 않았다. 허적이 듣고서 잡아오게 하고는 꾸짖었다.

"너는 상놈이면서 양반에게 반절을 하였으니 이것만으로도 잘못인데, 매까지 맞지 않으려는 것은 어째서이냐?"

심부름꾼이 말했다.

"절에는 등급이 있는데, 저자는 대감의 서자입니다. 소인이 이미 대감에게 온전히 절을 하였으니, 저자에게 반절을 하는 것은 예법상 안 될 것이 없습니다. 소인이 비록 천하지만 대감의 하인인데, 대감의 서자가 어찌 감히 마음대로 매질을 한단 말입니까? 소인이 한번 매를 맞으면 대감의 가법이 크게 손상될 것이니, 이 때문에 매를 맞지 않았습니다."

허적이 칭찬하며 말했다.

"네 말이 일리가 있다."

104

김득신의 데김[1]

김득신이 한번은 어떤 고을의 원님이 되었는데, 어떤 백성이 솥을 잃어버렸다고 하소연하였다. 공이 데김을 불렀다.

"무릇 솥이라는 것은 큰 그릇이다."

그러고는 생각이 막혀 눈을 감고 앉아 있었는데, 형방(刑房) 아전이 옆에서 아뢰었다.

"이것은 의례적으로 데김할 소지(所志)입니다."

"네가 데김해보아라."

그 아전이 마침내 데김한 뒤에 살펴보고 입지(立旨)를 만들어주었다. 김득신이 칭찬해마지않으며 말했다.

"너는 『논어』를 몇천 번이나 읽었길래 이렇게 말이 간략하면서도 뜻을 다할 수 있느냐?"

이 때문에 글에는 제각기 길이 있는 법이다.

---

1 데김[題音] : 민원 서류에 대한 판결문.

105

최립이 지은 소지

간이 최립이 한번은 시골길을 가다가 중도에서 배고프고 피곤하여 가지 못하고 있었다. 마침 어떤 사람이 술병을 들고 떡상자를 짊어진 채 오고 있었다. 최립이 물었다.

"너는 누구이며 술과 떡은 누구에게 주려고 하느냐?"

그 사람이 말했다.

"송사할 일이 있는데 마을에는 글을 잘하는 사람이 없기에 멀리 다른 마을에서 찾아서 이 술과 떡을 주려고 합니다."

최립이 말했다.

"나도 글을 잘하니, 먼 곳에 가서 청하기보다는 가까이서 찾는 것이 낫지 않겠는가?"

그 사람이 기뻐하며 술과 떡을 주었다. 최립이 배부르게 먹은 뒤 송사하는 이유를 묻고 마침내 다음과 같이 소지(所志)를 써주었다.

"소인은 백정입니다. 저의 아비 무덤과 할아비의 무덤 사이에 정생원(鄭生員) 댁의 말루하(抹樓下)[1]를 장사지낼 생각을 하는데, 일의 체모가 어떠하겠습니까?"

---

1 말루하(抹樓下) : 높은 사람에 대한 존칭이다.

그 사람이 이 글을 관아에 바치니, 원님이 정생원을 불러 말했다.

"너는 이 소지를 보고도 장사지낼 수 있겠느냐?"

정생원이 한참 동안 보더니 말했다.

"장사지낼 수 없겠습니다."

106

파자(破字)

옛날에 어떤 사람이 길에서 소에 밤을 싣고 가는 사람을 만났다. 무슨 물건을 실었는지 물으니, 그 사람이 채찍으로 서쪽을 가리키며 풀이 하였다.

"밤이오."[1]

또 무슨 밤인지 물으니, 그 사람이 채찍을 소꼬리에 걸치며 말했다.

"생밤이오."[2]

어디로 가는지 물으니, 그 사람이 채찍으로 시내를 가리키며 말했다.

"목천이오."[3]

---

1 밤이오 : 밤〔栗〕을 파자하면 서(西)와 목(木)이 된다. 그러므로 나무로 만든 채찍으로 서쪽을 가리킨 것이다.

2 생밤이오 : 생밤의 생(生)을 파자하면 우(牛)와 일(一)이 된다. 그러므로 소꼬리에 채찍을 걸친 것이다.

3 목천이오 : 목천(木川)은 나무〔木〕와 시내〔川〕를 합한 것이다. 그러므로 나무로 만든 채찍으로 시내를 가리킨 것이다.

107

홍여하의 기억력

목재(木齋) 홍여하(洪汝河, 1620~1674)는 기억력이 매우 뛰어나서 한 번 본 책은 모두 외웠다. 한번은 벗들과 산사(山寺)에 모여 이야기를 하는데, 그중에 홍공만큼 총명한 이가 있었다. 사람들이 책상 위의 『동인경(銅人經)』을 보고서 두 사람의 총명함을 시험해보고자 한 번 보고 뒤돌아 앉아 외우게 하였다. 그 사람은 마치 물이 흐르고 구슬이 굴러가는 것처럼 외웠고, 홍공은 겨우겨우 외웠다. 십여 년 뒤에 홍공이 다시 벗들과 그 산사를 찾아갔는데, 『동인경』이 여전히 책상 위에 있었다. 사람들이 그 사람에게 물었다.

"전에 이 책을 외웠는데, 지금도 잊지 않았소?"

"다 잊어버렸소, 잊어버렸소."

그러자 홍공이 말했다.

"한 번 외운 책을 어찌 잊어버릴 리가 있겠소?"

마침내 낭송하는데 한 글자도 틀리지 않으니, 사람들이 모두 놀라 굴복하였다.

108

김창흡과 능참봉

김창흡 공은 평소 벼슬하기를 원하지 않았다. 그의 친구가 능참봉이 되었는데 한번은 김공이 능으로 찾아가서 한가하고 조용한 재실(齋室)을 보고 이렇게 말했다.

"능참봉도 사대부가 할 만한 직책이로군."

이튿날 수복(守僕)[1]이 능참봉에게 고하였다.

"능 위와 전각 안이 무사합니다."

김공이 듣고 놀라서 말했다.

"중요한 자리이니 해서는 안 되겠다."

---

1 수복(守僕): 조선시대에 묘(廟)·사(社)·능(陵)·원(園)·서원(書院) 따위의 청소하는 일을 맡아보던 구실아치.

109

김창협과 고성 기생

김창협 공이 젊었을 적에 영동(嶺東)을 유람하다가 금강산을 거쳐 고성(高城)으로 갔다. 고성에는 한 기생이 있었는데, 자색이 몹시 요염하였다. 기생은 눈에 드는 사람을 남편으로 삼으려고 했는데 여러 해를 찾아도 마음에 드는 사람이 없었다. 관찰사와 사신들이 가까이하려 했지만 그때마다 죽기를 각오하고 거부하여 수차례 형장을 맞으면서도 끝내 굽히지 않았다. 김창협이 사또를 만나러 가자 사또가 그 기생을 불러 말했다.

"이 수재(秀才)는 김판서의 아들이다. 용모는 관옥(冠玉)처럼 아름답고 문장은 한 시대에 독보적이다. 지금 세상에서 좋은 배필을 구한다면 이 사람보다 나은 사람이 없을 터이니, 오늘 밤 네가 잠자리를 모시거라."

그 기생이 자세히 보니 과연 자기 눈에 드는지라 그날 밤 드디어 김공이 머무는 여관에 가서 곁에서 교태를 부렸으나 김공은 가까이할 생각이 없이 냉담하였다. 밤이 깊어 잠자리에 들려 하자 그 기생이 마음속으로 생각하였다.

'이 좋은 선비를 잃는다면 평생을 헛되이 보낼 것이다. 억지로라도

다가가는 것이 제일이다.'

그러고는 옷을 벗고 이부자리에 들었다. 그러나 김공은 돌아보지 않았다.

이튿날 큰 비가 내려 나흘 동안 그치지 않았다. 비가 갠 뒤에는 냇물이 불어 길이 막혔다. 김공은 부득이 아흐레 동안 머물렀는데, 그 기생도 아흐레 밤을 연이어 동침하였으나 김공은 끝내 가까이하지 않았다. 그 기생이 울면서 김공에게 고하였다.

"첩이 천한 사람이지만 어찌 염치(廉恥) 두 글자를 모르겠습니까? 하지만 염치를 무릅쓰고 이부자리에 든 것은 수재님의 풍채를 사모하여 평생의 소원을 이루고자 한 것이었습니다. 그런데 이처럼 멀리하시니, 그 까닭을 듣고 싶습니다."

김공이 말했다.

"내가 서울과 지방의 기생들을 많이 보았지만 너만큼 빼어나게 아름다운 이는 없었다. 한 번 가까이하면 장차 잊지 못할 것이다. 그러므로 애초에 욕망을 끊은 것이다. 내가 시를 지어줄 터이니, 너는 종이와 붓을 가지고 오너라."

그 기생이 비단 치마를 드리자 김공이 마침내 절구 한 수를 지어주었다.

누가 여관에 묵는 객의 찬 이불을 가련히 여겨	旅館誰憐客衾寒
무산에 구름과 비를 잘못 내리게 하였나.	枉敎雲雨下巫山
밤새 양왕(襄王)의 꿈을 이루지 못했으니	終宵不做襄王夢
이튿날 아침 이별하기 어려울까 해서이지.	只爲明朝離別難

그 기생은 김공과 헤어진 뒤 홀로 살면서 절개를 지키며 밤낮으로 슬퍼하고 한스럽게 여겼다. 사람들이 너도나도 그 이야기를 전하여 서울에 퍼졌다. 김공의 친척과 친구들은 모두 그가 박정하다고 비난하였다. 김공은 과거에 급제한 뒤 일부러 고성에 가서 그 기생과 사흘 동안 같이 잔 뒤 곧바로 올라왔다. 김공이 죽자 그 기생은 부고를 듣고 와서 아침저녁으로 밥을 짓고 손수 반찬을 마련하여 제사를 도왔다. 삼년상이 끝나서 하직하고 떠나려 하자 김공 집안 사람들이 억지로 붙잡았다. 기생이 말했다.

"대감께서 살아 계실 적에도 저를 들이지 않으셨는데, 돌아가셨다 한들 어찌 저를 붙잡으려 하시겠습니까? 대감의 뜻을 어기고 대감의 댁에 머무른다면 이것이 어찌 죽은 사람을 산 사람처럼 모시는 도리이겠습니까. 제가 온 것은 삼년상을 마치기 위해서였습니다. 이제 마쳤으니 떠나지 않고 무얼 하겠습니까?"

마침내 고향으로 돌아가 종신토록 절개를 지켰다고 한다.

110

가장 쓰기 어려운 글자

판서 윤순이 말했다.

"집 가(家)자를 잘 쓸 수 있다면 다른 글자도 잘 쓸 것이다."

여러 글자 가운데 집 가자가 가장 쓰기 어려우니, 어려운 글자를 잘 쓰면 나머지는 잘 쓸 수 있다는 것이다. 획수가 많은 글자는 서투른 솜씨를 숨기기 쉽지만, 획수가 적은 글자는 흠을 감추기 어려운 법이니, 한 일(一), 사람 인(人) 따위가 그것이다.

111

정백창과 정충신

금남(錦南) 정충신(鄭忠信)이 절도사가 되어 서평부원군(西平府院君) 한준겸(韓浚謙)에게 인사드리러 갔다. 당시 정백창이 홍문관 관원으로서 곁에 있었는데, 한준겸이 정충신에게 들어오라 하였으나 정충신은 명사(名士)가 자리에 있으니 감히 들어갈 수 없다고 사양하였다. 한준겸이 사람을 시켜 말을 전하였다.

"이른바 명사라는 사람은 나의 사위라네, 자리에 있은들 무슨 혐의가 있겠는가? 속히 들어오게."

정충신이 부득이 들어와 뵈었다. 정백창은 정충신과 한 마디도 나누지 않았는데, 자못 성난 기색이 있었다. 정충신이 문을 나서자 정백창은 자기 하인을 시켜 정충신의 배리(陪吏)[1]를 잡아 가두게 하였다. 한준겸이 굳이 만류하였으나 정백창은 끝내 듣지 않았다.

한준겸이 임종을 앞두고 정백창에게 말했다.

"너는 이미 정장군에게 미움을 받고 있으니, 훗날 필시 죽을 정도로 곤욕을 치를 것이다. 만약 내가 평소 입던 장식 꽂은 갓과 남철릭[2]을 입는다면, 그 사람은 나의 막료를 지냈으니 용서해줄

---

1 배리(陪吏) : 고을의 원이나 지체 높은 양반이 출입할 때 모시고 따라다니던 아전이나 종.

지도 모르겠다."

그러고는 옷과 갓을 가져오게 하여 정백창에게 주었다.

그 뒤 정충신이 부원수가 되어 정백창을 종사관으로 삼았다. 인조대왕(仁祖大王)과 인열왕후(仁烈王后)[3]가 누차 중사(中使)를 보내 정백창을 체직시켜 달라고 청하였으나 정충신은 따르지 않았다. 정백창에게 군복을 입고 와서 인사하라고 누차 사람을 보내 재촉하였으나 정백창은 오려 하지 않았다. 그러자 정충신이 군졸들을 대거 보내 잡아오게 하며 말했다.

"만약 또 오지 않으면 군율을 시행하겠다."

그제야 정백창이 몹시 두려워하며 마침내 서평부원군의 갓과 옷을 입고 찾아갔다. 정충신이 잡아들여 꾸짖었다.

"모이는 날짜에 나오지 않았으니 그 죄는 참수형에 해당한다. 그렇지만 재주 있는 선비를 죽이면 아까우니, 우선 네 목숨을 살려두겠다."

그러고는 곤장을 치려 하다가 갑자기 그가 입고 있는 갓과 옷을 보더니 서글퍼하며 말했다.

"너의 갓과 옷을 보니 문득 옛날 장군님이 생각나 내 마음이 슬프구나. 나는 차마 벌을 시행할 수 없다."

---

2 철릭: 무관이 입던 공복(公服). 직령(直領)으로서, 허리에 주름이 잡히고 큰 소매가 달렸는데, 당상관은 남색이고 당하관은 분홍색이다.

3 인열왕후(仁烈王后, 1594~1635) : 인조의 비이며 서평부원군 한준겸의 딸이다.

410 — 하권

112

김가교의 몸가짐

동은군(東恩君) 김가교(金可敎)는 김득신의 손자이다. 평소 여색을 조심하였는데, 한번은 시골길을 가다가 날이 저물고 비가 내리자 급히 촌가에 투숙하였다. 주인은 출타하고 젊은 아낙만 있었는데, 조금도 싫어하는 기색 없이 밥을 지어 잘 대접하였다. 밤이 되자 그녀가 문을 열고 들어왔는데 제법 아름다운 자태가 있었다. 동은군의 아름다운 용모를 사모하여 가까이하고자 한 것이었다. 동은군이 말했다.

"남녀가 유별한데 어찌 피해서 다른 곳으로 가지 않는가?"

그 여자가 말했다.

"갈 곳이 없습니다. 한 방에서 잤으면 합니다."

동은군이 종에게 명하여 그 여자 남편의 사촌형을 불러오게 하고 말했다.

"나이 어린 부녀자가 과객과 한 방에서 잘 수 없으니 너의 집으로 데려가라."

그 사람이 마침내 데리고 갔다. 밤이 깊은 뒤 총소리가 문을 흔들고 불빛이 번개처럼 번쩍였다. 그 여자의 남편인 포수가 한 짓이었다. 동은군이 놀라 일어나 물었다.

"이것이 무슨 일인가?"

포수가 말했다.

"네가 감히 남의 아내와 간음하였으니 죽이지 않으면 어쩔 것이냐?"

동은군이 종을 불러 촛불을 켜게 하고 포수에게 방안을 둘러보게 하니, 그 여자는 없었다. 동은군이 또 종에게 그 여자와 포수의 사촌형을 불러오게 하여 포수에게 보여주고는 이렇게 말했다.

"이 사람이 네 아내가 아니냐?"

그러자 포수가 땅에 엎드려 말했다.

"소인의 아내가 평소 행실이 불미스러웠습니다. 그래서 항상 틈을 보아 사내를 총으로 쏘아 죽이려고 하였습니다. 오늘 멀리 나간다는 핑계로 나와서 높은 곳에 올라가 바라보았더니, 공이 우리 집에 들어오고 제 아내가 이 방으로 들어가는 모습이 보였습니다. 들어오는 것만 보고 나가는 것은 못 보았기에 감히 망령된 짓을 했으니 죽을 죄를 지었습니다. 공이 살리든지 죽이든지 마음대로 하십시오."

동은군이 놀라게 한 죄를 꾸짖고 가벼운 벌을 내리니, 포수는 몹시 감격하여 이튿날 닭을 삶고 돼지를 구워 성찬을 차려 대접하였다. 동은군이 길에 오르자 십 리까지 따라와 절하고 감사한 뒤 떠났다. 동은군의 이 일은 여색을 탐하다가 화를 입는 세상 사람들을 경계할 만하다. 그러므로 적어둔다.

113

현명한 이익한 부인

참판 이익한(李翊漢, 1609~1668)이 젊었을 때 그의 부인이 경계하였다.

"장부가 세상에 태어나 과거 공부를 하지 않으면 입신할 수 없습니다. 당신이 입을 것과 먹을 것은 제가 힘을 다해 마련하여 굶주리거나 춥지 않게 할 것입니다. 집은 가난하지만 입을 것과 먹을 것 때문에 마음을 어지럽히지 말고 부지런히 공부하여 반드시 과거에 급제하십시오."

그리고는 날마다 변려문 1수를 짓도록 독려하니 참판이 그 뜻을 어기기 어려워 날마다 과표(科表)를 지어서 보여주었다. 여러 해 동안 쌓여 지은 것이 수천 수에 이르자 변려문의 일인자로 당시에 이름이 났다. 마침내 문과에 급제하여 재상의 반열에 올랐으니, 이는 부인이 권면하고 독려한 힘이다. 세상 사람들이 현명한 부인이라고 칭찬하였다.

114

강홍중과 곽희태

감사 강홍중(姜弘重, 1577~1642)과 동중추부사 곽희태(郭希泰, 1577~1663)는 똑같이 만력(萬曆) 정축년(1577)에 태어나 옆집에 살았다. 강공이 세상을 떠나던 날 곽공이 비로소 과거에 합격하자, 조문하고 축하하는 손님이 두 집안을 왕래하였다. 손님들이 말했다.

"두 분 중에 누가 나은가?"

젊은 사람들은 모두 이렇게 말했다.

"강공은 젊은 나이에 과거에 급제하여 40년 동안 관직 생활을 하면서 내직과 외직을 두루 거치고 재상의 반열에 올랐으며, 66세를 살았으니 수명도 짧지 않습니다. 지금 곽공은 늙어서야 겨우 급제하였는데, 노년에 영예와 녹봉이 무슨 재미가 있겠습니까. 저는 강공처럼 되기를 바라지 곽공처럼 되기를 바라지는 않습니다."

훗날 곽공은 수직(壽職)으로 가선대부에 오르고 향년 80여 세에 세상을 떠났다.

115

목대흠의 기억력

목대흠(睦大欽, 1575~1638)은 총명하고 기억력이 좋았다. 한번은 연안 부사(延安府使)가 되었는데, 평소 사용하는 물건을 하나도 장부에 기록 하지 않았으나 하나도 빠뜨리지 않고 모두 기억할 수 있었다. 아전은 두려워서 감히 터럭만큼도 속이지 못했다. 한번은 큰 독에 게장을 담 가 아침저녁 반찬으로 올렸다. 어느 날 관청의 아전이 바닥났다고 아 뢰자 공이 말했다.

"게장 두 개는 어디에 있느냐?"

아전이 황급히 물러나와 간장 속을 찾아보니, 과연 독 바닥에 작은 게가 붙어 있었다.

116
회현동 정씨의 가법

회현동(會賢洞) 정씨(鄭氏)는 기제(忌祭)를 지낼 때 쌀 다섯 되로 떡을 만들었다고 하니, 다른 제수도 소박하였으리라는 것을 대략 짐작할 수 있다. 이것은 자손을 오래도록 보존하는 방도이다. 그렇지만 영구히 법식으로 삼아 부귀해지더라도 그만두거나 늘리지 못하게 하였다 하니, 사(士)의 신분이면 사의 예법으로 제사지내고, 대부(大夫)의 신분이면 대부의 예법으로 제사지내는 뜻에 어긋난다.[1]

정씨는 또 남자와 여자의 분별을 신중히 하여, 한 배에서 태어난 누이가 아니면 매제가 출타하였을 때는 찾아가 만나지 않았다고 한다. 사대부 집안의 법도는 이와 같아야 한다.

---

1 사(士)의……어긋난다 : 『중용(中庸)』에 "아버지가 대부(大夫)이고 아들이 사(士)이면 장례는 대부의 예법으로 치르고 제사는 사의 예법으로 지내며, 아버지가 사이고 아들이 대부이면 장례는 사의 예법으로 치르고 제사는 대부의 예법으로 지낸다" 하였다. 제사를 지낼 때는 제사지내는 사람의 신분에 맞는 예법으로 지내야 한다는 뜻이다.

117

오명준의 형제들

판서 오명준(吳命峻,1662~1723)은 양생술을 익혔다. 입으로 말을 해서 일을 시킨 적이 없었다. 그의 둘째 동생 오명항(吳命恒, 1673~1728)은 그의 낯빛을 조심스레 살펴 마음에 맞게 명을 받들었다. 그러나 막내 동생 오명신(吳命新, 1682~1749)은 그렇지 못하여 동쪽으로 가라고 하면 서쪽으로 가고, 물을 원하면 불을 올리는 격이었다. 훗날 오명항은 정승의 지위에 올랐고, 오명신은 참의가 되었다.

118

문장만 숭상하는 풍조

내가 보기에 오늘날 사람들은 오로지 문장만 숭상하여 그저 한 글자라도 기이하지 않거나 한 구절이라도 교묘하지 않을까 걱정한다. 반면에 행실은 두 번째 일이라고 여긴다. 그러므로 나는 남에게 이렇게 말한 적이 있다.

"옛날의 군자는 실천하고서 남은 힘이 있으면 문장을 배웠는데, 지금의 군자는 문장을 익히다가 남은 힘이 있으면 행실을 배운다."

119

내 친척과 내 노비

내가 예전에 말했다.

"야박한 내 친척이 후덕한 남보다 낫고, 어리석은 내 노비가 충성
스러운 남의 노비보다 낫다."

120

최생이 예를 알다

정승 백헌(白軒) 이경석(李景奭, 1595~1671)은 조정에서 쫓겨나 호서(湖西)에 잠시 산 적이 있었다. 마을에 최생(崔生)이라는 사람이 있었는데, 집이 몹시 가난하여 아침저녁 끼니도 제대로 잇지 못했다. 그런데도 태연하게 지내면서 밤낮으로 쉬지 않고 책을 읽었기에 이경석이 마음속으로 기특하게 여겼다. 하루는 최생의 어린 여종이 물을 많이 길어 갔다. 이경석의 여종이 그 이유를 묻자 이렇게 대답했다.

"주인집에서 시제(時祭)를 지내려고 그럽니다."

이정승의 부인이 이정승에게 말했다.

"시제는 우리 집에서도 지내지 못하는데, 최생이 지내려 한다니 이상하지 않습니까?"

이정승이 여종을 시켜 제사를 지내는지 가서 엿보게 하였다. 최생은 『강목(綱目)』 한 질을 높다랗게 쌓아 교의(交椅)로 삼고, 나지막하게 쌓아 제사상을 만들었다. 차린 것이라곤 밥과 국, 채소 세 그릇뿐이었다. 이정승의 여종이 돌아와서 말했다.

"제수마다 이렇게 지극히 보잘것없으니, 제사라고 할 수 없습니다."

이정승이 찬탄해마지않으며 말했다.

"최생은 예를 그만둘 수 없다는 것을 알고, 또 집안 형편에 맞게 제사를 지냈으니 남들보다 훨씬 뛰어나다."

조정에 돌아오게 되자 성상께 아뢰어 최생에게 관직을 제수하였다. 훗날 최생은 과거에 급제하여 재상의 반열에 올랐다고 하는데, 내가 그의 이름은 잊어버렸다.

형설기문

원문

일러두기

1. 이하의 원문은 이극성(李克誠)의 『형설기문(螢雪記聞)』을 표점, 교감한 것이다.
2. 이 책의 저본(底本)은 미국 하버드 대학교 연경도서관 소장본(TK9196-4449)이다.
3. 이 책의 대교본(對校本)은 서울대학교 규장각 한국학연구원 소장 『한중기문(閑中記聞)』(古 4650-140), 국립중앙도서관 소장 『형설기문』(d12516-9), 일본 천리 대학교 도서관 소장 『형설기초(螢雪記抄)』(282.1-49), 안대회 교수 소장 『형설기문』이다. 각각 A본, B본, C본, D본으로 호칭한다.
4. 저본과 대교본에서 차이가 날 경우 저본을 따르되, 오탈자 등 저본의 오류가 명백한 경우는 교감주(校勘註)를 부기하고 대교본을 따랐다.
5. 저본과 대교본의 차이가 유의미한 경우에 한하여 교감주에 대교본의 원문을 제시하였다.
6. 이 밖의 사항은 한국고전번역원이 편찬한 『한국문집총간』 교감표점서의 범례를 따랐다.

螢雪記聞 上卷

1

司馬遷「周紀」曰: "文王囚羑里, 益易之八卦爲六十四卦." 司馬貞[1]「三皇本紀」曰: "神農重八卦爲六十四卦." 李槃『世史類編』曰: "伏犧始畫八卦, 因而重之爲卦六十有四." 三說不同, 世多以遷說爲主, 而[2] 按『易』之「繫辭」云: "未耨之利[3]取諸益, 日中爲市, 取諸噬嗑." 則神農之時, 已取重卦之象, 然則六十四卦, 非文王之所演也, 明矣. 且或問於朱子曰: "六十四卦重於伏犧果然[4]否?" 朱子曰: "此不可考, 但旣有八卦, 則六十四卦已在其中." 以此觀之, 則『世史』之所記似然矣.

2

姜菊圃樸挽申校理致謹曰: "深樹黃鸎啼復啼, 玉壺芳酒思凄凄[5]. 小橋斜日驢蹄歇, 何處靑山草色迷. 金馬可[6]能容傲骨, 風車未[7]必碍層蜺. 難忘最是眉間氣, 醉態詩愁兩不低." 近世挽詞, 必敍其門閥, 鋪其言行, 論其官職踐歷, 記其子孫之多少, 殆同誌碣行狀, 而姜公此詩脫却俗習, 善夫. 且落句, 可謂善形[8]容申之氣象.

---

1 貞 : 저본에는 '楨'. 일반적인 용례에 근거하여 수정.

2 重之爲卦六十有四. 三說不同, 世多以遷說爲主, 而 : 저본에는 없음. A본에 근거하여 보충.

3 利 : 저본에는 '時'. 『주역(周易)』에 근거하여 수정.

4 然 : 저본에는 없음. A본에 근거하여 보충.

5 凄凄 : 저본에는 '悽悽'. 『국포집(菊圃集)』에 근거하여 수정.

6 可 : 저본에는 '尙'. 『국포집』에 근거하여 수정.

7 未 : 저본에는 '不'. 『국포집』에 근거하여 수정.

3

韓石峯濩, 自幼習書未嘗一日廢. 至中年自以吾筆已熟之盡, 乃於[9] 一日
路經鍾閣, 有一人至高樓之下, 呼請買油, 一人自樓上應之曰:"汝持器而
立樓下, 吾當從上注之"云. 遂俯注於小瓶口, 無一點之差, 韓見而歎曰:
"吾筆雖熟, 不至於是境也." 歸而益習, 卒成名筆.

4

金濯纓駙孫, 負才傲世, 文詞夙就, 娶婦之後, 苦請于其婦翁, 得『千字
文』, 坐新房, 高聲大讀天地玄黃, 故使來客聞之, 其婦翁聞其聲, 輒嚬蹙.
金公讀『千字』畢, 又携『史略』初卷上寺, 一日抵書於其婦翁曰:"文王昌卒,
武王發立, 周公旦[10]召公奭太公望." 其婦翁見而投諸地曰:"癡矣哉, 吾
婿.『史略』大文, 胡爲乎謄送?" 客有能文者曰:"令婿可謂文章士也." 曰:
"何謂也?" 客曰:"昌卒發立者, 言其襪弊而足露也. 旦[11]奭望者, 言其朝
夕望新襪之製來也." 其婦翁初疑其無識,[12] 於是其婦翁始知爲金公之所
瞞.[13]

5

鄭寒岡, 學業夙成, 自十五歲, 已爲人師. 年十九將往謁退溪于陶山, 退
溪聞其來, 預勅僮僕灑掃堂階. 及寒岡至, 退溪適在內舍, 欲試寒岡, 先
使趙公穆出見, 更使金公明一接待. 寒岡輒知其非退溪也, 請見老先生,

---

8 形: 저본에는 없음. A본에 근거하여 수정.

9 乃於: 저본에는 없음. A본에 근거하여 수정.

10 旦: 저본에는 '朝'. 일반적인 용례에 근거하여 수정.

11 旦: 저본에는 '朝'. 일반적인 용례에 근거하여 수정.

12 其婦翁初疑其無識: 저본에는 없음. A본에 근거하여 보충.

13 於是其婦翁始知爲金公之所瞞: A본에는 '而於是始知爲其婿之所瞞'.

退溪出則寒岡卽便下階, 明日執弟子之禮, 學易數卦. 退溪[14]仍與講論性理, 寒岡剖析精微, 觸處貫通. 退溪曰：“子我師, 非弟子也.”寒岡之入見也, 垂水晶纓, 穿馬皮靴, 曳大分套. 及其出也, 手持分套而去. 趙公問於退溪曰：“水晶纓不合於儒生之所着, 曳分套非少年見長者之禮, 小子竊惑焉.”退溪曰：“水晶纓, 汝以爲侈乎哉. 此君子玉不去身之意也. 豈有侈者而戴破笠衣麤布者乎? 曳分套, 汝以爲傲乎哉. 此恐汚長者之席也. 豈有傲者而手持分套而出乎?”或問寒岡曰：“子何以知趙金二公[15]非先生也?”答曰：“趙公[16]少老成之態, 金公[17]行不由正門, 故知之.”

6

白沙李相國五歲【或云八歲[18]】詠劍琴詩曰：“劍有丈夫氣, 琴藏太古音.”南相國九萬五歲詠月詩[19]曰：“衆星皆列陣, 明月獨將軍.”觀此二詩, 則辭意雄偉, 可占他日之大貴矣.

7

我國古無三世議政, 而東萊鄭氏七世有八相, 鄭文翼公光弼, 光弼之孫惟吉, 惟吉之子昌衍, 昌衍之再從兄芝衍及其孫太和, 太和之弟致和, 從弟知和及其子載嵩, 俱爲議政, 可謂勝於楊德祖之四世五公矣. 相門有相, 不其信乎? 今上朝有三代相兩家, 徐宗泰及子命均孫志修, 金構及子在魯

14 退溪：A본에는 ‘先生’. 이하 ‘退溪’도 모두 같음.

15 二公：A본에는 ‘二人之’.

16 公：A본에는 없음.

17 公：A본에는 없음.

18 歲：저본에는 없음. A본에 근거하여 보충.

19 詩：저본에는 없음. A본에 근거하여 보충.

孫致仁, 繼入黃閣.

8

金栢谷得臣, 幼時質甚魯鈍, 其父性嚴, 敎誨甚篤, 讀書少懈, 則輒撻之流血, 卒以成業. 其後登第, 爲某邑倅, 將之任, 途中見榛[20]木, 下馬再拜, 陪隷莫不怪之. 栢谷曰: "吾之今日張高盖, 乘肥馬, 前呵而後擁者, 皆平日讀書之功. 使吾謹苦讀書者, 莫非此物之力也. 吾以是拜之."

9

鄭玄谷百昌, 性驕亢, 少許可, 雖三公之前, 未嘗跪坐. 或曰: "大臣, 一國所尊敬, 而子不跪何也?" 鄭公曰: "今之大臣, 皆庸流, 心無所憚, 故膝不欲屈耳." 曰: "何人爲相則可屈君膝乎?" 鄭公曰: "鄭君則作相則吾當屈膝矣." 君則卽鄭判書世規字也, 自少[21]負公輔重望云. 余從五代祖東州公祭鄭判書文曰: "推公鼎席, 我顏胡頳, 玄谷亢亢, 亦允斯情." 其斯之謂乎.[22]

10

許眉叟穆, 年五十後成文章, 其文學司馬[23]子長, 豪健雄渾, 權使君墨竹屛記曰: "石陽公子善畫竹, 名於宣·仁間, 公子之畫, 不畫色, 能畫神. 故雪竹寒, 雨竹濕, 風竹蕭蕭若鳴, 其筆妙侔造化, 非天機入神, 不可幾也."

---

20 榛 : 저본에는 '秦'. A본에 근거하여 수정.

21 少 : 저본에는 '九'. A본에 근거하여 수정.

22 余從五代祖……其斯之謂乎 : A본에는 없음.

23 馬 : 저본에는 없음. A본에 근거하여 보충.

11

金相錫冑, 以冬至使赴燕, 行到義州, 登統軍亭, 關西守宰咸至, 金[24]呼
韻, 令各賦詩. 時任道三以魚川察訪亦與末席, 先製一律, 其兩聯曰: "浿
水鞭頭黑, 胡山劍外靑, 三韓無壯士, 千古有虛名[25]." 一座却筆, 金[26]歎
賞不已曰: "奇才! 奇才!" 及還朝, 爲吏判, 遂陞任他職.

12

任道三自幼時有奇才, 六七歲時, 嘗學『史略』初卷於里中人, 其人[27] 强其
所不知而敎之, 道三讀至[28]春秋戰國, 便曉文義, 遂覺其師之誤授, 而自
讀之, 其穎悟如此. 又讀『唐音』絕句數十首, 卽解作詩, 語輒驚人, 其扶
餘懷古詩曰: "逍遙百濟舊山河, 舉目其如感慨何. 伯業長空孤鳥沒,[29] 繁
華廢寺一僧過. 層巖花落春無跡, 古渡龍亡水自波. 最是隔江明月夜, 不
堪風送後庭花."

13

南春城以雄, 性剛果, 爲都憲也, 有巫挾妖術惑世, 公拿致憲府, 將刑之,
巫能施其術, 撓公所坐交椅, 使不得安身[30], 左右莫不驚惶失色. 公毅然
不動, 却交椅而坐席, 巫又撓之, 公乃撤席及地衣, 倚軒壁而坐, 巫不能
撓, 遂杖殺之.

---

24 金 : A본에는 '金公'.

25 名 : 저본에는 '亭'. A본에 근거하여 수정.

26 金 : A본에는 '金公'.

27 其人 : 저본에는 없음. A본에 근거하여 보충.

28 至 : 저본에는 '其'. A본에 근거하여 수정.

29 伯業長空孤鳥沒 : 저본에는 '伯業空孤馬跡沒'. A본에 근거하여 수정.

30 安身 : 저본에는 없음. A본에 근거하여 보충.

14

裵仁範爲某道兵使, 時有甘眞塊者, 以事來訴, 裵謂軍官輩曰: "甘眞塊者負柿猫, 有能作此對者, 吾當重賞賜之." 有一人曰: "有的對, 惶恐不敢達." 裵强問之, 對曰: "裵仁範者戴梨虎也." 裵笑曰: "可謂奇對也." 遂厚賞之, 人服其量.

15

趙龍洲絅, 嘗以前大提學下鄕. 有里中人失鼎, 欲呈訴于本縣, 請文於趙公. 公平生不作此等文, 而重違其請, 强諾之. 半日沈吟, 董得"夫鼎也者, 大也, 不可須臾離也"一句, 遂思塞. 適[31]有校生來見曰: "大監作何文而苦思至此也?" 公告以實, 校生曰: "是何難?" 公曰: "君可做否?" 校生遂一筆搆成. 公見而歎之曰: "人皆謂我能文章, 今日之作, 子乃文章也."

16

吳藥山光運挽沈正字曰: "黃庭一字暫徘徊, 正得人間幾字來. 荊樹橘林無吊處, 聽天祠下問天廻." 蓋沈卽聽天相國守慶之後孫, 而無兄弟, 且無子孫故云. 詩意甚巧.

17

閔二相點, 與李都憲旉相友善. 及李公丁憂下鄕, 閔公使其子宗道往弔之. 李公適出野監農, 不還家受弔, 招至田間. 宗道頗有慢意. 乃曰: "尊丈可謂孝子矣." 李公曰: "是何言也?" 曰: "往于田, 號泣于旻天, 豈非孝子[32]乎?" 時宗道年十四, 李公大歎而奇其言, 以女妻之.

---

31 適 : 저본에는 '逼'. A본에 근거하여 수정.

32 子 : 저본에는 없음. A본에 근거하여 보충.

18

有人請受學於崔簡易岦. 簡易曰: "無吾以也. 子欲爲文章也, 則必如吾
師蘇齋先生, 居謫十九年, 無一日不讀書, 又必如吾常漢稟氣堅完, 罔晝
夜呻唔, 疾病不作, 然後方可以成文章. 不讀書, 雖師我無益也. 欲爲科
文, 則誦經史覽科製亦足矣. 何必師我之有?"

19

韓直長惠師, 善屬文, 人以韓文章稱之. 有人問『南華經』之意, 韓公乃釋
「齊物論」‘北[33]溟有魚’之句曰: "北溟陰也靜也, 魚陽也動也. 北溟有[34]魚
者, 蓋謂陰中生陽, 靜中有動也. 他皆類是"云.

20

鄭相國太和, 嘗指其夫人之腹曰: "彼腹生壽[35]富貴之子, 豈不異哉?" 其
後子載岳年八十餘卒, 稀壽也. 載齋以駙馬積貨累萬, 鉅富也. 載嵩宦至
議政, 極貴也. 相公之先知何其神哉?

21

李鵝溪山海, 嘗以大司成試士泮宮, 詩以「陌上花」爲題, 有一試卷, 文甚
贍麗, 鵝溪歎賞不已. 讀至"錢塘當日伯業開, 故國魚鹽三十州, 黃金堆屋
斗量珠, 白日歌鍾喧玉樓"等句, 鵝溪嘖嘖曰: "懷古之題有繁華氣象, 作
此詩者, 其必富貴乎." 遂置第一, 坼封而見其名, 則乃李漢陰德馨也. 時
年十五, 鵝溪以其女妻之.

---

33 北 : 저본에는 없음. A본에 근거하여 보충.

34 有 : 저본에는 없음. A본에 근거하여 보충.

35 壽 : 저본에는 없음. A본에 근거하여 보충.

22

柳西厓, 嶺南人也. 始仕時, 往謁東皐李相國浚[36]慶, 東皐[37]曰: "子有郊
庄乎?" 曰:"無之." 東皐曰: "仕宦者不可不有也." 西厓退語人曰: "李爺
無一言及於行身處世之道, 只勸我置郊庄, 豈不迂哉?" 其後西厓猝被門
外之黜, 日暮棲遑, 無所歸, 乃寄宿於村人草屋之下, 於是退思東皐之言
而歎曰: "李公可謂智人也."

23

愼獨齋金公[38]少時, 有親友家婢子持小札來, 適值大雨終日, 其婢不得還,
公不得已止宿其婢於別房, 其婢年少色美, 先生夜臥心動難制, 乃起以鑰
鎖其門還臥, 而心猶動, 又投其鑰匙於屋上云. 公[39]可謂不負其號矣.

24

肅廟朝黃某, 年老而拜諫職, 李頤命[40]譏之以五色臺諫. 蓋謂其姓黃, 其
職靑, 其袍紅, 其髮白, 其心黑.

25

鄭判書世規, 少時以所製科文, 質於東州公曰: "可以得第乎?" 東州公曰:
"文則好矣, 但[41]不中於程式, 得第未可必也." 鄭公自是不復應擧.

---

36 浚: 저본에는 '俊'. B·C본에 근거하여 수정.
37 東皐: 저본에는 '謂東皐'. 문맥을 고려하여 '謂'를 삭제. A본에는 '公'.
38 愼獨齋金公: A본에는 '金愼獨齋先生'.
39 公: A본에는 '先生'.
40 李頤命: A본에는 '有人'.
41 文則好矣, 但: 저본에는 '文矣俱'. A본에 근거하여 수정.

26

李鰲城爲兵曹判書時, 隣有武人欲得一官, 以李公公正不敢私囑, 其人知李公家貧, 嘗俵斗米置諸墻上, 欲使李公家取用以爲媒爵之資, 李公律身廉潔, 婢僕亦化之, 在墻上累日, 無一人顧視者. 一日李公家糧絶無以供飯, 李公夫人不得已使女僕取來作飯, 李公適出外還謂夫人曰: "墻上俵何處去?" 夫人以實告之, 李公咄歎不已曰: "米價不可不償." 遂除其人微官云.

27

金栢谷得臣與朴判書長遠交契甚密, 情若兄弟, 及金公遭親喪, 家貧無以供祭祀. 朴公爲方伯來辭於金公曰: "大祥祭需, 吾當盡辦以送, 子其勿慮." 朴公信人也. 平生未嘗違約負人, 金公信其言, 祥期迫近而不備一物, 朴公到營卽治送祭需, 適値霖雨江漲路阻, 不得前期而來, 金公渾家日日苦待, 祥日隔宵而竟無消息, 皆以爲欺人. 金公獨不然曰: "世上豈有欺人朴長遠哉?" 夜半有人叩門呼僮, 出見則營吏持祭需而來.

28

李知事震箕, 年七十五登增廣科, 誠稀世之事也.[42] 初試赴洪川試所, 及篇成, 扶杖携券呈於試所曰: "八十老翁, 將向黃泉, 誤尋路到洪川, 呈券而去." 考官相與大笑曰: "此人不可屈." 遂置榜中云.

29

申平城景禛, 武人也. 平生不解文字而喜作詩, 嘗有一句曰: "木木槐木淸風多." 以未[43]得其對爲恨. 有儒生作對曰: "相相申相風月好." 盖譏之也.

---

42 誠稀世之事也 : A·D본에는 '誠稀世之良材也, 且稀世之事也'.

又嘗以遠接使行到義州, 作詩曰: "義州風月好." 所歷路到處, 必'某[44]邑風月好'爲首句, 及到開城府歎曰: "開城府惡地也,[45] 詩亦不可作." '開城府風月好'爲句, 則便成六言, 而平城[46]不知詩有六言也, 聞者齒冷. 又與子書: "地官吾山所見應政丞出, 然則好哉."

30

權判書大載, 律己儉約, 居官淸簡. 嘗爲公山判官, 判官例供監司所需, 凡物皆撙節, 使不得濫用, 監司甚苦之. 監司處房堗常冷, 問諸房子, 曰: "判官所與柴小故也." 他日監司謂權公[47]曰: "柴小堗冷, 願優給." 權公[48]曰: "燠之何難?" 是日招房子, 又依前給柴, 親往監之, 無遺一介盡爇之, 堗熱如爐. 監司不能耐, 使通引傳告曰: "判官速去! 速去! 吾不敢復言堗冷矣." 一日, 權公[49]謁監司而出, 有一軍官踞軒而睨視, 入見問其姓名, 曰: "方姓也." 問其居曰: "多方洞也." 盖多方洞乃中人所居之洞也. 權公大[50]遂使下吏猝曳其人於庭, 而數之曰: "監司士大夫也. 我亦士大夫也. 我日日束帶候謁者, 以上下官之義也. 我雖曰監司下官, 士大夫也, 爾雖曰監司裨將, 姓方而居多方洞, 則中人也. 爾焉敢踞視士夫哉?" 命下吏以大[51]分套批頰無數, 卽報衙內, 使夫人促裝發程, 公[52]則直自營門馳

---

43 末 : 저본에는 '木'. A본에 근거하여 수정.

44 某 : 저본에는 '其'. A본에 근거하여 수정.

45 開城府惡地也 : 저본에는 '開城地也'. A본에 근거하여 수정.

46 城 : 저본에는 '聲'. A본에 근거하여 수정.

47 權公 : A본에는 '判官'.

48 公 : A본에는 없음.

49 權公 : A본에는 '判官'.

50 權公 : A본에는 '判官'.

51 大 : 저본에는 없음. A · D본에 근거하여 보충.

52 公 : A본에는 '判官'.

馬向京, 軍官輩齊訴於監司曰: "自古爲監司下官者, 不敢打軍官, 而今者判官敢爲無前之擧, 此而不治, 爲軍官者將无以堪之." 監司大責曰: "着本色赤狐耳掩十五年者, 權大載吾何以制之, 方神旣失禮, 罪當棍." 遂棍之. 仍汰軍官之任, 屢遣人謝於權公, 使之還任. 公不聽而去, 監司乃自馳到錦江上, 挽與同歸.

31

李昌元與趙景彬相友善. 昌元嘗作詩, 譏景彬之求仕, 景彬大怒. 及尹判書游判兵曹, 與昌元之父判書廷濟親友也, 將欲擬昌元以四山監役. 景彬知之, 欲沮其仕, 與其從弟甲彬, 擬昌元作乞仕文, 伺尹公赴政席之日, 使人路呈之. 尹公披見太笑, 恐有人言, 遂不擬望. 其文曰:

文短蟹尾, 望絕顯達; 窠缺犬項, 冀加塡差. 惟大監哀之憐之, 卽小人命也福也. 伏念小生, 殘山單麓之餘脈, 醶臭蠹種之屢生. 六品先徵, 常捫北京懸來之鼻; 一室賢助, 恒誇南門掛去之閨. 徒緣春網鐵之數奇, 遽爾秋網太之年富. 人物勃若, 自許百執事[53]可堪; 命道差那[54], 尙此初付職不得. 尹雲仲之冠帶借[55]着, 朴守僕之窺見堪羞. 陵參奉之運[56]數細推, 吳判書之質言無驗. 人皆食祿, 發賣册幼學哀殘; 兒將娶妻, 上尊號生員愁痛. 大小科[57]盡讓於同接, 我獨作豊年乞兒; 門戶計惟望於後承, 人或期名士古佛. 木天嚴邃, 君敬之翰林此生已休; 玉壺淸凉, 華瑞之別提卽景堪羨. 特因家庭之不數, 每恨仕路之向遲. 翁歇后叔不知, 聯臂無路; 兒長醉弟多病, 出力其誰? 家有尙書, 不獲一命之露祿; 代無懸物, 還羨伯

---

53 百執事 : 저본에는 '可執'. A·D본에 근거하여 수정.

54 那 : 저본에는 '非'. A·D본에 근거하여 수정.

55 借 : 저본에는 '試'. A·D본에 근거하여 수정.

56 運 : 저본에는 '還'. A·D본에 근거하여 수정.

57 科 : 저본에는 '斜'. A본에 근거하여 수정.

氏之過房. 關王示籤, 曾驗一二年之頗吉; 洞友觀相, 每說四十運之稍通. 幸茲西銓相公, 是我同閈尊丈. 猶子事父, 上宅爺季氏台; 若弟如兄, 參奉公正郎位. 門下出入, 常仰視骨肉之恩; 兵曹坐定, 冀遂改名字之願. 常乞德於胸裏, 豊山守之入丈何時; 輒虛發於年來, 蔡湖洲之除職專恃. 公座簿朔已滿, 縱聞假監役之當遷; 老少論情志不通, 奈此大冢宰之異色? 惟今番四山二闕, 即小人千載一時. 逢此好機, 寧禁老處子之囁鼻; 稱曰進賜, 庶免生書房之終身. 室家之嗔罵如奴, 正坐每每落榜; 身勢之住處無地, 實緣人人得官. 伯禽纔離馬曹, 養親之芻豆[58]垂罄; 仲羽已解魚綬, 廩婢之黍稷難輸.

茲將切迫情由, 敢以詮次告課. 只恃[59]平日德分, 第拔爲之; 至若一家尊行, 不足數也. 所望止此, 不可謂希覬功名; 其情甚憐, 抑或諒冒沒廉恥. 烏紗帽黑角帶, 金化叔之前着方閑; 紅團領靑氅衣, 阿只氏之預備已久. 倘於都政之日, 得蒙差除之恩. 政廳使令唱婢之聲, 數[60]貫銅之何惜; 山直軍士問安之奏, 一瓶之酒不難. 公道太恢, 遐方之武士亦皆收錄; 朋好素密, 故人之稚子寧忍忘遺. 茲敢重言復言, 毋擬副望末望. 除職之日, 謹當祝手願相, 舉脚興濃, 職掌所關, 巡山豈待漢城府申飭; 恩德罔極, 禁松當於延禧宮絕嚴.

所謂六品先徵, 北京懸鼻者, 我國赴燕使之邊也, 先來者必加六品之資, 而廷濟赴京時, 昌元以子弟軍官隨行, 鼻凍而來也. 所謂發賣冊幼學者, 時當[61]癸丑飢歲, 無職者, 朝家發倉粟賑之, 而謄其姓名於冊也. 所謂代懸物者, 凡廟庭文廟[62]配享人功臣淸白吏戰亡人子孫, 則擬職時, 必懸註

---

58 豆 : 저본에는 '頭'. A본에 근거하여 수정.

59 恃 : 저본에는 '特'. A본에 근거하여 수정.

60 數 : 저본에는 없음. A·D본에 근거하여 보충.

61 當 : 저본에는 없음. A·D본에 근거하여 보충.

62 文廟 : 저본에는 없음. A·D본에 근거하여 보충.

某孫於名下也. 所謂關王示籤者, 國俗, 推命者必往關王廟, 抽籤於籌筩, 以驗其吉凶也. 所謂四十運者, 國制, 生進年三十, 幼學年四十, 方除職也. 所謂延禧宮者, 乃尹公之別業也. 時閔相鎭遠見此文而奇之, 寫置案上, 客來, 必展讀一遍曰: "若非此文, 三夏永日, 吾何以消遣乎?"

32

余[63]按『大東書法』所錄者, 凡五十一人, 金生·崔學士致遠·鄭圃隱·李益齋齊賢·李杏村嵒·偰按廉慶壽·朴礎·韓柳巷脩·成獨谷石璘·河相國演·朴學士彭年·安平大君瑢·成觀察槪·申巖軒檣·崔直學興孝·鄭萊城蘭宗·柳文學公權·姜仁齋希顏·金直學魯·蘇退休世讓·成安齋任·金悠然希壽·鄭湖陰士龍·金自菴絿·金河西麟厚·李退溪·宋頤菴寅·白玉峯光勳·白松湖振南·成聽松守琛·成牛溪渾·李鵝溪山海·韓石峯濩·吳晩翠億齡·楊蓬萊士彦·黃孤山耆老·李玉山瑀·韓南崗準·李淸江濟臣·金南窓玄成·申東淮翊聖·吳竹南竣·李灘翁袾·李峒隱義健·李梨川弘冑·李松溪麟奇·李長城瀟·李聽蟬志定·曹夏寧文秀·趙滄江[64]涑·姜復泉鶴年. 而其中金生·崔致遠·杏村·安平·自菴·玉峯父子·聽松·鵝溪·石峯·蓬萊·孤山·南窓·竹南·聽蟬尤有名者也. 若其爲法於當時, 可傳於後世者, 不過金生·安平·石峯三人而已. 書難不其然乎?

33

東平尉鄭載崙, 爲人恭儉謹愼. 嘗作半間室, 積書册於四隅, 其間只可容二人. 常處其中以接賓. 一人來則一人不得已起去, 蓋其意以爲三人會

---

63 余: A본에는 없음.

64 滄江: 저본에는 '醜翁'. A본에 근거하여 수정.

話, 則與甲酬酢之言, 乙者必傳說於人也. 凡與人往覆之書, 必片片割裂, 纏以爲繩, 曰: "多少說話, 不可使煩人眼目也."

34

李烓能詩性驕, 嘗作詠雁詩曰: "驚起[65]瀟湘岸, 聲連夢澤群. 西風吹萬里, 寒影已秦雲." 時有典[66]文衡者謂烓曰: "子之詩美則美矣, 但已字未妥[67], 改[68]以入字則尤好矣." 烓良久乃應曰: "士大夫作詩, 不當若是." 其人大慙.

35

近世有李再春者, 以善書名. 嘗論筆法品第, 屈指第一指而曰鍾繇, 屈第三指而曰王羲之, 其第二指伸而不屈. 或問第二指, 誰可[69]當之, 曰: "我也." 蓋再春習鍾體, 故以鍾繇爲首, 而以羲之居己之下也. 皆笑其癡. 然人之自期, 期於高處, 然後其所成就方不低矣.

36

南藥泉九萬用干支格作破字文曰: "揮鉏擲金, 蓋取諸寅; 載冠小心, 橫目履丁. 一直一平[70], 開口吞午. 先撇爲飀, 後勾[71]成乙. 夔首禹股, 當胸藏甲. 震來得雨, 人往坐亥. 立跟背艮, 飮酪避酉. 左從諧韻, 右乃用戊."

---

65 驚起 : 저본에는 '飛鷔'. A본에 근거하여 수정.
66 典 : 저본에는 '曲'. A본에 근거하여 수정.
67 妥 : 저본에는 '安'. A·D본에 근거하여 수정.
68 改 : 저본에는 '可'. A·D본에 근거하여 수정.
69 可 : 저본에는 없음. A·D본에 근거하여 보충.
70 平 : 저본에는 '年'. A본에 근거하여 수정.
71 勾 : 저본에는 '句'. A·D본에 근거하여 수정.

蓋破宜寧南九萬雲路識八字也, 文甚奇巧.

37

有睦姓武人講兵書, 至易字, 不能[72]讀, 遂見落. 退語人曰: "今日不通之字形, 上如人家米升, 下如以四指攫之, 豈不怪哉?" 聞者莫不齒冷.

38

可憐者咸興名妓也. 嘗爲監司權公歆所眄, 爲之守節終身. 善歌而喜誦出師表. 李參判匡德嘗補外爲甲山府使, 行到咸興, 賦詩以贈曰: "咸關女俠鬢如絲, 醉後高歌兩出師. 唱到草廬三顧語, 逐臣淸淚萬行垂."

39

夫難學而難成者, 文也. 筆, 其次也. 故古之以筆鳴世者, 亦莫不勤苦用力而後成. 張芝臨池學書, 池水盡黑, 鍾繇入抱犢山十年, 木石盡黑, 趙子昂十年不下樓. 夔子山每日坐衙寫盡一千字, 方進膳. 噫, 以張鍾子昂超逸之才, 尚且積工, 若是之勤, 況凡才者乎?

40

尹判書淳嘗曰: "韓濩書, 常漢筆也. 李再春書, 徒習木板筆陣圖, 必不足觀也."

41

李掌令命殷癖於書, 雖在路上, 常持木枝以行, 曰: "不可一刻忘執筆之法也." 竟以筆名世.

---

72 能 : 저본에는 없음. A・D본에 근거하여 보충.

42

睦壺翁樂善與余從五代祖東州公, 自兒時結交契至密也. 旣東州公宦達, 足未嘗一及於門, 亦不通書問. 及丁丑年, 東州公以江都事謫寧邊時, 人無過問者, 獨睦公冒雪渡江, 携酒往餞, 竟夜款款不忍別云.

43

尹判書趾仁, 居官淸儉, 有氷蘗聲. 所居屋隘陋, 且朝夕陽暴之, 當暑則人不堪其熱, 公處之怡如也. 爲兵判時, 軍校輩悶之, 瞰[73]公之出造, 揭遮陽于簷前, 公還見責之, 問所入幾何, 出家錢給之云.

44

蔡希菴彭胤嘗閑居, 有人來呼侍僮曰: "蔡彭胤在否?" 其人容貌醜怪, 衣裳藍縷, 狀似乞人. 侍僮慢罵之曰: "爾是何人, 敢呼宰相之名乎?" 蔡公[74]適臥房中, 聞其聲而異之, 開窓引入, 與之坐而問曰: "何所聞而來也?" 曰: "聞公詩名, 久矣. 欲觀寶什而來耳." 蔡公遂出示私稿, 其人披覽曰: "公之詩, 儘美矣." 蔡公曰: "子旣見我之詩, 我願聞子之詩." 曰: "公欲聞之, 命題呼韻, 則當賦之矣." 蔡公以獨釣寒江雪爲題, 呼凝繩鷹三韻, 使賦七言絶句, 其人應口卽對曰: "白玉連江萬里凝, 探深無計下長繩. 漁翁捲釣空過水, 鱸鱠誰能薦季鷹." 詩成辭去, 蔡公問其姓名, 答曰: "無名, 姓則㗹哥也." 蔡公[75]每誦其詩而歎曰: "不但詞語淸高, 人所難及, 觀其貌, 聽其言, 此必隱君子, 傲世而鏟迹者也."

---

73 瞰 : 저본에는 '敢'. A본에 근거하여 수정.
74 蔡公 : A본에는 '希菴'.
75 蔡公 : A본에는 '蔡'.

45

吳進士尙濂號燕超齋, 文章高一世. 不幸短命死, 而其「送友」詩曰: "步出白門路, 楊堤聞早鶯. 東風吹雨色, 南浦送君行. 絃急隨斷腸, 盃殘並淚傾. 征輪不可望, 一轉一傷情."

46

愛男者, 李府院君光庭之奴也. 壬辰倭寇猝至, 大駕西行時, 李公以說書直闕中, 徒步扈從. 愛男聞變急, 具鞍馬追公, 於弘濟院以乘公, 星夜跋涉, 殫誠執靮. 行到臨津, 大雨下注, 夜黑如漆, 咫尺不辨, 村民盡逃, 不知船泊何處, 擧朝焦遑, 計無所出. 愛男以火爇江邊村舍, 通明如白晝, 於是見船數隻寄在津邊, 一行遂得以濟, 宣廟問燒廬覓舟者誰之計也, 侍臣對以愛男. 上甚奇之, 自是御膳必賜愛南, 愛男每以乾物盛諸布帒, 至白川, 御膳闕供, 愛男出帒中進之, 上尤益奇之. 亂定, 上還都, 召見愛男于差備門, 親賜金圈子以寵之, 而愛男納諸囊中, 終身不着云.

47

柳一心者居海西之金川, 其父佚, 年二十餘, 發憤讀書, 僅能記姓名, 而常自喜曰: "雖以吾之家前尹氏良田直千金者, 易吾之文, 吾不願也.[76]" 有六子, 而一心最有才, 乃敎之講經, 課督甚勤, 臨終執手而語之曰: "我死, 汝勿以執喪爲心, 須孳孳講讀, 期於必成, 以慰我黃泉之下[77]也." 一心泣對曰: "謹奉敎." 旣成服, 遂携書上山寺, 罔晝夜咿唔, 及葬時還家, 葬畢又上寺. 嘗上京講書八年乃歸, 見一女兒持食床來, 問其妻曰: "此何兒也?" 曰: "夫去時所孕者也." 其讀書之勤, 可想矣. 竟登己酉第, 未分

---

76 吾不願也 : 저본에는 '吾願也'. A본에 근거하여 수정.
77 黃泉之下 : A・D본에는 '泉下之魂'.

館而殘, 惜哉.

48

李夢鯉者微賤人也. 天姿近道, 自少從事於向上工夫, 居必跪坐, 行必緩步. 判書金取魯之奴名介金者, 狂悖人也. 見其舉止不凡, 行步甚[78]舒, 心嫉之, 遂推而納諸溝中, 曰:"何物豎子作此八字步乎?" 夢鯉自溝中拂衣而出, 無慍色嘗語, 不顧而去. 介金又推之溝, 夢鯉又不顧而去, 介金於是大驚異之曰:"此必有道者也. 吾行於世, 久矣, 辱人多矣, 未嘗見無一毫慍怒之色如斯人者也." 遂趍伏於夢鯉前曰:"小人有罪, 唯君死生之." 夢鯉若不聞而去, 介金遂踵至夢鯉家謝罪, 自厥後每月朔望, 必往候其安否焉. 夢鯉有至行, 事親孝事師盡其誠,[79] 夢鯉常進參朝夕祭奠, 徒步往來, 而不以爲勞, 盡三年如一日, 雖風雨不廢也. 上乙丑相臣白其孝行, 上嘉之, 命賜其母米肉.

49

申判書㟼, 善相人. 閔鎭厚嘗問其窮達, 答曰:"相君之面, 全無貴氣, 其不霑一命哉." 及鎭厚辭出, 見其舉止行步, 招入而語之曰:"相君之背, 都是貴氣[80]貴格, 必躋吾位哉." 後鎭厚[81]官至判書.

50

金相國壽恒夫人羅氏, 有藻鑑. 嘗擇婿, 聞驪陽府院君閔公家有郎材, 使

---

78 甚 : 저본에는 '其'. A본에 근거하여 수정.

79 夢鯉有至行, 事親孝事師盡其誠, 師死而無子 : 저본에는 없음. A본에 근거하여 보충.

80 貴氣 : 저본에는 없음. A·D본에 근거하여 보충.

81 鎭厚 : A본에는 '閔公'.

子昌協往相之. 郞材卽閔公[82]鎭遠也, 幼時體甚脆弱. 昌協還白其母曰: "其人將不久於此矣." 羅氏然其言, 而以李某婿之. 其後金相[83]爲松京留守, 時閔驪陽爲關西伯. 閔相爲覲親下往, 道經府內. 羅氏[84]聞之, 使昌協邀致, 自簾中見之. 閔相去後, 召昌協[85]大責曰: "吾相其人, 滿面貴氣, 其必位躋三公, 壽富而多男子矣. 嗟爾肉眼, 安能知之? 吾女福薄, 豈堪爲大臣婦? 若李郞, 非但不達, 年又不永矣. 然吾又何恨乎?[86]"後果如其言.

51

近世有[87]金潤基者, 以善相人名一世[88]. 嘗見吳判書始復曰: "公之右手殺氣萃焉. 三日之內, 必着握手矣." 判書大驚曰: "子以我爲死乎?" 曰: "否. 公之滿面, 無非吉氣, 無憂矣." 翌日判書遭從妹喪, 凡送終諸具, 靡不躬親監之, 女婢造握手不合[89]樣, 乃着諸右手, 而責其不合. 旣而思潤基之言而歎曰: "潤基眞神人也." 趙承旨涅, 嘗以兵郞罷官居鄉, 己巳春, 有事上京, 潤基與之同舟相之曰: "喝導之聲, 聞於耳矣." 我國稱司諫院下隷爲喝導, 潤基盖謂必拜諫官[90]也. 承旨大笑曰: "吾方失時見錮, 豈有爲淸宦之理乎?" 及到京, 朝著換局, 除正言者已三日矣. 庚午年, 南陽洪公諱克濟[91]中增廣初試壯元, 與儕友同發解者出接做工. 有一友邀致

---

82 公 : A본에는 '相'.

83 相 : A본에는 '公'.

84 氏 : A본에는 '夫人'.

85 昌協 : A본에는 '農巖'.

86 然吾又何恨乎 : A·D본에는 '然吾女之死, 必先於李郞, 莫非命也, 吾又何恨乎'.

87 近世有 : A본에는 없음.

88 人名一世 : 저본에는 없음. A·D본에 근거하여 보충.

89 合 : 저본에는 '成', A·D본에 근거하여 수정.

90 諫官 : 저본에는 없음. A·D본에 근거하여 보충.

潤基論相, 諸人莫不問其窮達, 公獨不問[92]. 潤基異之, 熟視之曰:"彼中初試乎?"諸人給之曰:"此人適隨吾輩同做耳, 非爲會試工夫也."潤基曰:"胡爲給我? 此人豈徒中之? 必是壯元矣. 相其色, 紅黃滿面, 未及赴會闈而登科, 其在十日之內乎."諸人責之曰:"節製旣非時, 會試又不遠, 子何出此妄語?"潤基曰:"爲此儒必有一科."不數日, 肅廟特設別科策士, 公中第二.

52

吳命修贈赴燕使詩曰:"東土無人蹈碧海[93], 中原送客問黃河."趙豊原顯命爲吏判時, 見而歎賞, 用爲金吾郎.

53

崔守亮昭陽江詩曰:"昭陽江水忽翻紅, 日出香爐第一峯. 三月烟花開爛熳, 登高岸幘醉春風."其詩豪爽可愛.

54

尹判書淳, 戊申亂時以監護使往全州, 四月八日觀燈賦詩曰:"明時小醜足煩兵, 從古甄萱亦弊城. 湖外分戎馳傳急, 江南歸凱倚人成. 山河縮䜌眞都會, 井落煙花自太平. 杖節登臨酬令節, 沛中佳氣萬燈明."

55

東州公[94]嘗以許眉叟之文爲僧文, 盖病其無味也. 星湖李公[95]曰:"我朝

---

91 洪公諱克濟 : A본에는 '洪克濟'.

92 公獨不問 : A·D본에는 '洪獨問壽夭'.

93 東土無人蹈碧海 : 저본에는 '東國有人悲漢水'. A·D본에 근거하여 수정.

三百年行文, 當以眉叟爲第一, 但長於叙事而少議論耳."

56

李判書觀徵, 少時與睦相同上僧伽寺讀書. 一日俯瞰京城有治屋壯麗者, 判書謂睦相曰: "此必貪宰浚民膏而潤屋者也. 吾輩他日榮顯, 勿以貪貨財營家舍爲心乎?" 睦相曰: "諾." 其後俱位躋卿相, 而淸儉律身. 睦相嘗買一宅, 而無廳事可以接賓, 遂構數間屋於隙地. 判書往責曰: "公不念前日山寺之約耶? 何爲作此堂? 我當飮公一椀酒, 以罰公食言." 睦相曰: "我固當罰, 將欲飮之." 睦相之子色於判書曰: "罰盃非所以待大臣也." 判書拂衣而去, 睦公大責其子, 令送乞邀還, 竟飮一椀酒以自罰云.

57

姜菊圃樸, 每稱蔡希菴彭胤詩"主恩湖舫歸期晚, 世事山燈睡意遲"之句, 曰: "雖[96]只有此一句, 亦足以傳後矣."

58

金判書[97]昌協遊山賞花詩曰: "城裏看花花欲盡, 入山又見杏花新.[98] 自知難貰風流罪, 偸占人間兩度春." 語意甚新.

94 東州公 : A본에는 '李東州'.

95 星湖李公 : A본에는 '李星湖'.

96 雖 : 저본에는 없음. A·D본에 근거하여 보충.

97 判書 : A본에는 '農巖'.

98 入山又見杏花新 : 『농암집(農巖集)』에는 '入山更見杏花新'.

59

近世有以前妻而祭後妻者, 呂相國之妻也. 先及第而後進士者, 姜履相之科也. 呂相國聖齊, 初娶姜政丞碩期之女, 及姜相坐死於姜嬪獄, 呂公呈官離異, 更娶他妻, 後姜獄雪寃, 呂公還率前妻與後妻同居, 後妻先死, 而前妻祭之, 故曰以前妻而祭後妻也. 姜履相登文科, 以試卷有違格撥榜, 其後中司馬, 而後復前科, 故曰先及第而後進士也.

60

許眉叟贈法泂上人曰:"其生也, 如浮雲, 寄於天末, 其死也, 若歸雲之散於碧空, 其中唯有長空片月, 萬古長存, 唯一靈知覺之不滅也." 嘗見李判書德壽『罷釣錄』錄此文, 蓋好之故錄之, 而無評語可訝.

61

金淑萬者, 判書徽之庶子也. 嘗來謁我曾王考悔軒公, 公曰:"何久不見也?" 對曰:"其間欲調飢也." 公曰:"何謂也?" 曰:"士大夫見庶孽之肥胖者, 則目以頑惡, 臞瘦者則指爲奸詐, 是以飢難調也." 聞者莫不絕倒.

62

韓德弼爲洪州牧使時,[99] 嘗出他, 知印[100]中路買餅而食, 及還, 餅主索其直, 知印欲藉官勢而不與, 乃曰:"吾不曾食汝餅." 餅主訴於韓[101], 韓[102]命取一椀水來, 使知印漱其口, 餅屑自口中出, 遂杖之, 徵其直而與之,

---

99 韓德弼爲洪州牧使時 : B본에는 '李判書裕民爲洪州牧使時'.

100 知印 : 저본에는 '知引'. B본에 근거하여 수정. 이하 같음.

101 韓 : B본에는 '李公'.

102 韓 : B본에는 '李公'.

見者莫不歎其智.

63

盲人金兌老者, 乖崖[103]之裔也. 居嶺東之原州, 常以修善種德爲心, 蚤夜以思, 思利人澤物之道. 戊午春, 求得栗子五六斗, 種于白雲山下酒山村大路傍, 使村人守之. 蓋欲以利行客也. 其後千餘株鬱然成林, 結子離離, 行人之過去也, 暍者依陰而憇, 飢者摘實而食.[104]

64

金宜信寫字官中最有名者也. 嘗自寫一紙, 獻于竹南吳公曰: "此石峯筆也." 吳公曰: "先生書中得意者也". 宜信跪伏曰: "乃小人所書也[105], 小人敢瞞大監, 罪當死." 吳公憮然良久曰: "吾亦謂筆畫稍生矣." 吳公旣筆家, 又是石峯之高弟, 而尙不能辨其眞假, 世人之不習一字, 而論書之長短者, 抑何心哉?

65

李玉洞瀲, 自少大肆力於筆法, 至老不休. 其法專以三折筆爲主矣. 嘗謂我先考溫齋公曰: "從祖聽蟬公少時, 見石峯之運筆, 識得妙法, 傳於家庭, 故吾亦有所受矣."[106]

66

筆畫中戈法最難, 波法次之. 唐太宗之作字也. 遇戈畫, 則使虞世南代之.

---

103 崖 : 저본에는 '厓'. A본에 근거하여 수정.

104 飢者摘實而食 : A본에는 '飢者摘實而食, 皆稱之曰金盲善心.'

105 小人所書也 : 저본에는 없음. A·D본에 근거하여 보충.

106 嘗謂我先考……故吾亦有所受矣 : A·C본에는 없음.

韓石峯濩常恨波法之不工, 一日夢王右軍低垂其足而示之, 始乃覺得其妙云.

67

張旅軒居嶺南之仁同, 嘗打麥于庭, 大雨暴注, 收而積于軒上. 旅軒年老貌黧, 衣冠甚麄, 頗似村翁, 時本道方伯之子爲雨所驅, 入坐軒中, 而不禮焉. 卒然問曰: "打麥不少, 君似食粟矣." 答曰: "能力穡, 僅免飢餒矣." 見鬢着金圈子, 問曰: "無乃納粟嘉善乎?" 答曰: "近來加資甚多, 故鄕人得之, 亦不難矣." 又問: "君有子乎?" 答曰: "有繼子." 問: "在家否?" 答曰: "有役, 方上京." 問: "何役?" 答曰: "方爲副學之役." 時旅軒子應一方爲副提學. 又問曰: "聞旅軒張先生在此邑, 君或知之否?" 答曰: "近處少年無知, 稱我爲旅軒矣." 道伯子聞之不勝驚恸, 下庭雨立曰: "小子愚迷, 獲罪於先生, 請受其罰." 旅軒勸使升軒責之曰: "士子言語不可不愼, 是後須勿復然." 其後道伯率子而來, 謝其不能敎訓之罪, 欲撻其子, 旅軒力止, 乃已矣.

68

金參判始振, 我高祖考混泉公之姨兄也. 混泉公嘗曰: "金兄可與論政事." 金公[107]藻鑑甚明, 嘗於路上, 有一童子, 遇戴水桶女兒, 執其頂而接其口[108], 見其容貌秀美, 使人問之, 則乃閔黯也. 金公知其必大貴, 許以女妻之, 及委禽之日, 金公見其入[109], 色忽不豫, 客問其故, 答曰: "恨吾之見未明耳, 渠雖位極人臣, 其如不令終何? 但吾女同享其樂, 不見其敗而先

---

107 我高祖考……金公 : A본에는 없음.

108 執其頂而接其口 : 저본에는 '與之戲焉'. A·D본에 근거하여 수정.

109 其入 : 저본에는 '事'. A·D본에 근거하여 수정.

死, 亦何[110]恨乎." 後果如金公言.

69

金栢谷得臣, 嘗作'雨落沙顏縛'一句, 而不得其對. 常以爲恨. 適參忌祀, 忽大喜曰: "吾今因祭得句, 以'風吹酒面嚬'爲對, 則豈不好哉?"

70

李白沙少時上山寺讀書, 空殿多鬼魅之變, 日暮人無敢入者, 公欲乘月往遊, 僧皆力挽之, 不聽而去, 有着敝笠衣布衣, 身長而面醜者, 來立於前, 先作一句曰: "月色琉璃滑, 秋光錦繡堆." 使公續成之, 公應口卽對曰: "何山何白骨, 淸夜獨吟來." 其鬼拜而去曰: "他日必大貴矣."

71

尹進士孝貞號漁樵, 隱居湖南之海南. 少時家甚貧, 煮糉爲粥, 俟凝而四破之, 夫妻朝夕各食其一塊, 夫則力穡於外, 妻則勤績於內, 財産日滋, 至有千石水田. 雖積苦致富, 而性喜施與. 嘗於歲末招一匠人, 以縣糴未納, 方繫獄, 公聞而憫之, 送人獄中, 問其所納, 則負官穀同囚者數十人, 翌日輸租數百石于本縣, 盡解數十人囚. 其後當凶歲季冬, 公忽念前事, 歎曰: "前者年豊繫獄者, 尙有數十, 況饑歲乎?" 問諸縣官, 見囚者數百, 而當納之穀, 至於數千餘石. 公又如數輸納, 數百人一時脫枷而出, 莫不感泣. 公有男四人而三子登文科, 後孫甚蕃, 多顯達者, 人皆謂積德之報.

72

黃瞽尙淸, 學卜術於士人趙陽來, 以善占名世, 而妙解不及其師. 有一人

---

110 何 : 저본에는 없음. A·D본에 근거하여 보충.

以家間灾患不絕, 問諸尙淸. 尙淸卜之, 大叱曰: "汝斲汝父之頭, 而敢來問我乎? 速去速去!" 趙適在傍, 謂尙淸曰: "君未達一間耳, 此必斲神主頭而小之者也." 其人謝曰: "先人神主, 庸工造之, 不中式而過長, 故果斲而減之矣." 於是尙淸大服其師之通[111]神.

73

或問金昌翕[112]之孫曰: "三淵[113]以蔡希菴之詩爲何如?" 答曰: "平生未嘗聞毀譽之語, 每値月明, 則輒誦故人好詩句, 亦吟'天門只隔崇朝路, 江漢虛橫盡日舟'之句." 此句乃希菴輓權相大運也.

74

元相國仁孫, 嘗問於李判書鼎輔曰: "徐命天 · 李敏坤 · 金載人, 合之則可謂天地人三才, 而難得其對." 李公曰: "魏昌祖 · 閔百男 · 元仁孫, 幷之則祖子孫三世." 人稱的對.

75

昔一私奴財産頗饒, 納錢千緡于其主, 願贖其身. 其主却不受曰: "奴云奴云, 豈可於一人之身收千金之利乎? 晦日吾當與汝一文錢, 自初一日, 日日倍息其利, 一化爲二, 二化爲四, 止于三十日而止." 蓋三十日倍息之利, 至於一京七億四萬二千四百十六兩二錢四分之多, 而其奴不量也. 受而去, 頌其主之仁, 日納倍利, 未及二十日, 無以辦應, 遂逃去.

---

111 通: 저본에는 없음. A·D본에 근거하여 보충.

112 金昌翕: A본에는 '金三淵昌翕'.

113 三淵: C본에는 '三淵翁'.

76

昔明天使行到松都, 問於遠接使曰: "松鈴鳴耶?" 對曰: "柳絮吠耶?" 時
稱巧對.

77

昔有一都事考校生講, 有白髮校生挾『史略』初卷而入, 講天皇氏大文.
都事心侮之, 欲使落講, 問曰: "爾知天皇氏父名乎?" 對曰: "使道知此
邑郭[114]座首之父名耶?" 都事叱之曰: "吾何以知之?" 校生對曰: "今世生
存人之父名, 亞使尙不能知之, 小生安知累萬歲前天皇氏之父名乎?" 都
事大笑.

78

沈齊賢與安應漢[115]‧鄭壽俊‧韓舜錫出寓長興洞, 同做儷文, 聞南鄰沈
判府事家爲迎婦設宴. 四人共作乞酒啓, 獻于沈公. 公覽而歎賞, 優送酒
殽. 其文曰:

惟酒無量,[116] 卽先聖之徽言; 以飮爲名, 亦古人之能事. 是以嵇叔夜之養
性, 何忍獨醒; 李謫仙之耽盃, 但願長醉. 長安市上, 解金龜於賀監; 習家
池邊, 倒接䍦於花下[117]. 隣家盜飮, 何害吏部之風流; 里舍酣歌, 不妨丞
相之視事. 況詩人愛之如渴, 惟君子不以爲非.

伏念小生酒人乎, 游醇儒者類. 平生性癖, 不愧愛酒之天; 痛飮形骸, 尙
阻置醴之地. 藏名酒肆, 虛度三十春光陰; 通籍金門, 竊期一千載際會.

---

114 郭: 저본에는 없음. A‧D본에 근거하여 보충.

115 應漢: 저본에는 '溪應'. A‧D본에 근거하여 수정.

116 惟酒無量: 저본에는 '惟酒量'. A본에 근거하여 수정.

117 倒接䍦於花下: 저본에는 '倒䍦於山間'. A본에 근거하여 수정.

近與二三子同榻, 自喜九四朋盍簪. 少時尚奇鄕貢進士韓愈, 中年遊藝太學書生何蕃. 一飮則三百有餘, 薄技則四六最長. 凉生書幌, 不堪潘岳之愁; 雨灑文園, 玆有相如之渴. 荷花無語, 商颷傳十里之香; 梧葉初彫, 佳節屬三秋之序. 杜陵囊裏, 歎靑錢之無儲; 彭澤門前, 嗟白衣之不來. 是以一飽之有數, 聊得半餉之偸閑.

伏惟相公, 憂國細傾, 居家最樂. 芝蘭薰室, 鄭當時之延賓; 蔘朮盈籠, 狄梁公之愛士. 雛皆好於鳳穴, 白眉最良; 人如登於龍門, 靑眼相對. 適當百兩之御, 欣覩九十其儀. 酒肉如山, 釀洞庭之春色; 車馬塡巷, 鬪華筵於秋風. 彩帳飛騰, 方設南隣之高會; 緇帷寂寞, 自憐西河之孤吟. 月白風淸良夜, 何謾羨蘇子瞻之有肴有酒; 天朗氣晴是日, 也[118]虛負王逸少之一咏一觴. 傷[119]哉貧賤之堪羞, 或者高明之垂察. 呼兒將出美酒, 一擧手間; 吹水願添金杯, 再拜足下.

79

李松谷嘗有一句曰: "凍雨洒窓, 東邊二點, 西邊三點." 終身求對不得, 後人作對曰: "切肉分食, 上半七刀, 下半八刀."

80

李松谷七夕夜與諸學士會話, 先成一句曰: "七夕夜如柒." 使之屬對, 蔡希庵對曰: "三更星有參."

81

癸未冬, 上親臨景福宮, 面試中生進會試者, 各使一卒守一儒. 有某者謂

---

118 也 : 저본에는 '夜'. A본에 근거하여 수정.
119 傷 : 저본에는 없음. A본에 근거하여 보충.

守卒曰:"吾有外場文, 汝若覓入, 則當給錢八緡." 守卒責之曰:"君何爲出此言乎? 朝家使吾守君者, 所以防其姦也. 豈忍犯國法耶?" 某曰:"汝不聞某懸富人某[120]? 若以爲小, 則雖至百緡, 吾不慳之矣. 暮夜之事, 誰有知者?" 其卒曰:"宅不爲『小學』矣乎? 楊震却金曰: '天知, 神知, 子知, 吾知.' 吾縱欲受之, 獨不愧於楊震乎?" 某達夜哀乞, 竟不聽, 某乃嶺南人云, 卒賤人也, 而行出乎士夫上, 可敬也. 然不詳其姓名, 亦惜也.

82

金判決事孝建以宣廟十七年甲申生, 即余五代祖分沙公甲稧中人也.[121] 仁祖甲子登科, 顯宗丙午卒, 壽八十三. 其第四子鋄, 生於孝宗元年[122] 庚寅, 肅宗辛未捷文科, 今上[123]十四年戊午, 以年高召見, 特授知中樞府事, 書賜御製詩有曰:"我朝三百年來也, 今卿父子半乎哉." 蓋自宣祖甲申至今上[124]戊午, 凡一百五十五年也. 知事年踰九十而聰明不衰, 行步猶敏. 故节亭公[125] 詩曰:"燈下蒐書見, 山中木履巡." 至癸亥歲九十四卒. 判決夫人, 亦壽踰九十, 二子一女皆壽踰八十, 尤異矣.

83

李判書泰和眼視甚明, 雖黑夜, 卜細書字畫. 槐院回刺者, 必以深夜進候於先進之門, 世稱鬼役也. 李公年十八登第, 與同榜人被選於槐院者, 偕作回刺役, 有一先進不受一刺退之, 衆皆莫卜爲誰, 將欲罷歸, 取而見之,

---

120 某懸富人某 : 저본에는 '陰弁一富進士乎'. A본에 근거하여 수정.

121 金判決事……中人也 : A · C본에는 없음.

122 年 : 저본에는 없음. A본에 근거하여 보충.

123 今上 : A본에는 '英宗'.

124 今上 : A본에는 '英宗'.

125 公 : A본에는 없음.

知爲某刺矣. 語於儕輩曰:"是乃某之刺, 吾輩無憂矣." 人莫不歎其眼力
之異常.

84

肅廟丙辰正月, 特設庭試文科, 則只取七人, 而我曾王考悔軒公[126]爲丙科
第四, 武科則取就商等二萬餘人, 放榜于敦化門外, 以闕庭不能容二萬人
故也. 蓋其時朝家議北伐, 爲愛[127]武出身, 除赴防米, 設此科也. 悔軒公
[128]『小記』曰:"出榜翌日, 文武狀元會于掌樂院, 出武榜色二十六人, 圖
所以刊出榜目者, 而參榜者多鄕曲武士, 不解文字, 父名・雁行, 無以憑
信, 故事竟不就. 放榜時, 乙科以上唱名, 丙科以下不得唱名, 以白旗書
邑號竪之, 路傍領將色吏立旗下, 參榜者亦就旗下, 團聚受紅牌, 列酒瓮
五六於路右以賜酒, 酒竭和水以繼之, 向晚, 武出身起而攘酒盃者甚多,
紅牌誤書還納者亦多, 及罷歸, 日已向夕矣."

85

余嘗見[129]『海東雜記』曰:"沈義謙, 仁順王后之弟也. 有議吏郎薦者, 或
以係聯戚里塞之, 有欲以金孝元爲吏郎者. 前日憤沈之不得薦者, 以爲孝
元爲儒生時出入權門, 互相詆斥. 於是, 孝元家在東, 故右孝元者謂之東
人, 義謙家在西, 故右義謙者謂之西人, 此朋黨之所由始也.
禹性傳自爲士子, 頗有名望, 宰相名士, 日聚其家, 及登第入翰苑, 禹之
父彦謙爲咸從縣令, 禹覲親往來時, 平安監司厚遇之, 以美妓薦枕, 禹頗

---

126 我曾王考悔軒公：A본에는 '李悔軒'.

127 愛：저본에는 '受'. A본에 근거하여 수정.

128 悔軒公：A본에는 '李悔軒'.

129 余嘗見：A본에는 없음.

留情, 未幾禹之父以病棄歸, 監司載送其妓于禹家. 及禹遭喪, 一時名士
咸會, 其妓披髮出入. 李潑等以爲其父得死病棄歸, 則渠以何心馱妓而來
乎, 攻禹甚力, 知禹之本情者, 明其大不然. 時潑在北岳下, 故潑黨則謂
之北人, 性傳居南山下, 故救禹者則謂之南人. 此東人之分爲南北者也.
己丑逆獄, 北人多死, 蓋以汝立北類故也. 壬辰亂後, 柳成龍秉政七年,
所謂南人布列臺省, 以李慶全浮薄, 尙不許禮曹佐郎. 於是扶護慶全者,
皆是北人, 遂因事劾柳相罷之. 未久李堅判吏曹, 欲以洪汝諄爲大司憲,
正郎南以恭以汝諄貪縱不合憲長, 握筆不書, 於是三司相爲攻擊. 洪類則
謂之大北, 南類則謂之小北, 此北人之分爲大小者也. 光海時, 李爾瞻等
以大北專權用事, 及癸亥反正, 盡被刑戮."

李正郎重煥『擇里志』曰: "宣廟戊戌, 李山海子慶全當銓, 薦嶺南人, 鄭經
世時以銓郎欲枳之, 李德馨請李埈, 使經世勿塞其薦, 經世不聽. 經世本
柳成龍弟子, 山海疑經世受柳指嗾, 使臺諫南以恭, 慘劾成龍, 於是右成
龍者如李元翼 · 李德馨 · 尹承勳 · 李光庭 · 韓浚謙, 皆名南人, 以成龍嶺
南人也. 右山海者, 如柳永慶 · 奇自獻 · 朴承宗 · 柳夢寅 · 朴弘耈 · 洪汝
諄 · 任國老 · 李爾瞻, 皆名北人, 以山海家在京也.

肅廟庚申, 許積庶子堅, 意希非望, 交通宗室楨 · 枏兄弟. 金錫胄密令鄭
元老, 伺察而知之, 而以元老言奏達, 遂輾裂堅, 獄仍大起, 殺楨 · 枏及
許積 · 尹鑴 · 吳挺昌, 延及柳赫然 · 李元禎 · 趙嗣 · 李德周, 俱宰相也.
壬戌又起許璽獄, 人言沸騰. 西人中老少又分, 老論以金錫胄 · 金萬基爲
首, 宋公時烈 · 金公壽興 · 金公壽恒 · 閔維重 · 閔鼎重右之, 少論以趙持
謙爲首, 韓泰東 · 吳道一 · 南九萬 · 尹趾完 · 朴泰輔 · 崔錫鼎和之. 老
論欲盡殺南人而少論立異. 此其所以分也." 南北分黨之由, 兩說不同, 而
『雜記』之言爲是矣.

86

趙相國顯命·曹參議夏望, 酒量俱鉅, 嘗與之對飮, 曹令飮十三大器, 趙相加一大器, 飮罷, 曹令扶醉下階, 趙相戲謂曹令曰：“無傷耶?” 答曰：“丞相誤耶.”

87

朴西溪世堂與其子定齋泰輔, 性俱固執, 西溪嘗論唐詩‘玉盤的歷矢白魚’之句曰：“矢者陳也.” 定齋曰：“非. 矢字乃失字誤書也. 魚旣白而玉盤亦白, 故失其魚之本色也.” 父子各守己見, 不歸一. 定齋臨沒, 西溪問其欲言, 定齋曰：“唐詩失白魚之失字, 訛爲矢字無疑, 而大人終未之覺, 雖子身歿[130]之後, 以失看得則幸矣.” 西溪曰：“白魚陳於玉盤者, 乃理順之言, 汝何迷於文義, 至死不悟乎? 雖泉臺之下, 汝若覺得其義, 則誠可喜也.”

88

蔡希菴彭胤, 嘗論金三淵昌翕之詩曰：“‘水螢飛忽忽, 山犬吠荒荒’一句外, 無驚人好句也.”

89

金三淵昌翕性[131]好山水, 自稱居士, 遍遊八道佳山麗水之間, 跡無不到, 嘗於冬月着居士服, 徒步而行, 路經村里諸生讀書之堂, 不拜而過之. 諸生大怒, 招而責之曰：“爾是何許居士, 敢過多士前而不拜乎? 若賦詩則可贖其罪, 否當杖之.” “吾能解文字, 呼韻則當賦之矣.” 諸生呼[132]紅字, 卽

---

130 歿：저본에는 ‘役’. B본에 근거하여 수정.

131 金三淵昌翕性：A본에는 ‘金三淵’.

132 呼：저본에는 없음. A본에 근거하여 보충.

對曰：“雪滿山中雉頭紅.”又呼紅字,“汲水山僧手指紅.”連呼紅字,“書堂學士鼻頭紅.”遂拂衣而去.

90

李君夢瑞·睦君幼選文藻俱夙成, 人稱神童, 夢瑞八歲題其祖新搆草堂曰：“淨地三椽築, 衰年百事閑. 小孫今獻祝, 簾外有南山.”幼選十一歲詠眼鏡曰：“南國碧玉鏡, 高堂白髮年. 向燈逾歷歷, 出匣更娟娟. 瞙外乾坤大, 眉間日月懸. 床頭萬卷在, 老眼爾多權.”

91

鄭錦南君忠信, 自兒時, 處事愼密, 未或差失. 李鰲城欲試之, 一日使之解下屋梁所懸閣板, 而先置水盆于其上. 鄭遂以杖, 遍探板上, 知其有器, 先去器而後乃解下. 鰲城稱歎不已.

92

權領相大運未達時, 有富平三斗水田, 及貴至上相, 而只是三斗水田而已. 嘗戲謂其從弟判書大載曰：“顯示清白於人, 可乎?”盖相國之清畏人知者也, 判書之清畏人不知者也. 相國嘗被黜還鄉, 及卒, 肅廟稱其清白可尙, 特復其官.

93

淨源大師號霜峯, 居龍門山中, 嘗渡廣陵津, 已入舟, 適有一宰相到津頭, 驅舟中人盡出之, 而獨留大師. 宰相登舟而大師不拜, 宰相責之曰：“而僧也, 而何無禮也? 吾當呼韻, 汝可賦詩, 不然有大罰.”遂呼賓津兩韻, 大師卽對曰：“水落鷗無夢, 江秋雁欲賓. 龍門何處在, 僧渡廣陵津.”宰相驚服.

94

尹參判鼎和少時嘗遠遊, 一日寄宿於某邑官吏家, 翌日不得行, 獨居無以
消遣, 遍搜房中, 只有本邑下記一大册, 自首至尾, 盡閱之, 及歸, 又歷入
其家, 則已燒盡矣. 公召其吏而慰之, 其吏曰: "家可更造, 財可還聚, 而
但下記見燒, 不可復得, 罪當死, 故明曉將逃去矣." 公曰: "其時吾適覽
矣, 似可記得, 汝將一大册來." 其吏覓呈一册, 公遂盡錄而與之, 無一差
誤. 人莫不服其記性.

95

李參判匡德, 嘗在湖南巡營作詩曰: "安石榴開箇箇尖, 斜陽照雨見纖纖.
棋朋坐睡琴娥去, 一樹梧桐碧滿簾." 趙豊原顯命病其氣像不佳, 語之曰:
"下語不可若是刻削也." 仍次其韻曰: "階竹筍抽晚[133]翠尖, 墻榴花老落
紅纖. 懶揮[134]朱墨登樓去, 十二欄頭[135]妓捲簾."

96

趙豊原顯命嘗遊金剛山, 作一句曰: "浮天大海東南北." 苦思半餉, 不得
其對, 有樵夫過前曰: "以'揷地高峯萬二千'爲對則何如?" 問其姓名, 不答
而去. 豊原又聞有人吹笛於高峯頂上, 而聲甚瀏亮. 豊原異之, 謝其徒御,
獨自携酒而登焉. 與之對飮醉後, 仍與賦詩唱和, 醒而賦詩視之, 不見其
處, 但記其詩兩聯有曰: "巖開大禹隨山日, 松老天皇王木年. 佳人膝上絃
文武, 醉客胸中酒聖賢."

---

133 晚: 저본에는 '挽'. A·D본에 근거하여 수정.

134 揮: 『귀록집(歸鹿集)』에는 '麾'.

135 十二欄頭: 『귀록집』에는 '九曲欄頭'.

97

昔有一人自誇門地, 自矜道學. 林白湖悌以詩贈之曰:"可憐門閥皆佳族,
虛老風塵獨可悲. 五老峯下論理坐, 世人皆稱多道知." 句句末三字, 皆以
方言嘲之也. 聞者莫不捧腹.

98

李進士用休, 自號惠寰居士, 文章奇古, 非近世操觚者所可及也. 嘗撰
我[136]亡女壙銘, 其文曰: 殤女父爲前判官完山李克誠, 其先有聞人曰芝
峯先生諱某[137], 母爲驪州李氏星湖先生某之女, 殤女生而夙慧, 四歲時
問其母曰:"月中何有?"曰:"有桂."曰:"吾欲上天, 劈月看桂!"聞者異
之. 五六歲能通諺文, 善九九算數, 間策古今事成敗, 論人長短, 往往有
中, 佐母供賓祭如成人, 又性閒靜, 寡言笑, 薄紛華, 有女士之目焉. 丁亥
病歿, 距其生乙亥, 僅十三年, 葬于沔川防築洞甲坐之原, 爲近田廬, 禁
樵夫也. 銘曰:"汝未生前, 汝父母雖夢寐不曾見汝, 以無因也. 汝旣死後,
汝父母每坐臥常見汝, 以有因也. 甚矣因之纏人之固也. 噫西隣之嫗, 垂
白窮病, 日日祈死, 彼壽如此, 不壽者, 何以暝矣!"

99

有柳生者[138]貽書於惠寰乞米焉. 惠寰多與之, 仍答以詩曰:"天之生兩手,
蓋欲有所爲. 如何拱而坐, 只待雨粟時."

---

136 我 : A본에는 '人'.

137 諱某 : A본에는 '晬光'.

138 有柳生者 : A·D본에는 '有人'.

100

洪相鳳漢往北關賦詩曰: "村深古木如相守, 野廣群山不自高." 其遠到氣像可見矣. 蔡判書濟恭少時遊楓岳作詩曰: "無數飛騰渾欲怒, 有時尖碎不勝孤." 可謂自道其平生也.[139]

101

姜承旨綖, 壬辰倭亂, 備經艱難, 還都之後, 追憶亂中事, 記之曰: "對蔬糲, 思數日絕粮. 衣弊縕, 思九秋穿袂. 坐茵席, 思龍灣臥簞. 覆衾褥, 思免峽擁簑. 戴冠巾, 思平凉草笠. 曳靴鞋, 思芒屩絕屨. 卯酉仕, 思半夜奔竄. 賓客至, 思主人閉拒. 騎困馬, 思嶺路窘步. 處矮屋, 思原野露宿."

102

晉善君姜碩賓, 己巳春, 方居憂. 閔宗道來弔焉. 公謂宗道曰: "竊觀今之時勢, 中宮將不得保其位, 若然則君輩將不免爲千古小人也.[140]" 宗道不答而起. 是年四月, 坤殿將遜位出宮, 公憂憤不能自聊. 李參議后定適訪公, 公迎語曰: "國有大變, 人紀將絕, 此正臣子死爭之時也. 吾則衰麻在身, 雖欲叫閽, 末由也已. 子其有意於斯乎?" 李公太息而前曰: "是吾志也." 於是與公相議搆疏, 即呈于喉省院, 其疏言甚激切, 一世傳誦焉. 既闋服, 充謝恩副使, 將之燕. 到弘濟院, 張希載在上使座上, 欲謁公, 先使人問候於公, 公語之曰: "吾與張也, 無雅分, 汝必誤尋到此矣." 希載無聊而止云.

---

139 可謂自道其平生也: B본에는 '又詠翠屛日, 能爲屈曲當前障, 不盡升騰向上心.'이 주석으로 부기.

140 若然則君輩將不免爲千古小人也: B본에는 '君輩若不力諍則將不免爲千古小人也', C본에는 '君輩若不力辭則將不免爲千古小人也'.

103

申僉正維翰嘗泛舟遊於扶餘之白馬之江, 有一僧來請共登. 申許, 問曰: "爾能文乎?" 對曰: "稍解文字矣." 申呼韻令賦詩, 卽成曰: "白馬波聲萬古愁, 男兒到此涕堪流. 始誇魏國山河寶, 終作吳江子弟羞. 廢堞有鴉啼晚日, 荒臺無妓舞殘秋. 三分割據英雄盡, 但看西風送客舟." 申見之閣筆, 僧卽白谷大師處能也.

螢雪記聞 下卷

1

姜大司諫詗, 當燕山君卽位之初, 啓論廢妃尹氏復位之非, 甲子與其子永叔·茂叔·與叔, 同日被禍. 永叔之妻李氏, 牧使貞陽之女也. 將往依於尙州父家, 奉夫櫬而南下, 行到咸昌良範里山前小憩焉. 有老奴伏柩側假寐, 忽驚起曰: "俄者大老爺敲肩而敎曰: '李僉知過此近地, 汝盍往見焉?'" 所謂李僉知, 以地術名於世, 仕觀象監. 戊午以後, 不樂其仕棄職, 周遊四方, 大諫曾與之親切, 故老奴亦知面者也. 老奴遂向前路, 未數里而遇焉. 哭而告之故, 僉知卽隨老奴而來, 撫柩而哭之慟, 直上良範山, 大路咫尺, 占一穴曰: "此吉壤也, 天與之也." 仍留一行于山下近村, 自擇葬日, 親爲董役, 畢葬而去.

2

戊寅夏, 余往觀嶺南順興之浮石寺, 有祖師堂, 卽新羅異僧義相大師安塑之所也. 堂之簷下有仙飛花, 寺僧相傳以爲大師西遊之日, 植其杖于此曰: "此杖花開, 是我不滅之證也." 其後不長分寸而葉敷花發, 不需雨露而亦不枯萎, 歷數千餘年如一日云. 其說荒唐不足信也, 然退溪先生之詩曰: "杖頭自有曹溪水, 不借乾坤雨露恩." 有若信然者何也?

3

李玉洞澈論石峯筆曰: "石峯資質甚鈍而勤而得之, 稍知運劃作字之法, 而不能深通正法之妙, 故作字埜俗而頑鈍, 壅塞而孤陋, 不知合變處多, 運劃亦肥鈍而庸俗, 無敏緊精切之態. 賴其積工之苦, 濫得名譽, 一世尊

尙, 迷不知悟. 惜哉, 如此之筆, 當如楊·墨·鄉原闢而遠之可也." 後又
論之曰:"石峯大抵依樣得見, 末年書頗抛舊習, 多近正法. 盖石峯之書難
免庸鈍之目, 而其筆力甚健若透紙背, 然往往嫩媚可愛, 亦未易忽之也."
玉洞之論過矣.

4

鄭仁弘祭子文曰:"爾哭我哭, 我哭誰哭? 爾葬我葬, 我葬誰葬? 白首慟
哭, 靑山欲裂."[1] 辭語悲切, 可謂一字一淚矣.

5

申春沼最之妻沈氏, 舍人熙世之女也. 善屬文, 其祭亡女文曰:"慘憺烈
日, 蕭瑟悲風, 玉貌氷心, 煙散夢空." 又曰:"鶴髮高堂, 獨坐泣血, 愛而
不見, 心曲萬結, 借問蒼天, 我罪何積?" 又曰:"玉釵金珮, 空埋幽室, 山
空木落, 江波嗚咽, 悽悽白楊, 皎皎寒月, 有恨悠悠, 萬古不滅."

6

尹斯文光普, 八歲往與人宴席, 諸長老呼韻賦詩, 至咸韻, 皆不能押, 斯
文先成曰:"滕閣東南盡, 蘭亭少長咸."座中皆驚.

7

族叔苄亭公德胄, 容儀卓犖, 辭氣豪爽, 人之見之者, 皆知其爲奇偉之
士也. 知者以爲公之文章, 當與秦漢諸子雁行, 東漢以下不論也. 公年
二十二著「舜問」, 其文曰:

---

1 爾哭我哭……靑山欲裂:『내암집(來庵集)』에는 '汝葬我葬, 我葬誰葬, 汝哭我哭, 我哭誰哭,
  白首痛哭, 靑山欲裂'.

孟子曰：“舜相堯二十有八載，非人之所能爲也，天也．堯崩，三年之喪畢，舜避堯之子於南河之南，天下諸侯朝覲者，不之堯之子而之舜，訟獄者不之堯之子而之舜，謳歌者不謳歌堯之子而謳歌舜，夫然後之中國，踐天子位焉，而居堯之宮，逼堯之子，是簒也，非天與也．”

吾於是窃惑焉．夫舜可以卒居帝位者，天也．天與之，人歸之，於是堯與之．天與之，人歸之，於是舜受之，堯舜亦何與焉？無與焉而與之者，是不得已之與也．無與焉而受之者，是不得已之受也．可已非天也．

其後也，可以避矣，其始也，受之，非不得已之受也．其始也，可以受矣，其後又避之，非不得已之避也．可已非天也．

請稽之書，『書』曰：“舜生三十徵庸，三十在位，五十載．陟方乃死．”然則堯崩之後也．舜立之²前也，三年何在焉？

或曰：“三十年之末也．”或曰：“五十年之首也．”曰三十年之末也者，其說何也？曰三十年之末，卽居攝之時也．服喪之年，亦通謂之舜年也．其說何也？曰堯老不聽政，而天下聽於舜，故謂之攝，堯崩之後，又天下聽於舜，故謂之攝，故通謂之攝也．

曰不然，『書』曰：“乃言底可績三載．”又曰：“二十有八載，帝乃殂落．”三載者歷試之時也．二十有八載者，居攝之時也．歷試之三載，居攝之二十八載，而三十年數備矣．三十年之末卽居攝之終也．居攝之終，卽堯崩之年也．其曰三十年之末也者，服喪之年在堯崩之前也而可乎？

其曰五十年之首也者，其說何也？曰堯崩，天下無君，舜雖未卽位，而紀年屬之舜，故服喪之年亦通謂之舜年也．

曰不然，『書』曰：“三十在位．五十載，陟方乃死．”其曰五十載，非冒在位而言乎？紀年屬之舜³而已，謂之在位乎？自禹之相舜十七年而舜崩，始

舜之命, 禹攝也. 曰朕宅帝位三十有三載, 是亦將[4]爲天下之無君也, 紀年屬之己乎? 紀年屬之己而已, 謂之宅帝位乎?

且夫爲是說者之知舜也. 其於『書』何如也? 爲是說者之知舜也. 其於舜之自知何如也? 知是之不可也, 則知其說之不可也. 知其說之不可也, 則知舜之不避也. 不避者何也?

曰'旣已受之也', 受之者何也? 曰'堯已與之也', 與之者何也? 天與之, 人歸之也. 夫天與之, 人歸之, 堯與之, 舜受之,[5] 則其可以避也乎? 其可以謂之不然則簒也乎? 其可以謂之不然則非天與也乎?

雖然, 舜固聖也, 孟子亦大賢也. 『書』固可信, 孟子亦可信也. 欲信乎孟子, 則舜之將爲簒也, 欲信乎『書』, 則孟子之謂舜簒也. 欲合而同之, 則若是之相反而未可以强合者也.

欲離而辨之, 則賢聖之所歸, 未可以二之者也. 欲曖昧而不明, 則舜與簒之所出未可以不明者也. 然則吾將柰何哉? 豈合以同之無害也, 吾智之未易及之, 離而辯之無害也, 吾智之未易及之,

吾嘗以是私質於吾弟子順, 子順曰: "可信乎孟子而不害乎舜, 可信乎『書』而不害乎孟子." 吾欲聞其說也. 作是說以問之.

8

許積與鄭太和·權堣相友善, 鄭相少時, 與權夜往娼家, 有一力士性悖者, 縛鄭, 卷以網席, 倒置堗中, 權走告於許曰: "固春今方濱死, 非君不能救, 此急故來告耳." 許遂之娼家, 超墙而入, 解其縛, 使之脫去, 入娼室, 責力士, 力士語多不遜, 遂搏殺之, 卽着木屐, 直走忠州, 到邑內, 天將曙矣. 先見諸吏, 次見座首, 又見太守, 以爲其夜不殺人之證. 死者家

---

4 將 : 저본에는 '禹'. A·B본에 근거하여 수정.

5 舜受之 : 저본에는 '受之'. A·B본에 근거하여 수정.

訴于刑曹, 刑曹移關于忠州, 使之捉送, 太守曰:"其日在此邑者, 豈有殺人京中之理乎?"以此報于刑曹而拒之, 遂得免焉. 自京距忠州二百八十里也. 許殺力士, 大書于門額曰, 殺人者許積也, 其夜直走忠州云云.

9

鶴城君金完居靈巖之花所, 勇力絕倫, 嘗怨道伯之殺其父, 思復其仇, 學射而盡其工, 發無不中, 日登月出山疾上而疾下, 以習步焉, 積久而其步如飛, 一日夕入謁太守, 乘夜上京, 射殺道伯, 大呼曰:"金完今而後報其父讐矣!"卽復路而還, 自花所距京, 爲八百八十也. 明朝又入謁太守, 道伯家使太守捕治, 太守曰:"昨夕旣見我, 今朝又見我, 若上京也[6], 則是夜行二千里也, 寧有此理乎?"竟不問.

10

管城所寄在北漢山城之倉廠, 摠戎中軍例兼管城將, 留治于此所. 李兵使玕爲管城將, 題其所居曰八非軒, 蓋謂非營非所非官非私非京非鄉非僧非俗也. 雖帶將號, 軍容未備, 非營也, 元無別廨, 苟接倉舍, 非所也, 寄食庫吏, 凡樣不成, 非官也, 朱墨發令, 校卒羅前, 非私也, 宮漏不聞, 林虎時吼, 非京也, 地同南漢, 民籍京兆, 非鄉也, 與寺爲隣, 有髮食肉, 非僧也, 長對雲山, 塵念都消, 非俗也.

11

太祖王子益安大君芳毅五代孫夢弼參判, 定宗王子鎭南君終生玄孫憲國左相, 守道正德生六代孫好義參判.

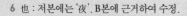

6 也 : 저본에는 '夜'. B본에 근거하여 수정.

12

太宗王子孝寧大君玄孫齊閔判書, 五代孫揀·拭俱參判, 直彥貳相, 大胤
同樞, 十代孫震壽參判, 衡祥參判.

13

世宗王子臨瀛大君璆玄孫墊幾伯, 五代孫廷臣參判, 六代孫晚榮參判, 應
蓍參判, 桂陽君增九代孫德英參判.

14

成宗王子完原君燧八代孫肇判書, 茂山君悰八代孫奎應同樞.

15

金荷潭時讓, 年幼喪父母, 家貧無所托, 寓棲于忠州之靑龍寺. 聰明絶人,
凡於一覽便誦, 故過眼者不再讀. 李錦山大遂到寺, 適見都目大政, 公從
傍寓目, 李夜臥, 忽憶某除某官, 某擬某職, 皆不能記, 公輒誦三望, 李異
之, 亂抽房中書籍以試之, 無不誦焉, 李大驚以女妻之.

16

我朝五兄弟登文科者李禮長·智長·誠長·孝長·恕長, 安重厚·寬厚·
謹厚·敦厚·仁厚, 李克堪·克培·克增·克均·克墩, 朴巨麟·亨麟·洪
麟·鵬麟·從麟, 尹晧·暐·曒·昫·曙, 金延祖·榮祖·奉祖·應祖·崇
祖, 鄭積·檜·楷·植·樸, 沈栢·橃·相·枋·橙. 六兄弟登文科者, 元
植·概·格·橘·梲·橄, 而李克堪昆弟俱躋崇品, 克堪刑判廣城[7]君, 克

---

7 城 : 저본에는 '城成', '成' 1자를 연문으로 보아 삭제.

8 誠 : 저본에는 '誠'. 『세종실록』에 근거하여 수정.

培領相廣陵府院君, 克增判中樞廣川君, 克均左相, 克墩贊成廣原君, 四兄弟封君, 尤壯矣.

17

我國大族, 連世登科者有數十姓, 十代登科者, 廣州李氏集判典校事, 之直刑議, 仁孫右相, 克堪刑判, 世佑監司, 滋弘博, 若氷吏正, 洪男工議, 民覺判決, 廷冕郡守, 又克堪子世佐大諫, 孫守貞修撰, 曾孫浚慶領相, 浚慶曾孫必行應敎, 玄孫厚徵持平, 五代孫著晚參判, 六代孫夏源判敦寧, 七代孫命溧大諫, 十四代十二科, 又浚慶子德悅承旨, 德悅孫必茂掌令, 曾孫熊徵弼善, 十一代十科.

九代登科者, 高靈申氏用成檢校軍器監, 康升護軍, 仁材評理, 思敬護軍, 德隣禮判, 包翅我朝工參, 檣參判, 叔舟領相, 瀞參判. 安東金氏旺執義, 自行監司, 叔濱正, 希壽大憲, 魯直學, 弘度典翰, 瞻校理, 誠立弘正, 振吏議, 九代登科. 豊川任氏說判尹, 榮老正, 章吏正, 善伯府使, 重持平, 相元判書, 守幹參議, 珣承旨, 希曾今參判. 羅州丁氏子伋昭格署令, 壽崗兵參, 玉亨兵判, 應斗贊成, 胤福大憲, 好善監司, 彦璧校理, 時潤兵議, 道復承旨, 又胤福子好寬司成, 孫彦璜監司, 彦璜孫道謙正字, 曾孫思愼參議, 十代九科.

八代登科, 南陽洪氏敬孫同成均, 潤德獻納, 係貞翰林, 春卿監司, 聖民判書, 瑞翼禮議, 命耉監司, 重普右相. 靑松沈氏順門舍人, 逢源同敦寧, 鍵正字, 喜壽領相, 儒行校理, 梓吏判, 最良判決事, 周觀佐郎, 儒行喜壽之孫也. 海平尹氏抃軍資正, 斗壽左相, 暉判書, 墇判書, 世綏監司, 涉府使, 得敏贈注書, 著東今副學, 墇暉之孫也. 東萊鄭氏賜直學, 蘭宗參贊, 光弼領相, 惟吉左相, 昌衍左相, 廣成刑判, 太和領相, 載嵩左相, 惟吉光弼之孫也. 俱九代八科.

七代登科, 南陽洪氏敬孫潤德係貞春卿天民都承旨, 瑞鳳領相, 命一承旨. 恩津宋氏繼祀判官, 順年正郎, 汝諧府使, 世忠郡守, 麒壽參贊, 應洵副學, 碩祚判決事. 驪興閔氏機府尹, 光勳監司, 維重府院君, 鎭遠左相, 亨洙參判, 百祥右相, 弘烈今參判. 楊州趙氏存性知敦寧, 啓遠判書, 龜錫監司, 泰東大憲, 榮國吏判, 雲逵今判書, 宗絃今參判, 榮國泰東之孫也. 全義李氏濟臣兵使, 著[9]俊正字, 行健同知, 萬雄監司, 徵明參判, 德壽吏判, 山培贈修撰, 行健著俊之孫也, 俱八代七科.

六代登科, 驪興李氏尚毅贊成, 志宏軍資正, 奎鎭弼善, 湜縣監, 萬休都元, 煥正字, 密陽朴氏栗掌令, 彝叙吏參, 篬兵參, 守玄司藝, 紳監司, 胤東掌令, 坡平尹氏儼佐郞, 民獻參議, 絳判書, 趾仁兵判, 容判書, 尙任大諫. 驪興閔氏機堂, 光勳監司, 著重參判, 鎭周吏判, 應洙右相, 百行參議.[10] 延安李氏澍正言, 光庭吏判, 裯校理, 壽徵參判, 渙左尹, 萬育今承旨. 德水李氏安訥判書, 柙大諫, 光夏判尹, 㙫左相, 周鎭吏判, 溵今右相. 廣州李氏先濟提學, 亨元提學, 達善掌樂正, 公仁修撰, 仲虎大諫, 潑副學. 東萊鄭氏振佐郞, 彦億右相, 協參判, 世美府使, 脩持平, 來祥承旨.

五代登科, 豊山洪氏履祥大憲, 霙參判, 柱國參議, 萬迪持平, 重一今參判. 坡平尹氏覃茂大憲, 知敬監司, 鏶吏參, 深兵判, 翬貞參判. 海南尹氏衢校理, 毅中判書, 惟幾監司, 善道參議, 仁美學諭. 同福吳氏, 百齡吏參, 端監司, 挺垣監司,[11] 始壽左相, 尙遊掌令. 達城徐氏文尙參議, 宗泰領相, 命均左相, 志修領相, 有臣今校理. 豊川任氏說榮老兗承旨, 義伯參判, 堕判書. 泗川睦氏詹吏參, 叙欽知中樞, 兼善承旨, 林重校理, 天

---

9 著 : 저본에는 '著'. 일반적인 용례에 근거하여 수정.

10 驪興閔氏……百行參議 : 저본에는 '驪興閔氏重出'. D본에 근거하여 수정.

11 挺垣監司 : 저본에는 없음. D본에 근거하여 보충.

壽縣監, 又叙欽子來善左相, 孫林一[12]大憲, 曾孫天顯佐郎, 安定羅氏澯
典籍, 允忱學諭, 級輔德, 萬甲參議, 星斗牧使, 長興高氏雲校理, 孟英大
諫, 敬命參議, 因厚成均權知, 傅川掌令, 韓山山海領相, 慶全判書, 袤判
書, 寅賓僉知, 孝根正言, 晉州柳氏, 格正言, 時行校理, 穎舍人, 命賢吏
判, 徠判官. 順興安氏玖留後知歸府尹, 琛判書, 處佐郎, 珽注書. 全州崔
氏起南府使, 鳴吉領相, 後尙應敎, 錫鼎領相, 昌大副學.

18

我太祖孫子, 其麗不億, 由文籍顯者, 不可勝記, 而位宰列者, 以耳目之
所聞見者, 列錄于左. 定宗王子宣城君茂生玄孫陽元領相, 五代孫弘冑領
相, 時楷大憲, 時楳參判, 八代孫宇鼎判書, 德泉君厚生玄孫忠元完陽府
院君, 五代孫瑗參判, 六代孫準參贊, 景稷判書, 景奭領相, 七代孫正英
判書, 八代孫大成參判, 九代孫眞儉眞望俱判書, 眞淳參判, 十代孫匡世
判尹, 匡德參判.

19

太宗王子讓寧大君禔玄孫軸府院君, 六代孫輅判書, 植立參判, 七代孫昴
大憲, 九代孫廷傑廷[13]燁俱參判, 廷喆今左尹, 廷重同樞, 孝寧大君補五
代孫樑吏判, 楗參判, 七代孫沖贊成溟戶判, 棻大憲, 九代孫翊漢參判,
十代孫益壽判書, 萬選判尹, 十一代孫重庚工判, 十三代孫得宗今參判,
敬寧君玄孫菊齋公兵判, 五代孫芝峯公吏判, 六代孫分沙公領相, 七代孫
退村公諱堂揆吏參, 八代孫游齋公諱玄錫參贊, 自菊齋公至游齋公五世連
拜都憲, 菊齋第六弟希得知中樞, 芝峯公季子東州公諱敏求吏參, 敬寧君

---

12 林一 : 저본에는 '一大', D본에 근거하여 수정.

13 廷 : 저본에는 없음. D본에 근거하여 보충.

之五代用淳知中樞, 裕仁參判. 馨郁知敦寧, 益寧君玄孫元翼領相, 九代孫仁復參判.¹⁴

20

世宗王子廣平大君璵七代孫厚源領相, 十代孫濡領相, 濟監司, 十一代孫顯祿參判, 十一代孫成中吏判, 最中今判書, 徽中今參判, 十三代孫商芝今參判, 永膺大君琰十一代孫湽今參判, 潭陽君璖玄孫誠中判書, 六代孫命雄完陽君, 七代孫震箕知中樞, 八代孫元齡同樞, 九代齊華參判, 齊喦今知事, 密城君五代孫諱敬興領相, 諱正興大憲, 六代孫諱敏迪大憲, 諱敏叙判書, 七代孫諱師命兵判, 諱健命頤命觀命俱左相, 八代孫徽之今參判, 寧海君瑭九代彦綱判書, 彦紀參判, 彦經參判, 十代孫春躋判書, 日躋參判, 十一代孫昌誼右相, 昌壽今判書, 昌儒參判¹⁵, 成宗王子益陽君懷六代孫徵龜判書, 泰龜參判.¹⁶

21

中宗王子德興大院君玄孫翊漢參判, 五代孫河述今參判, 德陽君岐玄孫塾知敦寧, 塾判書, 墢參判, 五代孫箕翊工判.

22

宣祖王子仁城君珙玄孫益炡今判書, 五代孫聖圭今參判, 慶昌君珤六代孫惟秀判書, 慶平君玏玄孫彦衡今判尹.

---

14 馨郁知敦寧……九代孫仁復參判 : 저본에는 없음. D본에 근거하여 보충.

15 參判 : 저본에는 '參', 『승정원일기』에 근거하여 수정.

16 泰龜參判 : 저본에는 없음. D본에 근거하여 보충.

23

柳眉巖希春夫人白氏, 能文章. 明宗丁[17]未, 安置眉巖于濟州, 以公家在
海南, 移配鍾城. 白氏隨往謫所, 行到摩天嶺, 賦詩曰: "行行遂至摩天嶺,
東海無涯鏡面平. 萬里婦人何事到? 三從義重一身輕."

24

鄭察訪允穆, 藥圃公之第三子也. 筆法神妙, 名高一世, 嘗於菊窓李公家
壁上, 以草書寫二句詩, 字畫飛動若生, 壬辰, 倭賊來見之, 不覺欽歎, 拜
庭下而去云. 筆小技也. 而能臻其極, 則殊俗亦服, 況文藻之華國者乎?

25

金南窓玄成與韓石峯, 俱以筆名世, 而金不及於韓. 時有一宰相, 方磨石
鐫碑, 韓意謂求書於己, 聞使南窓書之, 大恚之, 爲觀其書, 往于役所. 南
窓臨石書之, 不改一字, 韓曰: "俗筆哉. 熟則熟矣." 南窓學松雪體, 常以
黃角臨「證道歌」習之, 至于千遍云. 前輩用工之勤篤如此.

26

李牧使翼年記性絶人, 時稱神聰, 嘗往謁權相國大運, 相國方帶司僕寺都
提調, 案上有馬毛色所錄一大册. 公披覽旣[18], 相國孫參議重經謂公曰:
"能誦乎?" 曰: "能." 使誦之, 誦之如水流丸走, 自初至終, 不錯一字. 參
議驚服曰: "子鬼也. 非人也."

---

17 丁 : 저본에는 '乙', 『명종실록(明宗實錄)』에 근거하여 수정.
18 旣 : 저본에는 '記', A·D본에 근거하여 수정.

472 — 형설기문

27

凡數人曰口, 禽曰首, 鷹曰連. 或云翎. 獸曰頭. 馬曰匹. 牛曰隻. 魚物曰尾,
十尾爲一束. 靑魚·葦魚·蘇魚二十介爲一級, 或曰[19]冬音. 文魚曰條. 全
鰒十介爲一串, 十串爲一貼, 乾柿亦同. 果實曰箇, 曰升, 曰斗, 柿·梨百
箇爲一貼,[20] 樹木曰株. 米曰勺, 俗作夕. 十夕爲一合, 十合爲一升, 十升
爲一斗, 十五斗爲一斛, 二十斗爲一石, 官家以斛計, 私家以石計. 麴曰
圓. 酒曰盞, 燒酒五盞爲一鐥. 餅曰器. 肉曰塊, 或斤. 炙曰串. 脯曰條,
或云片, 十條爲一貼. 羹曰椀曰東海, 鹽曰合, 曰升, 曰缸. 三斗爲一桶,
塩十五斗爲一石, 油醬曰耳只, 勺合升斗與米同. 書册曰卷, 曰帙. 硯曰
面. 墨曰丁. 或云笏, 或云丸, 或云錠, 十丁爲一同. 筆曰柄, 或云枚, 或云
枝. 紙曰張, 二十張爲一卷, 或云一束, 百束爲一塊, 簡紙曰幅, 名紙[21]·正
草曰事, 十事爲一軸. 衣服曰件, 或襲, 或領. 冠網巾曰頂, 帶曰腰, 或條.
耳掩靴曰部. 扇曰把, 或柄, 鞋曰部, 或兩, 或對. 布紬曰尺, 曰幅. 四十
尺爲一疋, 五十疋爲一同, 冒緞曰桶. 海衣·玳瑁曰張. 黃角曰兩, 曰斤,
黑角曰桶. 梳函·鎖鑰·櫃籠·床卓子·鼓·機·馬鐵·鍼·篩曰部.
燈檠·火爐·甌·交椅·石[22]碾·欛曰坐, 遮日·簾·帷帳·簟曰浮,
皮曰張, 或領. 鞭曰條. 車曰兩. 釵曰股. 釜鼎曰坐. 劒曰口. 鏡曰面. 芚
席曰張, 或立. 弓曰張. 匙曰丹. 盞曰雙. 箕曰箇. 香曰炷. 楪匙盤曰立,
十立爲一竹, 燭曰雙, 或柄或丁. 香盒·笠帽曰事, 煙筒曰根, 引刀曰把,
假花曰朶. 繩索曰把, 曰巨里, 曰艮衣. 家舍曰間. 炭曰石. 柴曰束, 或丹,
合累束而束之者曰同. 錢曰文, 或分, 十分爲一錢, 十錢爲一兩, 十兩爲
一貫. 田十把爲一束, 十束爲一卜, 百卜爲一結. 蓋草一編爲一舍音. 藥

---

19 級, 或曰 : 저본에는 없음. A본에 근거하여 보충.
20 乾柿亦同……柿梨百箇爲一貼 : 저본에는 없음. A본에 근거하여 보충.
21 紙 : 저본에는 '紙曰'. A본에 근거하여 수정.
22 石 : 저본에는 '右'. A본에 근거하여 수정.

材・木花曰兩, 曰斤. 網席・空席曰立, 所謂冬音・東海・耳只・巨里・
艮衣・舍音皆我國之俗名也.

28

廉時度者, 許積[23]傔從也. 儀貌端雅, 性又廉潔, 許親愛之如子侄. 時度
嘗乘曉出外, 到禁府門外, 有一塊白包落地. 拾而視之, 外封題曰: ‘金正
言宅入納, 馬價銀子一百兩’, 卽金鎭龜賣其馬于金相錫冑, 使老僕莫生
取價而來, 莫生醉而失於中路者也. 時度袖而歸, 探問而知之, 往納于鎭
龜, 鎭龜驚歎不已. 時度謂鎭龜曰: "老奴酒失, 不可深責. 請宥之." 鎭龜
曰: "諾." 莫生欲自決者三, 聞此言感泣. 其家屬莫不謝其再生之恩. 及庚
申, 積坐庶子堅伏法賜死, 時度亦繫獄幾死, 時金相及鎭龜父萬基按獄.
莫生女適往禁府, 見時度見囚, 歸告其主, 賴鎭龜力救得解. 噫! 時度可
謂不負其姓, 而竟以此獲免大禍, 豈不韙哉?

29

我東人別號, 以隱稱者, 農隱崔瀣, 樵隱李仁復, 牧隱李穡, 圃隱鄭夢周,
陶隱李崇仁, 埜隱田祿生, 冶隱吉再, 郊隱鄭以吾, 漁隱閔霽, 皐隱安止,
壺隱宋世琳, 睡隱姜沆, 峒隱李義健, 酒隱金命元, 村隱劉希慶, 市隱朴
繼姜, 灘隱李延年及[24]石陽正霆, 素隱愼天翊也.
以翁稱者, 拙翁崔瀣, 櫟翁李齊賢, 石磵・棲霞翁趙云仡, 短簑翁李惠,
拙翁洪聖民, 素翁趙緯韓, 瓢翁宋英耉, 灘翁李袪, 壺翁睦樂善, 炭翁權
公諰, 訥翁李光庭也.
以叟稱者, 耕叟李孟專, 灘叟李延慶, 驢叟李忠元, 眉叟許穆, 畸叟丁思

---

23 許積 : A・D본에는 '許相積'.
24 李延年及 : 저본에는 없음. A・D본에 근거하여 보충.

愼也.

以夫稱者, 守夫鄭光弼, 醒夫尹潔也.

以子稱者, 草屋子金震陽, 騎牛子李行, 醒狂子朱溪君深源, 靈川子申潛, 坡潭子尹繼善, 天遊子鄭之升, 知非子蔡聖龜也.

以陰稱者, 湖陰鄭士龍, 梧陰尹斗壽, 漢陰李德馨, 夢陰崔鐵堅, 竹陰趙希逸, 淸陰金尙憲, 浦陰李畲也.

以陽稱者, 李匡德號冠陽.

以西稱者, 河西金麟厚, 汾西朴瀰, 龍西尹元擧也.

以南稱者, 潘南朴尙衷, 錦南崔溥, 竹南吳竣[25], 市南兪棨也.

以北稱者, 山北[26]李薇也.

以村稱者, 南村李公遂, 杏村李嵒, 遁村李集, 陽村權近, 厖村黃喜, 柳村黃汝獻, 漁村沈彦光, 烟村崔德之, 駱村朴忠元及尹毅中, 蒙村申欽, 東村金蓍國, 美村尹宣擧, 酒村申曼, 老村林象德也.

以里稱者, 梧里李元翼, 東里鄭世規及李殷相, 竹里洪柱國也.

以巷稱者, 柳巷韓脩也.

以洞稱者, 別洞尹詳[27], 玉洞李漵也.

以谷稱者, 雪谷鄭誧, 義谷李邦直, 獨谷成石璘[28], 板谷成允諧, 晦谷權春蘭及曹漢英, 陽谷蘇世讓及吳斗寅, 大谷成運, 栗谷李珥, 雲谷宋公翰弼, 坡[29]谷李誠中, 荷谷許篈, 蓀谷李達, 八谷具思孟, 玄谷趙緯韓及鄭百昌, 鶴谷洪瑞鳳, 谿谷張維, 龜谷崔奇男, 白谷李冕夏, 潛谷金堉, 栢谷金得臣, 松谷趙復[30]陽及李瑞雨, 南谷李時楷, 壺谷南龍翼, 文谷金壽

---

25 竣 : 저본에는 '浚'. 일반적인 용례에 근거하여 수정.

26 山北 : 저본에는 없음. 일반적인 용례에 근거하여 보충.

27 詳 : 저본에는 '祥'. 일반적인 용례에 근거하여 수정.

28 璘 : 저본에는 '磷'. 일반적인 용례에 근거하여 수정.

29 坡 : 저본에는 '波'. 일반적인 용례에 근거하여 수정.

恒, 明谷崔錫鼎, 瑞谷徐宗泰也.

以堂稱者, 坌堂許錦, 淵氷堂辛碩祖, 雙梅堂李詹, 所聞堂權擘, 匪懈堂安平大君瑢, 梅月堂金時習, 新堂鄭鵬, 晚節堂朴元亨, 尙友堂許琮, 老圃堂柳洵, 虛白堂成俔, 松堂趙浚及朴英, 三魁堂申從濩, 眞樂堂金就成, 寒暄堂金宏弼, 再思堂李黿, 藏六堂李鼈及李時楳, 安分堂李希輔, 退休堂蘇世讓, 養心堂趙晟, 三足堂金大有, 也足堂魚叔權, 安樂堂金訢, 潛昭堂朴光佑, 聽天堂沈守慶, 草堂許曄, 聽松堂成守琛, 節孝堂成守琮, 二樂堂南應雲, 間松堂趙任道[31], 晚保堂姜克誠, 景樊堂許氏, 簡易堂崔岦, 雪月堂金福倫, 日休堂琴應夾, 忘憂堂郭再祐, 淸虛堂釋休靜, 叢桂堂鄭之升, 慕堂洪履祥, 於于堂柳夢寅, 樂全堂申翊聖, 澤風堂李植, 竹堂申濡, 樂靜堂趙錫胤, 靜虛堂洪柱世, 無何堂洪柱元, 同春堂宋公浚吉, 三休堂姜世龜, 西堂李德壽, 歸鹿堂趙顯命也.

以齋稱者, 雙明齋李仁老, 益齋李齊賢, 石齋朴孝修, 菊齋權溥, 謹齋安軸, 黙齋閔漬及洪彦弼・吳百齡, 一齋權漢功・李恒, 服齋韓宗愈及鄭摠, 圓齋鄭樞, 惕若齋金九容, 近思齋偰遜, 貞齋朴宜中, 芸齋偰長壽, 亨齋李稷, 學易齋鄭麟趾, 麟齋李種學, 寅齋申槩, 警齋河演, 保閑齋申叔舟, 止齋權踶, 泰齋柳方善, 玩易齋姜碩德, 仁齋姜希顔, 私淑齋姜希孟, 安齋成任, 眞逸齋成侃, 懶齋蔡壽, 慵齋成俔, 葆眞齋盧思愼, 逍遙齋崔淑精, 佔畢齋金宗直, 存養齋李季甸[32]菊逸齋盧公弼, 勿齋孫舜孝, 盅齋崔淑生, 容齋李荇, 慕齋金安國, 思齋金正國, 恒齋柳雲, 訥齋朴祥, 松齋韓忠及李偶, 服齋奇遵, 企齋申光漢, 履素齋李仲虎, 中和齋姜應貞, 遜齋成世昌, 大觀齋沈義, 晦齋李彦迪, 冲齋權橃, 虛齋安處謙, 愼齋周

---

30 復 : 저본에는 없음. 일반적인 용례에 근거하여 수정.

31 間松堂趙任道 : 저본에는 없음. A・D본에는 '間松堂趙'. 일반적인 용례에 근거하여 보충.

32 存養齋李季甸 : 저본에는 없음. A・D본에 근거하여 보충.

世鵬, 靜存齋李湛, 守拙齋李友閔, 忍齋洪暹, 素齋柳順善, 恥齋洪仁祐, 蘇齋盧守愼, 艮齋李德弘, 體素齋李春英, 習齋權擘, 頤齋車軾, 尙雅齋洪聖民, 愼獨齋金集, 靜觀齋李端相, 木齋洪汝河, 畏齋李端夏, 定齋朴泰輔, 明齋尹拯,[33] 靜嘿齋權重經, 蒼雪齋權斗經,[34] 燕超齋吳尙濂, 恭齋尹斗緒, 愼節齋李仁復也.

以庵稱者, 足庵釋宗聆, 息庵李資玄, 尤庵宋公時烈, 息庵金錫胄, 及庵閔思平, 蒙庵李混, 中庵蔡洪哲, 淡庵白文寶, 思庵柳淑及朴淳, 整庵鄭陟, 寓庵洪彦忠, 虛庵鄭希良, 自庵金絿, 靜庵趙光祖, 冲庵金淨, 適庵曹伸, 顧庵丁胤禧, 惕庵金謹恭, 保庵沈連源, 葛庵李玄逸,[35] 休庵白仁傑, 圭庵宋公麟壽, 正庵朴民獻, 懶庵釋直一, 頤庵宋公寅, 格庵南師古, 守庵朴枝華, 省庵金孝元, 巽庵沈義謙, 黙庵成渾及睦天任, 謙庵柳雲龍, 艮庵柳夢寅, 疎庵任叔英, 止庵李行進, 散庵柳道三, 畸庵鄭弘溟, 初庵申混, 密庵李栽, 希庵蔡彭胤, 畏庵李栻也.

以窩稱者, 希窩玄德升, 休窩任有後, 漆窩權脩也.

以亭稱者, 霽亭李達衷, 栗亭尹澤, 東亭廉興邦, 稼亭李穀, 通亭姜淮伯, 桐亭尹紹宗, 松亭金泮, 春亭卞季良, 夏亭柳寬, 太虛亭崔恒, 四佳亭徐居正, 浩亭河崙, 涵虛亭洪貴達, 風月亭月山大君婷, 四友亭富林君,[36] 二樂亭申用漑, 龜亭南在, 安亭辛永禧, 猿亭崔壽峸, 知足亭趙之瑞, 橘亭尹衢, 俛仰亭宋純, 長吟亭羅湜, 土亭李之菡, 閒亭林垣也.

以軒稱者, 晦軒安裕, 桐軒尹紹宗, 梅軒權遇, 梅竹軒成三問, 醉琴軒朴彭年, 巖軒申檣, 大笑軒趙宗道,[37] 容軒李原, 敬軒河演, 琴軒金紐, 忘軒

33 明齋尹拯 : 저본에는 없음. A·D본에 근거하여 보충.

34 蒼雪齋權斗經 : 저본에는 없음. A·D본에 근거하여 보충.

35 葛庵李玄逸 : 저본에는 없음. A·D본에 근거하여 보충.

36 四友亭富林君 : 저본에는 없음. A·D본에 근거하여 보충.

37 大笑軒趙宗道 : 저본에는 없음. A·D본에 근거하여 보충.

李胄, 懶軒金詮, 楞軒李石亨, 睡軒權五福, 十清軒金世弼, 挹翠軒朴誾, 醫俗軒朴民獻, 桂軒鄭礎, 苔軒高敬命, 玄軒睦世秤, 蘭雪軒許氏, 旅軒張顯光, 白軒李景奭, 恬軒任相元, 楸軒洪萬遇, 收漫軒權以鎭也.

以閣稱者, 白閣姜鋧也.

以樓稱者, 石樓李慶全, 草樓權韐也.

以窓稱者, 月窓安應世, 菊窓南應雲, 北窓鄭磏, 南窓金玄成, 竹窓具容, 梧窓朴東亮, 梅窓妓桂生也.

以門稱者, 龍門趙昱, 鹿門洪慶臣也.

以庭稱者, 萱庭廉廷秀, 桂庭釋省敏也.

以山稱者, 東山崔滋及尹趾完, 玉山李瑀, 五山車天輅, 孤山黃耆老及尹善道, 茶山睦大欽, 瓶山睦性善,[38] 皆山柳碩, 梅山李夏鎭, 息山李萬敷, 藥山吳光運也.

以峯稱者, 老峯金克己及閔鼎重, 三峯[39]鄭道傳, 千峯釋屯雨, 東峯金時習, 駱峯申光漢, 西峯柳藕, 文峯鄭惟一, 藥峯金克己及徐渚, 高峯奇大升, 壺峯宋言愼, 蓮峯李基卨, 龜峯宋翼弼, 重峯趙憲, 霽峯高敬命, 岐峯白光弘, 玉峯白光勳及李氏趙瑗妾, 鶴峯金誠一, 石峯韓濩, 五峯李好閔, 海峯洪命元, 晴峯尹承勳及沈東龜, 彩峯洪萬邃也.

以巖稱者, 龜巖南在及李禎, 龍巖朴雲, 屛巖蘇世良, 聾巖李賢輔, 松巖權好文, 栢巖金玏, 溪巖金坽, 樽巖李若氷, 立巖閔齊仁, 眉巖柳希春, 斗巖金應南, 竹巖梁大樸, 農巖金公昌協也.

以岡稱者, 黃岡金公繼輝, 松岡趙士秀, 東岡金宇顒及南彦經, 寒岡鄭逑也.

以巒稱者, 秋巒鄭之雲也.

---

38 茶山睦大欽, 瓶山睦性善 : 저본에는 '茶山睦性善, 瓶山睦大欽'. A·D본에 근거하여 수정.

39 三峯 : 저본에는 '三老峯'. 일반적인 용례에 근거하여 수정.

以岳稱者, 東岳李公安訥也.

以崖稱者, 洪崖洪侃, 乖崖金守溫, 陰崖李耔, 竹崖任說, 西崖柳成龍, 蒼崖崔大立, 汾崖申晸也.

以皐稱者, 鶴皐李長坤, 東皐李浚慶及金魯, 楓皐楊士俊, 嘯皐朴承任, 鳴皐任錪, 盤皐金始振也.

以麓稱者, 白麓辛應時也.

以坡稱者, 松坡崔誠之, 靑坡李陸, 楸坡宋公麒壽, 天坡吳翻, 南坡沈悅及洪宇遠, 陽坡鄭太和, 西坡吳道一也.

以陵稱者, 少陵李尙毅及崔奎瑞也.

以壁稱者, 石壁洪春卿也.

以石稱者, 松石崔命昌及李景顏, 蒼石李埈, 獨石黃赫, 孤石睦長欽, 玄石朴世采, 瑞石金萬基也.

以海稱者, 滄海楊士彦及許格也.

以溟稱者, 四溟釋惟政, 滓溟尹順之, 東溟金世濂及鄭斗卿也.

以江稱者, 秋江南孝溫, 松江鄭澈, 淸江李濟臣, 滄江趙涑, 白江李公敬輿也.

以河稱者, 西河林椿及李敏敍[40]也.

以湖稱者, 梅湖陳澕, 錦湖林亨秀, 白湖林悌, 霽湖梁慶遇, 鑑湖楊萬古, 太湖李元鎭, 星湖李瀷也.

以浦稱者, 楊浦崔澱, 秋浦黃愼, 花浦洪翼漢, 沙浦李志賤也.

以灘稱者, 石灘李存吾, 三灘李承召, 龍灘李延慶, 拙灘金權, 楸灘吳允謙也.

以洲稱者, 東洲成悌元, 滄洲尹春年及車雲輅, 石洲權韠, 玄洲趙纘韓及李昭漢・尹新之, 白洲李明漢, 湖州蔡裕後, 洛洲具鳳瑞, 龍洲趙絅, 晚

---

40 敍 : 저본에는 없음. 일반적인 용례에 근거하여 수정.

洲洪錫箕, 雯洲洪應輔也.

以渚稱者, 鷺渚李陽元, 浦渚趙翼, 北渚金蓥也.

以汀稱者, 月汀尹根壽, 北汀洪處亮, 雪汀曹文秀也.

以濱稱者, 洛濱李忠綽也.

以浪稱者, 漫浪黃㦿[41]也.

以溪稱者, 梅溪元松壽及曹偉[42], 蘭溪朴公堧及咸傅霖[43], 松溪申用漑, 藍溪表沿沫, 潘溪俞好仁, 木溪姜渾, 德溪吳健, 錦溪黃俊良, 石溪崔命龍, 茅溪文緯, 南溪慶延及朴世采, 北溪李穆, 退溪李公滉, 牛溪成渾, 鵝溪李公山海, 龍溪金止男, 桐溪鄭蘊, 沙溪金長生, 林溪尹集, 清溪洪葳, 滄溪林泳, 霞溪權愈, 西溪朴世堂, 東溪趙龜命也.

以澗稱者, 盤澗蔡璉, 竹澗釋宏寅, 石澗趙云仡, 月澗李墺, 菊澗尹鉉也.

以川稱者, 石川林億齡, 葛川林薰, 松川梁應鼎, 芝川黃廷彧, 柳川韓浚謙, 遲川崔鳴吉, 梧川李宗城也.

以泉稱者, 寒泉朴慶新, 雙泉成汝學, 竹泉李公德泂及金鎮圭, 聽泉鄭東稷, 藥泉南九萬, 博泉李沃, 靑泉申維翰也.

以潭稱者, 花潭徐公敬德, 栢潭具鳳齡, 石潭李公珥及李潤雨, 菊潭金孝一, 孤潭李純仁, 松潭宋公相壽, 愚潭丁時翰也.

以淵稱者, 臨淵裵三益, 秋淵禹性傳, 三淵金公昌翕也.

以沼稱者, 春沼申最也.

以塘稱者, 活塘朴東賢, 林塘鄭惟吉也.

以沙稱者, 白沙李公恒福, 月沙李公廷龜, 淸沙金在魯也.

以郭稱者, 南郭朴東說, 東郭李弘相也.

---

41 㦿: 저본에는 '床'. 일반적인 용례에 근거하여 수정.

42 偉: 저본에는 '緯'. 일반적인 용례에 근거하여 수정.

43 霖: 저본에는 '林'. 일반적인 용례에 근거하여 수정.

以坰稱者, 西坰柳根也.

以園稱者, 灌園朴啓賢, 東園金貴榮也.

以圃稱者, 灌圃魚得江, 藥圃鄭琢及李海壽, 菊圃姜樸也.

以田稱者, 石田成輅也.

以畹稱者, 九畹李春元也.

以松稱者, 一松沈喜壽, 八松尹煌也.

以竹稱者, 醉竹姜克誠, 孤竹崔慶昌, 水竹鄭昌衍, 翠竹李應蓍也.

以梧稱者, 雙梧閔點也.

以蓮稱者, 靑蓮李後白也.

又朴寅亮號小華, 鄭汝昌號一蠹, 鄭彦訥號一蚩, 金馹孫號濯纓, 洪裕孫號篠叢, 魚無迹號浪仙, 徐起號孤靑, 南彦紀號考盤, 曹植號南冥, 鄭碏號古玉, 楊士彦號蓬萊, 柳永吉號月蓬, 洪迪號荷衣, 尹安性號冥觀, 吳億齡號晚翠, 鄭曄號守夢, 鄭經世號愚伏, 南以恭號雪簑, 金蓋國號後瘳, 李志定號聽蟬, 金光煜號竹所, 任有後號萬休, 孫必大號寒衢, 洪世泰號柳下, 尹淳號白下, 崔成大號杜機. 噫, 此錄中別號不可者, 或有觀者察諒焉.

30

余七代祖判書號菊齋, 又號東皐. 六代祖判書文簡公號芝峯, 又號東園, 又號冥眞. 五代祖議政貞肅公號東沙, 又號汾沙. 高祖承旨號混泉, 曾祖監司始號西岳, 又號丹厓, 又號蘇溪, 晚號悔軒, 亦號悔翁. 先考號溫齋. 芝峯公之季子, 參判公敏求, 號觀海, 又號東州. 汾沙公之孫, 參贊文敏公玄錫號游齋. 監司公玄祚號景淵堂. 公之孫德胄號芐亭. 諱惠胄號杞園. 諱憲胄號芐圃. 芝峯之號, 以興仁門外家後有芝草峯也. 汾沙之號, 以公晚年樂金沙山水之勝, 有華山之願也. 混泉之號, 以金浦廬後有大井,

取源泉混混之義也. 溫齋之號, 取溫故知新之義也. 游齋之號, 取游於藝
之義也. 景淵之號, 以景慕陶淵明也.

31

李行庵正遇挽尹惕詩曰:"拙直年知命, 滄波死送聲. 仁風依伯父, 貧病別
同生. 先君吾道義, 此事爾分明. 有妾從容踣, 推移敎化情." 尹之歿, 其
妾朴氏手縫衣衾以斂, 及入棺, 遂自縊而死. 申聖淵以爲此詩遒健, 可追
杜詩.

32

南龍安炆, 相國九萬之祖也. 嘗曰:"人之敎兒孫, 必以勤讀爲先者, 不但
爲其通古今能文辭而已. 必使之維絆於簡冊, 程課於諷誦, 無暇及於博奕
聲色敖放等事, 幼而及長, 習以成性, 爲益大矣." 南公敎子孫, 課督甚
勤, 子孫亦習以爲常, 其世以詞翰名世也, 宜哉.

33

李白沙恒福母夫人崔氏, 天性溫柔慈順, 至於閨範, 有斬斬不可犯者. 子
女侍側, 雖盛暑不敢褰袒. 仲男嘗因倦跛倚脫冠, 與夫人坐甚遠, 而可以
望見. 夫人正色曰:"汝年已長大, 猶不知父母前不可無禮耶?" 因顧諸女
曰:"吾家子女甚繁, 而年歲已長, 足知禮法. 雖娣妹之間, 切不可嬉笑相
謔, 自虧典[44]訓, 坐臥言語, 皆當有別." 其弟崔安陰與夫人少相長, 於兄
弟中最親, 朝夕來訪, 每相見, 必使侍婢在[45]前側曰:"吾年已老, 弟亦老
矣. 親親之道, 固不當如是, 然婦人之道, 與其流於褻狎, 寧過自莊重."

---

44 典 : 저본에는 '曲'. A·D본에 근거하여 수정.

45 在 : 저본에는 '前'. A·D본에 근거하여 수정.

至哉, 言乎! 男女之別, 當如是矣. 苟使世之婦女, 遵是訓以行, 則寧或有
帷薄之刺乎?

34

尹判書絳, 晚年退居安山, 其僕與浦民爭漁利者, 判書召而杖之曰:"汝以
尙書之奴, 與小民相競於利, 則民何能支?" 由是民皆安之. 噫, 使爲宰相
者, 存心於愛民若此, 則於人必大有所濟矣.

35

蔡希庵嘗有詩曰:"平生不識君王面, 一夢尋常繞王墀." 肅廟聞之, 召蔡
謂曰:"汝以不見吾顏爲恨乎?" 遂使擧頭視之, 蔡不勝感泣.

36

余五代祖姒贈貞敬夫人權氏[46]挽詞中, 柳散庵道三詩爲世所傳誦, 其詩
曰:"語及江都已泫然, 誰將哀挽此時傳. 一家五節同亡地, 千古三綱不死
天. 秋日照山心共白, 海風揚水恨難湔. 丁寧聖主臨筵語, 泉[47]天下人間
雨露偏." 所謂五節同亡者, 丁丑江都之亂[48], 權夫人[49]與長子尙揆 · 長婦
具氏, 二女李判書一相妻 · 韓先達五相妻[50], 同時殉節也. 所謂聖主筵語
者, 仁祖見江都守臣之奏, 下敎以左相家事不忍聞也.

---

46 余五代祖姒贈貞敬夫人權氏:A본에는 '李分沙夫人貞敬權氏', D본에는 '分沙公夫仁'.
47 泉:저본에는 '天'. A·D본에 근거하여 수정.
48 亂:저본에는 '難'. A본에 근거하여 수정.
49 權夫人:A본에는 '貞敬夫人'.
50 韓先達五相妻:저본에는 없음. A본에 근거하여 보충.

37

三淵居士金公昌翕嘗遊京山入一寺, 有一貴家子盲一目者亦到. 見居士, 頗困之, 使之作詩, 以免罰, 卽對曰:"遠客來山寺, 秋風一杖輕. 直入沙門去, 丹靑四壁明."其人稱贊不已, 歸告其父曰:"居士亦有能詩者."仍誦其詩, 其父責之曰:"汝不知其詩之嘲汝乎? 遠客謂目盲之客也. 一杖卽謂瞽者一相也. 直入沙門, 卽謂盲人直門也. 丹靑四壁, 卽謂盲玩丹靑也."

38

金公三淵昌翕[51]將入楓嶽, 路遇居士, 居士問於三淵曰:"有三淵居士者, 能於詩而恨未之見也. 子則見之乎?"其言似認金公[52]之謂三淵者, 對曰:"未也. 子欲見能詩之三淵, 則子亦能詩者也."時方春杜鵑鳴於林間, 三淵遂呼魚豬驢三韻, 使賦杜鵑詩, 應口而成曰:"爾魂來自蜀蚕魚, 飛下天津誤屬豬. 客子聞之心不樂, 夕陽歸路駐蹇驢."使三淵次之, 三淵閣筆不能和.

39

松坡權伏者, 石洲韠之庶子也. 年十二見李鰲城家後園三色桃花火爛[53]開, 踰墻而入, 折其花枝. 時主家諸婦女適游園中, 大駭, 而走告于李[54], 李命捽[55]入, 將撻之, 伏曰:"我士大夫子, 不可撻也."李乃以三色桃命題, 仍呼韻促之, 卽對曰:"桃夭灼灼映疎籬, 三色如何共一枝? 恰似美人梳洗後, 滿顔紅粉未均時."李大奇之, 使之升坐, 問其門閥, 則乃習齋

---

51 金公三淵昌翕 : A·D본에는 '金三淵'.

52 金公 : A본에는 '昌翕'.

53 爛 : 저본에는 없음. A·D본에 근거하여 보충.

54 李 : A·D본에는 '李公'. 이하 같음.

55 捽 : 저본에는 '牵'. A·D본에 근거하여 수정.

之孫, 石洲[56]之子也. 卽往見石洲請與爲婚, 遂以其庶女歸仳, 後登文科,
官至[57]加平郡守.

40

光州妓一玉·二玉兄弟, 俱美而艶, 林白湖悌聞而慕之, 戴破笠, 衣弊袍,
曳芒履, 到光州衙門, 請見主守. 守召之入, 白湖故汚其面, 故眇一目, 故
蹇一足而入. 守問: "何所聞而來也?" 白湖曰: "聞貴邑有二名妓, 欲與之
同寢耳." 一玉在傍笑曰: "夜夢見雷公, 今乃逢此人." 守曰: "子乃儒士,
若成佳作, 則當與一玉." 白湖卽呼一詩曰: "光山佳妓玉爲名, 南國爭稱
二弟兄. 人腸斷盡天應怒, 故遣雷公夢裡驚." 守異之, 問其名姓, 則乃林
悌也. 時白湖聲名聞於國中, 見者皆驚, 遂厚之, 遂以一玉薦枕.

41

長城有妓, 名蘆伊者, 姿色絶美, 爲邑守者, 往輒沈惑而死. 上臨朝問誰
能殺此妓者, 有一人自請, 遂授府使, 其人先令囚蘆於獄, 到將杖斃之.
蘆妓厚賂獄卒脫, 往中路旅店, 候其下來. 守來入店, 見一素服少艾, 蛾
眉花容, 嬌態萬千, 魂迷心蕩, 不能自定, 問於主媼曰: "彼是誰家女?"
曰: "吾女命薄早寡, 歸依於母家矣." 守故落衣繫, 招其女, 使縫之, 因與
狎戲同枕. 其女臨曉起去曰: "官人應忘矣." 曰: "何可忘?" 女曰: "如不
忘, 願書官名於妾臂." 守卽書諸臂, 其女遂刺其臂而涅之, 歸而就獄. 其
守纔到衙, 卽命縛蘆妓來, 掩尸不見, 促令撲殺之. 蘆乞一言而死, 守問
何言, 妓卽裂錦裳, 血書一詩以呈曰: "蘆兒臂上是誰名, 墨入氷膚字字
明. 東去[58]江波有時盡, 妾心終不負初盟." 守見之大驚, 不忍施刑.

56　洲 : 저본에는 '淵'. A본에 근거하여 수정. 이하 같음.

57　至 : 저본에는 '止'. A·D본에 근거하여 수정.

42

金公三淵嘗行役, 日暮雨下, 忙投一村, 村人拒不納, 適聞杜鵑聲, 遂作
一詩曰:"黃昏雨立叩柴扉, 三被村翁手却揮. 山鳥亦知風俗薄, 隔林啼送
不如歸."

43

旅軒張先生[59]自仁同上京, 柳參判命堅少時往謁曰:"若少子者, 可以爲學
乎哉?" 先生曰:"願見君之臂." 參判曰:"學問以臂乎?" 先生曰:"學問之
工, 筋力健者, 方可爲之. 故欲見君臂者, 所以驗君筋力之强弱也."

44

昔有宋姓人生十一子, 以口旁字命名, 其第一子名曰叾, 第二曰呂, 第
三品, 第四器, 第五吾, 第六吝, 第七叱, 第八叴[60], 第九呇, 第十古, 第
十一吉, 吉卽所傳偷食貢梨者云.

45

金政丞德遠之卒也, 尹政丞趾完在安山, 聞之, 設位以哭[61], 蓋平日慕其
爲人也.

46

睦直長天任與李弼善某同硏舊交也. 李先[62]登第爲考官, 書與私標於直

---

58 去 : 저본에는 '洛'. A·D본에 근거하여 수정.

59 旅軒張先生 : A본에는 '張旅軒顯光'.

60 叴 : 저본에는 '公'. A본에 근거하여 수정.

61 哭 : 저본에는 '器'. A본에 근거하여 수정.

62 先 : 저본에는 없음. A·D본에 근거하여 보충.

長, 使之用諸試卷, 直長不受, 以詩答之曰:"經霜老樹花心少, 羞乞東皇
分外春."

47

寒崗鄭先生[63]居嶺南之星州, 開門授業, 遠近從學者甚衆, 使村人分饋之,
村人目之曰弊同知. 寒崗聞之, 自是帶僕馬來者却之, 而只敎[64]步來者.
許眉叟父喬宰高靈, 距寒崗所居四十里也. 眉叟徒步往來受學不倦云, 其
向學之誠如此[65].

48

南參判泰良嘗爲嶺南伯, 巡到星州命攝黃瞽者尚淸, 來, 數之曰:"汝敢挾
妖術誣民掠財, 罪當刑之." 將刑, 尚淸曰:"小人之欲使人避凶移吉, 非
誑惑人也. 願試之, 術不驗則罪之." 南卽以袖覆新造溺缸而問之曰:"吾
所覆者何物?" 尚淸筮之曰:"智伯之頭, 漢儒之冠, 三十靑銅胡爲其中?"
南曰:"溺缸, 汝已知之矣. 錢則必無在此中之理, 汝言虛矣." 尚淸曰:
"占辭旣如是, 請見之." 南開而視之, 果有錢, 計之則三十文也. 此乃造缸
匠手例賂于知印者, 而方伯急到, 故忙納于客舍, 匠手忘之, 而未及出者
也. 南於是歎其術之通神.

49

收漫軒權以鎭, 戊申歲爲戶判, 聞賊變起, 卽出米三十石, 命吏釀酒藏於
庫中. 吏曰:"釀此何爲? 且今酒禁極嚴, 不可犯也." 權曰:"無多言, 第

---

63 寒崗鄭先生 : A본에는 '鄭寒崗述'.

64 敎 : 저본에는 '敬'. A·D본에 근거하여 수정.

65 如此 : 저본에는 없음. A본에 근거하여 보충.

釀之." 未幾, 興師出征, 首相李光佐召權[66]語之曰: "明日行軍時, 不可不犒饋以送, 須備酒肉及餅以待之." 權曰: "餅與肉可速備, 酒則非倉卒可釀者, 何以爲之?" 曰: "勿復言, 速辦之." 及期, 以其所釀酒出饋, 李相聞之曰: "吾已料權某能辦也." 權之先機料事, 每如此. 辛亥歲爲關西伯, 一日, 閱泉流庫, 逋銀累萬兩, 遂分徵所負諸人, 而無以充數. 乃招諸人謂曰: "汝將分送銀店[67], 俾爲備償之地, 汝輩能盡心採銀以充逋欠否?" 皆應曰: "敢不竭力以償?" 權乃量所負之多少銀店之豊薄, 分差遣之. 諸人果以剩銀, 盡償所負之數.

50

李佐薰字國輔, 前承旨東顯之子也. 生有異才, 自七八歲造語輒驚人. 嘗自淮陽還京, 到昌道有吟曰: "晚到昌道店, 崢嶸峽勢長. 千峰猶濕雨, 獨樹見斜陽. 谷靜鳥多語, 山深花自香. 洛城三百里, 歸路正中央." 又過麥坂詩曰: "入洞疑風雨, 過林又日月. 壯哉造化力, 鍾靈固密勿." 又途上作曰: "客發楊州里[68], 鞍馬犯[69]曉寒, 家人候我來, 馬首問平安." 皆十一歲作也. 充其才, 可以高步一世, 而年十八而夭, 惜也.[70]

51

昔有人爲訪洪・林・吳三友於羅州之會津, 既渡津, 見道傍有一汲水女, 年可十三四, 問三家所在, 曰: "若與我紙筆, 當書示之." 遂與之. 其女卽

---

66 權: A・D본에는 '權公'. 이하 같음.

67 汝將分送銀店: A・D본에는 '汝罪當死, 殺汝無盆, 故吾特宥之, 而汝輩償銀無策, 吾將各差別將分送銀店.'

68 里: 저본에는 '星'. A본에 근거하여 수정.

69 犯: A본에는 '祀'. A・D본에 근거하여 수정.

70 惜也: A・D본에는 '惜也. 其父安邊時刊遺稿, 行于世.'

書絶句以呈曰:"洪樸金鞍洞裏棲, 林埏家在月陵西. 可惜風流吳進士, 白楊衰草暮烟低." 其人驚歎問汝何許人, 對曰:"我乃林氏家小婢也." 人有如此才, 而以身居下流之故, 名湮滅而不傳, 惜哉.

52

申維翰[71]居嶺南之大丘, 嘗避暑于門前松樹下, 有一年老僧過而問維翰家, 維翰曰:"師之欲見之者何也?" 曰:"以能文也." 維翰曰:"師亦能文乎?" 曰:"然." 維翰曰:"近聞申君不在家, 不須往訪, 可留此與語." 曰:"諾." 維翰[72]曰:"如我者, 粗解文字, 雖不知文章之高下, 然師之詩, 願一聞之." 曰:"若命題呼韻, 當賦之." 維翰見坐傍有岩石, 遂以岩石爲題, 使賦七言律詩, 先呼中字, 卽對曰:"鰲負三山變海中." 次呼東字, 對曰:"雲根一片落吾東." 維翰欲以强韻困之, 次以弓戎虫三字. 其僧隨呼而應曰:"龍蟠不受秦皇策, 虎踞曾彎漢將弓 鍊柱可支天北極, 磨刀宜斬漠南戎. 吾將坐此鯨鯢釣, 不待任公五百虫." 維翰大驚服, 終不自言名姓云.

53

或問於李再春曰:"最難寫字何書?" 答曰:"其册題乎. 題主雖難, 納櫝則人不見, 銘旌雖難, 入壙則人不見, 試卷見落, 則人不見, 雖得參, 不過其時親知之一番覽過而已. 碑銘不合意, 則雖百改可也. 至於題目, 一寫而不可改, 傳久而人皆見, 字數小, 故其疵易露. 懶士厭看書, 執册而臥, 責之曰:'此波不善擎, 彼勺不善截.' 則豈不難堪乎?"

---

71 申維翰 : A본에는 '申靑泉維翰'.
72 維翰 : A본에는 '靑泉'. 이하 같음.

54

族從祖景淵堂有庶子曰漢陟, 嘗與其嫡侄卞亭兄弟呼韻賦詩, 先成一句曰: "隨發春難禁, 交鳴鳥不[73]分." 卞亭爲之閣筆.

55

蒼雪齋權斗經[74]家有小婢, 年近十餘歲, 一日忽語權公曰: "吾嘗得句曰: '山泉入戶流.'" 權[75]責之曰: "豈有小婢之能詩者乎?" 小婢曰: "每聽小主人學唐詩, 如有所悟矣." 權[76]異之, 敎爲小詩, 語多警絕. 及長, 爲武人妾, 嘗泝漢江賦詩, 有'漁歌唱罷蘋州晚, 冠岳山光碧欲流'之句. 後武人死, 歸老於權家, 而性潔且忠, 盡心所事云.

56

權承旨孚, 與人談論物理人情, 無不透識, 而及守外邑, 無治聲. 李修撰萬維性踈率, 闊於事情, 而屢典郡縣, 輒善治, 權判書以鎭嘗曰: "持國之善治, 信之之不治, 理之不可知者也."

57

我國稱閥閱大族曰骨兩班, 盖骨之稱原於聖骨眞骨之說. 新羅時嘗以王族爲聖骨, 以后族爲眞骨, 用人惟論骨品, 苟非其族, 雖有鴻才碩德, 不能自振, 故薛罽頭發憤隨海船入唐. 及唐太宗伐高句麗, 自薦爲左武衛, 疾鬪而死. 尙閥之風, 爲當今鉅弊, 而盖自新羅世已痼矣.

---

73 不 : 저본에는 없음. 『하정집(卞亭集)』에 근거하여 보충.

74 蒼雪齋權斗經 : A본에는 '權蒼雪齋斗經'.

75 權 : A본에는 '公'.

76 權 : A본에는 '權公'.

58

申靑泉維翰, 酷愛明人詩文章, 文以王弇州元美爲宗, 詩亦主李滄溟于
鱗, 嘗題矗石樓曰: "晉陽城外水東流, 叢竹芳蘭綠映洲. 天地報君三壯
士, 江山留客一孤樓. 歌屛日照潛蛟舞, 劍幕霜侵宿鷺愁. 南望斗邊無戰
氣, 將壇笳鼓半春遊." 其詩奇健遒拔, 可爲名家大手.

59

永安尉洪柱元[77]與判書溟爲酒伴, 都尉每置酒而邀之, 判書輒造飮. 一日,
判書備酒肴, 請都尉, 都尉往焉. 判書使侍婢, 各設一空大盤于賓主之前,
先出薄饌一器, 行酒一巡, 是後每進一盃, 輒設[78]一肴, 終日酬酢, 肴滿
于盤, 而愈出愈嘉. 蓋諸肴雜然幷陳, 則不能遍嘗各味, 而先設薄具, 漸
進美膳者, 欲其食之不厭也. 都尉歸語公主曰: "李友設饌, 極有妙理, 他
日行酒, 以是爲準也."

60

洪判書萬朝嘗爲關北伯, 其夫人赴營路, 遇乘轎者, 卽咸興妓爲徐政丞文
重所眄而上京者也. 過夫人前而不下, 洪公聞之, 特差將校二人, 使之捉
來曰: "如不捉, 當施軍律." 二校趲程上京, 往徐相之門, 不得入, 遂相與
投緤[79]於門前, 衆人禁止之, 誼耵之聲聞于內. 徐相問知其由, 卽送其妓,
以書謝過. 二校歸告洪公, 洪公命縛其妓於刑機, 數其罪而責之曰: "汝
以營妓, 挾相公之勢, 敢無禮於夫人之前, 罪當重繩. 以汝旣爲大臣之妾,
故敬大臣而宥之." 旣放, 時人稱之曰: "洪公不畏權勢, 徐相爲法受屈, 賢

---

77 洪柱元 : A본에는 '洪公柱元'.
78 設 : 저본에는 없음. A·D본에 근거하여 보충.
79 投緤 : 저본에는 '僞投'. A본에 근거하여 수정.

哉! 二大夫."

61

尹公基慶守晉州, 以德化民, 民愛戴之如父母. 公時時携酒, 往訪境內之長老而飮之曰:"賴子之德, 使村民不敢以非理干吾政, 受賜大矣." 其後村民有欲訟非理者, 其老輒力止之, 以是詞訟自簡. 前則呈訴者, 日至於四五十[80], 今或竟日無來訟者, 刑房吏皆閑臥晝寢. 或謂吏曰:"安閑如是, 何不出遊村里?" 吏曰:"吾[81]輩若行村里, 必貽弊於民, 吾不忍負仁矣也." 及公之歿, 一境之民, 奔號泣如喪考妣, 隣邑民聞之, 亦爲之罷市, 邑民爭出錢來購, 至于五六千金. 公之子師容, 謝而不受, 民積之于衙之空閣而去, 人無偸一文者, 後以其錢建祠祀之. 及靷發, 民各布奠哭送, 至有以一盂麥飯祭之者. 靈輀以此淹滯, 過數旬後, 始得出境云. 公之德之入人心深者, 可見矣.

62

李博泉沃守淮陽時, 嘗上書於其從叔判書麟徵, 知印打印封面. 判書不開封而還之曰:"印打於書, 非事父兄之道也." 蓋判書行雖尊而年則少博泉數歲也. 博泉又書謝其不敬之罪, 李氏家法之嚴可想矣.

63

尹監司惟幾, 敏於藝, 一見雜技, 輒透其妙. 申求止, 通國之善博者也. 松都大商, 遇申於旅店, 與之博見負, 盡輸其貨, 戲歇而坐. 尹公[82]少嘗適

80 十 : 저본에는 '千'. A본에 근거하여 수정.
81 吾輩 : 저본에는 없음. A·D본에 근거하여 보충.
82 公 : A본에는 없음.

行入其店, 見大商憂愁之色, 問其思, 憫之. 而平生未嘗爲博戲, 使大商更著數局, 而諦觀之, 盡解求止之術. 乃與求之賭博, 連勝奪其財, 而還與大商, 大商拜謝不已. 求止請更賭, 尹公辭而行忙而去. 尹公之才, 豈非大過人者乎?

64

李判書觀徵年十四五習書, 以紙筆難繼爲憂. 其從叔灘翁祜適爲嶺南伯, 纔到營卽擣紙百卷, 兼送筆墨. 李日夜習字, 過三冬而訖工, 寫盡每張面背, 無一空行. 遂盡封其紙, 還于嶺營, 欲使灘翁知其工夫之不暫輟, 一張之不他費也. 灘翁見而歎曰:"吾家有人, 他日必大貴矣." 李[83]立志之堅苦, 用功之勤篤如此, 豈不足法耶?

65

余仕京兆時, 具判書善行爲判尹, 凡有訟, 輒使郎官論稟, 從其言而決之. 故善決者多, 亦不勞神不受怨之道也.

66

星湖李[84]嘗著百諺解, 蓋取我國俚言, 各以四字二句成文, 曰用十斧斫, 木無不顚. 曰盜名終雪, 淫奔[85]難白. 曰猫瓜稿席, 馬鬐剌菰. 曰芒屩[86] 菊綫, 箅戶鐵樞. 曰寒則進炙, 熱則[87]便退. 曰較狗之厠[88], 畢竟同歸. 曰

---

83 李：A본에는 '李公'.

84 星湖李：A본에는 '李星湖瀷'.

85 奔：저본에는 '訟'. A본에 근거하여 수정.

86 屩：저본에는 '屨'. A본에 근거하여 수정.

87 則：저본에는 '爲'. A본에 근거하여 수정.

88 則：저본에는 '爲'. A본에 근거하여 수정.

因怒蹴巖, 適傷厥足. 曰水注於頂, 流歸于踵. 曰吹則恐飄, 握則恐欲. 曰維矢攸落, 輒求移鵠. 曰孤掌不鳴, 單絲難綿[89]. 曰我啖屬厭, 施人反吝. 曰經宿無怨, 笑面難唾. 曰十指偏齰, 疇不余痛. 曰揚人一過, 露己十愆. 曰足跗有火, 不暇念兒. 曰牝牛突走, 牡牛緩步. 曰進貢穿串, 私賄載馱. 曰財殫革輠, 闕袴取婦. 曰以猫易猫, 寧留[90]其馴. 曰謂鐵非剛, 烘石烙[91]物. 曰晝聽有雀, 夜聽有鼠. 曰粟不滿升, 嗜餠必尺. 曰蟹纏[92]有子, 螯能齰物. 曰生命之口, 蛛不布網. 曰衣雖[93]加襦, 背不增煖. 曰先度爾衾, 方伸爾脚. 曰外斯內符, 察貌命名. 曰勿交三相, 要無一仇. 曰俾灶無烗, 彎豈有烟. 曰婦人長舌, 六月霜集. 曰秘語切戒, 倂戒俱播. 曰片葉障目, 謂人莫覩. 曰流水至足, 與人成惠. 曰艶歌雖美, 聽久亦厭. 曰鬪牛渡川, 不呈其勇. 曰破東壁土, 移補西壁. 曰虬牙忽墜, 尙覺有缺. 曰燃膚誓[94]佛, 臂不借人. 曰龜背草刺, 巖頂竹釘. 曰饌傳益減, 言傳益增. 曰駏騎駃步, 遞乘更快. 曰見蹄不扶, 反搆其頰. 曰痛猶未甚, 方暇呼苦. 曰錦段至貴, 飢易一飯. 曰草自兩葉, 已辨嘉蔬. 曰譬彼團餠, 罔內罔外. 曰裁松避暑, 美陰難待. 曰雙手持餠, 孰啖孰舍. 曰鵲[95]步逐鶴, 厥脚載裂. 曰維山之下, 維曰闕杵. 曰鳩子學習, 飛不過岑. 曰耳後負兒, 言必諦聽. 曰舌底藏斧, 劈出犯機. 曰馬行去時, 牛亦與俱. 曰與麑走獐, 寧取遺兎. 曰睨彼汲瓶, 終破于井. 曰不戒竊鍼, 盜牛心生. 曰三歲侍疾, 得不孝名. 曰見歡愛急, 須防永離. 曰疇有烹頭, 耳不同熟. 曰懸岸赴下, 起舞難停. 曰十指力

---

89 綿 : 저본에는 '錦'. A본에 근거하여 수정.

90 留 : 저본에는 '有'. A본에 근거하여 수정.

91 石烙 : 저본에는 '必格'. A본에 근거하여 수정.

92 纏 : 저본에는 '讒'. A본에 근거하여 수정.

93 雖 : 저본에는 '維'. A본에 근거하여 수정.

94 誓 : 저본에는 '擔'. A본에 근거하여 수정.

95 鵲 : 저본에는 '割'. 문맥에 근거하여 수정.

作, 難糊一口. 曰九淵可測, 人心難量. 曰烏纏離樹, 梨隕其實. 曰孰知毀
人, 便是毀己. 曰言甘之[96]室, 皷醬必苦. 曰善事有朋, 凶維親屬. 曰灰堆
不堅, 椓杙易陷. 曰如絞乾樠, 俾出水滴. 曰推人外行[97], 內行便見. 曰孰
知盲子, 而不終孝. 曰毒杖之下, 無將軍勇. 曰橋下愚氓, 或詈官倅. 曰一
日之言, 三觸死[98]機. 曰防偸勢單, 盜反擧棒. 曰巢鳥數遷, 止必毛零. 曰
勿賣高馬, 要減[99]一口. 曰余所畜犬, 或反[100]噬踵. 曰公府無事, 村巷方
安. 曰足跗皴瘃, 熱尿救凍. 曰有仇必遇, 略杓之橋. 曰有衆比丘, 適破厥
釜. 曰有鳴者瓮, 終破斯已. 曰馬自乾輶, 罔覺背寒. 曰苟業[101]草屨, 寧
用草經. 曰維來時[102]心, 與去時別. 曰六月火燻, 去[103]却猶戀. 曰我刀付
人, 入鞘難還. 曰一箇魚横, 全川爲渾. 曰莫誣蚯[104]引, 踐亦蠢動. 曰論
人過尤, 類啜冷粥. 曰維牛之後, 與蒭待乾. 曰我牛折角, 咎人墻堅. 曰
旣乘之馬, 便求執靮. 曰官牢有豕, 誰念腹痛. 曰維谷無虎, 維兎作長. 曰
有鳴春雉, 自速其禍. 曰寒兎走山, 必踐故步. 曰誇舊基富, 數亡兒年. 曰
劣厖猖鬪, 負恃籬根. 曰盲卜雖靈, 不如目觀. 曰如蝸負苫, 將見蔓空. 曰
金佛儼坐, 其中土芥. 曰盲不行[105]走, 亦喜晴日. 曰早知遇虎, 孰肯之山.
曰毋以用急, 綿縛鍼腰. 曰唾路傍井, 重到知悔. 曰十盲之室, 出維一杖.
曰過塚[106]墓前, 勿哆口談. 曰鯨鯢鬪海, 魚蝦遄死. 曰比彼呪經, 于此牛

---

96 之 : 저본에는 없음. A본에 근거하여 보충.

97 行 : 저본에는 '片'. A본에 근거하여 수정.

98 死 : 저본에는 '元'. A본에 근거하여 수정.

99 減 : 저본에는 '喊'. A본에 근거하여 수정.

100 反 : 저본에는 '及'. A본에 근거하여 수정.

101 業 : 저본에는 '叢'. A본에 근거하여 수정.

102 時 : 저본에는 '芳'. A본에 근거하여 수정.

103 去 : 저본에는 '遮'. A본에 근거하여 수정.

104 蚯 : 저본에는 '丘'. A본에 근거하여 수정.

105 行 : 저본에는 '片'. A본에 근거하여 수정.

106 塚 : 저본에는 '家'. A본에 근거하여 수정.

耳. 曰瓜從外舐, 寧識中甜. 曰肛屬吾體, 雖穢莫去. 曰將候曉月, 自黃昏坐. 曰社酒與人, 掠爲己惠. 曰廚庋之下, 拾匙休誇. 曰魚黑品賤, 其味亦嘉. 曰妄謂無怵, 遺矢不覺. 曰僧頭木梳, 有無何關. 曰如治敗魚, 草草決腹. 曰衰老性變, 反類童兒. 曰飛鳥坐久, 必帶矰弋. 曰貧室救助, 國亦難能. 曰兒出己眼, 方入人眼. 曰擬必捉頭, 方捉厥尾. 曰頰批鍾街, 眼睨西渡. 曰膳夫手生, 反咎俎案. 曰有狗毛鬡, 浴不加白. 曰莫誣苴苞, 或貯甘醬. 曰盲不別色, 把玩丹青. 曰肉必細嚼, 方覺[107]美味. 曰一紙之輕, 兩力易擧. 曰兩妻之夫, 猶無完縫. 曰活人之佛, 何洞不有[108]. 曰肉必啖肉, 鐵或蝕鐵. 曰積功成塔, 終亦不崩. 曰天墻頹壓, 牛出有穴. 曰羊蹄石壁, 耐住撐過. 曰川渠非咎, 維汝盲故. 曰技學十二, 夕闕其食. 曰烏十二鳴, 聲聲輒憎. 曰人嗤蒙魁, 在己爲施. 曰達夜行走, 未及入門. 曰隨人夜哭, 卒問誰喪. 曰三日不食, 鮮無盜心. 曰兒若不啼, 亦不哺乳. 曰維兒時心, 八十猶存. 曰雨淖跨牛, 掉尾妨人.[109] 曰饋友乏[110] 物, 盜竊反裕. 曰人非蚓[111]引, 詎食槁壤. 曰狗悍可憎, 鼻端恒瘡. 曰誨子通袴, 誨婦丹裳. 曰邑宰有罪, 記官被刑. 曰如蝶見花, 若鼋見[112]水. 曰明卜知來, 自昧死日. 曰巫家有疾, 不能自禱. 曰瞽師誦經, 口滑心昧[113]. 曰志銳私鬪, 超入倭船. 曰釜底鐺底, 煤黑何別. 曰飲啜亦愼, 兒必視傚. 曰惟蔽陽上, 行插一匙[114]. 曰有眼相馬, 與相牛別. 曰人兒必京, 畜雛宜鄉. 曰蝸休有殼, 人豈無室. 曰欺誘小兒, 偸竊餅餌. 曰睡虎方熟, 誤觸其尾. 曰蕎餅餅

---

107 覺 : 저본에는 '角'. A본에 근거하여 수정.

108 不有 : 저본에는 '有不'. A본에 근거하여 수정.

109 雨淖跨牛, 掉尾妨人 : 저본에는 '牛雨淖跨, 牛掉尾妨'. A본에 근거하여 수정.

110 乏 : 저본에는 '之'. A본에 근거하여 수정.

111 蚓 : 저본에는 '丘'. A본에 근거하여 수정.

112 見 : 저본에는 '如'. A본에 근거하여 수정.

113 昧 : 저본에는 '味'. A본에 근거하여 수정.

114 匙 : 저본에는 '匕'. A본에 근거하여 수정.

豆，兩缶何用．曰敝笱在梁，鰌滑易脫．曰十人守物，一或能偸．曰索綯結網，亦可捕虎．曰謂菽畣醬，人或不信．曰厥腹果然，不察奴飢．曰如羊就死，觳觫行遲．[115] 曰覷彼蹲鴟，錯認爲鷹．曰有捄棘匕，兩背[116]難貼．曰相彼細魚，肉淺骨多．曰魚醢市中，彼僧奚至．曰抱瑟足蹈，荷校亦舞．曰世有將軍，龍馬亦出．曰蛛𧉮布絲，絲在虫隨．曰虎吃腥肉，人孰不諳．曰偃臥啖餠，豆屑落眸．曰歲時蒸餠，甑不借人．曰狗尾藏久，不成狼尾．曰懸燈雖明，其下反暗．曰僧逃[117]覓寺，民體難追．曰事將誤機，愚先智後．曰婦老爲姑，不懲反效．曰一母產猉，有班有褐．曰苞種作枕，殍死不食．曰黌[118]隷聽講，耳習能記．曰灶隴有鹽，不挈不鹹．曰維吾女美，方合擇壻．曰苟無腹症，吾女何病．曰餠投投餠，石投投石．曰食些些進，屎細細下．曰無心迅走，有脚橫欄．曰口維[119]喎斜，吹螺則正．曰仰射何妨，貴在貫革．曰狗吠等耳，屢顧咥者．曰虎旣能咬，而不傳角．曰乳虎留雛，猶護厥谷．曰親族遠居，不如近隣．曰餠哉餠哉，厥盒尤嘉．曰電[120]光索索，爲震霆兆．曰啞子啖蜜，雖甘莫說．曰蟹旣獵獲，焉放之水．曰申縮國典，如熟鹿皮．曰人旣將顚，又擠其鬢．曰一狗兩寺，來往失食．曰走馬之背，加鞭更快．曰往獵山豕，柵豚反亡．曰勿貪他物，須惜己有．曰爲人絣澼，足則跟白．曰餧虎曉歸，噬不擇人．曰緣忙急餐，反致因塞．曰犬逐鷄飛，空望屋上．曰樹竦難緣，盱望何爲．曰人未知耳，何雲果雨．曰大樂方張，鐃敔奚爲．曰毒龍去處，秋如窮春．曰嘻笑之言，或成實際．曰我旣[121]之山，豈憚有虎．曰兒戲絲繩，旋賣旋買．曰麻浦盲卜，喝禍何妨．

---

115 遲 : 저본에는 '止'. A본에 근거하여 수정.

116 背 : 저본에는 '輩'. A본에 근거하여 수정.

117 逃 : 저본에는 '遽'. A본에 근거하여 수정.

118 黌 : 저본에는 '黃黌'. A본에 근거하여 수정.

119 維 : 저본에는 없음. A본에 근거하여 보충.

120 電 : 저본에는 '雷'. A본에 근거하여 수정.

曰製錦成囊[122], 反盛狗矢. 曰己所不爲, 寧可疑人. 曰飛雉在山, 各守其麓. 曰衆拳還至, 眼爲眩閃. 曰兒駒鬣垂, 左右未分. 曰山寺聞樵, 僧聽必赴. 曰寧不焚香, 但勿通屁. 曰事貴作始, 成功之半. 曰愚氓學偷, 已習難變. 曰狗隨母行[123], 歷都路迷. 曰疲極倚樹, 未[124]覺株朽. 曰客憐主貧, 偷眼看廚. 曰狗鬪俄息, 人戒不睦. 曰客雖厚意, 無補主家. 曰暑月海壖, 無我無爾. 曰債貸非惠, 終受批頰. 曰費出行粮, 終諱火伴. 曰囓駒之樴, 蹄馬來繫. 曰毋曰叔尊, 算長寧負. 曰那知樗甜, 終不及柿. 曰如鳥顧戀, 有卵在巢. 曰走獐之背, 亦有能跨. 曰旣覆器缺, 又顚以破. 曰鷄族同聚, 各自撥土. 曰洞中學歌, 例無名唱. 曰局外睨碁, 誰非國手. 曰旱猶有遺, 澇無餘苗. 曰獨脚之魅, 在晝失林. 曰家母手滑, 譬春雨頻. 曰爾言爾幻, 脣非爾肉. 曰狗病肛閉, 舐糠益貪. 曰夜勿談虎, 談虎虎至. 曰鸛啄粟粒, 縱吞何補. 曰醉油棄滓, 猰不待狄. 曰衣縫有虱, 縱死必飽. 曰欲索捷路, 其行必迂. 曰言若羹臛, 人必腹脹. 曰飯有許多, 方饡方飡. 曰獵蟹盛串, 與串俱亡. 曰足拇蹙傷, 厥甲自退. 曰懶士對卷, 閱紙頻過. 曰宅被人燒, 惡浮燒者. 曰主尊奴卑, 炊猶共鼎. 曰眼旣爛弦, 不患無蠅. 曰十人結社, 九居上座. 曰相門豪奴, 死不狗泗. 曰如油投水, 浮在水面. 曰蓄物三年, 必歸有用. 曰壖海起田, 子孫受欺. 曰如負圓瓜, 繩搭易脫. 曰維爾假面, 未着先笑. 曰始不相善, 絶交何論. 曰婚弟有謳, 姻兄先唱. 曰曠庖貪粒, 呑竭盆水. 曰應爾雛均, 唯與阿[1245]殊. 曰人不尊畏, 在卬爲主. 曰巨室破落, 高馬疲病. 曰娼婦迹露, 縱淫無羞. 曰一穢萬畦, 每疑厥狗. 曰兩牸同囤, 子育無由. 曰外姑憐婿, 憐婦唯舅. 曰絲段草綠, 罔不同色[126].

---

121 我旣 : 저본에는 '旣知'. A본에 근거하여 수정.

122 囊 : 저본에는 '東'. A본에 근거하여 수정.

123 狗隨母行 : 저본에는 '駒母隨行'. A본에 근거하여 수정.

124 未 : 저본에는 '木'. A본에 근거하여 수정.

125 阿 : 저본에는 '何'. A본에 근거하여 수정.

曰吾老不覺, 覺人之老. 曰朝霧四塞, 失牛彷徨. 曰家自失火, 呼人來救. 曰卬隨我友, 或之江南. 曰賴朋友力, 冒居勳班. 曰飢兒索乳, 汁竭猶吮. 曰緣余事忙, 露碓亦舂. 曰盲訪入[127]門, 偶然直入. 曰雲頭餅上, 插筋待吃. 曰哈彼無子, 浪事營産. 曰每榜發解, 外[128]孫滿堂. 曰爲一勺羹, 奚至出涕. 曰死僧無能, 任嚣笞杖. 曰外孫之愛, 愛檆相似. 曰患至方竄, 求入鼠穴. 曰人不及斧, 添刃恒壽. 曰耳先角後, 後出者高. 曰余亦有續, 或者累十[129]. 曰畫中有餅, 雖美誰啖. 曰以鎌遮眼, 只蔽我視. 曰掩耳偷鈴, 謂人莫聞. 曰旣越其津, 乃方來船. 曰先假外廊, 漸借內堂. 曰魍魎量稅, 空言無成. 曰鵁鶄計數, 徒知其雙. 曰蜻蜓點水, 不能耐久. 曰無醬之家, 反嗜其羹. 曰乃包腥肉, 于虎之前. 曰軟地挿杙, 其入孔易. 曰旣失之馬, 乃治其廐. 曰纔學其技, 我眼反昏. 曰弓的相適, 可以善射. 曰時值年豊, 乞兒尤悲. 曰彼猫之項, 孰懸其鈴. 曰餌蝦釣鯉, 以小易大. 曰如蟻輸[130]垤, 積漸以成. 曰衙中譽倅, 孰信其言. 曰偷餅不察, 只作看證. 曰維花之田, 言放其火. 曰傀儡絶縷, 眞面盡露. 曰手習之斧, 遽斫其足. 曰維椎之輕, 釘則聳矣. 曰轡之長矣, 馬必踐焉. 曰惟鐵蒺藜, 隨投而立. 曰百尺竿頭, 耐過三年. 曰一歌雖[131]美, 豈達永夜. 曰神祀已過, 鳴缶焉用. 曰龜背之上, 俾刮其毛. 曰憎蠅之打, 反傷美蠅. 曰俎上之肉, 豈可畏刀. 曰高麗公事, 不過三日. 曰彼僧雖憎, 袈裟何憎. 曰把盃之臂, 不屈于外. 曰十洞之水, 會于一洞. 曰欲報舊讐, 新讐更出. 曰去語固美, 來語方善. 曰他官兩班, 誰許座首. 曰賣田買畓, 欲喫稻飯. 曰活狗之子, 勝於死相. 曰

---

126 色 : 저본에는 '邑'. A본에 근거하여 수정.

127 入 : 저본에는 '人'. 문맥에 근거하여 수정.

128 外 : 저본에는 '子'. A본에 근거하여 수정.

129 十 : 저본에는 '十語'. A본에 근거하여 수정.

130 輸 : 저본에는 '偷'. A본에 근거하여 수정.

131 雖 : 저본에는 '維'. A본에 근거하여 수정.

後見之木, 高斫其根. 曰以己之手, 自批其頰. 曰旣炙之蟹, 又去其脚. 曰
石墻飽腹, 其頹可待. 曰椀粥方熱, 蠅繞不入. 曰旣張之舞, 不可止也. 曰
將犬貸虎, 何時可償. 曰避獐而走, 乃反遇虎. 曰飮煙之猫, 昏憒莫省. 曰
走與稻飯, 俱爲便利. 曰譬彼曬猫, 弄一鷄子. 曰狗咬之雉, 將焉用哉. 曰
馬雖老矣, 寧辭其豆. 曰所得之斧, 與失斧同. 曰路傍之井, 我豈獨飮. 曰
非死之悲, 老可悲也. 曰治匠之家, 亦無膳刀. 曰譬彼櫪馬, 頓蹄求食. 曰
主家乏醬, 客亦辭羹. 曰新生狗雛[132], 不知畏虎. 曰餓死之難, 難於作
相.[133]曰木刀割耳, 亦不之覺. 曰老人之臥, 恰似麥臥. 曰雖不給債, 亦無
讐怨. 曰惜一瓦片, 巨樑乃腐. 曰鼈雖三尺, 食乃令公. 曰鼠近糊盆, 乍入
乍出. 曰眞珠十斗, 貫乃成寶. 曰他人之鬪, 拔刀而進. 曰一身之微, 豈負
兩機. 曰瞽啖虁蕫, 不分生熟. 曰入瓮之鼠, 無處可走. 曰雨裝紫繫, 不
稱其服[134]. 曰嶴獄而投, 乃刑房家. 曰遠樹之暎, 近樹之礙. 曰拔彼下石,
撑此上石. 曰先搖尾狗, 于後得食. 曰査家厠間, 愈遠愈好. 曰蟹則隨穴,
穴豈隨蟹. 曰浦人喫醢, 峽氓吸水. 曰雨曰醬瓮, 人誰曰開. 曰雖不給粮,
毋破我瓢. 曰麤粗僅成, 劉孫草笠.

67

李修撰萬維嘗貽書於蔡希庵彭胤, 自稱少弟, 盖修撰[135]少希庵五歲也. 希
庵見而投諸地曰: "持國之不解人事也." 客曰: "五年之長, 待以老兄, 恭
亦過矣." 希庵曰: "不然, 昔吾與其父文若氏, 相追[136]逐於詩壇酒壘, 渠
安敢乃爾?" 文若, 卽李參判沃之字也.

---

132 新生狗雛 : 저본에는 '在埜之狗'. A본에 근거하여 수정.

133 作相 : 저본에는 '相作'. A본에 근거하여 수정.

134 服 : 저본에는 '眼'. A본에 근거하여 수정.

135 撰 : 저본에는 없음. A본에 근거하여 보충.

136 追 : 저본에는 '超'. A·D본에 근거하여 수정.

68

李知事震箕與錦平尉朴弼成相親, 晚年相逢於人家宴席, 時錦平年
九十四, 知事年九十三. 知事先叙久阻之懷而稱君焉, 錦平顧謂座客曰:
"試觀此兒之人事, 可如[137]渠敢君我乎?" 客曰: "間一年之友, 稱君例也,
何怪之有?" 錦平曰: "吾輩之年異於凡人, 一日之難, 難於凡人之一年,
渠何敢以平交待我乎?" 一座皆笑.

69

清州有範瑞[138]者, 性至孝. 父病多年, 百藥無效, 範瑞問諸醫, 醫曰: "有
一藥, 難得奈何?" 範瑞强問之. 醫曰: "若得生人三節骨, 磨而服之, 則當
神效." 範瑞還家, 卽斷無名指, 磨而進之, 其病乃瘳.

70

我朝小說, 比中國不多, 有徐[139]居正『筆苑雜記』·『東人詩話』· 李陸
『青坡劇談』· 金公[140]時習『金鰲新話』· 南孝溫『秋江冷話』· 曹偉『梅溪
記聞』· 曹伸『謏聞鎖錄』· 成俔『慵齋叢[141]話』· 金正國『思齋摭言』·
申光漢『企齋記異』· 魚公叔權『稗官雜記』· 金安老『龍泉談寂錄』· 李
耔『陰崖日錄』· 奇遵『德陽日記』· 柳希春『眉岩日記』· 李公之菡『土亭
漫錄』· 沈守慶『遣閑雜錄』· 柳西厓『雲岩雜錄』· 李公珥栗谷『石潭日
記』· 權應仁『松溪漫錄』· 李濟臣『鰶鯖瑣語』· 許筬『海東埜言』· 李廷
馨『東閣雜記』·『黃兎記事』· 尹根壽『月汀漫錄』· 車天輅『五山說林』·

---

137 可如 : A본에는 없음.

138 範瑞 : A·D본에는 '朴瑞範'. 이하 같음.

139 徐 : A본에는 없음.

140 公 : A본에는 없음.

141 叢 : 저본에는 없음. A본에 근거하여 보충.

先祖[142]『芝峯類說』・申欽『晴窓軟談』[143]・鄭眉壽『閑中啓齒』・宋公世琳『禦眠楯』・柳夢寅『於于埜談』・許筠『鶴山樵談』・『惺叟詩話』・『巴人識小錄』・任輔臣『圃樵雜錄』・禹性傳『秋淵癸甲錄』・成汝學『雙泉雜談』・李山海『鵝城雜說』・尹毅立『埜言通載』・朴東亮『寄齋雜記』・李塈『松窩雜記』・申翊聖『雪竅謏聞』・『樂全漫錄』・張維『谿谷漫筆』・李德泂『竹窓閑話』・金時讓『荷潭破寂錄』・『涪[144] 溪記聞』・『紫海筆談』・姜栢[145]年『閑溪漫錄』・金得臣『終南叢志』・曾祖悔軒公[146]『悔翁漫筆』・尹舜擧『魯陵志』・鄭載崙『遣閑錄』・『公私見聞』・李星齡『春坡日月錄』・黃是『檜山[147]雜記』・鄭泰齊『菊堂徘語』・梁慶遇『霽湖詩話』・南龍翼『壺谷詩話』・任埅『水村漫錄』・任璟『玄湖瑣譚』・洪萬宗『旬五志』・姜楷『續自警編』・姜樸『聰明瑣錄』・李星湖『僿說』・洪重寅『鵝州雜錄』・丁宜愼『續福壽全書』等書, 而其刊行者甚尠, 恐久而泯滅也. 今錄于此以備後考云.[148]

71

自古東銓則亞堂亦爲政, 而西銓則參判以下不得干[149]預於政事, 及洪[150]

---

142 先祖 : A본에는 '李'.

143 晴窓軟談 : A본에는 '晴窓軟談, 象邨彙言'.

144 涪 : 저본에는 '活'. A본에 근거하여 수정.

145 栢 : 저본에는 '百'. A본에 근거하여 수정.

146 曾祖悔軒公 : A본에는 '李'.

147 山 : 저본에는 없음. A본에 근거하여 보충.

148 而其刊行者甚尠, 恐久而泯滅也. 今錄于此以備後考云 : A본에는 '而追附李恒福白沙雜著・李靑野謾輯・任輔臣丙辰丁巳錄・柳成龍西厓懲毖錄・羅萬甲枕戈誌・洪仁祐 恥齋日記・安邦俊己卯錄・奇遵戊寅記聞・許穆眉叟記言・權和續莊陵誌・李爛類編西征錄・李德壽西堂罷釣錄○朝野僉載・朝野輯覽・朝野會通・朝野記聞・朝野輯要・列朝紀略・南夏正桐巢謾錄續朝野輯要'.

萬朝爲兵曹參判, 語人曰: "我亦騎曹堂上, 而武弁無一人見者, 謂我不能收乎?" 武弁聞之, 亦多往謁. 洪擇其才俊而心識之, 及參都目大政, 至營將窠, 口呼三望, 使郎官書之, 判書意謂欲官所親, 任其所爲, 洪連呼三窠望, 判書怒曰: "苟如是, 今日政參判自爲之." 洪正色曰: "朝家使參判同參政席者, 欲與首堂相議用人也. 若袖手傍觀, 則何用參政?" 卽入臥房內, 欲以此意陳疏, 判書懇乞止之, 遂與之相議擬望. 洪所擬者累十人, 而一不循私, 爲兵參而能用人者, 前後, 只洪而已.

72

蔡希庵挽持平尙友詩, 至今膾炙人口. 其詩曰: "毒瘴銷肌雪變髭, 八年來往一斑衣. 南溟直似中門限, 西日遙分下岑暉[151]. 草抱苦心春不待, 霜隨冤牘夏堪飛. 可憐天外憑闌望, 猶信孤帆早晚歸." 蓋吳[152]居母憂, 不勝喪, 其父尙書久謫耽羅, 而其夫人訴冤, 故詩意如此, 以余前日所聞者皆云'南溟近作中門限', 今見文集, 近作二字, 似誤矣.

73

金監司緻精數學, 其子得臣與淸州儒某, 累月同硏, 季秋得臣將往覲于岺南監營, 其人自書其四柱于得臣稿之末, 欲使金公見之. 及到營, 金閱得臣之所作, 見其四柱曰: "九日製已設行哉." 得臣問其故, 金: "此人於九月之內, 已占取一人之科, 非九日製而何?" 得臣聞其人前程, 金曰: "惜哉, 將以先達終身矣." 得臣曰: "何哉?" 金曰: "當遭罔測之變矣." 得臣

---

149 于: 저본에는 '于'. A본에 근거하여 수정.

150 洪: A본에는 '洪公'. 이하 같음.

151 暉: 저본에는 '輝'. 『희암집(希菴集)』에 근거하여 수정.

152 吳: A본에는 '吳公'.

還京而聞之, 則果魁菊製, 而其妹亦以淫奔受刑於御史, 其人爲世所擯,
竟不霑一命云.

74

穌齋少時與儕友偕作遊楓嶽行, 未及入山, 有人來傳設科之報, 諸人皆回
轡向京. 公曰:"我國不患無科, 後擧尙可赴. 此遊一失, 勢難再圖."遂獨
入金剛, 極意遊賞而返云.

75

丙子之難, 韓有後奉母避寇于洪川. 上入南漢山城, 日登高望行在所. 及
聞有城下盟, 乃北向痛哭[153]三日夜, 乃不返京第, 遂遯于湖南之咸羅縣,
僦屋以居, 終其身, 未嘗向西而坐. 先墓在楊州, 每往省, 必迤其路, 一不
入京城. 命諸子勿赴擧曰:"吾不忍見賜牌之書虜年號也."公之志節, 可
與洪杜谷匹美, 而洪公"大明天下無家客[154], 太白山中有髮僧"之句, 到于
今人莫不傳誦, 有大明處士, 而公則名不稱於後世, 惜哉.

76

李喜龍西人也, 善諧謔, 當告廟疏方張之時, 語其戚韓某曰:"西人之義,
今乃覺得, 非西字, 乃鼠字也."韓曰:"何謂也?"曰:"所謂西人, 聞告廟
之說, 則目圓而悚懼, 非鼠而何?"聞者莫不捧腹.

77

許眉叟詩曰:"朝日上東岑, 烟霞生戶牖. 不知山外事, 墨葛寫蝌蚪."其

---

153 哭: 저본에는 없음. A·D본에 근거하여 보충.
154 客: 저본에는 '容'. A본에 근거하여 수정.

蕭灑出塵淡泊無營之氣象, 可想矣. 時有請禁蝌蚪體者, 故詩意如此.

78

吳燕超尙濂嘗往謁李松谷瑞雨, 頗有苦吟之色, 吳[155]問其故, 李[156]曰: "偶得山風吹作嵐[157]一句, 而未成其對, 子能對否?" 吳對曰: "以喬木臥成橋爲對則何如?" 李大奇之.

79

世之稱長身者, 不過曰八尺, 而許忠貞公琮身長至於十一尺二寸, 豈不異哉? 昔明人嘗謂我國人曰: "爾國有三大壯觀, 許相之身長, 慶會樓之石柱, 恩津縣之彌勒也."

80

柳同知德章號峀雲, 以善畫竹名於世, 一夜夢遇石陽正霆, 謂峀雲曰: "子之畫, 非不善矣, 而但傷於肥. 若變而尙瘦, 則尤善矣." 峀雲覺而異之, 自此務爲瘦勁, 畫格逐進, 年踰八十, 筆力不衰, 家家屏障, 揮洒殆徧, 人莫不寶藏之.

81

昔有人入一旅店, 主家失火, 火延于廏. 主翁斷轡而縱其牛, 客[158]馬未及出燒死, 其人以主翁獨出家牛故燒客馬, 呈訴于其邑守, 請徵馬價, 邑守

---

155 吳: A·D본에는 '燕超'. 이하 같음.

156 李: A·D본에는 '松谷'. 이하 같음.

157 嵐: 저본에는 '風'. A본에 근거하여 수정.

158 客: 저본에는 '家'. A본에 근거하여 수정.

題之曰: "天崩有出牛之[1589]穴, 廐焚無問馬之典." 時稱名談, 或云邑守卽林[160]象德也.

82

慕堂洪公,[161] 宣廟朝名臣也, 登文科, 官至大司憲. 今之立朝者, 多是[162]宣廟時卿宰之後裔, 而子孫登科之多者莫洪氏. 在子曰, 霶大司諫, 霋監司, 翬掌令, 霙參判. 在孫曰, 柱一牧使, 柱三監司, 柱國參議, 柱震獻納. 在曾孫曰, 萬逢校理, 萬通著作, 萬遇舍人, 萬容判書, 萬衡校理, 萬迪持平, 萬鍾都承旨, 萬紀承旨, 萬朝判敦寧. 在玄孫曰, 重鼎持平, 重泰佐郞, 重鉉校理, 重相正字, 重周牧使, 重益奉敎, 重一參判, 重夏監司, 重禹承旨, 重孝判書, 重休校理, 重徵判書. 五代孫曰, 一輔文學, 吉輔佐郞, 應輔獻納, 錫輔參判, 鉉輔判書, 鏡輔承旨, 靖輔注書, 景輔參判, 聖輔司諫, 秀輔今參判, 正輔[163]正言. 在六代孫曰, 亮漢正言, 象漢判書, 鳳漢判書, 麟漢 · 龍漢今承旨, 羽漢校理, 昌漢監司, 良漢參判, 鳴漢校理, 名漢判書. 七代孫曰, 樂性判書, 樂命參判, 樂仁參判, 樂信承旨, 樂任 · 樂遠 · 樂述 · 樂純參判, 樂恒正言. 在八代孫曰, 國榮都承旨. 八代凡六十人, 慕堂公菲祿之昌熾, 可見矣.

83

自古太學諸生之列坐也, 不同年齒之老少, 以新舊榜次. 及慕堂洪公陞上舍, 力主齒坐之議, 遂序齒而坐. 百年弊習, 一朝頓革, 人莫不歎美之.

---

159 之 : 저본에는 없음. A · D본에 근거하여 보충.
160 林 : 저본에는 없음. A · D본에 근거하여 보충.
161 慕堂洪公 : A본에는 '洪慕堂履祥'.
162 多是 : 저본에는 없음. A · D본에 근거하여 보충.
163 正輔 : 저본에는 없음. D본에 근거하여 보충.

84

李承旨匡輔守南平時, 有與承旨姓同字而名同音者爲咸平守. 有一寒士於
咸平倅竹馬交也. 爲求嫁女之資而來, 誤尋到南平, 入見主倅, 則乃平昔
所不識者, 却坐憮[164]然, 承旨怪而問故, 其人具陳其由, 且謝妄入之過,
承旨笑曰: "男兒一見, 便是親知, 何必小少相識而後爲知舊乎?" 其人欲
起向咸平, 承旨力挽强留之, 極厚待之. 潛辦婚需, 無一物不具, 遂輸于
其家, 其人感歎不已.

85

李某, 參判選之孫, 而洪鳳漢之表從兄也. 好古物, 苟遇之不計價而易之.
某家有唐板册世所罕有者, 洪欲之, 買之以厚價不聽, 易之以重寶不聽.
洪乃求得蠹蝕弊冠, 裹以錦袱三襲, 盛以朱櫃. 俟某來而玩之, 見其入,
忙納于櫃中, 而匿諸樓上. 某請見之, 洪不肯, 强而後出. 某曰: "此何物
也?" 洪曰: "此乃栗谷[165]之所着, 故吾艱得而珍藏之矣." 某曰: "若與我,
我當以吾家貨寶, 君所欲取者酬之." 洪曰: "吾自不乏財貨, 何求於兄, 豈
可以難得之古物輕與人哉?" 某終日懇乞, 洪乃曰: "若以唐板册投我, 則
或可易之耶?" 某大喜, 卽還家, 送其册而易其冠. 此與秦[166]士以負郭田
易[167]一敗席者, 相似矣.

86

韓西平浚謙有四女, 壻仁祖大王, 序居第四. 長曰李幼淵, 其次呂爾徵,

---

164 憮 : 저본에는 '撫'. A·D본에 근거하여 수정.

165 栗谷 : A본에는 '栗谷先生'.

166 秦 : 저본에는 '泰'. A본에 근거하여 수정.

167 易 : 저본에는 없음. A본에 근거하여 보충.

鄭百昌. 韓公嘗戲作四壻之別字, 字仁祖曰寵之, 寵之冠於龍也, 盖知
其龍起也. 李曰家之, 嘲其體肥若豕也. 呂曰牟之, 嘲其質鈍如牛也. 鄭
曰蜜之, 嘲其性躁似蚤也. 鄭大壵謂韓[168]曰: "丈人善謫去, 當字之曰竄
之." 韓哂之.

87

曹南冥[169]到鼎津, 使僮奴呼船曰: "陝川曹生員欲渡此[170]津!" 其船卽尹
元衡貿取銅鐵, 使其奴監押載來者也. 篙工將回船以濟之, 尹奴呵叱曰:
"汝何敢爲彼人而遲滯於中路乎? 汝不畏死乎?" 篙工曰: "使我死於大監
嚴威之下, 則不過爲冤鬼而已. 若不聽曹處士之令, 則必不免爲惡鬼." 遂
拏船而進拜請上. 船到中流, 南冥問曰: "所載者何物?" 篙工曰: "尹政承
宅所貿銅鐵也." 南冥遽曰: "士大夫豈可與尹元衡銅鐵同載一船乎? 亟投
諸水!" 篙工聞令盡投之江中. 南冥旣渡, 尹奴縛篙工去, 歷陳其狀於元
衡. 元衡黙然良久曰: "汝無福哉! 何必遇曹生於其處也?" 命放篙工. 南
冥此事, 其氣節可觀, 而旣[171]非君子中庸之道, 亦非末世[172]保身之策.
在南冥則可, 而在凡人則似不可也.

88

睦佐郎祖洙字景魯, 弱冠成進士. 家貧, 無以養親, 乃決意爲農人. 有止
之者, 輒曰: "君之所以止我者, 以爲人所侮也. 然今之俗, 賤役者人侮之,
貧困者人亦侮之. 同是受侮也, 寧躬耕以養親." 善耘田, 一日所耘, 能兼

---

168 韓 : A본에는 '韓公'. 이하 같음.
169 冥 : 저본에는 '溟'. 일반적인 용례에 따라 수정. 이하 같음.
170 此 : 저본에는 '北'. A·D본에 근거하여 수정.
171 旣 : 저본에는 '豈'. A·D본에 근거하여 수정.
172 末世 : 저본에는 없음. A·D본에 근거하여 보충.

他人二日之功. 龍仁之民稱之曰: "善哉! 睦進士也." 以其暇登山採薪, 夜則讀書不輟, 竟登第, 官至六品, 年僅踰五十, 惜哉! 韓文公作「董生行」曰: "朝出耕, 夜歸讀古人書, 盡日不得息, 或山而樵, 或水而漁, 入廚具甘旨, 上堂問起居." 其睦君之謂乎!

89

黃知事晙與夫人南氏, 並生于肅宗甲戌歲, 年十六合巹. 戊子冬, 余[173]謁公曰: "公於明年, 當行回婚之禮, 斯不足賀乎?" 公笑曰: "人皆賀, 我獨憫." 曰: "何哉?" 公曰: "聞之過此禮者速死, 斯不亦憫乎?" 過回婚之年, 中耆老科, 直赴辛卯殿試. 時公之孫錫範已登第, 英宗戲曰: "在平日則雖以孫敬祖, 在今時則當以先生待新來矣." 公及南氏, 今年八十五, 俱康寧, 異哉! 昔劉綱夫妻同時登仙, 世傳爲奇事, 而今黃公夫婦俱以望九十之年, 筋不愆, 步履甚輕, 亦可謂地上之劉綱夫妻也.

90

李持平翼年幼時, 家在龍山, 一日登後園, 望見銅雀津, 告其父佐郎鐸曰: "某叔主方渡津矣." 自龍山踞銅雀津十里也. 佐郎叱之曰: "毋[174]妄言, 十里之人, 汝何能辨之?" 俄又告曰: "某叔之笠爲風所飄, 其叔奔走追之矣." 已而其人至, 問之則果如所言, 其眼視之異如此.

91

李判書春躋 · 李承旨㬇[175], 俱登明經科. 判書之爲經工也, 罔晝夜咿唔,

173　余 : A본에는 '人'.

174　毋 : 저본에는 없음. A · D본에 근거하여 보충.

175　李承旨㬇 : A본에는 '李承旨世㬇'.

客來只問安否, 仍讀書不輟曰: "當於得第後與之從容[176]晤語, 今不可作
閑說話以妨我工也." 客不得已辭去. 承旨冬夜輒置水盆於坐側, 睡意至,
則浸足於盆以却睡. 每誦七書一遍, 輒劃于壁, 久而至四壁盡黑. 其立志
之堅固, 用工之勤篤如此.

92

徐政承命均之筆, 積小而成大者也. 少時多寫『綱目』, 七十六卷並與小註
而盡謄. 非但其工之勤, 亦可見其心之專也. 遂推而習大字, 竟以筆名.
世以其多寫冊書也, 故其楷甚端正.

93

肅宗嘗謂宦官及盲人曰: "宦者瞽者俱是病人, 何者勝?" 宦官對曰: "瞽
者不識父母之顔·子女之面, 不見天地之大·日月之明. 惡得與宦者比
也?" 盲人曰: "瞽者能生宦子, 而宦者不能生瞽者. 然則瞽者豈不勝於宦
者乎?" 肅宗笑曰: "汝言是乎!"

94

權牧使憼, 霞溪公愈之從弟, 司諫護, 霞溪公之長子也, 自幼聰明俱絕倫.
權公嘗授兩兒「禹貢」, 欲試其聰, 教文義畢, 便掩卷使誦之. 牧使卽背坐
善誦, 司諫讀一遍然後誦之. 牧使嘗往生父衿川, 其父曰: "聞監試初試榜
已出, 汝持榜目來乎?" 對曰: "忘之矣." 其父責之, 牧使卽馭紙筆, 盡錄
五百二十人以呈. 其父異之, 借他榜校之, 則次第亦不錯, 而獨一人生養
父名換書矣.

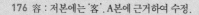

176 容 : 저본에는 '客'. A본에 근거하여 수정.

95

曹鳴國者, 嶺南之昌寧人也. 年十七赴監營白日場試, 三考官俱書外字
於其試卷. 其父大責之曰:"汝自以爲能詩, 而徒得三外於有文名之三試
官, 應科何爲?"鳴國卽入臥其妻之房, 引被蔽面, 三日不食. 其父往視之
曰:"汝怒我之責汝乎?"對曰:"何敢怒也? 忘食與寢者, 所以默究做工
之道也. 今悟矣, 請自明日上寺肄業."其父許之, 卽使其妻手自舂租作米
五斗, 翌日遂齋以上寺, 爲飯供佛, 跪伏作微語, 如有所祈懇, 仍毀笠裂
上衣, 送于其家, 買瓮置坐側, 紙封其口穿其中, 作小穴, 逐日做科詩, 做
畢, 輒丸其紙投瓮中. 當歲除, 其父勸使下家, 鳴國曰:"大人不知毀笠裂
衣之意乎? 已與佛盟, 所做不滿瓮, 則死不還也."積三年瓮滿, 遂焚之,
乃告於其家, 使之改製衣笠以送, 送之卽着以還家. 自是赴試輒占魁, 成
進士後, 不復應擧, 聚鄕中少年, 敎科詩, 成就者多矣.

96

吳參判光運與李參判仁復·權修撰扶, 偕上寺, 做策七十首. 下山後, 權
公神氣如常, 李公輭臥累日, 吳公病至嘔血, 蓋吳公之文務極奇巧, 費盡
心思[177], 故受傷最酷也. 李判書瑜正月初二日上寺, 做策三百首, 歲末乃
還家, 其勤如此, 何事不可做?

97

吳遂應者, 楸灘相國之庶曾孫也, 家貧爲米商, 未嘗欺人取利. 一日往龍
仁金梁場市暮歸, 有一布帒墮地, 擧之頗重, 發而視之, 乃銅錢三十緡也.
遂應留止其處, 以待本主之還索. 俄有顚倒而來, 問其故, 曰:"今日賣兩
牛得錢三十兩, 盛諸布帒, 日暮醉歸忘之而去."遂應迺出給之, 其人大

---

177 思 : 저본에는 '心'. A본에 근거하여 수정.

感之, 以其半與之曰: "微君盡失此物, 分其半以酬恩." 遂應曰: "苟欲之, 當盡取之, 何安坐待?" 固辭不受. 其人拜謝而去, 其後遂應財産頗饒, 子孫亦蕃.

98

權霞溪愈爲文尙艱險, 少時嘗貽書於癭溪李公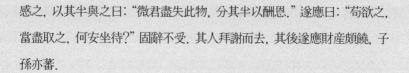[178], 公讀之不能句, 乃爲咏健詩寄之: "窠上初聞䨅, 籠中不識喁. 兒將蝀蛻脫, 我愛毳綿柔. 夜嗅鼱堪怕, 朝窺鵋可愁. 何當作鶺秼, 聲價擅羊溝." 癭溪卽松谷之一號也. 吳燕超向濂釋其義曰: "健, 鷄兒也. 䨅音淑, 鷄兒出殻聲也. 喁音州, 呼鷄也. 蝀音醉, 鳥喙也, 與觜通. 鼱音精, 小鼠也. 鵋音忌, 鵂鶹也. 鶺, 『爾雅』鷄三尺曰鶺, 『事文類聚』, 莊子謂惠子曰: '羊溝之鷄, 三歲爲秼.' 註羊溝鬪鷄處秼魁帥也. 古詩曰: '陽溝競出籠.' 然則羊溝或作陽溝也."

99

尹相東度與徐相志修嘗會於一處. 尹相婢子以小饌餉以有醋漿而無肉膾. 尹相問: "何以無肉膾?" 徐相戲曰: "膾則大監腹中自有之, 故不設耳." 蓋以世人譏尹姓爲牛故也. 徐相使人取揮項來, 其人歸獻凉揮項, 徐相曰: "日寒何不取毛揮項乎?" 尹相曰: "大監則雖着凉揮項, 其內亦有鼠皮無妨矣." 蓋徐與鼠同音也. 聞者絶到.

100

權監司歆與李司諫允文, 吾家游齋公爲酒伴, 俱以鉅量, 而游齋公不如李公, 李公又不及於權公[179]. 權公當爲北伯辭朝日, 自上饋酒, 闕內入直諸

---

178 癭溪李公 : A본에는 '李癭溪'.

179 權公 : A본에는 '權'.

官, 亦餞以酒, 公隨進輒飮, 所飮不知其幾盃. 及出東門外, 送行者三百餘人, 各携酒迭相酬酢. 時相臣亦出餞, 欲試公酒量, 臨發乃下酒令曰: "上馬盃, 不可不饋." 會者皆勸一盃, 先酌一大盃飮之, 使三百餘人各進一大盃. 時當暑月, 所饋者非燒酒則過夏酒, 而無醉色, 言動如常, 人皆壯之.

101

裵正徽少也, 以科儒巨擘, 有名於場屋, 而其父性嚴, 凡於大小科落榜, 則輒杖五十. 裵嘗見屈於監試初試, 其父杖之如前. 裵乃發憤, 赴東堂初試狀頭, 其父又杖之曰: "汝無經工, 雖魁何爲? 徒奪講生一解額耳." 裵益發憤, 翌日携取三經四書大全五十号 · 諺解二十八号, 上山寺講讀, 不輟晝夜, 四朔之內, 盡能成誦. 及入講席, 以工未熟也, 細其聲而緩緩誦之, 僅得連畫, 仍魁於生畫試, 遂登第, 官至[180]承旨.

102

王龍者本大明人, 明亡東遁朝鮮, 家于關北之咸興. 曉地術, 占人之山, 後皆如其言, 臨終謂其子曰: "葬我於西, 我死後, 毋留此土, 遠徒他鄉, 於其所欲居而居焉." 其子泣曰: "親山旣在此, 何可離而之他?" 曰: "樵牧之禁, 香火之奉, 必無異於子孫之居此地, 愼勿慮也." 其子遵遺志, 移居于關西德川, 後孫甚蕃衍, 多是積貲者. 旣葬川西, 鄉之人皆王君名地師也, 必葬於福地, 我輩亦當葬於福地之旁, 環其墓而入葬, 其後不祭於王君而只祭其親, 則輒有災. 故來祭者必先祭於王君之墓, 至今虔奉之不替云.

---

180 至 : 저본에는 '上'. A본에 근거하여 수정.

103

有爲許積之丘從者, 每見庶子堅, 輒半拜. 堅怒欲杖之, 丘從拒而不受.
積[181]聞之, 使之捽入而責之曰: "汝以常漢半拜於兩班, 旣非矣, 又不受
杖, 何也?" 丘從曰: "拜亦有等分, 彼乃大監之庶子也, 小人旣全拜於大
監, 則半拜於彼, 於禮未爲不可. 小人雖賤, 亦大監之陪隸, 則爲大監之
庶子者, 何敢任自杖之乎? 小人一受杖, 則大有傷於大監之家法, 故不受
杖耳." 積稱歎曰: "有理哉言也."

104

金得臣[182]嘗爲某邑倅, 民有失鼎呈訴者, 公呼題曰: "夫鼎者, 大器也."
遂思塞瞑坐. 刑房吏從傍告曰: "此乃例題之所志也." "汝其題之." 其吏
遂題以後, 考次立旨成給, 金歎賞不已曰: "汝讀『論語』幾千遍, 乃能辭簡
而意盡若是乎?" 是故文有各路.[183]

105

崔簡易[岦]嘗作鄕行, 中路飢困不能進, 適有一人携酒壺負餠盒而來者, 崔
問: "爾是何人, 酒餠饋何人[184]?" 對曰: "有呈訴事, 里中無能文者, 將遠
求他村而饋此酒餠." 崔曰: "我亦能文, 與其遠請, 曷若近[185]求?" 其人喜
而進酒餠, 崔飽喫, 仍問其故, 遂書與所志曰: "小人白丁也, 矣身父墓祖
墳兩墳之間, 鄭生員宅抹樓下入葬計料爲去乎, 事體何如爲乎乙喻." 其
人以此文呈于官, 主倅召鄭生而語之曰: "汝覽此所志, 能葬乎?" 鄭生覽

---

181 積 : A·D본에는 '許相'. 이하 같음.

182 金得臣 : A·D본에는 '金栢谷得臣'.

183 是故文有各路 : A·D본에는 없음.

184 酒餠饋何人 : 저본에는 '酒餠'. A·D본에 근거하여 수정.

185 近 : 저본에는 '近近'. A본에 근거하여 수정.

之良久曰:"不可葬矣."

106

昔有一人路逢馱栗於牛者, 問所載何物, 其人以鞭向西解之曰:"栗也."
又問何栗, 其人鞭亘於牛尾曰:"生栗也."問去何地, 其人以鞭指川曰:
"木川也."

107

洪木齋汝河[186]記性絶人, 凡於書, 一閱者, 無不誦. 嘗與諸友會話于山
寺, 其中一人聰明與洪公等, 諸人見案上有『銅人經』, 欲試兩人之聰, 使
之一覽背誦. 其人誦之如水流丸走, 洪[187]僅僅誦之. 其後十餘年, 洪[188]
復與諸友更往其寺, 『銅經』尙在案上. 諸人問於其人曰:"前旣誦此書, 今
能不忘否?"曰:"盡忘之忘之矣."洪曰:"一誦之書, 豈有忘之之理?"遂
朗誦, 不錯一字, 衆皆驚服.

108

金公昌翕平生不願仕, 其友生爲陵官, 金嘗[189]往陵, 所見齋居閑靜, 乃
曰:"陵官亦士大夫可爲之職也."翌朝守僕告于陵官曰:"陵上殿內無事
矣."金聞之, 驚曰:"重地也. 不可爲也."

---

186 河 : 저본에는 '何'. A · D본에 근거하여 수정.

187 洪 : A · D본에는 '洪公'.

188 洪 : A · D본에는 '洪公'.

189 嘗 : 저본에는 '尙'. 문맥에 근거하여 수정.

109

金公昌協[190]少時遊嶺東, 自楓岳轉往高城. 高城有一妓, 姿色絶艶, 欲以入眼者爲夫, 求之多年, 無可意者. 道伯別星欲狎之, 輒死拒之, 累受刑杖, 終不屈. 及金[191]入見主倅, 主倅召其妓而謂曰: "此秀才乃金尙書之子也, 容貌美如冠玉, 文章獨步一世, 當今之時, 欲求佳匹, 無踰於此子, 今夜汝其薦枕." 其妓諦視之, 果入己眼, 其夜遂往金旅館, 昵侍獻媚. 金落落無次接之意, 夜深就寢, 其妓心以爲若失此佳士, 則將送一生, 莫如强逼之, 解衣入衾, 金不顧. 翌日大雨下, 四日不歇, 霽後川漲路阻, 金不得已留九日, 其妓連九夜同衾, 金終不近之, 其妓泣告于金曰: "妾雖賤人, 豈不知有廉恥二字? 而冒沒入衾者, 竊慕秀才之風彩[192], 欲遂平生之願也. 踈之於此, 願聞其故." 金曰: "吾見京外之娼妓多矣, 未有如爾之絶美者, 一與之狎, 則將身不忘情, 故斷慾於初矣. 吾當賦詩以贈, 汝其取紙筆來." 其妓乃進錦裳, 金遂題一絶句曰: "旅館誰憐客衾寒, 枉敎雲雨下巫山. 終宵不做襄王夢, 只爲明朝離別難." 其妓別金後, 獨居守節, 日夜悲恨, 人爭傳說, 播於京中. 金之親戚知舊, 皆誚其薄情. 金登第後, 委往高城, 與其妓三日同宿, 卽上來. 及金之歿, 其妓聞[193]訃而來, 朝夕輒躬炊飯手具膳, 以供祭奠, 三年之喪畢, 乃辭去. 金之[194]家人强留之, 妓曰: "大監生不肯畜我, 死豈欲留我乎? 違大監之意, 而留大監之家, 是豈事死如事[195]生之道乎? 吾之來也, 爲終三年之喪也. 今終矣. 不去何爲?" 遂歸故鄕, 終身守節云.

---

190 金公昌協: A본에는 '金農巖昌協'.

191 金: 저본에는 없음. A·D본에 근거하여 보충.

192 彩: 저본에는 '未'. A·D본에 근거하여 수정.

193 妓聞: 저본에는 없음. A·D본에 근거하여 보충.

194 金之: 저본에는 '金之金之'. '金之' 2자를 연문으로 보아 삭제.

110

尹判書淳曰：“苟能善寫書家字，則他字亦無不善寫.”蓋諸字中家字最難作，難者能之，則餘皆可能矣. 凡字書畫多者，易於藏拙畫，小者難以掩庇，如一字人字之類是也.

111

鄭錦南忠信嘗爲閫帥，往辭於西平韓[196]浚謙. 時鄭百昌以玉堂在傍，韓使之入，錦南辭以名士在座，不敢入. 韓使[197]人傳語曰：“所謂名士卽吾壻也. 何嫌在座？速入.”錦南不得已入謁，韓不與錦南交一言，頗有慍色. 及錦南出門，鄭使其下隷捉囚錦南之陪吏，韓固止之，鄭終不聽. 及韓臨歿，顧謂鄭曰：“汝旣見忤於鄭將軍，他日必受困幾死，若着吾平日所着入節笠及藍天翼而去，則彼曾爲吾幙裨，或可容之也.”仍命取衣笠以與之. 其後錦南爲副元帥，以百昌[198]爲從事官，仁祖大王仁烈王后累遣中使，請遞其任，錦南不從，使百昌具戎服來謁，累送人促之，百昌不肯往. 錦南乃大發軍卒，使之捉致曰：“若又不來，當施軍律.”於是鄭百昌始大懼，遂着西平笠衣而進. 錦南捽入而數之曰：“會期不進，罪當斬，殺一才子，可惜，姑貸爾命.”將欲棍打，忽見所着笠衣，惻然感曰：“見汝笠衣，却憶舊帥，於我心有戚戚者，吾不忍施罰也.”

112

東恩君金可敎，得臣之孫也. 平生愼色，嘗作鄕行，日暮雨下，忙投村家.

---

195 事 : 저본에는 '死'. A·D본에 근거하여 수정.
196 韓 : A·D본에는 '韓公'. 이하 같음.
197 使 : 저본에는 없음. A·D본에 근거하여 보충.
198 百昌 : A·D본에는 '鄭公'. 이하 같음.

主人出他, 有小婦在, 小無苦色, 炊飯善待. 及夜開門而入, 其女頗有姿色, 而蓋慕東恩之美容儀, 欲狎之也. 東恩曰: "男女有別, 何不避去他所?" 其女曰: "無可往矣. 願宿一隩." 東恩乃命奴召其女之夫從兄而語之曰: "年少婦女, 不可與過客同宿一房, 汝其牽置而家," 其人遂牽往. 夜深後, 炮聲震戶火光電, 蓋其女之夫炮手所爲也. 東恩驚起而問之曰: "此何事也?" 炮手曰: "爾敢奸人之妻, 不殺何爲?" 東恩呼奴明燭, 使炮手徧視房中, 其女不在. 東恩又使奴招其女及炮手之從兄來, 使炮手見之曰: "此非爾妻乎?" 炮手伏於地曰: "小人之妻, 素有不美之行, 故每欲一伺間夫炮殺之, 今日托以遠, 出登高而望, 則見公之入吾家矣, 見吾妻之入此房矣. 只見其入而未見其出, 故敢作妄擧, 罪當死, 惟公死生之." 東恩遂數驚動之罪, 略[199]施笞罰, 炮手大感之, 明日烹鷄刳豚, 盛饌以饋. 及登程, 追到十里, 拜謝而去. 東恩此事, 可以警世之貪色而受禍者, 故錄之.

113

李參判翊漢少時, 其夫人戒之曰: "丈夫生世, 不掇科目, 無以立身. 子之衣食, 吾當竭力以奉, 使之不飢不寒. 家雖貧, 勿以憂衣食亂心, 須孳孳勤業, 期於得第." 日督做儷文一首, 參判難違其意, 日做科表以示. 多年積累, 至於累千首, 以儷文巨擘有名於當時. 竟登文科, 位至宰列, 寔賴夫人勸課之力也. 世以賢夫人稱之.

114

姜監司弘重・郭同樞希泰, 并生于萬曆丁丑, 與之隣居, 姜公下世之日, 郭公始登第. 弔賀之客往來兩家, 客相謂曰: "兩公孰優?" 年少者皆言: "姜公早年登科, 祿食四十年, 歷試內外, 位躋宰列, 六十六歲, 壽亦不短,

---

199 略: 저본에는 '若'. A본에 근거하여 수정.

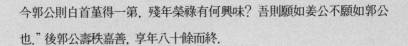

今郭公則白首僅得一第, 殘年榮祿有何興味? 吾則願如姜公不願如郭公也." 後郭公壽秩嘉善, 享年八十餘而終.

115

睦大欽聰明强記, 嘗爲延安府使, 日用百物, 一不錄簿, 而盡能記得, 一不遺忘, 下吏畏之, 亦不敢欺一毫, 嘗沈蟹於大甕爲醢, 以供朝夕, 一日官廳吏告罄. 公[200]曰: "二醢何在." 其吏惶懼而退, 搜諸醢水中, 則果有小蟹着在甕底.

116

會賢洞鄭氏, 忌祭以五[201]升米爲餠云, 他物之薄, 略從可知矣, 此乃子孫長久支保之道也. 然永爲定式, 雖富貴無所[202]增云, 亦非祭以士, 祭以大夫之義也. 鄭氏又謹男女之別, 同生姨妹外, 若値妹婿之出他, 則不爲入見云. 士大夫家法, 當如是矣.

117

吳判書命峻爲養生術, 未嘗言語以口指使. 其仲弟命恒, 謹察顏色, 承命如意. 季弟命新則不然, 欲東則向西, 欲水則進火. 後命恒位至政丞, 命新官參議.

---

200 公 : A본에는 '茶山'.
201 五 : 저본에는 없음. A · D본에 근거하여 보충.
202 所 : 저본에는 '斷'. A본에 근거하여 수정.

118

余見今人之專尙詞華, 惟恐一字之不奇, 一句之不巧, 而以行義爲第二件
事. 故余嘗語人曰:"古之君子行有餘力則以學文, 今之君子文有餘力則
以學行."

119

余嘗有言曰:"吾族雖薄, 勝於他人之厚者, 吾奴雖頑, 勝於他奴之忠者."

120

白軒李相景奭, 嘗被黜²⁰³出, 寓居湖西. 里中有崔生者, 家甚貧, 朝哺粥
飱不繼, 而處之晏如, 讀書不輟晝夜, 李心奇之. 一日崔小婢多汲水, 李
婢子問其故, 答曰:"主家將行時²⁰⁴祭故也." 李相夫人告于李相曰:"時
祭吾家亦不能行, 而崔生將行之云, 豈不異哉?" 李相使婢子, 伺其行祭,
而往觀之. 崔生以『綱目』一帙高之爲交椅, 卑之爲祭床, 所設飯羹菜三器
而已. 李相婢子歸而告之曰:"物物若是至薄, 不可謂祭也." 李相贊歎不
已曰:"崔生知禮之不可廢, 亦能稱家力而祭之, 其賢於人遠矣." 及還朝,
白于上, 除崔生職. 後其崔生登第, 位至宰列云, 而余忘其名矣.

---

203 黜 : 저본에는 '出'. A·D본에 근거하여 수정.
204 行時 : 저본에는 없음. A·D본에 근거하여 보충.

찾아보기

* 인명만을 정리했다.
* 본문에 나오는 호(號), 자(字), 시호(諡號), 별칭 등은 ( ) 안에 적어 이름과 함께 표기했다.
* 국왕의 존호들은 [ ] 안에 국호를 적어 서로 구분했다.

아

지은이

이극성(李克誠, 1721~1779)

조선 후기 근기 남인의 핵심 가문 출신으로, 1741년 생원시에 합격하여 옥과현감, 익위사 위솔 등을 역임했다. 12조목의 상소를 올려 영조에게 경륜지사(經綸之士)라는 칭찬을 받았으며, 가학(家學) 전통을 계승하여 선조들의 저술 및 국가의 전고(典故)에 관한 기록을 정리했다. 그의 글과 기록들은 17세기 이후 정국에서 배제돼 소수집단으로 전락한 남인계 문인들의 문화적 지형을 파악하는 데 더없이 귀중한 자료가 된다.

옮긴이

장유승(張裕昇) 단국대학교 동양학연구원 선임연구원
부유섭(夫裕燮) 한국고전번역원 연구원
백승호(白丞鎬) 한남대학교 국어국문창작학과 교수

시화총서 • 두 번째

형설기문
한밤에 깨어 옛일을 쓰다

1판 1쇄 발행 2016년 11월 30일
1판 2쇄 발행 2017년 10월 30일

지 은 이   이극성
옮 긴 이   장유승 · 부유섭 · 백승호
펴 낸 이   정규상
책임편집   현상철
편   집   신철호 · 구남희
마 케 팅   박정수 · 김지현

펴 낸 곳   성균관대학교 출판부
등   록   1975년 5월 21일 제1975-9호
주   소   03063 서울특별시 종로구 성균관로 25-2
전   화   02)760-1252~4
팩   스   02)762-7452
홈페이지   http://press.skku.edu

ⓒ 2016, 장유승 · 부유섭 · 백승호
ISBN 979-11-5550-196-2 93810

값 30,000원